중학생이 보는
갈매기

연세대 추천도서

안톤 체호프 지음 | **동완**(전 고려대 교수) 옮김
성낙수(한국교원대 교수)·**오은주**(서울여고 교사)·**김선화**(홍천여고 교사) 엮음

좋은 책 좋은 독자를 만드는 —
㈜신원문화사

　더 이상 언급할 필요도 없지만 요즘은 독서의 중요성이 더욱 강조되는 시대입니다. 첨단과학으로 이루어진 대중매체 덕분에 눈으로 읽는 것보다는 말초신경을 자극하는 동영상 쪽으로 관심이 모아지는 데 대한 우려 때문일 것입니다. 꿈과 희망을 가지고 자라나는 학생들에게는 올바른 사고력과 분별력을 키워 주어야 합니다. 그런 점에서 다른 사람들의 생각과 철학, 인생관과 세계관이 들어 있는 명작들을 많이 읽는 것이야말로 바람직한 학습 효과를 거둘 수 있는 지름길이라 생각합니다.

　명작은 오랜 세월에 걸쳐 많은 사람들이 읽고 크게 감동을 받은 인정된 작품들로서, 청소년들의 삶에 지침이 되어 주고 인생관에 변화를 주게 될 것입니다.

　이번에 중학생들에게 꼭 읽히고 싶은 명작들을 선정하여, 작품을 바르게 감상하고 독후감을 쓰는 데 도움을 주고자 이 시리즈를 기획하게 되었습니다. 작품들은 동서고금에 걸쳐 객관적으로 인정받은, 훌륭한 대상만을 선정하였습니다. 그리고 책의 구성을 다음과 같이 하여, 읽고 쓰는 데 도움이 되도록 하였습니다.

하나, 삶에 대한 지혜와 용기를 주고 중학생이라면 꼭 읽어야 할 명작만을 골랐습니다.

둘, 명작을 읽고 난 후의 솔직한 느낌을 논리적 · 체계적으로 쓸 수 있도록 중학생들의 독후감 작성에 따르는 부담을 덜어 주도록 구성하였습니다.

셋, 작품 알고 들어가기, 내용 훑어보기, 작품 분석하기, 등장인물 알기를 통해 작품을 분석하는 힘을 기를 수 있도록 하였습니다.

넷, 작가 들여다보기, 시대와 연관 짓기, 작품 토론하기 등을 통해 작가의 일생을 알고 시대의 흐름을 파악하여 상상력과 창의력을 키워 주도록 하였습니다.

다섯, 독후감 예시하기와 독후감 제대로 쓰기에서는 책을 읽는 방법과 독후감 모범답안 실례를 제시함으로써 문장력을 길러 주는 한편 독후감 쓰기의 충실한 길라잡이가 되도록 했습니다.

아무쪼록 이 책들이 중학생들의 학습 능력 향상에 큰 도움이 되길 빌어 마지 않습니다.

엮은이 성 낙 수

차 례

작품 알고 들어가기 ● ● ● ● ● ● ● ● ● ●

여러분은 진정으로 자신이 바라는 꿈을 향해 가고 있나요?

남녀노소를 불문하고 대부분 사람은 꿈을 갖고 살아갑니다. 그 꿈이 작은지 큰지, 바로 내일 이루어질 것인지 혹은 자신의 인생 전체에 걸쳐 이루어질 것인지에 상관없이 꿈을 이루기 위해 노력합니다. 하지만 꿈을 이루기란 쉬운 일이 아닙니다. 아무리 간절하게 염원하고 노력해도 이루어지지 않아 좌절하기도 하고, 체념해 버리기도 합니다. 심지어는 내가 원하는 것이 무엇이었는지조차 헷갈리는 순간이 있기도 하죠.

이 책의 작가인 안톤 체호프 또한 꿈에 대해 고민하며 살았을 거라고 생각됩니다. 체호프는 원래 의과 대학을 졸업한 사람이었습니다. 그런데 우연한 기회에 신문에 유머 글을 투고한 것이 계기가 되어 작가의 길을 걷게 되었습니다. 의학을 공부하던 사람이 글을 쓰는 문학가가 되기까지 얼마나 많은 고민과 어려움이 있었을까요?

체호프의 고민만큼이나 그의 작품은 많은 어려움을 겪었습니다. 그의 희곡 중에 처음으로 상연된 작품이었던 〈갈매기〉의 첫 공연은 실패로 끝났습니다. 재미있는 사건이 크게 등장하지 않는 그의 극을 아무도 인정해 주지 않았던 것이죠. 그리고 우여곡절 끝에 〈갈매기〉가 성공했을 때에도 체호프는 만족하지 못했습니다. 그가 작품을 쓰면서 생각했던 것이 무대 위에서 제대로 표현되지 못했기 때문이었죠.

〈갈매기〉에는 '극작가'라는 꿈을 이뤘지만, 자신이 꿈꿔 왔던 것과는 다른 자신의 작품을 보고 절망하게 되는 인물이 등장합니다. 체호프 자신의 고민을 말하기 위해 만들어 낸 것이 아닌가 싶을 정도로 그와 비슷한 상황에 처해 있는 인물이죠. 그런데 책 속에 등장하는 인물들은 모두가 각자의 고민을 안고 있습니다. 그들은 꿈을 향해 도전하기도 하고, 꿈을 이루기도 하고, 절망하기도 하고, 때로는 현실에 안주하기도 합니다. 다양한 사람들이 자신의 '꿈'을 대하는 다양한 삶의 방식을 보여 주고 있는 것이죠.

자, 그럼 이제 '꿈'을 대하는 다양한 삶의 방식을 살펴보고, 여러분의 꿈도 생각해 보며 책을 읽어 봅시다.

갈매기

♠ 등장인물

아르카지나　여배우

트레플레프(코스챠)　아르카지나의 아들

소 린　아르카지나의 오빠

니 나　젊은 처녀. 부유한 지주의 딸

사므라예프　퇴역 중위. 소린 집안의 집사

폴리나　사므라예프의 아내

마 샤　사므라예프의 딸

트리고린　소설가

도 른　의사

메드베젠코　교사

야코프　하인

요리사

하 녀

제 1 막

소린 집안의 영지 내에 있는 정원의 일부, 넓은 가로수 길이 관람석으로부터 정원 안쪽으로 뻗어 호수로 통하고 있으나, 연극을 위해 갑작스레 만들어진 무대에 가려 호수는 전혀 보이지 않는다. 무대의 좌우에는 관목 숲, 의자 몇 개와 작은 테이블이 하나 있다.
해질 무렵, 막이 내려져 있는 무대 위에는 야코프와 그 밖에 하인들이 있고, 무대를 꾸미고 있는 그들의 기침 소리와 망치 소리가 들린다. 산책에서 돌아오는 마샤와 메드베젠코가 왼쪽에서 등장.

메드베젠코 당신은 언제 봐도 검은 옷이로군요. 무슨 까닭이죠?

마 샤 이것은 내 인생의 상복이에요. 난 불행한 여자였고 지금도 그러하니까.

메드베젠코 무슨 말이죠? (생각에 잠긴다) 모를 일이군요. 당신은 건강하고, 또 당신 아버지만 해도, 비록 부자는 아니지만 살기에

11

는 부족하지 않을 형편일 텐데요. 거기에 비하면 난 훨씬 괴로운 처지예요. 한 달에 겨우 23루블밖에 받지 못하는데다가, 퇴직금까지 공제당하고 있으니까요. 하지만 난 상복 따위 입지 않아요. (두 사람, 앉는다)

마 샤 돈에 관한 문제가 아니에요. 가난한 사람도 행복해질 순 있으니까요.

메드베젠코 그야, 이론적으로는 그렇겠죠. 그러나 실제 생활에 있어서는 그렇게 간단한 게 아니죠. 나는 어머니와 누이동생이 둘, 거기다 남동생이 있어요. 그런데도 내 월급은 고작 23루블밖에 되지 않거든요. 그렇다고 해서 입을 봉하고 살 수도 없고요. 우리에겐 언제나 차나 설탕이 필요하죠. 그뿐인가요? 담배도 있어야죠. 그래서 늘 이렇게 쩔쩔매고 있답니다.

마 샤 (무대 쪽을 돌아보며) 이제 곧 연극이 시작되겠군요.

메드베젠코 네, 출연은 니나 양이고 각본은 트레플레프 군이 썼습니다. 두 사람은 서로 사랑하는 사이니까 오늘의 연극은 두 사람의 영혼이 결합된 굉장히 훌륭한 작품이 될 것 같아요. 그런데 나와 당신의 영혼에는 공통점이 없어요. 난 당신을 사랑하고 있습니다. 당신이 보고 싶어 안절부절 못하다가 매일처럼 먼 길을 걸어 당신을 찾아가죠. 그리고는 다시 그 먼 길을 걸어 돌아옵니다. 그런데도 당신은 나를 항상 외면하는 듯하군요. 그것도 무리는 아니겠죠. 내게는 재산도 없고 거기다 군식구까지……. 아마 나처럼 변변치 못한 사내와 좋아라 결혼할 사람은 없을 겁니다.

마 샤 쓸데없는 소리 마세요. (담배를 꺼내 냄새를 맡는다) 말씀은 감
사하게 생각하지만 거기에 보답해 드릴 수가 없군요. 단지 그
것뿐이에요. (담뱃갑을 내밀며) 피우시겠어요?

메드베젠코 아니, 생각 없습니다. (사이)

마 샤 조금 덥지 않나요? 밤늦게 한차례 소나기라도 올 모양 같아
요. 당신은 늘 철학을 늘어놓거나, 돈 이야기를 하거나 둘 중
하나예요. 당신 말대로 가난만큼 불행한 건 없는 것 같지만, 난
누더기를 입고 거지 생활을 하는 편이 천 배는 더 마음이 편할
것 같아요. 당신은 이해하지 못하겠지만…….

오른쪽에서 소린과 트레플레프 등장.

소 린 (지팡이에 의지해 걸으며) 난 시골은 아주 질색이야. 당연한 일
이지만 난 평생 이 고장에는 정이 들지 않을 것 같구나. 어젯밤
에는 10시에 잠자리에 들어가서 아침 9시에 눈을 떴는데, 너무
자서 그런지 뇌수가 두개골에 찰싹 달라붙은 기분이었다. (웃
는다) 게다가 점심을 먹고 나서 그만 또 잠이 들어 버렸지 뭐냐.
그래서 이제는 온몸에 힘이 빠지고 악몽에 시달리고 있는 듯한
기분이야. 한마디로 말하면…….

트레플레프 그야, 물론 외삼촌은 도시에 사실 분이죠. (마샤와 메드베
젠코를 보고) 여러분, 시작할 때 부르겠습니다. 지금 여기 계시

13

면 곤란해요. 잠시 동안 퇴장해 주시기 바랍니다.

소 린 (마샤에게) 이봐요, 마샤 양. 저 개를 좀 풀어 주라고 아버지
에게 부탁드릴 수는 없을까? 너무 짖어서 말이지. 덕분에 누이
동생이 밤새 한잠도 자지 못했어.

마 샤 그런 일이라면 직접 아버지께 말씀드려 보세요. 죄송하지만
전 사양하겠어요. (메드베젠코에게) 자, 그만 가죠.

메드베젠코 (트레플레프에게) 그럼 시작하기 전에 꼭 알려 주십시오.

마샤, 메드베젠코 퇴장.

소 린 그럼, 또 밤새도록 짖어 대겠군. 이거 야단났네. 난 시골에
와서 단 한 번도 하고 싶은 대로 하며 살아 본 적이 없어. 전에
도 곧잘 긴 휴가를 얻어 이곳을 찾곤 했지. 하지만 도착한 순간
부터 골치가 아파서 달아나고 싶어졌어. (웃는다) 휴가가 끝나
이곳을 떠날 때는 후련할 정도였다니까. 그런데 은퇴한 지금
은 말이지, 솔직히 말해 달리 있을 만한 곳이 없어. 그래서 싫
건 좋건 이곳에 엉덩일 붙이고 살 수밖에……

야코프 (트레플레프에게) 도련님, 저희들 잠깐 목욕을 하고 오겠습
니다.

트레플레프 좋도록 해. 하지만 10분 후에는 모두 자기 자리에 있어
야 해. (시계를 보며) 곧 시작하니까 말이야.

야코프 아무럼요, 도련님. (퇴장)

14

트레플레프　(무대를 힐끗 보면서) 자, 이젠 무대도 거의 다 완성되었어
　　　요. 제1 분장실과 제2 분장실, 그 다음에는 빈 공간이죠. 무대
　　　장치 같은 건 하나도 없어요. 그야말로 호수와 지평선이 시원
　　　하게 보일 뿐이죠. 개막은 정각 8시 반. 달이 뜨는 시간에 맞춰
　　　시작하는 거죠.

소　린　멋지구나.

트레플레프　하지만 니나 양이 지각이라도 하는 날이면 무대 효과는
　　　그야말로 엉망이 돼 버리죠. 이제 올 시간이 되었는데……. 그
　　　녀는 아마 아버지와 계모의 감시가 너무 심해서 집을 빠져나오
　　　는 것이 감옥을 탈출하는 것만큼이나 어려울 거예요. (소린의 넥
　　　타이를 고쳐 준다) 외삼촌은 머리고 수염이고 모두 덥수룩하군
　　　요. 좀 깎으시는 게 어때요?

소　린　(수염을 쓰다듬으며) 이것 때문에 한평생 고민을 했지. 난 젊었
　　　을 때부터 꼭 술주정뱅이 같은 외모였거든. 그래서 단 한 번도
　　　여자들의 환심을 사본 적이 없었단다. (앉으면서) 네 어미는 왜
　　　저렇게 토라져 있냐?

트레플레프　그걸 정말 몰라서 물으시는 거예요? 쓸쓸하기 때문이
　　　죠. 아니, 아마 샘이 나서 그런지도 몰라요. 어머니는 처음부터
　　　나나, 내 각본에 불만을 갖고 계셨거든요. 왜냐하면 출연자가
　　　당신이 아니고 니나 양이기 때문이었죠. 어머닌 내 각본을 보
　　　기도 전부터 니나 양이 주연이란 이유만으로 이 연극을 경멸하
　　　고 있거든요.

소 린 (웃는다) 설마, 네 억측이겠지.

트레플레프 어머니는 말이에요, 이 조그만 무대에서 갈채를 받는 게 당신이 아니라 니나 양이기 때문에 울화가 치미는 거예요. (시계를 보며) 어머니는 이상한 심리의 소유자죠. 그야 재능도 있고, 머리도 좋고, 소설을 읽으면서 눈물을 흘릴 만큼 감성도 풍부하고, 네크라소프의 시도 즉석에서 외우고, 병자를 간호할 때면 천사도 당하지 못할 정도죠. 하지만 시험 삼아 어머니 앞에서 엘레오노라 두제라도 칭찬해 보세요. 정말 큰일 납니다! 그저 어머니 당신만을 칭찬해야 돼요. 연극평도 어머니에 대해서만 써야 되죠. 러시아의 작가 마르케비치의 희곡인《춘희》나《인생의 독소》같은 걸 할 때의 어머니의 명연기를 왁자지껄 떠들어대거나 감탄해야 돼요. 그런데 이 시골구석에는 그런 마취제가 없거든요. 그래서 쓸쓸해지고 자꾸 짜증만 내시는 겁니다. 어머니가 볼 땐 우리 모두가 악한 사람이고 적이죠. 더구나 어머니는 미신을 믿으셔서, 세 자루의 촛대(죽은 사람의 주위에 켜는 촛대)를 무서워하고, 13일이라는 날짜에 질겁하시죠. 게다가 지독한 구두쇠이기도 해요. 오데사의 은행에다 7만 루블이나 예금해 둔 것을 난 알고 있어요. 그런데도 조금만 그 돈을 달라고 하면 찔끔찔끔 울기 시작하거든요.

소 린 넌 자기 각본이 어머니 마음에 들지 않을 거라고 지레 짐작을 하고 흥분하는 것 같구나. 너무 걱정마라. 아무 일도 아닐 게다. 어머닌 널 좋아한단다.

트레플레프 (작은 꽃잎을 뜯으면서) 좋아한다…… 아니다…… 좋아한
다…… 아니……다. (쓸쓸하게 웃는다) 이것 보세요, 어머니는
절 싫어해요. 그야 어머니는 오래 살고 싶고, 사랑을 하고 싶고,
언제나 화려한 옷만 좋아하니까요. 그런데 내가 벌써 스물다
섯 살이나 되었으니 어머니는 자신의 나이를 직시하게 되었
죠. 내가 없으면 어머니는 서른두 살이지만 내가 나타나면 금
세 마흔세 살이 되어 버리거든요. 그래서 나를 미워하는 거예
요. 그리고 또 어머니는 극장을 사랑해요. 그러니까 자기가 인
류니, 신성한 예술이니 하는 것에 막대한 공헌을 하고 있다고
생각해요. 그런데 내가 볼 때는 요즘의 극장이라는 것은 틀에
박힌 인습에 불과해요. 막이 올라가면 저녁녘의 조명에 드러
난, 삼 면이 벽으로 되어 있는 단조로운 무대에서 신성한 예술
의 사도라고 칭하는 명배우들이 인간이 먹고, 마시고, 자랑하
고, 걸어 다니고, 옷을 입는 모양을 연출해 보이죠. 그러면 관
객들은 그런 저속한 장면이나 대사에서 어떻게 해서든지 교훈
을 발견해 내려고 하죠. 교훈이라고는 하지만 너무 일상적인
얘기들뿐이에요. 그것을 껍데기만 바꿔서 백 번, 천 번 똑같은
연극만 되풀이하고 있어요. 그것을 보면 난 모파상처럼 달아
나고 싶어져요. 에펠탑의 저속함이 자신의 뇌수를 압박하는
걸 견딜 수가 없어서 거기서 달아난 모파상처럼 말이에요.

소 린 극장이 없어서야 말이 안 되지.

트레플레프 그러니까 새로운 형식이 필요한 거예요. 만약 그게 없

갈
매
기

17

다면 차라리 아무것도 없는 게 나아요. (시계를 본다) 난 어머니가 좋아요. 무척 좋아요. 하지만 어머니는 뭔지 모를 생활을 하고 있어요. 항상 그 소설가 녀석하고 붙어 다니면서 신문에 염문을 퍼뜨리고 있거든요. 그것도 나를 지치게 해요. 어떤 때는 내 마음속에도 남들과 같은 이기심이 문득문득 생길 때가 있어요. 그러니까 우리 어머니가 유명한 여배우란 사실이 분명해지는 거예요. 만약에 어머니가 보통 사람이었더라면 우린 좀 더 행복했을 거라는 생각이 들죠. 외삼촌, 이렇게 한심하고 어처구니없는 환경이 또 있을까요? 어머니를 만나러 온 각지의 명사들로 응접실은 언제나 북새통이에요. 배우니 작가니 하는 사람들 말이에요. 그 중에서 나 혼자만이 평범한 사람이에요. 난 도대체 누구죠? 어떤 사람이죠? 대학은 3년 만에 뛰쳐나왔고, 그 이유란 게 신문이나 잡지의 사고(社告)에서 흔히 쓰는 바로 그 '편집국과는 무관한 사정 때문에' (당시의 잡지 등이 사상 탄압 때문에 발매 금지되었을 때 쓰던 관용구)라는 거죠. 게다가 재능도 없고, 돈도 없고, 여권에는 키예프의 상인이라고 적혀 있어요. 그야 우리 아버지는 유명한 배우이기는 했지만 근본을 캐고 보면 키예프의 상인이 틀림없으니까요. 하지만 그런 까닭에 응접실에서 만나는 천하의 명배우나 대작가들이 동정의 눈초리를 내게 보내죠. 그럴 때마다 나는 마치 그들이 저의 초라함을 저울질하는 느낌이 들어 견딜 수가 없어요. 나는 그런 데서 오는 굴욕감 때문에 매일같이 고민해야 했죠.

소 린 말이 나와서 하는 말이지만, 그 소설가는 도대체 뭐하는 작자냐? 아무래도 이해할 수 없는 사내야, 원체 말이 없으니…….

트레플레프 그 사람은 머리가 좋고, 솔직하고, 또 약간 그 뭐랄까, 우울한 인간이죠. 제법 훌륭한 인물이긴 해요. 아직 마흔이 되려면 멀었지만 벌써 그 이름은 세상에 널리 알려졌고, 또 남아돌만큼 많은 재산을 가진 인물이죠. 그 사람의 작품에 대해서 말하자면……. 글쎄, 뭐라고 하면 좋을까? 사람에게 호감을 주는 재치 있는 필치이기는 하지만…… 그러나…… 톨스토이나 졸라를 읽은 다음에 그의 작품을 읽고 싶진 않을 것 같아요.

갈
매
기

소 린 그런데 난 그 작가라는 직업을 동경해서 말이다, 나도 한때는 두 가지 일을 열렬하게 원했던 적이 있었지. 마누라를 얻는 것과 작가가 되는 것. 그러나 이쪽도 저쪽도 다 실패했어. 그래서 그런지 하찮은 작가라도 일단 작가가 된다는 것은 날 설레게 한단다.

트레플레프 (귀를 기울인다) 쉿! 발소리가 들려요. (소린을 껴안는다) 난 저 사람 없이는 살 수 없을 거예요. 들어 보세요. 발소리까지 아름답지 않나요? 난 행복해서 미칠 것만 같아요! (빠른 걸음으로 니나를 맞으러 간다) 오오, 마술쟁이 아가씨여, 나의 꿈이여…….

니 나 (흥분한 모습으로) 나 늦지 않았죠? 아무렴 제가 늦을 리가 있겠어요.

트레플레프 (니나의 양손에 입을 맞추며) 아무렴요.

니 나 하루 종일 불안했어요. 아버지가 보내 주시지 않을까 봐 마음을 졸였거든요. 그런데 아버지가 조금 전에 계모와 함께 외출하셨어요. 하늘이 빨개지더니 곧 달이 뜰 것 같더군요. 그래서 난 있는 힘을 다해서 말을 채찍질했어요. (웃으며 소린의 손을 꼭 쥔다)

소 린 (웃으며) 귀여운 두 눈이 퉁퉁 부으신 것 같군요. 저런! 불쌍하게도…….

니 나 아, 너무 숨이 차요. 30분이 지나면 전 돌아가야 해요. 자, 어서 서둘러요.

트레플레프 이제 시작할 시간이에요. 모두들 불러와야지.

소 린 내가 다녀오마. (오른쪽으로 가면서 노래한다) 프랑스로 돌아가는 척탄병 두 사람(하이네의 《두 척탄병》 중에서) (뒤돌아보며) 언젠가 이렇게 노래를 시작했더니 어떤 검사보 하나가 나에게 말하는 거야. '각하, 이거 대단한 목청이시군요.' 그리고는 그 친구 한참을 생각하더니 이렇게 덧붙이더군. '그러나 듣기 좋은 음성은 아닌 것 같군요.' (웃으며 퇴장)

니 나 아빠와 계모는 내가 이곳에 오는 걸 싫어하세요. 여기는 보헤미안의 소굴이라고 하셨죠. 두 분은 내가 여배우라도 될까 봐 걱정이거든요. 하지만 난 여기 호수에 마음이 끌려요. 갈매기처럼 내 가슴속은 당신 생각으로 가득해요. (주위를 살펴본다)

트레플레프 안심해요, 우리 둘밖에 없으니.

니 나 아니요, 저기 누가 있는 것 같아요.

트레플레프 아무도 없어요. (니나에게 입을 맞춘다)

니 나 이건 무슨 나무죠?

트레플레프 느릅나무예요.

니 나 어째서 이렇게 검은 빛을 띠고 있을까요?

트레플레프 지금은 저녁이니까 모든 사물이 검게 보이는 겁니다. 니나, 부탁이에요. 그렇게 빨리 돌아가지 말아요, 제발.

니 나 그럴 수 없어요.

트레플레프 그럼 내가 찾아가는 건 어때요? 밤새도록 당신 집 마당에 서서 당신 방의 창문을 보고 싶어요.

니 나 그것도 안 돼요, 문지기에게 들켜버리고 말 거예요. 그리고 또 낯선 당신을 보고 개가 짖을 거예요.

트레플레프 난 당신을 사랑해요.

니 나 쉬잇…….

트레플레프 (발소리를 듣고) 누구야? 야코프인가?

야코프 (가설무대 그늘에서) 네, 그렇습니다요.

트레플레프 모두 제자리에 가 있어, 시간이 되었으니. 달은 떠오르고 있나?

야코프 네.

트레플레프 알코올은 있나? 유황도 있겠지? 빨간 눈동자가 나올 때에는 유황 냄새를 풍겨야 해. (니나에게) 자, 어서 가 봐요. 준비는 전부 됐어요. 그런데 니나, 당신 조금 겁에 질린 듯 보이는데…….

니 나 네, 무척이요. 하지만 당신 어머니 때문에 그런 건 아니에요.

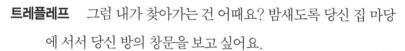

갈매기

21

그건 두렵지 않아요. 단지 트리고린 씨가 계시니……. 그분 앞에서 연극을 하는 게 두려워요. 왠지 부끄럽기도 하고……. 그분은 유명한 작가니까요. 그런데 그분, 나이는 젊나요?

트레플레프 네.

니 나 그분의 소설, 정말 멋진 것 같아요.

트레플레프 (냉담하게) 난 몰라요. 그의 글을 읽어 보지 않았으니까.

니 나 당신의 희곡은 연기하기가 힘들어요. 살아 있는 인간이 없는걸요.

트레플레프 살아 있는 인간이라! 인생을 그리려면 눈에 보이는 그대로를 그려선 안 돼요. 무한한 상상력을 동원해야 하죠.

니 나 당신의 희곡은 움직임이 적고 단지 읽는 것뿐인걸요. 희곡이라는 것에는 역시 로맨스가 있어야 하지 않을까요? (두 사람, 가설무대 뒤로 사라진다)

폴리나와 도른 등장.

폴리나 습기가 차오르는군요. 어서 덧신을 신고 오세요.

도 른 난 괜찮아요, 전혀 춥지 않소.

폴리나 당신은 자신의 몸을 아끼지 않으세요. 그건 고집이에요. 당신은 의사니까 습한 공기가 자신에게 해롭다는 것쯤은 잘 알고 계시면서 내게 걱정을 끼치려 드는군요. 어젯밤에도 일부러 밤새껏 테라스에 나가 계시고.

도 른 (읊는다) 그대여, 말하지 말라! 청춘을 잃었노라고. (네크라소
프의 시구)

폴리나 당신은 아르카지나 씨하고 얘기하는 데 신이 나서 그만 추
운 것도 잊고 계셨죠. 바른 대로 말씀하세요. 그녀를 좋아하
시죠?

도 른 난 쉰다섯 살이오.

갈
매
기

폴리나 그 정도는, 남자의 경우엔 늙은이 축에도 들어가지 않죠.
아직 당신은 젊으시니까 얼마든지 여자들에게 인기가 있을
거예요.

도 른 그래서 어떻게 하라는 거요?

폴리나 당신은, 아니 모든 남자들은 여배우 앞에선 금방 무릎을 꿇
고 말더군요. 모두들!

도 른 (읊는다) 나 또다시 그대 앞에 (네크라소프의 시구) 가령 온 세
상이 배우를 좋아한다고 해도 그건 당연한 이치일게요. 그게
바로 이상주의라고 하는 것이고.

폴리나 여자들은 언제나 당신에게 반해서 목에 대롱대롱 매달렸죠.
그것도 그 이상주의인가요?

도 른 (어깨를 움츠리고) 그것이 문제요? 확실히 부인들이 나에게
큰 호의를 베푸는 건 사실이오. 하지만 그건 단지 실력 있는 의
사로서요. 당신도 알다시피 몇 년 전까지 난 국내에서 단 한 사
람뿐인 믿을 만한 산부인과 의사였으니까. 그뿐 아니라 난 정
직한 사람이기도 했고.

폴리나 (도른의 손을 잡는다) 나의 소중한 사람!

도 른 쉿, 사람들이 이쪽으로 오고 있소.

아르카지나가 소린과 팔짱을 끼고 나온다. 그 뒤로 트리고린, 사므라예프, 메드베젠코, 마샤 등장.

사므라예프 1873년, 풀타바의 정기 공연에서 그 여배우는 멋진 연기를 보여 주었죠. 그저 감탄할 뿐이었소! 오, 정말 명연기였지! 그리고 한 가지 궁금한 게 있는데, 희극 배우인 차진, 그 파벨 세묘노비치 말이에요. 그 사람 지금 어디서 뭘 하고 있을까요? 라스플르예프(수호보 코브일린의 희극 《크레친스키의 결혼》 속에 나오는 인물)를 시키면 천하일품이어서, 아마 사돕스키(모스크바 소극장의 배우. 1872년에 죽음)보다도 나았죠. 아니, 정말이에요. 부인, 그는 지금 어디에 있죠?

아르카지나 당신은 언제나 케케묵은 옛 사람들 얘기만 물으시는군요. 그걸 내가 어떻게 알겠어요! (앉는다)

사므라예프 (한숨을 쉬고) 파슈카 차진! 이제 그런 배우는 없어요. 무대의 시세가 폭락했죠. 아르카지나 씨, 옛날에는 떡갈나무 거목들이 있었지만 지금은 그루터기만 남았으니…….

도 른 찬란하게 빛나는 명배우는 이제 별로 없소. 그건 사실이오. 대신 중견 배우들은 훨씬 좋아졌지.

사므라예프 당신 의견에는 동의할 수 없소. 하기야 그건 취미의 차

이니까. 취미에 대해서는 서로 가타부타할 수 없는 것도 사실
이지.

트레플레프, 가설무대 뒤에서 등장.

아르카지나 (아들에게) 얘야, 도대체 언제 시작이니?

트레플레프 이제 곧 시작할 거예요. 잠깐만 참아 주세요.

아르카지나 (《햄릿》의 대사를 읊는다) 아들아! 네가 내 두 눈을, 마음속
을 들여다보게 했으니 나는 내 넋이 피투성이의 치명적인 궤양
상태임을 알았단다. 정녕 구할 길이 없구나!

트레플레프 (《햄릿》의 대사로) 어찌하여 악에 몸을 맡기고 죄악의 구
렁텅이에서 사랑을 찾으셨나이까?

가설무대 뒤에서 뿔피리를 분다.

트레플레프 여러분, 이제 시작합니다! 모두 조용히 해 주세요. (사
이) 그럼 먼저 나부터. (가느다란 지팡이로 바닥을 뚝뚝 두들기고 큰소
리로 말한다) 오오, 그대들, 영광에 찬 옛 그림자여. 밤이면 밤마
다 이 호수 위를 방황하는 그림자여, 우리를 잠들게 하라. 그리
고 우리에게 20만 년 뒤의 광경을 꿈속에서 보여 다오!

소 린 20만 년 후에는 아무것도 없을 게다.

트레플레프 그렇다면 지금 그 아무것도 없는 걸 우리에게 보여 줄

거예요.

아르카지나   네 마음대로 하렴. 우린 잠이나 잘 테니까.

막이 오르자 호수의 경치가 펼쳐진다. 달은 수평선 위에 걸려 물속에 그 림자가 드리워진다. 커다란 바위 위에 흰옷으로 온몸을 감싼 니나가 앉 아 있다.

니 나   인간도, 사자도, 독수리도, 뇌조도, 뿔 달린 사슴도, 거위도, 거미도, 물속에 사는 말없는 물고기도, 바다에 사는 불가사리 도, 사람 눈으로 볼 수 없던 것들도, 한마디로 말해서 모든 생물, 모든 생명, 생명이라는 생명은 모든 슬픈 순환을 마치고 사라져 버렸다. 이미 수천 세기 동안 지구는 무엇 하나 생물을 갖지 않 았으며 저 가련한 달만이 공허하게 등불을 켜고 있다. 이미 목 장에서는 학들이 울음소리와 더불어 잠을 깨는 일도 없고, 보리 수 숲에서는 아무 소리도 들리지 않는다. 춥다, 춥다, 춥다. 허 무하다, 허무하다, 허무하다. 두렵다, 두렵다, 두렵다. (사이) 모 든 생물이 몸뚱이는 먼지 속에 사라져 버렸으나 그들 모두의 영 혼은 한데 엉겨 하나가 되었다. 세계에 편재하는 하나의 영혼, 그것이 나다……. 바로 나인 것이다. 내 속에는 알렉산더 대왕 의 혼도 있다. 시저의 것도, 셰익스피어의 것도, 나폴레옹의 것 도, 최후의 거머리의 영혼도 그 모두가 있는 것이다. 내 속에서 는 인간의 의식이 동물의 본능과 융합되었다. 그래서 나는 어느 것 하나 가릴 것 없이 모조리 기억하고 있다. 나는 그 하나하나의 삶을 또다시 새로이 체험하고 있는 것이다.

연못에 도깨비불이 나타난다.

아르카지나 (작은 소리로) 어쩐지 좀 회의적인 냄새가 나는 것 같아.

트레플레프 (애원하듯 비난을 섞어서) 어머니!

니 나 나는 고독하다. 백 년에 한 번, 나는 말하기 위해 입을 연다. 그리하여 나의 목소리는 이 공허 속에서 쓸쓸히 울리지만 아무도 듣는 사람은 없다. 너희들 창백한 불들도 내 말을 듣고 있지 않다. 새벽녘에 썩은 연못이 너희들을 낳는다. 너희들은 아침 햇살이 비칠 때까지 방황하지만 사상도 없고, 의지도 없고, 생명의 약동도 없다. 너희들 속에 생명이 눈뜨는 것이 두려워, 영원한 물질의 아버지인 악마는 순간마다 돌 속이나, 물속에 있어서나 마찬가지로 너희들 속에서도 원자의 교체를 하고 있는 것이다. 그래서 너희들은 끊임없이 변화를 거듭하고 있다. 우주 속에 영원불변의 것이 있다면 그것은 다만 영혼뿐이다. (사이) 텅 빈 깊은 우물 속에 던져진 죄인처럼 나는 자기가 있는 곳도 모르고 장래에 대해서도 모른다. 내가 알고 있는 것은 다만 격렬한 싸움에서 결국에는 내가 승리하여 그 뒤에 물질과 영혼이 아름다운 조화 속에 융합되어 세계를 다스릴 하나의 의지의 왕국이 출현한다는 것뿐이다. 그러나 그것은 천 년, 또 천 년,

길고 긴 세월이 조금씩 흘러서 저 달도, 반짝이는 시리우스도, 이 지구도, 모두 먼지로 변한 뒤에 오는 것이다. 그러나 그때까지도 무서운 일뿐이다. (사이, 호수를 배경으로 빨간 점이 두 개 나타난다) 아, 다가온다, 나의 강적인 악마가. 그의 무서운 불같은 두 눈이…… 보인다…….

아르카지나 유황 냄새가 나는군. 그럴 필요가 있었을까?

트레플레프 네.

아르카지나 (웃으며) 그렇지, 사람들이 말하는 효과라는 거로군.

트레플레프 어머니!

니 나 악마는 사람이 없어 싫증이 난다…….

폴리나 (도른에게) 어머나, 모자도 벗고! 자아, 어서 쓰세요. 감기 걸려요.

아르카지나 그건 말야, 의사 선생님이 영원히 물질의 아버지인 악마 앞에서 모자를 벗으신 거예요.

트레플레프 (버럭 성을 내며 큰소리로) 연극은 중지야! 그만해. 막을 내려!

아르카지나 너 왜 화가 났니?

트레플레프 그만해! 막을 내려! 막을 내리라니까! (발을 탕탕 구르며) 막을 내려! (막 내린다) 실례했습니다! 각본을 쓰거나 무대에서 상연하는 것은 소수의 선택된 자들이 하는 것이라는 걸 그만 깜박 잊고 있었어요. 난 남의 독점권을 침범했어요! 나에게는, 아니 나 같은 것은……. (좀 더 뭐라고 말하고 싶지만 한 손을 흔들며

왼쪽으로 퇴장)

아르카지나 왜 그러죠, 저 애는?

소 린 얘, 아르카지나, 그럼 안 되는 거야. 젊은 사람들의 자존심에
그렇게 상처를 줘서는…….

아르카지나 내가 그 애에게 뭐라고 했나요?

소 린 너는 그 애를 모욕했어.

아르카지나 그 애는 이건 희극이라고 자기 스스로 미리 얘기했었어
요. 그래서 나 역시 편하게 대했던 거고요.

소 린 글쎄, 그렇다고는 하지만…….

아르카지나 그런데 막상 뚜껑을 열고 보니 굉장한 역작이었다 이거
로군요. 원 세상에! 그 애가 오늘 밤의 연극에 유황 냄새를 풍
긴 것은 오락을 위해서가 아니라 시위를 위한 것이었어요. 그
애는 우리에게 희곡을 쓰는 법과 연출법을 가르쳐 주려는 속셈
이었어요. 솔직히 말해서 난 진력이 나요. 걸핏하면 내게 대들
고 비꼬고, 그야 뭐 그 애의 자유겠지만 이래서야 누구라도 신
물이 날 거예요. 고집이 세고 자만심이 강해도 유분수지.

소 린 그 애는 너를 위로해 주려고 한 거야.

아르카지나 어머나, 그래요? 그렇다면 좀 더 평범한 연극을 하지 않
고 왜 하필이면 저런 퇴폐적이고 잠꼬대 같은 것을 들려주려
했을까요. 단순한 희극이라면 잠꼬대건 뭐건 들어주기도 하겠
지만, 거기에는 새로운 형식을 만들어 보겠다느니, 예술에 있
어 신기원을 그어 보겠다느니 하는 가식이 들어 있어요. 내가

29

볼 때 거기에는 새 형식도 아무것도 없어요. 단지 나쁜 근성만
이 있었을 뿐이에요.

트리고린 사람은 제각기 쓰고 싶은 걸 능력대로 쓰는 거죠.

아르카지나 그럼 제멋대로 쓰라고 하죠. 다만 나를 가만히 두었으
면 좋겠어요.

도 른 주피터여, 그대는 노했노라('그러니 잘못은 그대에게 있노라'라
는 라틴 어의 속담).

아르카지나 난 주피터가 아니고 여자예요. (담배에 불을 붙인다) 난 화
나지 않았어요. 다만 젊은 놈이 그런 지루한 시간 낭비를 하고
있는 게 안타까울 뿐이죠. 그 아이에게 모욕을 줄 생각은 없었
어요.

메드베젠코 아무에게도 영혼과 물질을 구별할 근거는 없습니다. 어
쩌면 영혼이라는 그 자체부터가 물질적 원자의 집합일지도 모
르니까 말이에요. (활기를 띠면서 트리고린에게) 그런데 어떻겠습
니까? 우리 교사들이 어떤 생활을 하고 있는가 어디 한번 그것
을 희곡으로 써서 무대에서 공연히 보면……. 괴롭습니다. 정
말 괴로운 생활입니다!

아르카지나 그러시겠죠. 하지만 이제는 희곡이나 원자의 이야기는
그만둡시다. 이렇게 좋은 밤인걸요! 들리세요, 저 노래 소리
가? (귀를 기울인다) 정말 좋군요!

폴리나 호수 건너편이에요. (사이)

아르카지나 (트리고린에게) 여기 곁에 앉으세요. 10년, 15년 전에는

이 호수에서는 거의 매일 끊임없이 음악과 합창이 들렸죠. 이 물가에 지주의 저택이 여섯 채나 있어서 말이에요. 지금도 기억해요. 웃음소리, 왁자지껄 떠드는 소리, 엽총 소리, 거기다 항상 로맨스……. 그 당시 이 여섯 채 저택의 총아, 숭배의 대상이었던 분은 바로 저, 소개하겠습니다. (도른을 턱으로 가리킨다) 도른 선생님이었죠. 지금도 저이는 매력이 있지만, 그때는 정말 말로는 형용할 수 없을 정도였어요. 그건 그렇다 치고, 어쩐지 마음이 아프군요. 원 세상에, 무엇 때문에 내가 가엾은 우리 집 도련님에게 모욕을 주었을까? 걱정이 돼요. (큰소리로) 코스차! 애, 코스차!

갈매기

마 샤 제가 가서 찾아보죠.

아르카지나 제발 부탁해요.

마 샤 (왼쪽으로 간다) 여보세요! 트레플레프 씨! (퇴장) 여보세요!

니 나 (가설무대 뒤에서 나오면서 혼잣말로) 더 이상 계속할 것 같지도 않으니 난 나가도 될 것 같아. (아르카지나 및 폴리나와 키스를 하며) 안녕하세요!

소 린 브라보! 브라보!

아르카지나 브라보! 브라보! 모두 감탄했어요. 그만한 용모와 그렇게 훌륭한 목소리를 가졌으면서도 시골에 파묻혀 있다니, 그건 죄악이에요. 틀림없이 재능이 있어요. 알겠죠? 무대에 서는 건 당신의 의무예요!

니 나 그건 저의 꿈이에요! (한숨을 쉬고) 하지만 그건 결코 실현되지 않을 거예요.

아르카지나 그걸 누가 알아요? 자, 소개해 드리죠. 이분은 소설가 트리고린 씨예요.

니 나 (당황해 하며) 너무 영광이에요. 언제나 선생님의 작품을 읽고 있었어요.

아르카지나 (니나를 자신의 곁에 앉히면서) 그렇게 어려워할 건 없어요. 유명한 분이지만 성격이 소탈한 분이니까요. 트리고린 씨가 오히려 부끄러워하는군요.

도 른 이제 막을 올려도 괜찮겠죠? 조금 갑갑하군요.

사므라예프 (큰소리로) 야코프, 막을 올려 주지 않겠나! (막이 오른다)

니 나 (트리고린에게) 조금 이상한 연극이었죠?

트리고린 저도 잘은 모르겠지만, 하지만 재미있게 봤어요. 당신의 연기는 정말 진지하더군요. 그리고 무대 장치도 제법 좋았어요. (사이) 이 호수에는 고기가 많겠죠?

니 나 네.

트리고린 난 낚시를 좋아해요. 저녁나절 물가에 앉아서 낚싯대를 드리우고 있는 것만큼 즐거운 일은 없죠.

니 나 하지만 일단 창작의 기쁨을 맛본 분에게는 다른 즐거움 같은 건 없을 것 같은데요?

아르카지나 그런 말은 하지 않는 게 좋을 거예요. 이분은 특이하게도 좋은 말을 하면 어디론가 숨는 버릇이 있어서 말이에요.

사므라예프 아직도 생생하게 기억납니다만, 언젠가 모스크바 오페라 극장에서 유명한 저 실바(이탈리아의 가수)가 제일 낮은 도 음을 낸 적이 있어요. 그런데 바로 그때 말이죠, 크레믈린 합창대의 저음 가수 한 사람이 2층 관람석에 앉아 구경을 하고 있다가 그의 음성에 감탄하며 자신도 모르게 '브라보! 실바!' 하고 환호성을 질렀죠. 그런데 놀랍게도 그 목소리가 가수보다 한 옥타브 낮은 소리였죠. 그러니까 이런 식으로 (낮은 베이스로) 브라보! 실바……. 그만 극장 안이 물을 끼얹은 듯 조용해졌죠. (사이)

갈
매
기

도 른 정적의 천사, 날아오도다!

니 나 전 그만 가 봐야겠어요, 안녕히 계세요.

아르카지나 어딜 가시는 거예요? 이렇게나 빨리? 우리가 놓아주지 않을 거예요.

니 나 아빠가 기다리고 계세요.

아르카지나 무슨 그런 부모가 있담, 정말……. (키스를 한다) 그럼 하는 수 없지. 떠나보내기 정말 서운하지만.

니 나 저 역시 작별하는 게 얼마나 괴로운지 모르겠어요!

아르카지나 누가 바래다 드렸으면 좋겠는데.

니 나 (당황한 듯) 아니에요, 괜찮아요.

소 린 (애원하듯) 좀 더 있어도 좋을 텐데.

니 나 안 돼요, 소린 씨.

소 린 한 시간만 더 계시는 건 어때요? 그 정도는.

니 나 (잠깐 생각하다가 울먹이는 소리로) 안 되겠어요. (악수하고 빠른

걸음으로 퇴장)

아르카지나   정말 딱한 아가씨야. 사람들 얘기로는 저 애의 돌아가
신 어머니가 막대한 재산을 한 푼도 남기지 않고 전부 남편에
게 양도했대요. 그런데 이번에는 또 저 애의 아버지가 그 재산
을 전부 후처의 명의로 옮겨놔서 이제 저 애는 빈털터리라지
뭐예요. 정말 너무하지 않아요?

도 른   저 애의 아버지는 짐승 같은 사람이죠. 그건 모두가 인정할
겁니다.

소 린   (싸늘하게 얼은 양손을 비비면서) 우리도 이제 가십시다. 여러분
곧 공기가 눅눅해져요. (혼잣말로) 이럴 땐 두 다리가 모두 쑤신
단 말이야.

아르카지나   오빠의 다리는 마치 목석같군요. 겨우 걸음을 옮기시
니. 자, 가십시다, 불쌍한 노인 양반. (소린을 부축한다)

사므라예프   (폴리나에게 한 손을 내밀며) 여보!

소 린   저것 봐, 또 개가 짖고 있군. (사므라예프에게) 제발 부탁일세,
저 개를 풀어 주라고 일러 주게.

사므라예프   그건 안 되겠는데요, 소린 씨. 곡식 창고에 도둑이 들면
곤란하니까요. 거기에는 수수가 들어 있어서 말입니다. (나란
히 걷고 있는 메드베젠코를 보며) 완전히 한 옥타브 낮은 소리로
'브라보, 실바!' 그게 글쎄 전문적인 가수가 아니고 기껏해야
교회의 합창 대원이었으니 말이죠.

메드베젠코   급료는 얼마나 받았죠, 그 교회의 합창 대원은?

도른만 남고 모두 퇴장.

도 른   (읊조린다) 어쩌면 내가 아무것도 이해하지 못하거나, 아니면 정신이 돌았는지 모르지만, 어쨌든 그 각본은 마음에 들었어. 거기에는 무엇인가가 있어. 그 처녀가 고독에 대하여 말하고, 그 다음에 악마의 빨간 눈동자가 나타났을 때는 난 흥분으로 손이 떨렸지. 신선하고 소박해. 호오, 저기 각본을 쓴 친구가 오고 있군. 될 수 있는 대로 기분 좋은 말을 많이 해 줘야지.

트레플레프   (등장) 이제 아무도 없군.

도 른   내가 있다네.

트레플레프   마샤가 절 찾으려고 온 정원을 돌아다니고 있거든요. 정말 지긋지긋한 여자예요.

도 른   이보게, 트레플레프 군. 난 자네의 각본이 무척 마음에 들었네. 뭐랄까, 정말 기발하더군. 끝 부분은 보지 못했지만 어쨌든 인상에 남는 작품이었네. 자네는 재능이 있는 사람일세. 계속 써 나가게.

트레플레프, 도른의 손을 움켜잡고 와락 껴안는다.

도 른   이런 감상적이로군. 눈물까지 글썽이다니……. 내가 말하고 싶은 건 말이네, 알겠나? 자네는 추상 관념의 세계에서 극의 테마를 잡았어. 그건 그렇게 해야 했던 거야. 왜냐하면 예술적인 작품이라는 건 반드시 무엇이든 커다란 사상을 표현해야 하는 것이기 때문이지. 진지한 것만이 아름답거든. 그런데 왜 그렇게 창백한 얼굴을 하고 있지?

트레플레프　당신은 내가 계속해서 글을 쓰길 바라시는군요.

도 른　그렇다네. 하지만 말이야, 중요하고 영원한 것만을 써야 해. 자네도 알다시피 나는 이제까지의 생애를 살면서 여러 가지 취미를 살리며 살아왔어. 난 만족하고 있지. 그러나 만일에 내가 예술가가 창작해서 맛보는 그런 정신적인 흥분을 어쩌다 한 번이라도 느낄 수 있었다면, 나는 감히 자신을 싸고 있는 물질적인 껍데기며, 거기 붙어 있는 모든 것을 버리고 이 지상에서 슬며시 날아가 버렸을 거야.

트레플레프　말씀 도중에 실례지만, 니나 양은 어디 있죠?

도 른　그리고 또 한 가지 중요한 것은 작품에는 명료하고 일정한 사상이 있어야 된다는 것이지. 무엇 때문에 글을 쓰는지 똑똑히 알고 있어야 해. 그렇지 않고 일정한 목적도 없이 풍경 감상이나 하면서 길을 걸어가면 자네는 미아가 되어 결국 자기 재능 때문에 멸망하고 말게 될 거야.

트레플레프　(안타까운 듯이) 어디 있나요, 니나 양은?

도 른　집으로 돌아갔네.

트레플레프　(절망적으로 읊조린다) 아, 어떻게 하면 좋지? 난 그녀를 만나고 싶어……. 꼭 만나야 해. 그래, 지금이라도 다녀와야겠어.

도 른　(트레플레프에게) 이봐, 진정하라고.

트레플레프　어쨌든 다녀오겠습니다. 전 가야만 해요.

마샤 등장

마 샤　트레플레프 씨, 어서 집으로 돌아가세요. 어머님이 무척 걱
정하고 계세요.

트레플레프　그렇게 전해 주세요, 난 떠났다고. 당신들도 제발 날 내
버려둬요! 내버려둬! 내 뒤를 따라다니지 말고 말이야!

도 른　이런, 그런 심한 말을. 그러면 안 되네.

트레플레프　(울먹이며) 안녕히 계십시오, 의사 선생님. 감사합니다.
(퇴장)

도 른　(한숨을 쉬며) 아직 젊군 그래!

마 샤　달리 할 말이 없으면 모두들 그런 식으로 말씀하시는군요.
젊다 하고 말이에요. (담배를 꺼낸다)

도 른　(담뱃갑을 빼앗아 덤불 속으로 던진다) 안 돼! (사이) 모두들 집에
서 트럼프 놀이를 하고 있는 모양이지? 나도 가볼까.

마 샤　잠깐 기다려 주세요.

도 른　왜 그러지?

마 샤　한 가지 선생님께 말씀드리고 싶은 게 있어요. 잠깐 들어주
세요. (흥분해서) 난 우리 아버지를 좋아하지 않지만, 당신에게
는 의지하고 싶어요. 왜 그런지 모르지만 난 진정으로 당신이
가까운 분처럼 느껴져요. 제발 도와주세요. 네, 도와주세요. 그

렇지 않으면 엉뚱한 짓을 하고 제멋대로 몸을 굴려 자신을 엉
망으로 만들고 말 거예요. 난 이제 더 이상…….

도 른 도대체 무엇을 도우라는 거지?

마 샤 전 괴로워요. 어느 누구 하나 이 괴로움을 이해해 주지 않아
요! (도른의 가슴에 얼굴을 파묻고 낮은 소리로) 전 트레플레프를 사
랑하고 있어요.

도 른 모두들 왜 이렇게 감상적일까, 원 세상에! 가는 곳마다 사랑
뿐이니……. '오오, 매혹의 호수여'로군! (다정하게) 하지만 내
가 도대체 무엇을 해 줄 수 있겠나, 도대체 무엇을?

제2막

크리켓 코트. 오른쪽 깊숙이 커다란 테라스가 딸린 집이 있고, 왼쪽으로 호수가 보이며 태양이 반사되어 반짝이고 있다. 여기저기 화단. 매우 무더운 정오. 코트 옆 보리수나무 그늘에 벤치가 하나 놓여 있다. 그 벤치에 아르카지나, 도른, 마샤가 앉아 있다. 도른의 무릎 위에는 책이 펼쳐져 있다.

아르카지나   (마샤에게) 그럼 어디 일어나 봅시다. (아르카지나와 마샤, 일어선다) 이렇게 나란히 서서. 당신은 스물둘, 나는 거의 두 배가량 나이가 많지요. 보세요, 도른 씨. 누가 젊어 보이죠?

도 른   당신이죠, 물론.

아르카지나   자, 그건 무엇 때문일까요? 그건 바로 내가 활동하기 때문이에요, 무엇이든 느끼기 때문이죠. 그런데 당신은 언제나 한곳에 가만히 앉아서 전혀 활동을 하지 않아요. 그리고 또 내게는 철학도 있죠, 미래를 내다보지 않는다는. 난 나이에 대해서나 죽음에 대해서 단 한 번도 생각한 적이 없어요. 어차피 올건 오게 마련이니까.

마 샤 전 이런 생각이 들어요. 마치 자기가 이미 먼 옛날에 태어난 것처럼 말이에요. 저 기다란 예복 치맛자락을 질질 끌듯이 자기 삶을 끌고 있는 듯한 기분이에요. 살고 싶은 생각이 전혀 없어질 때도 자주 있는걸요. (앉는다) 하지만 시시하군요, 그런 이야기. 용기를 내서 이런 망상을 털어 버려야 되는데.

도 른 (낮은 목소리로 읊는다) 전해 다오, 오오, 꽃들이여……. (구노의 가극《파우스트》제3막에서).

아르카지나 그리고 또 난 영국 사람처럼 예의를 중시하죠. 말하자면 팽팽하게 긴장된 기분으로 옷차림이고 머리 모양이고 언제나 예절바르게 하고 있어요. 잠깐 집을 나올 때만 해도, 가령 이렇게 정원에 나올 때라도 잠옷 바람에 머리도 빗지 않은 때가 있었을까? 천만에, 내가 이렇게 언제까지나 젊음을 유지할 수 있는 것은 이 근처에 있는 사람들처럼 칠칠맞게 굴지 않고 자기 자신을 후하게 대접하지 않은 덕분이죠. (양손을 허리에 대고 코트 안을 걸어 다니며) 자, 어때요? 아주 귀여운 병아리 같죠. 맘만 먹으면 열다섯 살 된 소녀처럼 꾸밀 수도 있죠.

도 른 네, 그렇습니다. 그건 그렇고 난 계속하겠어요. (책을 손에 들고) 으음, 그러니까 밀가루 장수와 쥐 이야기였죠.

아르카지나   네, 쥐 이야기였어요. 읽어 주세요. (앉는다) 잠깐 이리
주세요, 제가 읽죠. 이번에는 내가. (책을 받아 들고 눈으로 찾는다)
쥐와……. 아, 여기로군……. (읽는다) '그러므로 사교계의 부
인들이 소설가를 애지중지하여 그들을 자신의 옆에 가까이 하
는 것은, 밀가루 장수가 쥐를 곳간에 키우는 것만큼이나 위험
하다. 그럼에도 불구하고 소설가는 여전히 환영을 받는다. 그
리하여 여성이 어떤 마음에 드는 작가에게 눈독을 들여 살롱에
길들여 두려고 계획했을 때는 그녀는 찬사, 애교, 아첨을 다하
여 포위 공격을 한다.' 흥, 프랑스에서는 그럴는지 모르지만 이
러시아에서 그런 건 통하지 않아. 러시아 여자는 십중팔구 작
가를 손에 넣기 전에 자기 쪽에서 더 열을 올리기 마련이지. 하
느님 맙소사, 그 가까운 예로 나하고 트리고린 역시…….

갈
매
기

소린이 지팡이에 의지하여 등장. 그 옆에 니나, 그 뒤에 메드베젠코가 빈
휠체어를 밀면서 온다.

소 린   (니나와 다정하게 이야기를 나누며) 아, 그래요? 그러니까 한마
디로 오늘은 당신에게 최고의 날이겠군요. (누이동생에게) 이봐,
니나 양에게 기쁜 일이 있다는구나! 아버지와 계모가 트베리
에 가서 꼬박 사흘 동안이나 마음 놓고 다닐 수 있게 됐대.

니 나   (아르카지나 옆에 앉아서 그녀를 껴안는다) 전 정말로 행복해요!
이제 전 여러분과 함께 할 수 있어요.

41

소 린   (자기 휠체어에 앉는다) 오늘은 더욱 아름답게 보이는군요.

아르카지나   한껏 모양을 내서 나까지 반할 정도야. (니나에게 키스한다) 하지만 너무 칭찬하진 않을 거예요. 악마가 샘을 부릴 테니까 말이에요. 트리고린 씨는 어디에 계시죠?

니 나   낚시를 하고 계세요.

아르카지나   지치지도 않나 봐! (계속 책을 읽으려 한다)

니 나   무슨 책이에요?

아르카지나   모파상의 《물 위에서》예요. (두서너 줄 가량 읽어 가며) 흥, 그 뒤로는 시시한 거짓말뿐이군. (책을 덮는다) 어쩐지 마음이 가라앉지 않아요. 우리 그 애는 도대체 어찌 된 걸까요? 어째서 그렇게 절망에 휩싸인 얼굴을 하고 있을까요? 그 애는 벌써 며칠 동안이나 계속 호수에만 나가 있어요.

마 샤   분명 울적하신 거예요. (니나를 향해 조심스럽게) 저어, 그분의 희곡을 어디든 읽어 주시지 않겠어요?

니 나   (어깨를 움츠리고) 어머, 그렇게나 재미없는걸!

마 샤   (감격을 누르며) 그 사람은 무엇이든 낭독을 하실 때면 눈이 불타오르고, 얼굴이 하얗게 빛나죠. 우수에 깃든 고운 목소리에, 몸짓은 꼭 시인 같아요.

소린의 코고는 소리가 들린다.

도 른   편안히 주무십시오!

아르카지나   오빠!

소 린   으응?

아르카지나   주무시는 거예요?

소 린   아, 아니. 왜 그러냐?

사이.

아르카지나   오빠는 치료를 잘 받지 않고 있는 것 같더군요.

소 린   치료를 받고 싶은 생각은 태산 같지만 이 의사 선생이 해 주
      실 생각을 않으시니 말이다.

도 른   나이 예순에 무슨 치료를 받으시려고 그러십니까?

소 린   예순이 되어도 오래 살고 싶기는 마찬가지죠.

도 른   (내뱉듯이) 그래요? 그럼 쥐오줌풀의 물약(진정제)이라도 마
      시세요.

아르카지나   어디 온천에라도 가 계시면 어떨까요?

도 른   글쎄요. 가도 좋고, 가지 않는 것도 좋다고 할까요.

아르카지나   어려운 말씀이군요.

도 른   전혀 어렵지 않아요. 모든 건 간단명료하니까요.

사이.

메드베젠코   소린 씨는 담배를 끊으시면 좋을 텐데.

소 린 쓸데없는 소리요.

도 른 아니, 쓸데없다니요? 술과 담배는 이성을 잃게 합니다. 시가 한 대, 보드카 한잔을 들이키고 난 당신은 이미 소린 씨가 아니라, 소린 씨 더하기 그 누구인 겁니다. 자아가 점점 희미해져서 당신은 자기에 대해서 마치 제3자, 즉 타인이 되는 겁니다.

소 린 (웃으며) 당신 마음대로 잔소리를 늘어놓구려. 당신은 인생의 황금 시기를 실컷 즐긴 사람이니까. 그런데 난 어떻소? 법무성에 28년간이나 근무하기는 했지만 솔직히 말해서 아직 진정한 의미에서의 생활이란 걸 해 본 적이 없소. 무엇 하나 즐긴적도 없고. 그러니까 살고 싶어 안달하는 것도 당연한 이야기아니오? 의사 선생 당신은 배가 잔뜩 불러서 태연해 보이는구려. 그러니까 자연히 철학에도 취미를 가지게 되는 모양이지. 그러나 난 단지 삶을 누리고 싶은 욕망 하나밖에 없으니 저녁식사 때 셰리주를 마시기도 하고, 담배도 피우게 된다 이거요. 단지 그뿐이오.

도 른 생명이라는 건 좀 더 소중하게 다루어야 합니다. 예순이나되어서 그제야 치료를 시작하고, 젊었을 때 재미를 보지 못했다고 후회하는 것은, 실례지만 경솔하다고밖에 할 수 없군요.

마 샤 (일어선다) 아마 점심시간일 거예요, 틀림없이. (무기력하고 지쳐 보이는 걸음걸이로 걸어간다) 다리가 저려……. (퇴장)

도 른 저 아인 저렇게 해서 점심 먹기 전에 보드카를 두 잔 들이킬겁니다.

소 린 정말 복이 없는 아가씨야, 가엾게도.

도 른 그런 심한 말씀을……

소 린 그게 세상의 온갖 복을 누린 사람들의 잔소리지.

아르카지나 (홀로 외친다) 아, 아, 세상에…… 지루하다고 해도 이 시골보다 더 지루한 곳은 없을 거야! 덥고 조용하고 모두들 아무 것도 하지 않고 철학만을 논할 뿐. (주위를 둘러보며) 여보세요, 여러분, 이렇게 함께 있는 것도 좋고, 말씀을 듣는 것도 즐거워요. 하지만 이보다는 호텔 방에 들어가서 대사를 외우는 것이 더 나을 것 같아요.

갈
매
기

니 나 (감격하여) 옳은 말씀이에요! 저도 그 기분 알 것 같아요.

소 린 물론 도회지가 좋지. 서재에 틀어박혀 허가 없이는 아무도 들어오지 못하게 하고 용건은 전화로……. 한길에는 마차가 있는 그런 생활!

도 른 (읊는다) 전해 다오. 오오, 꽃들이여……

사므라예프 등장. 이어 폴리나 등장.

사므라예프 여어, 여러분, 모두 한자리에 계시는군요. 안녕하십니까! (아르카지나의 손에 키스하고 이어 니나의 손에 키스한다) 건강하셔서 다행입니다. 우리 집사람의 이야기로는 오늘 부인을 따라서 시내로 간다는데 정말인가요?

아르카지나 네, 그럴 생각이에요.

사므라예프   음⋯⋯. 그것도 좋기는 합니다만 무엇을 타고 가실 건가요, 부인? 오늘은 곡식을 운반하는 날이어서 일꾼들은 전부 손이 모자랍니다. 그리고 또 도대체 어떤 말을 쓸 생각이신지, 어디 한번 말씀해 보십시오.

아르카지나   어떤 말이라뇨? 그건 내 알 바가 아니에요.

소 린   우리 집에는 따로 외출용이 있을 텐데⋯⋯.

사므라예프   (흥분해서) 외출용이라고요? 그럼 마구는 어떡하고요? 어디서 가져올까요? 이거 정말 놀랄 일인데요? 아무것도 모르시는군요. 부인, 실례지만 전 부인의 재능을 숭배하고, 부인을 위해서라면 10년을 감수해도 아깝지 않습니다. 그러나 말은 절대로 허락할 수 없습니다.

아르카지나   하지만 내가 꼭 나가야 한다면 어떡하겠어요? 얘기가 이상하군요!

사므라예프   부인, 당신은 아무것도 모르십니다. 농가의 경영이 어떤 것인가를!

아르카지나   (발끈 화를 내며) 또 그 잔소리로군요! 그럼 좋아요, 난 오늘 곧 모스크바로 돌아갈 테니까. 마을에 가서 말을 빌려 오도록 해 줘요. 그것조차 안 되면 역까지 그냥 걸어가겠어요.

사므라예프   (버럭 성을 내며) 그러시다면 전 관두겠습니다! 다른 집사를 구하십시오! (퇴장)

아르카지나   해마다 여름만 되면 이렇다니까. 여름마다 난 이곳에 와서 이런 불쾌한 꼴을 당한다니까요. 이제는 여기에 발도 디

디지 말아야지. (왼쪽으로 퇴장. 잠시 후 그녀가 집으로 걸어가는 것이 보인다. 그 뒤에 트리고린이 낚싯대와 통을 들고 따라간다)

소 린   억지도 분수가 있지! 도대체 이런 일이 어디 있어! 정말 황당하군. 잔말 말고 즉시 여기다 말을 있는 대로 내놓게 해!

니 나   (폴리나에게) 아르카지나 같은 유명한 배우에게 거역하다니! 그녀의 소원이라면 설사 무모한 일일지라도 남편분의 농사보다 중요하지 않나요? 저 역시 이해가 가질 않네요.

폴리나   (미안해 어쩔 줄 몰라 하며) 그럼 어떻게 하길 원하시죠? 제 입장도 생각해 주세요.

소 린   (니나에게) 자, 동생에게 갑시다. 가서 떠나지 말라고 부탁해 봅시다, 어때요? (사므라예프가 가 버린 방향을 보며) 정말 지긋지긋한 사람이야! 정말 폭군과 진배없지, 암!

갈매기

니 나   (소린이 자리에서 일어서려는 것을 말리면서) 그냥 앉아 계셔요. 저희가 모실게요. (메드베젠코와 둘이서 휠체어를 민다) 아아, 정말 불쾌한 일이에요.

소 린   불쾌하다마다. 하지만 그 애는 돌아가지 않을 거예요. 내가 곧 해결할 테니까. (세 사람 퇴장. 도른과 폴리나만 남는다)

도 른   골치 아픈 사람들이로군. 문제는 당신 남편을 내쫓으면 될 텐데. 아마 저 늙어빠진 소린 선생께서 누이동생과 합작하여 그에게 사과하러 갈 게 분명하오. 어디 두고 봐요!

폴리나   그이는 외출용 말까지 들판에 내보냈어요. 그뿐 아니라 이런 말다툼은 매일처럼 일어나죠. 그 때문에 내가 얼마나 고통을 당하는지 당신은 상상도 못할 거예요. 그이가 조금이라도 이걸 안다면 얼마나 좋을까요! 이래서야 병이 나고 말 거예요. 이것 보세요, 손이 떨리는걸. 전 그이의 횡포에 정이 떨어졌어요. (애원하듯이) 도른, 소중한 나의 도른, 절 데려가 주세요. 우리의 시간은 지나가 버려요, 우리는 이미 젊지 않아요. 진정, 일생의 마지막 말일지라도 숨기거나 거짓말하지 않고 살고 싶어요.

사이.

도 른 난 쉰다섯이오. 새삼스럽게 생활을 바꾸려고 해도 이미 늦었소.

폴리나 알고 있어요. 그렇게 말하며 피하시는 거요. 그건 나 외에도 가까운 여자 분들이 얼마든지 있기 때문이죠. 모두를 사랑할 순 없으니까요. 알고 있어요. 이런 말해서 미안해요.

니나가 집 옆에 나타난다. 그녀는 꽃을 딴다.

도 른 그럴 리가…….

폴리나 전 질투로 매일같이 괴로운 나날을 보낸답니다. 당신은 의사니까 부인들을 멀리할 수야 없겠죠. 그건 잘 알지만…….

도 른 (다가온 니나에게) 어떻습니까, 그쪽 형편은?

니 나　아르카지나 씨는 울고 계시고, 소린 씨는 또 천식이 발작했어요.

도 른　이거, 정말. (집 쪽으로 간다)

폴리나　(함께 걸으면서) 정말 아름다운 꽃이군요! (집 옆에서 소리를 죽이고) 그 꽃을 주세요. 이리 달라니까요! (꽃을 받아서 그것을 잡아뜯더니 옆에 버린다. 두 사람, 집으로 들어간다)

갈매기

니 나　(독백) 유명한 여배우가 그것도 그런 시시한 일로 울다니 아무리 생각해도 이상해. 또 한 가지 이상한 것은, 인기가 대단하고, 떠들썩하게 신문에 실리고, 외국에까지 작품이 번역된 유명한 소설가가 하루 종일 낚시질만 하고 모래무지 두 마리를 낚았다면서 좋아하다니……. 이것도 이상한 일이야. 난 유명한 사람이란 곁에도 가지 못할 만큼 거만해서 세상 사람들을 얕보고 있을 걸로 생각했는데. 그런데 이제 보니 울고, 웃고, 낚시질을 하고 카드놀이도 하고 도무지 다른 사람과 다를 바 없잖아.

트레플레프　(모자도 없이 등장. 엽총과 잡은 갈매기를 들고 있다) 혼자인가요?

니 나　네, 그래요.

트레플레프, 갈매기를 그녀의 발밑에 놓는다.

니 나　이건 무슨 뜻이죠?

트레플레프　오늘 난 갈매기를 죽이는 비열한 짓을 했어요. 그래서 당신 발아래 바칩니다.

니 나 왜 그러시죠? (갈매기를 들고 가만히 바라본다)

트레플레프 (사이를 두고) 머지않아 나도 이렇게 나 자신을 죽일 거예요.

니 나 당신, 마치 다른 사람 같아요.

트레플레프 네, 당신 역시 예전과 많이 달라졌어요. 날 보는 눈빛, 내가 있으면 무척 거북스러운 것 같은 그런 눈빛이요.

니 나 요즘 당신은 부쩍 화를 많이 내는 것 같아요. 무슨 말을 하더라도 분명치 않고, 이상한 상징적인 말만 하고 말이에요. 지금 이 갈매기만 해도 아마 무슨 상징인 모양인데……. 미안하지만 전 잘 모르겠어요. (갈매기를 벤치 위에 올려놓는다) 제가 너무 단순해서 당신을 이해할 수가 없어요.

트레플레프 문제는 내 각본이 그런 수모를 당한 그날 밤부터입니다. 여자라는 건 실패를 용서하지 않는 존재 같더군요. 난 전부 태워 버렸어요. 한 조각도 남기지 않고 말이에요. 내가 얼마나 비참한지 당신이 알아준다면! 내게는 당신의 냉정한 태도가 거짓말처럼 느껴집니다. 마치 잠에서 깨고 보니 이 호수가 갑자기 말라 버렸거나 땅속으로 꺼져 버린 것 같습니다. 방금 당신은 자신이 너무 단순해서 나를 이해할 수 없다고 말하셨죠? 아아, 이해하지 못할 게 뭐가 있나요? 분명 그 각본이 마음에 들지 않기 때문일 거예요. (신음하며) 알고 있어요, 잘 알고 있다고요! 난 머리에 못이 박힌 것 같은 기분이에요. 그까짓 거, 뱀처럼 나의 피를 빠는 그 저주받은 자존심! (트리고린이 수첩을 보면서 걸어오는 것을 보고) 홍, 진짜 천재가 오는군. 걸음걸이까지 햄릿과 똑같아. 역시 책을 들고 말이야. (조롱하듯) 말, 말, 말이라……. 아직 저 태양이 옆에 오기도 전에 당신은 벌써 미소 짓고 눈빛까지 황홀해졌군요. 그런 당신을 방해하진 않겠어요. (빠른 걸음으로 퇴장)

트리고린 안녕하십니까. 사정이 생겨서 우린 아무래도 오늘 출발하게 될 것 같습니다. 당신과 또 언제 만나게 될지 알 수 없어 정말 유감입니다. 전 젊은 아가씨들, 특히 젊고 아름다운 아가씨와 만날 기회가 극히 드물어서 열여덟, 아홉 살의 젊은 아가씨들이 어떤 생각을 갖고 있는지 도무지 상상할 수가 없죠. 그래서 내 작품에 나오는 젊은 아가씨들은 대부분이 가짜입니다. 단 한 시간이라도 좋으니 당신과 바뀌어서 당신의 사고방식과 당신이 어떤 사람인가를 알고 싶군요.

니 나 저도 가끔 당신의 처지가 돼 봤으면 좋겠어요.

트리고린 그건 왜죠?

니 나 유명하고 훌륭한 작가가 어떠한 사람들인지 알고 싶기 때문이에요. 유명하면 어떤 기분이 들지 궁금해요. 자기 자신이 유명하다는 걸 어떻게 생각하시죠?

트리고린 어떠냐고요? 글쎄요, 별로 아무렇지도 않겠죠. 그런 건 지금까지 생각해 본 적도 없습니다. (잠깐 생각하더니) 아마도 두 가지 중에 하나겠군요. 당신이 나의 명성을 과장해서 생각하고 있거나, 아니면 명성이라는 게 그리 머릿속에 그려지지 않거나.

니 나　하지만 자신의 이야기가 신문에 난 것을 볼 때는요?

트리고린　호평을 받으면 기분이 좋고, 혹평을 들으면 한 이틀 기분이 나쁜 정도죠.

니 나　멋진 세계로군요. 그런 세계를 제가 얼마나 부러워하고 있는지 모르시죠! 사람의 운명이란 정말 제각각이에요. 지루하고 남의 눈에 띄지 않는 삶을 겨우겨우 살고 있는 사람들이 있는가 하면, 한편으로는 당신처럼 백만 명에 한 명 꼴로 재미있고, 화려하고, 의욕에 가득 찬 생활을 보내는 게 운명인 사람도 있어요. 당신은 행복한 사람이에요.

트리고린　제가요? (어깨를 움츠리며) 음…… 당신은 명성이니 행복이니, 그 어떤 밝은 화려함이니 하고 말씀하시죠. 하지만 저에겐 그런 말이, 내가 싫어할 뿐만 아니라 먹어 본 적도 없는 마멀레이드(오렌지 또는 레몬의 잼)와 마찬가지죠. 그건 그렇고 당신은 매우 젊고 상냥한 사람이에요.

니 나　당신의 생활은 정말 멋있어요!

트리고린　생각보다 별로 좋을 것도 없을걸요. (시계를 꺼내 본다) 난 이제부터 글을 써야 해요. 용서해요, 시간이 없어서……. (웃는다) 그런데 당신은 말이에요, 세상에서 흔히 말하듯 '남의 아픈 곳'을 밟았어요. 그래서 솔직히 울화도 치밀어요. 좋아요, 우리 잠깐 더 얘기를 나눌까요? 당신이 상상하는 그 뭔가 나의 멋있고 훌륭한 생활에 대해서 말이에요. 그런데 뭐부터 시작하면 좋을까? (잠시 생각하고 나서) 제겐 강박 관념이라는 게 있죠. 밤이나 낮이나 한 가지 생각이 집요하게 달라붙어서 떠나지 않아요. 그것은 글을 써야 한다, 써야만 해, 하는 생각이에요. 겨우 소설을 하나 완성했다 싶으면 왜 그런지 금세 다음 작품을 준비해야 하고, 그리고 그런 것이 세 번, 네 번 이런 식이죠. 마치 역마차처럼 항상 바삐 쓰기만 할 뿐 다른 재주는 없어요. 그 어느 점이 멋있고 화려한지 당신에게 묻고 싶군요. 한마디로 정말 거친 생활이죠. 그 예로, 지금 당신과 이렇게 이야기를 나누고는 있지만, 한편으로는 쓰다 만 소설이 저쪽에서 절 기다리고 있다는 사실이 머릿속에서 계속 맴돌고 있죠. 저기 하늘에 그랜드피아노 같은 모양의 구름이 보이죠? 전 그걸 소설의 어느 대목에 써야지 하고 생각하죠. 그랜드피아노처럼 생긴 구름이 떠 있었다고 말이에요. 헬리오트로프의 향기가 날 땐 또 재빨리 머릿속에다 저장해 두죠. 달콤한 향기, 과일의 색깔, 이건 여름 저녁의 묘사에 쓰자, 뭐 이런 식으로 말이에요. 또 지금 우리가 나누는 대화의 내용을 모조리 잡아서 자신의 서랍 속에 집어넣죠. 언젠가는 쓰일지도 모르니까요. 그렇게 한바탕 일이 끝나고 나면 연극을 보러 가거나 낚시질을 하러 달려갑니다. 거기서 한숨 돌리고 지친 머리를 식힐 수 있을 것 같나요? 천만에, 그렇게는 안 돼요. 머릿속에는 이미 새로운 주제라는 무거운 쇳덩어리가 굴러다니며 빨리 책상으로 돌아가라고 아우성이죠. 그래서 또다시 부리나케 써 대죠. 언제나 이런 식으로 스스로 자기 몸을 몰아 세워 마음

갈
매
기

편할 때가 없어요. 자기 생명을 야금야금 갉아먹고 있는 듯한 기분이죠. 누군지 모를 막연한 상대에게 꿀을 주려고 나는 자신의 가장 좋은 꽃 중에서 꽃가루를 긁어모으고, 소중한 꽃을 잡아 뜯고, 그 뿌리를 밟아 죽이고 있는 거나 같습니다. 그러고도 옳은 정신이라고 할 수 있을까요? 가까운 사람들이나 친지들이 과연 나를 정당하게 평가해 주고 있을까요? '지금 무엇을 쓰고 계십니까?', '이번에는 어떤 것입니까?' 그들이 묻는 건 모두 이런 똑같은 이야기뿐이죠. 그래서 난 친지들의 그러한 주목과 찬사와 환희의 눈물이 전부 거짓투성이며, 모두 어울려서 나를 병자 취급하여 적당한 위로의 말을 하고 있는 듯한 기분이에요. 정신 차리지 않다가는 누군가 뒤로 살그머니 다가와서 나를 잡아 포프리시친(고골리의 《광인 일기》의 주인공)처럼 정신 병원에 처넣지 않을까 하고 무서워질 때도 있어요. 그럼 내가 겨우 무언가 쓰기 시작한 시절, 아직 젊고 생기에 넘쳐 있던 시절에는 어떠했을까요? 그때 역시 나의 창작 생활은 고통의 연속이었죠. 신출내기 작가라는 건 특히 불우한 사내가 그렇습니다만, 자기 스스로도 얼빠지고 모양 없는, 한마디로 쓸모없는 사람 같은 느낌이 들죠. 신경을 잔뜩 곤두세우고 정신없이 그냥 문학과 미술에 종사하고 있는 사람들의 주의를 맴돌죠. 누구 하나 인정해 주는 사람도 없고, 눈에도 띄지 않고, 더구나 이쪽에서는 상대방의 눈을 바로 쳐다볼 용기도 없지요. 말하자면 돈 한 푼도 없는 노름꾼과 같은 꼴이에요. 난 내 글을 읽는 독자를 직접 만난 적은 없지만 어쩐지 무뚝뚝하고 의심 많은 사람들일 거라 생각되더군요. 세상이라는 게 무서웠어요. 마치 무서운 괴물과 같은 생각이 들었죠. 나의 작품이 상연되기라도 하는 때는 늘, '검은 머리 한 사람은 내 작품에 적의를 품고 있다, 밝은 머리색을 가진 사람은 냉담한 사람이다' 이런 식의 생각이 들었죠. 생각만 해도 오싹해져요. 정말 뭐라고 말할 수 없는 고통이었습니다.

니 나   잠깐만요! 하지만 감흥이 일어났을 때나 창작의 붓이 매끄럽게 잘 나가고 있을 때는 숭고한 행복의 순간을 맛보지 않나요?

트리고린   그야 그렇죠. 쓰고 있는 동안은 유쾌합니다. 교정을 보는 것도 재미있죠. 하지만…… 막상 책이 되어 나오면 참을 수가 없어요. '이건 잘못되었어, 실패야 차라리 쓰지 않는 것만 못하다'는 생각이 들면서 싱숭생숭하고 우울해져요. (웃는다) 그러나 세상 사람들은 읽고 나서, '잘 썼지만 톨스토이에 비하면 어림도 없다'느니 '제법이야, 그러나 투르게네프의 《아버지와 아들》이 더 좋군'이라는 말들을 하죠. 그렇게 되어 결국 무덤 속에 들어갈 때까지 자나 깨나 '잘 썼어, 재주는 있어'의 연속일 뿐 그 밖에는 아무것도 없죠. 그리고 막상 내가 죽어 버리면 나를 알고 있던 사람들이 무덤 곁을 지나다가 이렇게 말할 겁니다. '여기 트리고린이 잠들어 있다. 좋은 작가였으나 투르게네프만은 못했다.'

니 나   하지만 전 그런 말씀에 수긍할 수가 없군요. 당신은 이미 성공하셨어요.

트리고린 어떤 성공 말인가요? 난 한번도 스스로의 작품에 만족한 적이 없었어요. 그리고 무엇보다 곤란한 것은 머릿속이 흐리멍덩해서 자신이 무엇을 쓰고 있는지도 모르겠어요. 난 이 물이 좋아요. 술과 하늘도 좋아하죠. 난 자연을 마음속 깊이 느낍니다. 그것은 나의 정열을, 쓰지 않고는 배기지 못하는 욕망을 불러일으킵니다. 그러나 난 단순한 풍경 화가일 뿐 아니라 사회인이기도 하죠. 조국을, 그리고 민중을 사랑합니다. 나는 내가 작가라면 마땅히 민중의 고뇌와 장래에 대해서 이야기하고 과학과 인간의 권리와 그 밖의 여러 가지 것에 대해서도 이야기할 의무가 있다고 생각합니다. 그래서 나는 무엇이든 다 써 보려고 덤비죠. 하지만 나는 사방에서 이런저런 험담을 듣습니다. 그렇게 마치 사냥개한테 쫓기는 여우와 다름없이 이리 뛰고 저리 뛰고 하는 동안에 어느새 인생과 과학은 앞으로 앞으로 전진해 가고, 나는 열차 시간을 놓친 농부처럼 삽시간에 뒤로 처집니다. 그래서 결국은 자신이 할 수 있는 건 자연 묘사뿐이다, 다른 것에 대해서는 자신이 전부 가짜다, 골수까지 가짜다, 이렇게 생각해 버리죠.

니 나 당신은 과로 때문에 자신의 가치를 의식할 틈도, 생각할 시간도 없으시군요. 설사 스스로 그렇게 생각하더라도 당신은 모두에게 있어 위대하고 훌륭한 분이에요. 만약에 내가 당신 같은 작가라면 자신의 전 생명을 민중에게 바칠 거예요. 하지만 마음속으로는 민중의 행복은 자신의 행복과 비례한다고 생각할 거

56

예요. 민중은 나를 축제의 마차에 태워서 끌고 다닐 거예요.

트리고린 오, 축제의 마차라……. 아가멤논인가, 내가! (두 사람 미소
짓는다)

니 나 여류 작가니 여배우니 하는 그런 행복한 신분이 될 수 있다
면 난 주위 사람들의 미움을 받건, 가난하건, 환멸을 느끼건, 굳
세게 참고 견디겠어요. 지붕 밑 다락방에 살고 검정 빵만 먹으
며 자신에 대한 불만이나 미숙함을 의식하고 고민해도 좋아요.
그 대신 나는 요구할 거예요, 진정한 명성을……. 떠나갈 듯이
요란한 명성을……. (양손으로 얼굴을 가린다) 어지러워…….

갈
매
기

아르카지나의 목소리 (집 안에서) 트리고린 씨!

트리고린 나를 찾고 있어요. 아마 짐을 챙기는 모양일 거예요. 하지
만 떠나고 싶지 않군요. (호수 쪽을 돌아보며) 정말 멋지지 않습니
까! 아, 이 자연의 은혜!

니 나 저 건너편에 집과 정원이 보이죠?

트리고린 네.

니 나 저건 돌아가신 어머니의 집이었어요. 전 저기서 태어났어
요. 그리고 줄곧 이 호숫가에서 살았기 때문에 아무리 작은 섬
도 전부 알고 있어요.

트리고린 여기는 정말 멋진 곳이오! 정말로! (갈매기를 보며) 그런데
이건 뭐죠?

니 나 갈매기예요. 트레플레프 씨가 쏘았어요.

트리고린 아름다운 새로군요. 아! 아무래도 이곳을 떠나기 싫어지

는군요. 아르카지나 씨를 설득해서 좀 더 이곳에 머물도록 해
줄 순 없나요? (수첩에 무언가를 적는다)

니 나 뭘 쓰고 계시죠?

트리고린 그냥 몇 자 적은 것뿐입니다. 갑자기 주제가 생각나서 말
이에요. (수첩을 집어넣으면서) 자그마한 단편의 주제인데요, 호
숫가에 꼭 당신 같은 젊은 처녀가 어릴 적부터 살고 있습니다.
갈매기처럼 호수를 좋아하고, 갈매기처럼 행복하고 자유로웠
죠. 그런데 우연히 나타난 사나이가 그 처녀를 보자 심심풀이
로 처녀를 데리고 놀다가 그녀를 파멸시키고 말죠. 바로 이 갈
매기처럼 말이에요.

사이. 창가에 아르카지나가 나타난다.

아르카지나 트리고린 씨, 어디 계시죠?

트리고린 네, 곧! (가다가 말고 니나를 돌아본다. 창문 곁에서 아르카지나에
게) 왜 그러시죠?

아르카지나 우리는 그냥 이곳에 있기로 했어요.

트리고린, 집 안으로 들어간다.

니 나 (푸트 라이트 쪽으로 다가선다. 한참 생각에 잠겼다가) 모든 게 꿈
이야!

제3막

소린 집 안의 식당. 좌우에 문, 찬장, 약품이 든 작은 장, 방 한가운데에
테이블. 여행 가방이 하나, 모자 상자가 몇 개. 출발 준비를 갖춘 것이 분
명하다.
트리고린은 아침을 먹고 마샤는 테이블 옆에 서 있다.

마 샤 당신은 작가이시니까 글의 소재가 될 수 있다는 생각에서
말씀드리는 거예요. 그이의 상처가 중상이었더라면 전 1분도
살지 않았을 거예요. 그러나 제게는 용기가 있습니다. 전 드디
어 결심했어요! 이 사랑을 가슴에서 뽑아 버리기로. 뿌리째 뽑
기로…….

트리고린 어떤 식으로요?

마 샤 결혼할 거예요. 메드베젠코 씨와.

트리고린 그 학교 선생님과 말이죠?

59

마 샤 네.

트리고린 모르겠는데요? 꼭 그렇게 할 필요가 있나요?

마 샤 희망도 없는 사랑을 하며 몇 년이고 무엇인가를 기다리고 있느니……. 일단 결혼을 해 버리면 그때는 사랑 같은 건 생각할 겨를도 없이 새로운 고민으로 옛 기억이 전부 지워지고 말겠죠. 그것만으로도 큰 변화가 아니겠어요? 한잔 더 어때요?

트리고린 좀 과하지 않을까요?

마 샤 끄떡없어요! (한잔씩 따른다) 그렇게 남의 얼굴을 빤히 보지 마세요. 여자들은 당신이 생각하는 것보다 잘 마신다고요. 나처럼 터놓고 마시는 건 흔치 않지만, 숨어서 살짝 마시는 경우는 얼마든지 있어요. 그것도 반드시 보드카나 코냑인걸요. (술잔을 부딪치고) 건강을 빕니다! 당신은 소탈한 분이군요. 헤어지는 게 섭섭할 정도예요. (두 사람 잔을 비운다)

트리고린 나도 떠나고 싶지는 않지만…….

마 샤 그러니까 부인에게 더 있자고 부탁하시면……

트리고린 아니요, 더 있을 생각은 없을 겁니다. 글쎄, 부인의 아들이 엉뚱한 짓만 저지르니까요. 권총 자살을 시도하려고 하질 않나, 이번에는 내게 결투를 신청하질 않나. 도대체 무엇 때문일까요? 이유도 없이 화를 내고 불평을 늘어놓는가 하면, 새로운 형식론을 떠들어대죠. 그렇지만 새로운 것이나 낡은 것이나 모두 함께 공존할 만한 여지나 있는 게 아니겠어요? 도대체 무엇 때문에 그렇게 내게 돌진해 오는 걸까요?

마 샤   거기다 질투도 겸해서 말이죠. 그러나 내가 알 바는 아닌 것
      같군요.

사이. 야코프가 가방을 들고 지나간다. 니나가 등장해서 창가에 멈춰
선다.

마 샤   그 선생은 가난한데다 별로 영리하지도 않지만 그런대로 좋
      은 사람이고, 또 나를 무척 사랑해 주고 있어요. 동정심이 드는
      사람이죠. 그의 늙은 어머니도 불쌍하고…… 그럼 안녕히 가
      세요. 섭섭하게 생각하지는 마세요. 여러모로 친절하게 대해
      주셔서 감사합니다. 책이 나오거든 보내 주세요. 네? 꼭 사인
      을 하셔서 말이에요. 하지만 '나의 경애하는' 그런 문장은 적지
      마시고 그냥 깨끗이 '신원도 모르고 무엇 때문에 이 세상에 사
      는지도 모르는 마리 양에게'라고 해 주세요. 그럼! (퇴장)

니 나   (주먹 쥔 한 손을 트리고린에게 내밀며) 짝수일까요? 홀수일까요?

트리고린   짝수.

니 나   (한숨을 쉬며) 아니에요. 손안에는 콩이 한 알밖에 없어요. 전
      여배우가 돼야 하나, 되지 말아야 하나 하고 점을 친 거예요.
      누구든지 어떻게 하라고 말해 주면 좋을 텐데.

트리고린   자신 있게 그렇게 말할 수 있는 사람이 어디 있겠습니까?

      (사이)

니 나   작별이군요. 아마 두 번 다시는 뵙지 못할 거예요. 아무쪼록

61

기념으로 이 로켓(사진 따위를 넣고 다니는 여성용 장신구)을 받아 주세요. 당신의 이니셜을 새겨 넣었어요. 이쪽에는《낮과 밤》이라는 당신의 책이름을 새겨 넣었고요.

트리고린 정말 아름답군요! (로켓에다 키스한다) 정말 기쁜 선물입니다!

니 나 가끔 저를 생각해 주세요.

트리고린 생각하다 말다요. 아마 그 맑게 갠 그날의 당신을 생각할 거예요. 기억나십니까? 일주일 전 당신이 연한 빛깔의 옷을 입고 있었던 날을……. 그리고 그때 벤치 위에 흰 갈매기가 놓여 있었던 것을.

니 나 (생각에 잠기면서) 네, 갈매기가……. (사이) 이제는 더 이상 얘기를 나눌 수 없을 것 같아요. 누가 와요. 떠나시기 전에 2분만 시간을 내주세요, 제발. (왼쪽으로 퇴장. 동시에 오른쪽에서 아르카지나, 연미복에다 훈장을 단 소린, 그리고 짐을 꾸리기에 바쁜 야코프 등장)

아르카지나 노인네는 여기서 가만히 계셔요. 그런 류머티즘의 몸으로 그렇게 돌아다니는 법이 어디 있어요? (트리고린에게) 지금 나간 사람은 누구죠? 니나였나요?

트리고린 네, 그렇습니다.

아르카지나 (앉는다) 그럼 이제 대충 정리도 끝났군요. 아아, 고단해.

트리고린 (로켓의 글씨를 읽는다)《낮과 밤》121페이지 11과 12행.

야코프 (테이블 위를 치우면서) 낚싯대도 넣을까요?

트리고린 그래, 그건 아직 필요하니까. 그리고 책들은 전부 누구에게든지 쥐버려.

야코프　그렇게 합지요.

트리고린　(독백) 121페이지, 11과 12행. 거기 뭐라고 적혀 있더라?

(아르카지나에게) 이 집 안에 제 책이 있었던가요?

아르카지나　오빠 서재의 구석 책상에 있을 거예요.

트리고린　121페이지라……. (퇴장)

아르카지나　오빠, 정말 여기에 가만히 좀 계세요, 네?

소　린　너희들이 떠난 후에 나 혼자 우두커니 있기가 싫어서 말이다.

아르카지나　그럼 시내에 가면 무슨 수가 있나요?

소　린　뭐 뾰족한 수가 있는 건 아니지만, 그래도 역시……. (웃는

다) 시민회관의 기공식도 있고 말이지. 비록 한 시간이나 두 시

간일지라도 이 동면하는 꼬치고기(시체드린의 동화《영리한 꼬치

고기》에서) 같은 생활에서 뛰쳐나가고 싶어서 말이다. 그렇게라

도 하지 않고는 난 낡은 파이프처럼 선반 구석에서 온통 먼지

투성이가 될 것 같구나. 1시에 마차를 보내라고 일러 놓았으니

까 함께 가자.

아르카지나　(사이를 두고) 그럼 이곳에 지그시 앉아 계시든가요, 네?

그리고 그 애의 감시도 부탁해요. 잘 보살펴 주시고 인도해 주

세요. (사이) 이렇게 내가 떠나 버리면 트레플레프가 왜 권총 자

살을 하려고 했는지 영원히 알 수 없게 될 것 같아요. 아마 내

생각으로는 질투가 원인이었던 것 같지만. 그러니 한시라도

빨리 트리고린을 여기에서 데리고 나가는 게 좋을 것 같아요.

갈
매
기

63

소　린　글쎄, 뭐라고 할까? 그 밖에도 원인이야 여러 가지가 있겠지. 무엇보다도 한창 나이의 똑똑한 남자가 이런 시골에서 썩으며 돈도 없고, 지위도 없고, 미래의 희망까지 없고 보면 무력해지기 마련이지. 그런 안존한 생활이 남들 보기에 부끄럽기도 하고 무섭기도 한 거야. 난 그 애가 귀엽고, 그 아이도 날 따르긴 하지만, 솔직히 그 애는 자기가 이 집에서 쓸모없는 존재이고 손님인데다 더부살이라고 생각하는 것 같더구나. 그 아이의 자존심이 그런 상처를 입혔는지도 모르겠다.

아르카지나　그 애 때문에 정말 골치가 아파요! (생각에 잠기면서) 직업을 가져 보는 게 어떨까요?

소　린　(휘파람을 불고는 약간 망설이면서) 난 말이다, 가장 좋은 방법은 네가 그 애에게 돈을 좀 주면 어떨까 하고 생각하는데 말이지. 우선 무엇보다도 그 애에게 필요한 건 사람다운 옷차림이야. 너도 한번 보렴. 단벌인 헌 프록코트를 벌써 3년 동안이나 걸치고 있고, 외투도 입고 있지 않잖니. 그리고 또 젊은 녀석에게는 기분 전환을 시키는 것도 좋은 방법일 게야. 어디 외국에라도 보내 보면 어떨까? 뭐 별로 돈도 들지 않을 텐데.

아르카지나　글쎄요, 양복쯤은 만들어 줄 수 있겠지만 외국까지는 도저히……. 아니에요, 지금 같아서는 양복도 안 되겠어요!

소린, 웃는다.

아르카지나   글쎄, 돈이 없다니까요!

소 린   (휘파람을 분다) 글쎄, 아니. 미안, 미안. 용서하렴. 네 말이 맞
겠지. 넌 인심이 후하고 너그러운 여자니까 말이야.

아르카지나   (눈물을 글썽이며) 난 돈이 없어요!

소 린   내게 돈만 있다면 두말없이 그 애에게 척 하니 내주겠는데,
마침 빈털터리라 동전 한 닢도 없구나. 내 연금은 몽땅 지배인
이 몰수해 가지고 농사니 꿀벌이니 하고 다 써 버리거든. 그래
서 내 돈은 본전도 찾지 못했단다. 벌도 소도 죽어 버리고, 말
만 하더라도 한 번도 내게 내준 적이 없어.

갈
매
기

아르카지나   그야 내게도 전혀 돈이 없는 건 아니지만, 어쨌든 난 여
배우니까요. 의상 값만으로도 가진 재산을 다 털어먹을 지경
이에요.

소 린   넌 착한 애고, 귀여운 여자야. 난 존경하고 있지. 암, 그렇고
말고. 하지만 난 또 어쩐지 (비틀거린다) 현기증이 나는구나. (테
이블을 잡는다)

아르카지나   (놀라서) 오빠! (소린을 부축하려고 애쓰면서) 오빠, 정신 차
려요. (외친다) 누구 없니! 빨리 좀…….

머리에 붕대를 감은 트레플레프와 메드베젠코 등장.

아르카지나   기분이 언짢으시대!

소 린   아니, (미소를 지으며 물을 마신다) 이제는 괜찮다.

트레플레프 (아르카지나에게) 놀라지 마세요, 어머니. 별로 위험한 건 아니니까. 외삼촌은 요즘 종종 이런 일이 일어나거든요. (소린에게) 외삼촌, 좀 누우셔야겠어요.

소 린 음, 잠깐만. 하지만 어쨌든 시내에는 가야겠다. 한참 쉬고 난 뒤엔 떠나겠어. 두말할 것 없이 말이다. (지팡이에 의지하여 걷는다)

메드베젠코 (팔을 부축해 주며) 이런 수수께끼가 있어요. 아침에는 네 발, 낮에는 두 발, 저녁에는 세 발······.

소 린 (웃는다) 맞았어. 그리고 밤에는 똑바로 눕겠지. 정말 고마워, 이제는 혼자서 잘 수 있어.

메드베젠코 아니, 또 체면을 차리시려 하시는군요. (소린과 함께 퇴장)

아르카지나 후유, 깜짝 놀랐네!

트레플레프 외삼촌에겐 시골 생활이 맞지 않아요. 만약에 어머니가 인심 좋게 1천 5백이나 2천 정도 빌려 드리면 그분은 한 1년은 도시에서 지내실 수 있을 거예요.

아르카지나 돈이 없다. 난 배우지 은행업자가 아니야.

사이.

트레플레프 어머니, 붕대 좀 감아 주세요. 어머니는 이런 일에 능숙하시잖아요.

아르카지나 (약장에서 요오드와 붕대 상자를 꺼낸다) 의사 선생님은 왜 이리 늦으실까?

트레플레프   10시쯤 오신다더니 벌써 점심때로군요.

아르카지나   거기 앉아라. (트레플레프의 머리에서 붕대를 푼다) 꼭 터번을 쓴 거 같구나. 어제 어떤 사람이 부엌에 와서 너를 보고 어느 나라 사람이냐고 묻더라. 하지만 거의 나은 것 같구나. 이제 조금만 치료하면 되겠다. (트레플레프의 머리에 입을 맞춘다) 내가 가 버린 뒤에 또 '탕' 하는 건 아니겠지?

트레플레프   천만에요, 어머니. 그땐 너무 절망에 빠져서 그만 자제할 수가 없었던 거예요. 이제는 두 번 다시 그런 짓은 하지 않겠어요. (아르카지나의 손에 키스한다) 아아, 이 손, 어머닌 정말 부지런한 분이군요. 전 기억하고 있어요. 까마득한 옛날, 어머니가 아직 국립 극장에 나가고 있던 시절, 난 어린애였지만 아파트의 안마당에서 싸움이 벌어져서 셋방살이하는 세탁부가 지독하게 얻어맞은 적이 있었죠. 생각나세요? 기절한 그 여자를 여섯 명이 안아 일으켜서……. 그리고 어머니는 늘 그 여자의 문병을 가서 약을 가져다주기도 하고 통에 물을 떠 놓고 아이들의 목욕을 시켜 주기도 했죠. 생각나지 않으세요?

아르카지나   잊어버렸어, 난. (새 붕대를 감는다)

트레플레프   그 당시 우리하고 같은 아파트에 발레리나가 두 사람 살고 있어서 곧잘 우리 집에 커피를 마시러 왔었죠. 기억나세요?

아르카지나   그건 기억이 난다.

트레플레프   두 사람 다 정말 신앙이 깊은 사람들이었죠. (사이) 요즘

전 그 일이 있은 후로는 마치 어린 시절로 돌아간 것처럼 어머니께 응석을 부리고 싶어요. 지금 저에게는 어머니밖에 없습니다. 그런데 어머니는 어째서 그런 남자에게 끌려다닙니까? 무엇 때문이죠?

아르카지나 넌 그 사람을 모르는 거야, 트레플레프. 그분은 인격이 높고 훌륭한 인물이란다.

트레플레프 그런데 내가 결투를 신청하려고 한다는 소문을 듣자 그는 금세 인격자에서 비겁자로 돌변했죠. 결국 이곳을 떠난다면서요? 치사하게 도망치다니!

아르카지나 무슨 소리니! 여기서 떠나 달라고 부탁한 건 나란 말이야.

트레플레프 인격이 높고 훌륭한 사람이라! 자기 때문에 이렇게 모자간에 싸움이 벌어지는 이때에, 그 문제의 장본인은 응접실이나 정원 한구석에서 우리를 비웃고 있을 거예요. 니나를 속여서 자기야말로 천재라는 사실을 철저하게 그녀의 가슴에다 심어 주려고 애쓰고 있을 거예요.

아르카지나 넌 내게 불쾌한 소리를 하는 게 즐거운 모양이구나. 난 그분을 존경하고 있으니까, 내 앞에서 그분의 험담은 하지 않았으면 좋겠구나.

트레플레프 하지만 전 그 사람이 마음에 들지 않아요. 어머닌 제게까지 그 사람을 천재라고 생각하게 하고 싶은 모양이지만, 난 거짓말을 못하는 성격이라서 말이죠. 미안하지만 그 녀석의 작품에는 구역질이 납니다.

아르카지나   그건 질투라는 거야. 재능이 없는 주제에 야심만 있는 사람에게는 진짜 천재를 깎아내리는 수밖에 도리가 없지. 보기 좋구나!

트레플레프   (비꼬듯이) 천재라고요? (흥분하며) 이렇게 된 이상 그냥 말해 버리겠지만, 내 재능은 당신들 누구보다도 위예요. 그처럼 낡은 껍질을 쓴 사람들이 예술의 왕좌에 기어 올라가서 자기들이 하는 것만이 옳고 진짜라고 주장하며 그 밖의 사람을 박해하고 목을 조르는 거예요. 그까짓 거, 절대로 인정하지 않겠어요! 어머니나 그 사람이나!

갈
매
기

아르카지나   넌 너무 데카당(퇴폐적이며 자포자기하는 사람)하구나!

트레플레프   어머니가 좋아하시는 극장으로 가셔서 그런 맥 빠진 신파극에나 출연하세요!

아르카지나   미안하지만 난 그런 연극에는 나간 적이 없다. 그러니 내 간섭은 말아 주렴! 너야말로 제대로 된 오락 작품 하나도 쓸 줄 모르는 주제에. 키예프의 속물! 식충이 같으니!

트레플레프   노랑이!

아르카지나   비렁뱅이!

트레플레프, 앉아서 조용히 운다.

아르카지나   못난이처럼! (흥분해서 이리저리 거닐며) 울지 마라. 울지 않아도 돼. (운다) 괜찮다니까. (트레플레프의 이마와 볼에 키스한다) 귀여운 내 아들, 용서해라. 이 죄 많은 어미를 용서해 다오.

트레플레프   (아르카지나를 안으며) 어머니가 제 심정을 알아주셨으면 얼마나 고마울까요. 난 모든 걸 잃어버렸어요. 그녀는 이제 나를 사랑하지 않아요. 난 이제 글을 쓰고 싶은 마음이 모두 사라졌어요. 내 희망이 전부 사라져 버린 거예요.

아르카지나   그렇게 낙심하지 말거라. 모두 잘 될 거야. 그이는 이제 곧 떠날 거고, 그 애도 다시 널 좋아할 거야. (트레플레프의 눈물을 닦아 준다) 자, 이제 그만 화해하자.

트레플레프   (아르카지나의 손에 키스하고) 네.

아르카지나   (다정하게) 그분하고도 화해해 주겠지? 질투 같은 게 무슨 소용 있니, 그렇지 않니?

트레플레프   네, 좋아요. 하지만 어머니, 될 수 있으면 그 사람과 얼굴이 마주치지 않도록 해 주세요. 생각만 해도 괴로워요. 도저히 안 되겠어요……. (트리고린 등장) 바로 저기 오는군요. 난 그만 가보겠어요. (약품을 재빨리 약장에다 집어넣는다) 붕대는 의사선생님에게 감아 달라고 하죠.

트리고린   (책을 넘기면서) 121페이지. 11과 12행…… 여기 있군……. (읽는다) 언젠가 제 생명이 필요하시거든 제게 와서 가져가세요.

트레플레프, 바닥에 떨어진 붕대를 가지고 퇴장.

아르카지나   (시계를 보며) 이제 곧 마차가 올 거예요.

트리고린   (혼잣말로) 언젠가 제 생명이 필요하시거든 제게 와서 가져 가세요.

아르카지나   당신의 짐도 다 꾸렸겠죠?

트리고린   (안타까운 듯이) 예. (생각에 잠기며) 이 청순한 마음의 호수 속에, 어째서 내게는 비애의 소리가 들리는 것일까. 왜 내 가슴은 안타깝게 죄어드는 걸까? 언젠가 제 생명이 필요하시거든 제게 와서 가져가세요. (아르카지나에게) 전 하루만 더 있겠어요!

갈
매
기

아르카지나, 고개를 젓는다.

트리고린   하루만 연기해 주세요!

아르카지나   당신이 무엇 때문에 발이 떨어지지 않는지 전 잘 알고 있어요. 당신에겐 지금 자제심이 필요해요. 마치 술에 취한 것 같아요. 정신을 좀 차리세요.

트리고린   당신도 제정신으론 보이지 않습니다. 총명하고 분별 있는 사람이 되어 이 문제를 천천히 바라보세요. 제발, 진실한 친구로서 말이에요! (아르카지나의 손을 잡고) 당신, 날 위해 희생해 줄 수 있죠. 내 친구가 되어 줘요, 그녀에게 가게 해 줘요.

아르카지나   (흥분해서) 그렇게 정신이 빠졌어요?

트리고린   마음이 끌리는 걸 어떡합니까! 어쩌면 이거야말로 내가 찾고 있던 것인지도 몰라요.

아르카지나 기껏해야 시골 처녀의 사랑에 말이죠? 당신은 어쩌면 그렇게 자기 자신을 모르죠!

트리고린 때때로 사람은 걸어 다니면서 잠잘 때도 있죠. 바로 그것처럼 이렇게 당신과 이야기를 하고 있으면서도 실은 정신없이 그녀의 꿈을 꾸고 있어요. 뭐라고 표현할 수 없는 달콤한 꿈의 포로가 되어 버렸단 말이에요. 그녀에게 가게 해 줘요.

아르카지나 (떨면서) 안 돼요, 안 돼. 난 평범한 여자니까 그런 이야긴 하지 말아요. 나를 괴롭히지 말아요. 트리고린, 난 무서워요.

트리고린 마음만 먹으면 당신은 비범한 여자가 될 수 있어요. 환상의 세계로 데려가 주는 그런 싱싱하고 황홀한 시적인 사랑, 이 세상에서 단지 그것만이 행복을 가져다줄 거예요! 그런 사랑을 난 아직 맛본 적이 없어요. 젊었을 때는 잡지사 문턱을 드나들며 가난과 싸우느라 그럴 여유가 없었죠. 이제 겨우 그것이, 마침내 그런 사랑이 찾아와서 손짓하고 있어요. 그것을 피해야 할 이유가 내겐 없어요.

아르카지나 (화가 나서) 미쳤군요!

트리고린 그래도 할 수 없어요.

아르카지나 당신들은 나를 괴롭히기로 약속이라도 한 것 같군요!

(운다)

트리고린 (자신의 머리를 움켜쥐면서) 몰라주는군요! 도무지 알아주려고도 하지 않아!

아르카지나 정말 제가 그렇게도 늙고 보기 싫어졌나요? 제 앞에서 다른 여자의 이야기를 공공연하게 할 만큼 말이에요! (트리고린을 껴안고 키스한다) 아아, 당신은 제정신이 아니에요, 나의 소중한 사람……. 당신은 내 일생의 마지막 페이지예요! (무릎을 꿇는다) 나의 기쁨, 나의 자랑, 무한한 나의 행복……. (트리고린의 무릎을 안는다) 설사 단 한 시간이라도 당신에게 버림받으면 난 살지 않겠어요. 아마 미쳐 버릴 거예요. 훌륭한 나의 빛, 나의 임금님…….

트리고린 누가 와요. (아르카지나를 부축해 일으킨다)

아르카지나 오면 어때요. 당신을 사랑하는 이 마음이 부끄러울 게 뭐 있어요. (트리고린의 두 손에 키스한다) 나의 소중한 보배, 무모한 사람, 당신은 어리석은 짓을 하고 싶겠지만 안 돼요, 전 놓아 주지 않겠어요. (웃는다) 당신은 내 사람이에요, 내 것이라고요. 이 이마도, 이 눈도, 이 아름답고 비단결 같은 머리칼 역시, 당신은 완전히 내 것이에요. 당신은 진정한 천재이고, 현대의 어느 작가보다도 훌륭하며, 러시아의 유일한 희망이에요. 당신의 필치에는 진실이 깃들어 있어요. 미끈하고, 신선하며, 건전한 유머가 있어요. 당신은 펜을 놀리기만 하면 인물과 풍경의 특징을 그릴 수 있어요. 당신의 인물은 살아 있어요. 당신의 것을 읽고 반하지 않을 수 있을까요! 이것을 아첨이라고 생각하세요? 제가 아첨을 하느라고 이러는 줄 아세요? 그럼 제 눈을 보세요, 잘 보세요. 제가 거짓말쟁이처럼 보여요? 그것 보세요. 당신의 위대함을 이해하는 건 저뿐이에요. 진실을 당신에

갈
매
기

73

게 말하는 것도 저뿐이에요. 소중하고 귀여운 분……. 나와 함께 이곳을 떠나겠죠? 그렇죠? 날 버리진 않겠죠?

트리고린   내게는 의지라는 게 없었어요. 난 강력한 자신의 의지를 가져 본 적이 없어요. 언제나 자기의 중심도 없이 그저 유순한 사나이였죠. 이래서 여성에게 환영받을 수 있을까요? 자, 날 꼭 잡아서 어디든 데리고 가 줘요. 다만 단 한 발짝도 내 곁에서 떠나지 말아 줘요.

아르카지나   (독백) 이제는 내 것이야. (시치미를 떼고 마이동풍 격으로) 하지만 원하신다면 혼자 남으셔도 좋아요. 난 혼자서 떠날 테니까. 당신은 일주일쯤 뒤에 돌아오세요. 당신은 별로 바쁜 일도 없으니까요.

트리고린   아니에요, 이렇게 된 이상 함께 떠나죠.

아르카지나   그럼 좋으실 대로요. 함께 가시겠다면 굳이……. (사이)

트리고린, 수첩에 무엇인가 써넣는다.

아르카지나   뭐예요, 그건?

트리고린   오늘 아침 멋진 말을 들어서 말이죠. 처녀림이란 거예요. 아마 써먹을 때가 있을 것 같아서요. (기지개를 켠다) 그럼 출발하는 거죠? 또 기차, 정거장, 식당, 커틀릿, 잡담…….

사므라예프   (등장) 매우 섭섭하지만 말씀드리지 않을 수 없군요. 마차 준비가 되었습니다. 부인, 정거장으로 떠날 시간입니다. 기

차가 2시 5분에 도착하니까요. 그런데 부인, 대단히 죄송합니
다만 배우인 수즈달리체프가 현재 어디에 있는지 잊지 마시고
알아보시기 바랍니다. (혼잣말로) 아직 살아 있을까? 건강할까?
예전에 함께 술도 마셨죠. 그는 저 〈우편 강도〉(19세기 말의 멜로
드라마의 제목) 같은 걸 시키면 천하일품이었죠. 그리고 또, 엘리
자베트그라드에서 비극 배우인 이즈마일로프가 나왔는데, 이
게 또 상당한 걸작이어서 말씀이에요. 아니 부인, 그렇게 서두
르실 필요는 없습니다, 아직 5분은 여유가 있어요. 어느 멜로드
라마에서 그치들이 반역자의 역을 했을 때입니다만, 별안간 경
찰이 들이닥치는 장면에서 '아뿔싸, 함정에 빠졌구나'라고 해
야 하는 것을 이즈마일로프는 그만 '아뿔싸, 항아리에 빠졌구
나'라고 해서 말이에요. (크게 웃는다) '항아리에 빠졌구나!'

사므라예프가 혼자 지껄이고 있는 동안에 야코프는 여행 가방을 챙기
고 하녀는 모자, 망토, 우산, 장갑을 아르카지나에게 가져다준다. 모두
가 아르카지나의 몸치장을 돕는다. 왼쪽 문에서 요리사가 들여다보다
가 한참 동안 주저한 끝에 조심조심 들어온다. 폴리나, 그 뒤에 소린, 메
드베젠코 등장.

폴리나   (자두가 담긴 광주리를 들고) 여행 중에 차 안에서 드시라고요. 참
     달아요. 가끔 이런 색다른 것을 드시고 싶을 때가 있으실 테니까요.
아르카지나   어머나, 고마워요, 폴리나.

폴리나 안녕히 가세요, 마님! 혹시 잘못된 점이 있었다면 용서해 주세요. (운다)

아르카지나 (폴리나를 껴안으며) 참 좋았어요. 다만 너무 자주 우는 것만 빼고는 말이죠.

폴리나 우리의 시간은 너무나 빨리 지나 버리고 마는걸요!

아르카지나 할 수 없는 일이죠.

소 린 (망토, 중절모를 쓰고 지팡이를 들고 왼쪽 문에서 등장. 방을 가로지르면서) 애야, 이제 시간이 다 되었다. 어서 어서 준비를 하고 늦지 않도록 해라. 난 마차 안에 타고 있겠다. (퇴장)

메드베젠코 전 정거장까지 걸어가겠습니다. 전송하러 말이죠. (퇴장)

아르카지나 여러분 안녕히. 모두 탈 없이 건강하게 지내다 내년 여름에 다시 만나요. (하녀, 야코프, 요리사가 아르카지나의 손에 키스한다) 날 잊지 말아요. (요리사에게 1루블을 주며) 이 1루블을 셋이서 나눠 가져요.

요리사 고맙습니다, 마님. 조심해 돌아가세요. 트리고린 씨도 안녕히 가세요!

아르카지나 트레플레프는 어디 있지? 이제 출발한다고 그 애에게 말해 줘요, 그 아이와도 작별해야겠으니. 그럼 여러분, 날 너무 섭섭하게 생각하지 말아요. (야코프에게) 요리사에게 1루블 주었어. 셋이서 나눠 가져요.

모두 오른쪽으로 퇴장. 무대가 텅 빈다. 무대 뒤에서 작별할 때 흔히 볼

수 있는 소동이 일어난다. 하녀가 되돌아와서 테이블 위에 있는 자두 광

주리를 들고 다시 퇴장.

트리고린   (되돌아온다) 지팡이를 잊었어. 분명히 테라스에 있을 텐

데. (가다가 말고 왼쪽 문에서 들어오는 니나와 만난다) 아, 당신이요?

우린 이제 떠납니다.

니 나   왠지 뵐 수 있을 것 같았어요. (흥분해서) 트리고린 씨, 전 분

명히 결심했어요. 주사위는 던져진 거예요. 전 무대에 서겠어

요. 내일이 되면 전 이곳에 있지 않을 거예요. 아버지 집을 나

와서 모든 것을 버리고 새로운 생활을 시작할 거예요. 저도 당

신과 마찬가지로 모스크바로 떠납니다. 우리 거기서 만나요.

트리고린   (힐끗 뒤를 돌아보며) 숙소는 슬라반스키 바자르(모스크바의

유명한 호텔)로 하시오. 그리고 반드시 내게 알려 주고……. 몰

차노브카 그로홀리스키 건물……. 지금은 바빠서……. (사이)

니 나   1분만 더…….

트리고린   (낮은 소리로) 당신은 정말 아름답소……. 아아, 다시 또 만

난다고 생각하니 정말 행복하오! (니나, 트리고린의 가슴에 얼굴을

기댄다) 우린 또 만날 수 있을 거예요. 이 매혹적인 눈과 형용할

수 없이 멋있고 부드러운 미소, 이 온화한 얼굴, 천사처럼 순결

한 표정, 나의 소중한 것들과……. (오랜 키스)

제3막과 제4막 사이에 2년이 지난다.

갈
매
기

제4막

소린 집안의 응접실. 지금은 트레플레프가 작업실로 쓰고 있는 곳이다. 오른쪽과 왼쪽에 문이 있고 각각 안으로 통한다. 정면은 테라스로 나가는 유리문. 객실용 가구 외에 오른쪽 구석에 책상, 왼쪽 문 가까이 터키풍의 소파와 책장. 창문과 의자 위에 책이 널려 있다. 초저녁, 갓을 씌운 램프 하나가 불을 밝히고 있다.

집 안의 어둠침침한 공간. 흔들리는 나뭇잎 소리와 굴뚝 속에서 바람이 우는 소리가 난다. 야경꾼의 딱따기 소리. 메드베젠코와 마샤 등장.

마 샤 (부른다) 트레플레프 씨! 트레플레프 씨! (둘러보며) 아무도 없나 봐요. 영감님도 원, 노상 주책없이 묻기만 하니 글쎄, 코스챠는 어디 갔어, 코스챠는 어디 갔어, 하고 말이에요……. 그 사람이 없이는 살지 못하시는 모양이에요…….

메드베젠코 아마 고독이 무서운 걸 거야. (귀를 기울인다) 날씨도 참

괴상하군! 벌써 이틀 밤낮을 이러니…….

마 샤 (램프 불을 돋운다) 호수에는 물결이 일고 있어요, 커다란 파도가.

메드베젠코 정원은 캄캄하군. 정원에 있는 저 소극장을 헐라고 일 러야겠어. 앙상하고 보기 싫게 변한 꼴이 마치 해골 같아. 게다 가 막은 바람에 펄럭이고 있고, 어젯밤 내가 그 곁을 지나다 보 니 누군가가 그 안에서 울고 있는 것 같았어.

마 샤 또 그 소리……. (사이)

메드베젠코 이젠 집으로 돌아가지, 마샤!

마 샤 (고개를 젓는다) 난 여기서 자겠어요.

메드베젠코 (애원하듯이) 그러지 말고 마샤! 아마 우리 아기도 배가 고플 거야.

마 샤 걱정 없어요. 유모가 젖을 물릴 테니까요. (사이)

메드베젠코 우리 아기가 불쌍하지도 않아? 벌써 사흘 밤이나 엄마 얼굴을 보지 못했으니 말이야.

마 샤 당신도 점점 따분한 사람이 되어가는군요. 전에는 곧잘 철 학도 늘어놓더니, 이제는 노상 아기와 집에 가자는 얘기뿐이니 말이에요. 마치 하나밖에 모르는 바보 같아요.

메드베젠코 돌아갑시다, 마샤!

마 샤 가려면 혼자 돌아가세요.

메드베젠코 당신 아버지는 내게는 말을 내주지 않아.

마 샤 내줄 거예요. 부탁드린다고 하면 빌려 줄 거예요.

메드베젠코 그럼 어디 부탁해 볼까. 내일은 돌아오겠지?

마 샤 (담배를 꺼내 냄새를 맡으며) 네, 내일은 가겠어요. 그러니 이젠
  그만해요.

트레플레프와 폴리나 등장. 트레플레프는 베개와 담요, 폴리나는 시트
를 들고 와서 터키 풍의 소파 위에 놓는다. 그러고 나서 트레플레프는 자
기 책상에 가서 앉는다.

마 샤 그걸 어쩌자는 거예요, 엄마?
폴리나 소린 씨께서 트레플레프 옆에 자리를 깔라시는구나.
마 샤 제가 할게요. (잠자리를 마련한다)
폴리나 (한숨을 쉬며) 늙으면 어린애가 된다더니……. (책상 앞으로 다
  가가서 팔을 괴고 원고를 들여다본다)
메드베젠코 그럼 난 가보겠어. (마샤의 손을 잡는다) 안녕히 주무세요,
  장모님. (폴리나의 손에 키스하려고 한다)
폴리나 (짜증나는 듯이) 됐네! 빨리 가보기나 하게.
메드베젠코 예. 그럼 안녕히 주무십시오, 트레플레프 씨.

트레플레프, 잠자코 손을 내민다. 메드베젠코 퇴장.

폴리나 (원고를 바라보며) 트레플레프, 당신이 정말로 작가가 되리라
  곤 아무도 상상조차 하지 못했어요. 그런데 이제는 고맙게도
  사방의 잡지사에서 돈이 오게 되었군요. (트레플레프의 머리를 쓰

다듬는다) 거기다 풍채도 훨씬 좋아졌고. 귀여운 트레플레프,
제발 우리 마샤에게 좀 더 다정하게 대해 줘요, 네?

마 샤 (잠자리를 준비하면서) 엄마, 그만두세요.

폴리나 저래도 제법 괜찮은 아이예요. (사이) 여자라는 건 말이에요,
다정한 눈으로 봐주기만 하면 되는 거예요. 그 밖에는 아무것
도 필요 없죠. 나도 경험이 있지만.

트레플레프, 책상에서 일어서더니 아무 말 없이 퇴장.

마 샤 그것 보세요, 그를 화내게 했잖아요. 엄마가 귀찮게 구니까
그렇죠!

폴리나 난 네가 가엾어서 그런단다.

마 샤 끔찍이 고맙네요!

폴리나 너 때문에 난 늘 가슴이 아팠어. 난 다 알고 있단다.

마 샤 모두 쓸데없는 짓이에요. 희망 없는 사랑이란 소설에나 있
을 뿐이에요. 정말 시시하죠. 그냥 그만두면 되는 거예요. 마음
이 약해 쥐구멍에도 볕들 날이 있다느니 어떠니 하고 멍청하게
그 무언가를 기다리는 그런 태도를 말이에요. 마음속에 사랑
이 싹트면 그냥 잘라 버리면 돼요. 그이를 다른 도시로 전근시
켜 주겠다는 얘기가 있어요. 그렇게 떠나버리면 깨끗이 잊을
거예요. 가슴속에서 뿌리째 뽑아 버리겠어요.

방에서 우울한 왈츠가 들려온다.

폴리나   트레플레프가 음악을 튼 모양이구나. 많이 울적한 것 같아.

마 샤   (조용히 왈츠의 스텝을 밟는다) 엄마, 중요한 건 말이에요, 눈앞에 보이지 않는다는 거예요. 우리 집 그이가 전근만 되면 그곳에 가서 저이를 한 달 안에 깨끗이 잊고 말 테니까요. 모두 그렇게 시시한 일이죠.

왼쪽 문이 열리고 도른과 메드베젠코가 소린이 앉은 바퀴 달린 휠체어를 밀며 들어온다.

메드베젠코   이제 우리 집은 여섯 식구입니다. 그런데 밀가루는 한 푸드(약 15킬로그램)에 70코페이카나 하니.

도 른   그래서 쩔쩔매게 된다, 이 얘기로군.

메드베젠코   당신은 웃고 계시기만 하면 되겠죠. 돈이 남아돌아가는 사람이니까.

도 른   돈? 개업한 지 30년 동안 낮이나 밤이나 내 몸이 내 것이 아닌, 분주한 생활을 해 오면서 모은 돈이 겨우 2천 루블이야. 알겠나? 그것도 지난번 외국 여행에서 다 써 버렸어. 난 이제 빈털터리라고.

마 샤   (남편에게) 아직 가지 않으셨군요?

메드베젠코   (미안한 듯이) 낸들 어떻게 하겠소? 말을 내주지 않는걸.

마 샤 (화가 나서 죽겠다는 듯, 낮은 소리로) 당신 같은 사람은 꼴 보기
도 싫어요!

휠체어는 실내 왼쪽 중앙에서 멎는다. 폴리나, 마샤, 도른이 그 곁에 앉
는다. 메드베젠코는 풀이 죽어서 옆으로 물러선다.

도 른 이 집도 많이 변했군요! 응접실이 서재로 변했으니 말이에요.
마 샤 트레플레프 씨에게는 여기가 일하시기에 더 편해요. 언제고
정원에 나가서 생각할 수가 있으니까요.

야경꾼의 딱따기 소리.

소 린 아르카지나는 어디 갔지?
도 른 트리고린을 마중하러 역에 나갔습니다. 이제 곧 돌아올 겁
니다.
소 린 당신이 일부러 동생을 불러온 것을 보니 내 병이 위독한 모
양이군요. (잠깐 입을 다물고 빈정거리듯) 아무래도 이상해. 병이
위독한데 약 한 첩 주지 않으니.
도 른 도대체 무엇을 원하시는 겁니까? 쥐오줌풀입니까? 소답니
까? 아니면 키니넵니까?
소 린 저런, 또 시작이군. 이게 무슨 봉변이람! (소파를 턱으로 가리
키며) 이게 내 잠자리인가?

83

폴리나 그렇습니다, 소린 씨.

소 린 이거, 미안하군.

도 른 (노래한다) 달그림자 밤하늘을 지나가나니…….

소 린 난 트레플레프에게 소설 자료를 하나 줄까 합니다. 제목은 이렇소. 《욕망의 사나이》, 즉 '롬므 키아 불뤼'죠. 젊었을 때 난 작가가 되고 싶었죠. 그러나 되지 못했죠. 시원시원하게 말을 잘 하고 싶었는데, 그야말로 말씀이 아니었죠. (자조적으로) 항상 말의 결론을 맺지 못하고 진땀을 뺐죠. 가정도 갖고 싶었소, 하지만 가질 수 없었지. 또 난 도회에서 살고 싶었소, 하지만 이것 보시오, 이렇게 시골에서 생애를 마치려 한다오.

도 른 사등 문관의 꿈은 이루지 않았습니까?

소 린 (웃는다) 그건 별로 바라지 않았는데 어쩌다 그렇게 되었소.

도 른 예순둘이나 돼 가지고 인생에 대해 불평을 말한다는 건 그다지 칭찬할 일은 못 되는데요, 미안하지만.

소 린 정말 고집불통이군. 난 살고 싶다는 겁니다!

도 른 그게 경솔하다는 거예요. 자연 법칙에 의해 모든 삶에는 끝이 있으니까요.

소 린 바로 그게 배부른 자의 잔소리요! 자신은 배가 부르니까 인생에 대해 냉정하고, 어떻게 되든 태연한 거지. 하지만 정말 죽게 되면 당신 역시 무서워질 거라고!

도 른 죽음의 공포는 동물적인 공포예요. 그걸 이겨야죠. 의식적으로 죽음을 두려워하는 건 영원한 생명을 믿는 사람들뿐입니

다. 자기 죄가 두려워지는 거죠. 당신은 첫째, 신앙심이 없어
요. 둘째, 어떤 죄를 짓고 있는 건 아닌가요? 당신은 25년 동안
법무성에서 근무하셨잖습니까?

소 린 (웃는다) 28년이오.

트레플레프가 들어와 소린의 다리 근처에 놓여 있는 작은 의자에 걸터
앉는다. 마샤는 시종 트레플레프에게서 눈을 떼지 않는다.

도 른 우리가 이러고 있으면 트레플레프 군한테 방해가 되겠군요.
트레플레프 아니요, 전 괜찮습니다.

사이.

메드베젠코 잠깐 묻고 싶은 것이 있는데요, 의사 선생님. 외국의 도
시 중에서 어디가 제일 마음에 드셨지요?
도 른 제노아더군요.
트레플레프 어째서 제노아입니까?
도 른 그곳의 거리를 걷고 있는 군중이 멋있었죠. 저녁때 호텔을 나
와 보면 길은 인파로 가득 메워져 있죠. 그 군중 속에 섞여서 그냥
어슬렁어슬렁 돌아다니며 그들과 생활을 같이하고, 그들과 심리
적으로 융합하는 동안에 정말로 세계에 편재하는 하나의 영혼이
라는 것이 있을 수 있다고 믿게 되었죠. 그러니까, 언젠가 당신의

연극에서 니나 양이 했던 것처럼 말이에요. 참, 그런데 니나 양은 지금 어디 있을까요? 어디서 어떻게 지내고 있을까요?

트레플레프   아마 잘 있을 거예요.

도 른   내가 들은 바로는 뭐랄까 평탄하지 못한 생활을 했다던데, 어떻게 된 거죠?

트레플레프   그걸 말하자면 이야기가 길어집니다.

도 른   그걸 좀 간단하게 말해 주시죠. (사이)

트레플레프   그 여자는 집을 나와서 트리고린과 살았어요. 이 이야기는 아시죠?

도 른   알고 있습니다.

트레플레프   아이가 생겼는데 그만 죽고 말았어요. 트리고린은 니나에게 싫증이 나자 옛 애인에게 돌아갔어요. 결국 당연한 경로를 걸었던 거죠. 하기야 그 남자는 한 번도 옛 애인을 잊은 적이 없어요. 다만 천성적으로 결단성이 부족하기 때문에 여기저기서 슬쩍 일을 저질렀을 뿐이죠. 내 귀에 들리는 바로 판단하건대 니나의 사생활은 완전히 실패였어요.

도 른   여배우의 꿈은?

트레플레프   아마 더욱 형편없었던 모양 같아요. 모스크바 교외의 별장지에 있는 가극장에서 첫 무대를 밟고 나서 지방으로 순회공연을 갔죠. 그 당시 나는 항상 그녀에게 눈을 떼지 않고 한동안은 그녀가 가는 곳마다 따라다니기도 했죠. 제법 비중 있는 역할을 맡고 있었지만 왠지 다듬어지지 않은 모습이었죠. 연기라곤 덮어놓고 소리만 꽥꽥 지를 뿐, 지나치게 과장된 표정을 짓고……. 그런 형편이었습니다. 가끔 제법 그럴 듯한 비명을 지르기도 하고 멋지게 죽는 시늉을 해보이기도 했습니다만, 그것도 한순간이었죠.

도 른　그럼, 어쨌든 재능은 있는 건가요?

갈
매
기

트레플레프　그 점은 저도 잘 모르겠어요. 아마 있는 거겠죠. 난 항상 그녀를 찾아 헤맸지만 그녀는 나와 만나는 걸 꺼려했어요. 숙소로 찾아가면 언제나 하녀에게 그냥 돌아가라는 전갈만 들었죠. 그녀의 기분을 이해했기에 나도 억지로 만나려고는 하지 않았습니다. (사이) 그 후 내가 집에 돌아온 뒤에 편지가 몇 장 왔더군요. 현명하고 다정한, 꽤 괜찮은 편지였어요. 별로 한탄이 섞인 내용은 아니었지만 이건 보통 불행한 것이 아니라고 느낄 수 있을 만큼 한 줄 한 줄, 병적인 예민함이 엿보였어요. 생각하는 방식도 좀 이상했고요. 서명이 갈매기라고 되어 있으니 말이에요. 《르사루카》, 《물의 요정》에 나오는 물방앗간 주인은 자기를 큰 까마귀라고 말하곤 하지만, 그녀는 편지에 자기는 갈매기라고 항상 되풀이하고 있어요. 지금 그녀는 여기에 와 있어요.

도 른　와 있다니?

트레플레프　시내 여관에 있어요. 벌써 닷새쯤 거기서 묵고 있죠. 처음엔 찾아가 볼까 하고 생각했지만 마샤 양이 가 봤더니 일체 누구와도 만나지 않는다는 거예요. 그런데 메드베젠코 군이 어제 저녁에 여기서 2킬로미터쯤 떨어진 들판에서 그녀를 만났다는군요.

메드베젠코　네, 만났습니다. 저쪽, 그러니까 시내 쪽으로 걸어가고
　　　　　있었어요. 내가 인사를 하고 왜 놀러 오지 않느냐고 물었더니
　　　　　곧 가 보겠다고 하더군요.

트레플레프　하지만 그녀는 절대로 오지 않을 겁니다. (사이) 그녀의
　　　　　아버지와 계모도 그녀를 외면하고 있어요. 집 근처 곳곳에 감
　　　　　시인을 두고 한 발짝도 집에 접근시키지 않을 모양이더군요.
　　　　　(도른과 함께 책상 쪽으로 걸음을 옮긴다) 의사 선생님, 종이 위에서
　　　　　철학자가 되는 건 쉽지만 현실에 있어선 정말 어렵군요!

소　린　(아쉬운 듯 중얼거린다) 정말 매력 있는 아가씨였는데…….

도　른　네, 뭐라고요?

소　린　매력 있는 아가씨였다고 말했소. 사등 문관인 나까지 한동
　　　　　안 그 아가씨에게 반했으니까.

도　른　늙은 오입쟁이(리처드슨의 소설 《클라리사 할로》에 나오는 별
　　　　　명)라…….

사므라예프의 웃음소리가 들린다.

폴리나　모두들 정거장에서 돌아오시나 봐요.

트레플레프　어머니의 목소리도 들리는군요.

아르카지나, 트리고린, 이어 사므라예프 등장.

사므라예프　(들어오면서) 우리는 모두 자연의 횡포로 이렇게 늙고 시들어 가는데 부인은 여전히 젊으시군요! 밝은 색상에 짧은 상의를 입으신 날씬한 자태, 정말 우아하십니다. 놀라울 정도로요…….

아르카지나　저런, 또 잔뜩 추켜세워서 악마가 샘을 내게 하려고……. 여전하군요!

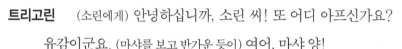

트리고린　(소린에게) 안녕하십니까, 소린 씨! 또 어디 아프신가요? 유감이군요. (마샤를 보고 반가운 듯이) 여어, 마샤 양!

마 샤　절 기억하시겠어요? (트리고린의 손을 잡는다)

트리고린　결혼하셨나요?

마 샤　네, 오래 전에.

트리고린　행복하십니까? (도른, 메드베젠코와 인사를 나눈 후 주저하면서 트레플레프 쪽으로 걸어간다) 아르카지나 씨 얘기로는 당신도 이제 옛날 일을 잊으시고 노여움도 풀렸다던데…….

트레플레프, 트리고린에게 손을 내민다.

아르카지나　(트레플레프에게) 글쎄, 트리고린 씨가 너의 새 작품이 실린 잡지를 가져오셨구나.

트레플레프　(잡지를 받으면서 트리고린에게) 감사합니다. 친절하게도 이렇게……. (앉는다)

트리고린　당신의 숭배자들이 안부를 전해 달라더군요. 페체르부르그에서나 모스크바에서나 모두들 당신에게 흥미를 갖고 있어서 나는 항상 당신에 대한 질문을 받곤 합니다. 어떤 사람인가, 나이는 몇 살인가, 갈색 머리인가, 금발인가, 하고 말이에요. 모두 무슨 이유에서인지 당신이 나이가 많은 줄 알고 있더군요. 그리고 또 아무도 당신의 본명을 아는 사람이 없어요. 하여튼 당신은 언제나 필명으로만 작품을 발표하니 그들에겐 마치 철가면처럼 신비로운 존재지요.

트레플레프 이곳에 오래 머무르실 작정이신가요?

트리고린 아니, 내일은 모스크바로 가야 합니다. 어쩔 수 없어요. 중편물을 하나 빨리 탈고해야 하고, 그 밖에 또 어떤 잡지에도 무엇이든 원고를 하나 넘기기로 약속이 되어 있어서요.

트레플레프와 트리고린이 이야기를 나누는 동안에 아르카지나와 폴리나는 방 한가운데 카드놀이용 탁자를 놓고 좌우의 접는 부분을 올린다. 사므라예프는 여러 개의 촛불을 켜고 의자를 고쳐 놓기도 한다. 찬장에서 로트(카드놀이의 일종) 상자를 꺼내 온다.

트리고린 그나저나 모처럼 왔는데 고약한 날씨로군요. 굉장한 바람인데요. 그래도 내일 아침 잠잠해지거든 호수로 낚시질을 가려고 하는데 나가는 김에 정원과, 혹시 그곳 기억하십니까? 당신의 연극을 공연했던 그곳을 조사해 봐야겠어요. 모티브는 완성되어 있지만, 현장의 기억을 새롭게 할 필요가 있거든요.

마 샤 (사므라예프에게) 아빠, 우리 그이에게 말을 내주세요! 집에
돌아가야 하니까요.

사므라예프 (마샤의 흉내를 내며) 말을……. 돌아가야……. (엄한 말투
로) 그런 눈으로 날 보았겠지! 방금 정거장에 갔다 온 말을 그
렇게 자주 부려먹을 순 없다.

마 샤 다른 말도 있잖아요. (사므라예프가 잠자코 있는 것을 보고 한 손
을 내젓는다) 내가 부탁한 게 잘못이지.

메드베젠코 겨우 6킬로미터인걸 뭐. (마샤의 손에 키스한다) 안녕히 계
십시오, 장모님. (폴리나는 키스를 받기 위해 마지못해 손을 내민다)
난 누구에게도 걱정을 끼치고 싶지 않지만 단지 우리 아이 때
문에……. (모두에게 머리를 숙인다) 모두들 안녕히 계십시오. (퇴
장. 사뭇 미안한 듯한 태도)

사므라예프 걸어서도 충분히 갈 수 있어. 장군도 아닌데 뭘.

폴리나 (책상을 두드린다) 자, 어떠세요, 여러분? 시간이 아까워요. 꾸
물꾸물하고 있으면 저녁 식사를 알리러 올 거예요.

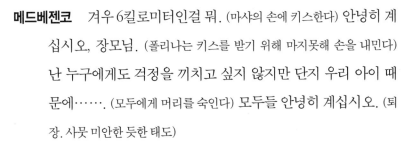

샤므라예프, 마샤, 도른, 탁자에 앉는다.

아르카지나 (트리고린에게) 기나긴 가을밤이 오면 여기서는 로트를
하고 논답니다. 보세요, 무척 오래된 로트죠? 어쨌든 우리가
어렸을 때 돌아가신 어머니가 함께 놀아 주던 물건인걸요. 저
녁 전까지 함께 한판 하시지 않겠어요? (트리고린과 함께 자리에

앉는다) 시시한 놀이지만 익숙해지면 그런대로 괜찮을 거예요.

(모두에게 세 장씩 종이판을 나누어 준다)

트레플레프 (잡지를 넘기면서 혼잣말로) 자기 소설은 읽었으면서 내 것
은 아예 거들떠보지도 않았군. (잡지를 책상에 올려놓고 왼쪽 문가
로 가려고 한다. 아르카지나의 곁을 지나다가 그녀의 머리에 키스한다)

아르카지나 너도 함께 하지 않겠니?

트레플레프 죄송해요, 어머니. 어쩐지 마음이 내키질 않아요. 잠깐
산책하고 올게요. (퇴장)

아르카지나 판돈은 10코페이카예요. 의사 선생님, 내 돈도 좀 걸어
주세요.

도 른 네, 좋습니다.

마 샤 다 거셨어요? 그럼 시작합니다……. 22!

아르카지나 여기 있어요.

마 샤 3!

도 른 좋습니다.

마 샤 3에 걸으셨나요? 8! 81! 10!

사므라예프 너무 서두르지 마라.

아르카지나 난 하리코프에서 받은 환영을 생각하면 아직도 머리가
어질어질해져요, 여러분!

마 샤 34!

무대 뒤에서 우울한 왈츠가 들려온다.

아르카지나   대학생들이 무슨 명절처럼 떠들썩하게 박수를 치더군
요. 게다가 꽃바구니가 세 개, 꽃다발이 두 개, 그리고 또…….

(가슴에서 브로치를 떼어서 책상 위에 던진다)

사므라예프   정말, 이건 대단한 거로군.

마 샤   50!

도 른   꼭 50이오?

아르카지나   내 무대 의상은 정말 호화로운 것이었어요. 뭐니 뭐니
해도 의상에 있어선 난 절대로 지고 싶지 않으니까요.

폴리나   코스차가 연주를 하네요. 울적한가 봐요. 가엾어라.

사므라예프   신문에선 그에 대해서 엄청나게 악평을 했더군.

마 샤   77!

아르카지나   우리 아들에게 관심이 많으시군요.

트리고린   저 친군 어쩐지 운이 나쁜 것 같아요. 아직도 본래의 능력
이 나오지 않고 있더군요. 뭔가 좀 이상하고 애매한 게, 어떤
때는 잠꼬대를 하는 것 같고 말이죠. 그의 작품에 나오는 인물
들은 도무지 살아 있는 것 같지가 않아요.

마 샤   11!

아르카지나   (소린을 돌아보며) 오빠? 지루하지 않으세요, (사이) 그새
주무시는군요.

도 른   사등 문관께서는 주무십니다.

마 샤   7! 90!

트리고린   만약에 내가 이런 호반의 저택에 살고 있다면 도저히 뭘

쓸 기분이 나지 않을 거예요. 아마 그런 꿈 따윈 팽개쳐 놓고 고기만 낚고 있을 겁니다.

마 샤 28!

트리고린 숭어나 송어를 낚아 올리는 건 뭐라고 말할 수 없을 만큼 유쾌하죠!

도 른 하지만 난 트레플레프 군을 믿습니다. 그에겐 무언가가 있죠! 무언가가! 그는 이미지를 가지고 사색하죠. 그래서 소설이 회화적이고 선명해서 난 자주 그 작품에서 강렬한 인상을 받아요. 단지 애석하게도 그 사람에게는 뚜렷한 문제성이 없어요. 인상에 남기는 하지만 그 이상으로 발전하지는 못해요. 뭐니 뭐니 해도 인상만으로는 완성이라고 볼 수 없으니까요. 아르카지나 씨, 작가인 아들을 두셔서 무척 기쁘시겠습니다.

아르카지나 그게 글쎄, 선생님. 전 아직 그 아이의 글을 읽어 본 적이 없어요. 읽을 짬이 없어서 말이에요.

마 샤 26!

트레플레프 조용히 등장. 자신의 책상으로 간다.

사므라예프 (트리고린에게) 참, 트리고린 씨, 이곳에 당신의 물건이 남아 있더군요.

트리고린 그래요?

사므라예프 언젠가 트레플레프 씨가 쏘아 죽인 갈매기 말이죠. 그

94

걸 박제해 달라고 하셨죠?

트리고린　모르겠는걸요. (한동안 생각하면서) 그랬던 기억이…….

마 샤　66! 1!

트레플레프　(창문을 열고 귀를 기울인다) 칠흑 같은 밤이로구나. 어째서
　　　내 마음은 이렇게 심란할까?

아르카지나　애야, 문을 닫거라! 바람이 들어오지 않니!

　　　트레플레프, 창문을 닫는다.

마 샤　88!

트리고린　전 다 맞췄습니다.

아르카지나　(신이 나서) 브라보! 브라보!

사므라예프　브라보!

아르카지나　이분은 말이에요, 언제 어딜 가나 운이 좋아요. 그럼 우
　　　리 자리를 옮겨서 뭘 좀 먹을까요? 우리의 명사 나리께선 오늘
　　　점심도 드시지 않았거든요. 식사 후에 계속하도록 하지요. (트
　　　레플레프에게) 원고는 그만두고 식당으로 가자.

트레플레프　먹고 싶지 않아요, 어머니. 도무지 식욕이 나지 않는걸요.

아르카지나　그럼 좋으실 대로. (소린을 깨운다) 오빠, 저녁이에요. (사
　　　므라예프와 팔짱을 낀다) 제가 하르코프에서 어떤 환영을 받았는
　　　지 얘기해 줄게요.

95

폴리나, 탁자 위의 촛불을 끄고 도른과 함께 휠체어를 밀고 간다. 모두 왼쪽 문으로 퇴장. 무대에는 트레플레프만 남는다.

트레플레프　(원고를 쓰려고 먼저 쓴 것들을 재빨리 훑어본다) 난 입버릇처럼 새로운 형식, 새로운 형식 하고 말해 왔지만 이제 나도 차차 매너리즘에 빠져드는 기분이야. (읽는다) '담에 붙어 있는 포스터에서 말하되……. 창백한 얼굴이 검은 머리칼에 둘러싸여……. 말하되, 둘러싸서…….' 흥, 이건 너무 졸렬해. (지운다) 차라리 주인공이 빗소리에 잠이 깨는 대목에서 시작하고 나머지는 전부 잘라 버리자. 달밤의 묘사가 지루하고 너무 기교적이야. 트리고린은 수법이 딱 정해져 있으니까 쉬울 수밖에……. 그 녀석이라면 '방죽 위에 깨진 병 조각이 반짝반짝 빛나고, 물방아가 검게 그림자를 던지고 있다' 그것으로 벌써 미끈하게 달밤의 묘사를 끝내고 말 거야. 그런데 난 떨리는 듯한 달빛이니, 조용한 별들의 깜박임이니, 고요하고 향기로운 공기 속에 사라져 가는 먼 피아노 소리니……. 이런 식의 표현은 정말 내 취미가 아니거든. (사이) 음, 나도 차차 알게 될 것 같은데, 문제는 형식이 낡고 새것이라는 데 있는 게 아니라, 형식 같은 건 염두에 두지 않고 인간이 쓴다는 바로 그거야. 영혼 속에서 자유로이 흘러나오니까 쓰지 않을 수 없다, 바로 그거지. (책상에서 제일 가까운 창문을 누가 두드린다) 뭘까? (창으로 내다본다) 아무도 없군……. (창문을 열고 정원을 본다) 누군가 층계를 뛰어

내려갔는데. (부른다) 누구요, 거기 있는 게? (나간다. 그가 빠른 걸음으로 테라스를 걷는 소리가 들린다. 30초쯤 지나서 그가 니나를 데리고 돌아온다) 니나! 니나!

니나는 트레플레프의 가슴에 머리를 대고 낮은 소리로 흐느낀다.

갈매기

트레플레프   (감동해서) 니나! 당신이었군요. 이런 일이 있으려고 그랬는지 아침부터 가슴이 아파서 견딜 수가 없었어요. (니나의 모자와 긴 외투를 벗긴다) 내 사랑스럽고 소중한 사람이 돌아왔군요. 울지 마요, 우는 건…….

니 나   누가 있나요?

트레플레프   아니, 아무도!

니 나   문을 잠가 주세요. 누가 들어오면 곤란해요.

트레플레프   아무도 오지 않아요.

니 나   알고 있어요, 아르카지나 씨가 와 계시다는 것. 그러니까 잠가 주세요.

트레플레프   (오른쪽 문을 잠그고 왼쪽 문으로 걸어간다) 여기는 자물쇠가 없어요. 의자로 막읍시다. (문 앞에 휠체어를 놓는다) 자, 이제 걱정하지 말아요. 아무도 오지 않을 테니.

니 나   (트레플레프의 얼굴을 한참 바라본다) 얼굴을 좀 보여 주세요. (주위를 둘러보고) 따뜻하고 좋군요. 맞아요, 이곳이 응접실이었죠. 나 무척 변했나요?

트레플레프 음……. 좀 여위고 눈이 커졌군요. 니나, 이렇게 당신을 보고 있으니까 어쩐지 이상해져요. 어째서 그렇게 나를 외면 했죠? 왜 여태까지 오지 않았나요? 난 알고 있어요, 당신이 벌써 일주일 가까이 이곳에 머물러 있었다는 걸. 난 매일 몇 번이나 당신이 묵고 있는 여관까지 가서는 당신 방 창문 아래에 서 있었죠. 거지처럼 말이오.

니 나 당신이 얼마나 나를 미워하고 계실까 생각하면 두려웠어요. 매일 밤 같은 꿈을 꾸었어요. 당신이 나를 보고 계시면서도 나라는 걸 모르는 꿈을요. 이 기분을 당신은 알까요! 여기 도착한 그날부터 난 저기……. 호숫가를 거닐고 있었어요. 이 댁 근처에도 몇 번이나 왔지만 들어올 용기가 나지 않았어요. 자, 우리 앉아요. (두 사람 앉는다) 앉아서 실컷 이야기해요. 여기는 좋아요, 따스하고 아늑해서……. 저 소리는……. 바람이죠? 투르게네프에 이런 게 있죠. '이런 밤에, 지붕 밑에 있는 자는 행복하다, 따뜻한 한구석을 가진 자는' 난 갈매기……. 아냐, 그게 아냐. (이마를 문지른다) 뭘 말하려고 했지? 참, 투르게네프지. '주여, 비가 오니 모든 집 없는 방랑자를 도와주소서…….' 아니에요, 아무것도 아니에요. (흐느껴 운다)

트레플레프 니나, 당신은 또…… 니나!

니 나 괜찮아요, 전 이게 마음이 편한걸요. 난 벌써 2년이나 울지 않았어요. 어젯밤 늦게 살며시 이 정원에 들어와서 그 옛날 우리들의 극장이 어떻게 되었을지 보러 왔었어요. 아직도 남아 있더군요. 그것을 보았을 때 2년 만에 처음으로 울었어요. 가슴이 후련해지고 마음속의 안개가 걷히는 것 같았어요. 보세요, 난 이제 울지 않아요. (트레플레프의 손을 잡는다) 그런데 이처럼 당신은 작가가 되셨군요. 당신은 작가, 난 여배우. 서로가 다 소용돌이 속에 말려들고 말았어요. 그 당시의 나는 어린애처럼 기쁨에 넘친 삶을 살고 있었죠. 아침에 눈을 뜨면 노래를 하죠. 당신을 사랑하기도 하고, 명성을 꿈꾸기도 하고. 그런데 지금은 어떤지 아세요? 내일은 아침 일찍 삼등차를 타고 엘레츠로 가는 거예요. 농부들과 합승으로 말이죠. 그리고 아마 엘레츠에서는 교육받은 장사치들이 갖은 친절을 베풀며 따라다니겠죠. 비참한 거예요, 우리내 삶이란.

트레플레프 무엇 때문에 엘레츠 같은 곳에?

니 나 올 겨울 동안 계약했어요. 아, 이젠 떠나야 해요.

트레플레프 니나, 난 당신을 저주하고 증오하여 당신 편지와 사진을 찢어 버렸어요. 그러면서도 내 마음은 영원히 당신과 맺어져 있다는 걸 매분, 매초마다 의식하고 있었어요. 당신에 대한 사랑이 식다니, 내게는 있을 수 없는 일이에요. 니나, 당신을 잃고 작품이 가끔 잡지에 실리기 시작한 이래 내게 있어 인생이란 견디기 어려운 것이 되었어요. 수난의 길이었어요. 나의 젊음은 갑자기 꺾여서 난 벌써 90년이나 이 세상에 산 것 같은 기분이에요. 난 당신의 이름을 부르고, 당신이 걷던 땅에 입을 맞추곤 해요. 어디를 보나 당신의 얼굴이 보여요. 내 생애의 가장 즐거웠던 시대를 비춰 준 그 다정한 미소가 말이에요.

니 나   (당황해 하며) 안 돼요, 그런 말씀을 해서는요!

트레플레프   난 고독해요. 따뜻하게 위로해 주는 애정이 어디에도 없죠. 마치 굴속처럼 추워요. 그래서 무엇을 쓰나 바삭바삭하고 딱딱하고 우울해요. 니나, 부탁이에요. 이대로 있어 줘요. 아니면 나도 함께 가게 해 줘요.

니나, 재빨리 모자와 긴 외투를 입는다.

트레플레프   어째서 당신은……. 니나? 제발, 니나! (니나가 옷을 입는 것을 바라본다. 사이)

니 나   뒷문 쪽에 마차를 세워 두었어요. 나오지 마세요, 나 혼자서 갈 수 있으니까……. (울먹이면서) 물 좀 주세요. 갈증이 나요.

트레플레프   (컵에 든 물을 준다) 이제부터 어딜 가죠?

니 나   시내로. (사이) 아르카지나 씨가 와 계시죠?

트레플레프   네……. 이번 목요일, 소린 외삼촌의 병세가 이상해서 우리가 전보로 오시게 한 거예요.

니 나   내가 걷던 땅에다 키스를 하시다니, 그건 무슨 말씀이세요? 나 같은 건 때려 죽여도 시원치 않을 여자예요. (테이블에 몸을 기댄다) 이젠 정말 지쳤어요! 좀 쉬고 싶어요, 조금만! (얼굴을 들고) 난…… 갈매기. 아니, 그렇지 않아. 난…… 여배우. 그, 그렇죠? (아르카지나와 트리고린의 웃음소리를 듣고 가만히 귀를 기울인다. 그리고는 왼쪽 문으로 뛰어가서 열쇠 구멍으로 내다본다) 그이도 이곳에 와 있군요. (트레플레프의 곁으로 돌아오면서) 뭐 상관없어요. 그래요, 그는 연극이라는 것을 신용하지 않고 언제나 내 꿈을 비웃고만 있었죠. 그래서 나도 차차 신념이 없어지고 의욕을 상실하고 말았죠. 게다가 또 사랑의 고민이니, 질투니, 어린애에 대한 공포니 하며 항상 마음을 졸이며 살았어요. 난 소심하고 초라한 여자가 되어 버려 아무렇게나 되는 대로 연기를 하고 있었어요. 손을 어떻게 놀려야 할지도 모르고, 무대에 서 있을 수도 없고, 목소리도 나오지 않았어요. 형편없는 연기를 하고 있구나 하고 스스로 느낄 때의 그 기분, 당신은 도저히 모르실 거예요. 난…… 갈매기. 아니, 그렇지 않아요. 기억나세요? 당신은 갈매기를 쏘아 죽였죠. 지나가던 남자가 그 처녀를 보고 심심풀이로 파멸시켜 버리죠. 제법 그럴 듯한 단편이 소재, 이것도 아니야. (이마를 문지른다) 무슨 이야기를 하고 있었더라? 참, 무대에 대한 이야기였죠. 이제 나는 그렇지 않아요. 난 이제 진짜 여배우예요. 난 즐겁게 연기를 하고 무대에 서면 자기 자신의 아름다움에 도취되죠. 저는 여기서 머무는 기간 동안 나날이 성장해 가는 것을 느낄 수 있었어요. 나의 정신력이 날로 강해져 가는 것을 느껴요. 트레플레프, 이제 보니 무대에 서는 것이나, 글을 쓰는 것이나 마찬가지예요. 우리의 일에서 훌륭한 건 명성과 영광처럼 추상적인 것이 아니라, 실은 인내력이라는 것을 나는 알았어요. 자기 십자가를 지는 법을 알고 그저 믿는 방법을요. 나는 그것을

갈
매
기

믿고 있으니까 그다지 괴로울 것도 없고, 그러한 자신의 사명을 생각하면 남은 인생도 전혀 두렵지 않아요.

트레플레프 (슬픈 듯이) 당신은 자신의 길을 발견하고 그 길을 분명히 알고 있어요. 나는 여전히 망상과 환영의 혼돈 속을 방황하면서 도대체 그게 누구에게, 무엇 때문에 필요한 것인지 모르고 있어요. 난 신념을 가질 수 없고, 무엇이 자기의 사명인지도 모르고 있어요.

니 나 (귀를 기울이며) 쉿! 난 이제 가겠어요. 안녕. 제가 유명한 여배우가 되거든 만나러 오세요, 네? 약속해 주시겠어요? 그럼……. (트레플레프의 손을 잡는다) 벌써 밤이 깊었어요. 저는 지금 가까스로 서 있는 거예요. 너무 치쳤어요. 뭐라도 좀 먹고 싶네요.

트레플레프 천천히 가요, 저녁쯤은 대접할 테니…….

니 나 아니, 안 돼요. 따라오지 마세요, 혼자서 갈 수 있으니까. 마차는 바로 저기 있는걸요. 그러니까 아르카지나 씨가 그이를 데리고 오셨군요? 하지만 어차피 마찬가지예요. 트리고린 씨를 만나더라도 아무 말 마세요. 난 그이가 좋아요. 전보다도 더 사랑하고 있을 정도예요. 제법 그럴 듯한 단편의 소재죠. 좋아요, 사랑하고 있어요. 안타깝게 사랑하고 있어요. 전에는 좋았죠, 트레플레프! 그 얼마나 밝고 따스하고 기쁘고 깨끗한 생활이었던가요. 아, 그 감정! 정답고 산뜻한 꽃과 같은……. 전 아직도 기억해요! (읊는다) 인간도, 사자도, 독수리도, 뇌조도, 뿔 달린 사슴도, 거위도, 거미도, 물속에 사는 말없는 물고기도, 바다에 사는 불가사리도, 사람 눈에 보이지 않는 미생물도, 다시 말해서 모든 생물, 생명이라는 생명은 모두 슬픈 순환을 마치고 사라져 버렸도다. 이미 수천 세기 동안 지구는 무엇 하나 생물을 싣지 않았으며, 저 가련한 달만이 허무한 등불을 켜고 있도다. 이제 목장에는 잠에서 깬 달만이 허무한 등불을 켜고 있도다. 이제 초원에는 잠에서 깬 학의 울음소리도 그쳤도다. 보리수 숲에는 딱정벌레마저 찾아오지 않는구나. (격정적으로 트레플레프를 껴안고 있다가 갑자기 트레플레프의 품에서 빠져나와 유리문 밖으로 뛰어나간다)

트레플레프   (사이) 누가 정원에서 니나를 보고 어머니에게 이르면 큰일인데……. 어머니는 크게 상심할 거야.

2분 동안 말없이 자신의 원고를 전부 찢어서 책상 밑에 던져 넣는다. 그리고 오른쪽 문을 열고 퇴장.

도 른   (왼쪽 문을 힘들여 밀면서) 이상한데, 문이 잠겼나. (들어와서 휠체어를 본래 장소에다 놓는다) 이건 마치 장애물 경주로군.

아르카지나, 폴리나, 그 뒤에 야코프가 술병 여러 개를 들고 마샤, 그 뒤에 사므라예프, 트리고린 각각 등장.

아르카지나   포도주와 트리고린 씨가 드실 맥주는 이 테이블에 놓아 주세요. 로트를 하면서 마실 거니까. 자, 앉으십시다, 여러분.

103

폴리나　(야코프에게) 차를 내와요. (여러 개의 촛불을 켜고 카드놀이 탁자에 앉는다)

사므라예프　(트리고린을 찬장 쪽으로 데리고 간다) 보세요, 바로 이게 아까 말씀드린 물건입니다……. (찬장에서 갈매기의 박제를 꺼낸다) 당신이 주문하신.

트리고린　(갈매기를 바라보면서) 기억이 없소! (고개를 갸우뚱하며) 전혀 기억이 없는데!

오른쪽 무대 뒤에서 총성. 모두 흠칫한다.

아르카지나　(겁에 질려서) 뭐죠?

도　른　아무것도 아닐 겁니다. 아마 내 약품 가방 속에 들어 있는 것이 터진 모양이죠. 걱정하실 것 없습니다. (오른쪽 문으로 퇴장했다가 30초쯤 지나서 돌아온다) 역시 그랬어요. 에테르 병이 터진 거예요. (읊는다) 나 또다시 그대 앞에서 넋을 잃고 서노라.

아르카지나　(테이블 앞에 앉으면서) 후유, 깜짝 놀랐어. 그만 그때 일이 생각나서……. (양손으로 얼굴을 가린다) 눈앞이 캄캄해졌어.

도　른　(잡지를 넘기면서 트리고린에게) 여기에 두어 달 전쯤 어떤 기사가 실렸는데요. 미국에서 온 편지입니다만, 당신에게 좀 여쭈어 보고 싶은 게 있어서요. (트리고린의 허리를 잡고 푸트 라이트 쪽으로 데리고 와 속삭인다) 아르카지나 씨를 어디로든 데려가 주세요. 트레플레프 군이 총으로 자살했습니다.

104

바냐 아저씨

보이니츠카야 부인 사등관의 미망인, 세레브라코프 교수의 장모

바　냐 (이반 페트로비치 보이니츠키) 보이니츠카야 부인의 아들

세레브라코프 (알렉산드르) 퇴직한 대학 교수

엘레나 세레브라코프의 후처

소　냐 세레브라코프와 전처 사이에 태어난 딸

아스트로프 의사. 바냐의 친구

첼레긴(일리야 일리치) 몰락한 지주

마리나 유모

머　슴

제1막

정원. 베란다가 있는 건물의 일부가 보인다. 오래된 포플러 나무 밑에 테이블이 하나 있고, 그 위에 차를 마실 수 있는 준비가 되어 있다. 의자가 몇 개 놓여 있고, 한 의자 위에는 기타가 놓여 있다. 테이블 근처에 그네가 있다. 오후 2시경. 흐린 날씨.

마리나(물렁물렁하게 살이 찐 노파)가 주전자를 앞에 두고 앉아 양말을 뜨고 있다. 아스트로프가 옆에서 서성대고 있다.

마리나   (컵에다 차를 따른다) 한잔 드세요, 선생님.

아스트로프   (내키지 않는 표정으로 컵을 받는다) 난 별로 생각이 없는데…….

마리나   아마 이게 보드카라면 드시겠죠?

아스트로프   아니, 보드카도 많이 마시지 않아. 게다가 오늘은 무덥기도 하고. (사이) 이봐요, 할멈. 우리가 서로 알게 된 지 얼마나

107

되었지?

마리나　(생각하면서) 얼마냐고요? 글쎄요……. 선생님이 이곳에 오
신 건…… 그게 언제였더라……. 그게 소냐 아가씨의 어머님
이신 베라 마님이 계셨을 때였죠. 마님이 계셨을 당시, 선생님
은 두 해 겨울 동안 여기에 드나드셨어요. 그러고 보니 그럭저
럭 벌써 11년이 되는군요. (생각에 잠기면서) 아니면 더 되는지도
모르죠.

아스트로프　그때에 비하면 나도 무척 변했겠지?

마리나　물론이죠, 그때는 젊으셨고 아름답기도 하셨지만 이젠 무척
늙으셨어요. 풍채도 예전 같지 않고 말이에요. 하기야…… 보
드카를 즐겨 드시니까 뭐…….

아스트로프　글쎄……. 나는 11년 동안 아주 다른 사람이 되어 버렸
어. 그도 그럴 수밖에……. 너무 일만 했으니까. 그렇지 않아,
할멈? 아침부터 밤까지 줄곧 서 있기만 하고 쉴 틈도 없었어.
밤에는 또 밤대로 담요 위에 쭈그리고 누워, 언제 환자에게 호
출이 오지나 않을까 전전긍긍하고 있는 형편이니. 그 11년 동
안에 단 하루도 한가한 시간이라고는 없었거든. 이래 가지고
서야 늙지 말라는 게 무리한 주문이지. 게다가 또 매일의 생활
이 지루하고 역겨워 죽을 지경이거든……. 진창 속으로 질질
끌려들어가는 거나 마찬가지야. 게다가 주위에 있는 인간들이
라는 게 모두 괴상망측한 바보들뿐이니까. 그런 이들과 한두
해 사귀어 보라고. 어느새 자신까지 괴상한 인간이 되어 버릴

테니까. 이건 결국 어쩔 수가 없는 운명이야. (긴 콧수염을 비틀면서) 이런 세상에, 이 수염도 지독하게 자랐구만……. 쓸모없는 수염이지. 하기야 나도 괴상한 인간이 되긴 했지만……. 바보가 되었느냐 하면 반드시 그런 것도 아니야. 다행히도 머리만은 아주 또렷또렷하다고. 인간다운 감정으로 말할 것 같으면 아무래도 좀 둔해진 것 같지만 난 아무것도 갖고 싶지 않아. 아무것도 필요 없지, 누구 하나 맘에 드는 사람도 없고……. 하지만 할멈만은 좋지. (마리나의 이마에 키스한다) 나도 어렸을 때는 꼭 할멈 같은 유모가 있었어.

바냐 아저씨

마리나　뭐든 좀 드시는 게 좋을 것 같아요.

아스트로프　아니, 먹고 싶지 않아. 지난해 봄에 전염병이 번지고 있는 그 이름도 모르는 마을에 간 적이 있었는데…… 발진티푸스라는 병이었지……. 농가에는 집집마다 병자가 우글우글한데, 원 세상에 그 불결함이란. 그 악취, 그 더러움. 마룻바닥에는 송아지가 병자와 함께 뒹굴고 있고, 돼지새끼까지 뒤엉켜 있는 형편이었지. 거기서 하루 종일 정신없이 일하는데, 담배 한 대 피울 새도 없고, 입에 뭘 넣을 틈도 없었어. 진료를 마치고 겨우 집에 돌아왔지만 역시 날 쉬게 놔두진 않더군. 철도국에서 선로 인부를 한 사람 떠메고 와서 말이야. 수술을 하려고 수술대 위에 눕혔더니, 그 양반, 클로로포름 마취를 시키자마자 죽어 버리지 뭐야. 그런데 쓸데없이 인간다운 감정이 일어나, 마치 내가 그를 죽이거나 한 것처럼 마음을 괴롭히더군. 그

래서 난 눈을 감고 이런 생각을 했지. 백 년, 2백 년 뒤에 이 세
상에 태어나는 사람들은 지금 이렇게 열심히 이 땅을 개척하고
있는 우리를 고맙게 여겨 줄까 하고 말이야. 이봐요, 할멈. 아
무도 그런 생각은 하지 않겠지?

마리나   설사 우리 같은 인간은 잊더라도 하느님은 기억하고 계실
거예요.

아스트로프   참 그렇구먼. 고마워, 아주 좋은 말을 해 주었어.

바냐 등장.

바 냐   (집에서 나온다. 아침 식사 후 늘어지게 한잠 자고 나서 잠이 덜 깬 얼
굴이다. 벤치에 앉아서 화려한 넥타이를 고쳐 맨다) 참……. (사이) 홍,
참…….

아스트로프   잘 잤나?

바 냐   그래…… 아주 실컷. (하품한다) 하여간에 교수 부부께서 이
곳에 오신 후부터 내 생활의 리듬이 완전히 바뀌고 말았어. 이
상한 시간에 자고, 아침과 점심 전에 뭔가 괴상한 것을 먹는가
하면, 술까지 마시고 말이야……. 하는 일들마다 전부 불건전
한 일뿐이야. 여태까지 한가한 시간이란 조금도 없어서 나나
소냐나 무척 바쁘게 일을 했었지. 그런데 이제 일하는 건 소냐
뿐이고, 나는 자고 먹고 마시고……. 도무지 안 되겠어.

마리나   (고개를 끄덕이며) 맞아요, 규칙이 아주 달라졌습니다. 나리께

서는 12시나 되어서야 오시는데 주전자는 아침부터 펄펄 끓으며 나리가 나오기를 기다리니 말이에요. 그분들이 오시기 전에는 여느 집이나 마찬가지로 1시 전에 점심을 먹곤 했는데, 이제 6시가 보통이니……. 나리께서는 한밤중에 책을 읽거나 글을 쓰거나 하니까 새벽 2시에 별안간 벨이 울리고 난리죠. 내가 '무슨 일이십니까, 나리?' 하고 물으면 '차를 가져와!' 하는 거예요. 그래서 아랫사람을 깨워 허둥지둥 차를 끓이고……. 그야말로 훌륭한 규칙이 생겼지 뭐예요.

바
냐
아
저
씨

아스트로프   자네 당분간 여기 있을 생각인가?

바 냐   (휘파람을 휙 불고) 백 년은 문제없을걸. 교수 나리께선 이곳에 엉덩일 붙일 모양 같아.

마리나   바로 지금만 해도 그래요. 주전자는 벌써 두 시간째나 이렇게 끓고 있는데 모두들 산책하러 가셨다고요.

바 냐   저기서 오고 계시는군……. 너무 걱정 말게.

이야기 소리가 들리며 정원 안쪽으로부터 산책에서 돌아오는 세레브라코프, 엘레나, 소냐, 첼레긴 등장.

세레브라코프   정말 좋아, 정말로……. 과연 절경이야.

첼레긴   맞아요, 정말 훌륭한 경칩입니다. 교수님.

소 냐   내일 숲지기 오두막이 있는 쪽으로 가 봐요, 아버지. 찬성이시죠?

바 냐　여러분, 차 마실 시간이에요.

세레브라코프　저, 미안하지만 차는 내 서재로 갖다 주면 좋겠는데. 아직 두세 가지 일이 남아 있어서.

소 냐　그 근처의 경치도 마음에 드실 거예요.

엘레나, 세레브라코프, 소냐, 집으로 들어간다. 첼레긴은 테이블로 다가

가서 유모 곁에 앉는다.

바 냐　무더운 날씨임에도 우리 대학자님께서는 외투를 입으시고, 우산을 들고, 장갑까지 끼고 계시는군.

아스트로프　즉 건강에 주의하고 있다는 얘기지.

바 냐　그나저나 저 부인은 정말 미인이야. 굉장한 미인이지, 여태까지 난 저렇게 아름다운 사람은 본 적이 없어.

첼레긴　이봐요, 마리나 씨. 나는 들에 나가 보아도, 울창한 정원을 걸어도, 이 테이블을 바라보아도, 말할 수 없는 행복을 느낍니다. 화창한 날씨에 새들은 지저귀고, 모두 이렇게 평화롭고 사이좋게 잘 살고 있는데 더 이상 무슨 불만이 있겠어요? (컵을 받으면서) 잘 먹겠습니다, 감사해요.

바 냐　(꿈꾸듯이) 그 눈매……. 뭐라고 표현할 수 없는 여인이야.

아스트로프　뭐 좀 더 좋은 얘깃거리는 없나, 응? 바냐.

바 냐　(몽롱한 시선을 들어) 좋은 얘깃거리라니?

아스트로프　뭐 새로운 일 말이지.

112

바 냐 없는걸. 나야 항상 그렇고 그렇지 뭐. 어쩌면 도리어 더 나

빠졌는지도 모르지. 글쎄, 게으름만 늘어서 도무지 일도 손에

안 잡히고 망령든 영감님처럼 온종일 중얼거리고 있을 뿐이니

까 말이야. 그 다음에는 우리 집 꼬부랑 할머니, 즉 어머니 말

인데, 10년을 하루같이 자나 깨나 여성 해방론이야. 한 눈으로

는 무덤을 바라보면서도, 나머지 한 눈으로는 새 생활의 여명

을 향해서 어려운 책장을 열심히 뒤적이고 있지.

아스트로프 교수님은?

바 냐 아, 대학자님 말인가? 나리께서는 언제나 아침부터 밤까지

서재에만 틀어박혀 글을 쓰고 계시지. 미간을 찌푸리고 골머

리를 썩여 가며 아침부터 밤까지 노래를 짓네. 무수하게 찢겨

서 벽난로 속으로 던져지는 종이들에게 미안할 정도야. 그럴

바엔 차라리 자서전이나 쓰는 것이 훨씬 나을 텐데. 얼마나 대

단한 주제인데! 알겠나? 정년퇴직한 대학 교수이신데다, 관절

염을 앓고 있고, 류머티즘에 편두통에, 그것도 부족하서 시

샘과 질투로 간장 비대증까지 앓고 있다 이거야. 그런 사람이,

예전에 코빼기도 보이지 않던 죽은 부인의 영지로 굴러 들어왔

지. 도대체 왜 온 것 같나? 도회지 살림은 주머니 사정이 허락

하지 않더라 그 말씀이야. 나리께서는 자기처럼 재수 없고 불

행한 사람은 없다고 허구한 날 불평이지만 실은 그만큼 운이

좋은 사람은 아마 별로 없을걸. (신경질적으로) 정말이지, 얼마

나 운이 좋은 인간인가! 교회 관리인의 아들이 나랏돈으로 공

113

부를 해 가지고 운 좋게 박사가 되고 교수가 되어 친임관이 되더니, 추밀원 의원의 사위님으로 들어앉으셨으니 말이야. 어쨌든 그런 건 아무래도 좋아. 생각해 볼 것은 다음과 같은 문제지. 뭔고 하니 말씀이야, 만 25년 동안 예술이 어떻고 문학이 어떻고 하며 쓰고 가르치고 해 온 사나이가 사실, 문학이고 예술이고 도무지 이해하지 못한다는 사실이야. 나리께선 25년 동안 리얼리즘이다, 자연주의다 하면서 남의 사상을 흉내 냈을 뿐이었지. 25년 동안 그자가 쓰고 지껄이고 해 온 것은 현명한 인간이면 원래 먼 옛날부터 알고 있는 사실이고, 바보 같은 인간에게는 도무지 재미없기 짝이 없는 것이어서, 25년이란 세월은 결국 허황된 물거품과 다름없었던 셈이야. 그런데도 그자의 자존심을 좀 보라고. 저 거만한 꼬락서니라니. 막상 정년 퇴직하고 보니 세상에서는 누구 하나 그자의 일을 기억하고 있질 않아. 이름이고 뭐고 없어. 결국 말이지, 25년 동안 재수 좋게 남의 의자에 앉아 있었다, 이거야. 그런데 봐, 보라고, 저렇게 거들먹거리는 모습을!

아스트로프　아니 이거, 자네 질투하고 있군 그래.

바 냐　암, 질투가 나고말고. 그러면서도 저자는 여복이 있거든. 아무리 돈 주앙이라도 저자만한 처복은 없을 거야. 저자의 전처였던 내 누이동생은 온순하고 훌륭한 여자였어. 마치 맑은 하늘처럼 청순하고, 고상하고, 관대해서 저자의 제자보다 더 많은 숭배자가 있었지. 누이동생은 시처럼 아름답고 순결한 사랑을 저자에게 바치고 있었어. 저자의 장모, 그러니까 우리 어머니는 아직도 저자를 숭배하고 있어. 그리고 저자의 후처로 말할 것 같으면, 자네도 조금 전에 보았지만 재색을 겸비한 여성인데, 그런 여자까지 이미 노경에 접어든 저 작자의 아내가 되어 아까운 젊음과 미모와 자유와 희망을 바치고 있는 거지. 이상한 일이야. 도무지 모르겠어.

아스트로프   그 여자, 행실은 괜찮나?

바 냐   유감스럽지만 그렇네.

아스트로프   어째서 유감스럽다는 거야?

바 냐   어째서라니! 그 여자의 정숙함이란 철두철미하게 거짓투성이니까 그렇다네. 거죽만 번드르르했지, 도무지 이치에 맞질 않아. 싫어서 죽을 것 같은 늙어빠진 영감이지만, 바람을 피우는 건 여자의 도리가 아니라면서 가련한 자신의 젊음과 감정을 죽이며 살고 있지.

첼레긴   (우는 목소리로) 바냐, 그런 소리 하지 말게. 부탁일세……. 자기 아내나 남편을 배반하는 건 성실하지 못한 인간들이 하는 짓이고, 더 나아가서는 나라를 배반하는 게 될 수도 있단 말일세.

바 냐   (화가 난 듯) 닥쳐!

첼레긴   좀 들어 보게, 바냐. 내 마누라는 이 못난 내게 정이 떨어져 결혼식 다음날, 좋아하는 남자와 달아나고 말았네. 하지만 그 후에도 나는 자신의 본분을 어긴 적이 없다네. 아직까지도 나는 그녀를 좋아하고 있고, 성의껏 대하고, 할 수 있는 데까지 원조도 해 주고 있어. 그녀와 그녀의 정부 사이에서 태어난 딸의 양육비로 나는 내 재산을 전부 바쳤어. 그 때문에 내가 불행해지기는 했지만 자존심만은 잃지 않고 있지. 그런데 그 여자는 어떤가? 젊음과도 이별이야. 그녀도 어찌할 수 없는 일이지. 아름다움도 사라지고, 정부는 죽고……. 도대체 무엇이 남았겠나?

소냐와 엘레나 등장. 한참 후 보이니츠카야 부인이 책을 들고 등장하여 의자에 앉아 읽는다. 유모가 차를 권하자 손만을 뻗어 차를 마신다.

소 냐 (급하게 마리나를 향해) 유모, 농부들이 와 있어요. 가서 말을 좀 해 줘요. 차는 내가 따를 테니……. (차를 따른다)

마리나 퇴장. 엘레나는 컵을 들고 그네에 앉아서 마신다.

아스트로프 (엘레나에게) 댁의 주인을 진찰하러 왔습니다. 부인의 편지에 의하면 주인께서는 류머티즘이니 뭐니 해서 매우 건강이 좋지 않다고 말씀하시더니, 겉보기엔 의외로 건강하시군요.

엘레나 그러게 말이에요. 어젯밤에는 무척 짜증을 냈어요. 다리가 아프다고 야단이시더니 오늘은 아무렇지 않다고 하시네요.

아스트로프 그것 때문에 이렇게 부랴부랴 달려왔는데. 아니, 뭐 괜찮습니다. 이게 처음 있는 일도 아니니까요. 그 대신 오늘밤은 댁에서 묵게 해 주십시오. 최소한 잠이라도 실컷 자게 말입니다.

소 냐 그렇게 하세요. 선생님이 저희 집에서 주무시는 일은 좀처
럼 없었으니까요. 아직 점심 전이시죠?

아스트로프 네, 실은 아직…….

소 냐 마침 잘 되었군요. 함께 드시도록 하세요. 저희 집에서는 요
즘 6시가 넘어서야 점심이에요. (차를 마시며) 어머나, 다 식었어!

바
냐
아
저
씨

첼레긴 너무 지체하는 바람에 주전자가 다 식었습니다.

엘레나 괜찮아요, 이반 이바느이치, 차면 찬대로 마시죠.

첼레긴 실례지만…… 저는 이반 이바느이치가 아니라…… 일리야
일리치라고 부릅니다……. 일리야 일리치 첼레긴, 일명 와플
이라고 하죠. 보시다시피 제가 곰보라서 어느 입심 사나운 사
람이 붙인 별명입니다. 저는 그 옛날, 이 소냐 양의 대부가 된
적도 있고, 주인 되시는 교수님과도 각별한 사이였죠. 그리고
지금은 이 댁에서 신세를 지고 있고요……. 혹시 보셨는지 모
르지만 어쨌든 매일 이곳에서 식사를 하고 있습니다.

소 냐 첼레긴 씨는 우리 일을 잘 도와주시는 소중한 분이에요. (다
정하게) 아저씨, 비우세요, 한잔 더 따라 드릴게요.

보이니츠카야 부인 오오!

소 냐 왜 그러세요, 할머니?

보이니츠카야 부인 알렉산드르에게 말한다는 걸 깜빡했어. 도무지 기
억력이 나빠서……. 오늘 하리코프의 파벨 알렉세예비치한테서
편지가 왔더구나. 이번에 낸 팸플릿을 부쳐 주신 거야…….

117

아스트로프   재미있는 겁니까?

보이니츠카야 부인   재미는 있지만 어쩐지 이상한 생각도 들어요. 7년
전에는 잔뜩 편을 들던 학설을 이번에는 부정하고 있으니 말이
죠. 암튼 기가 막혀요.

바 냐   기가 막힐 것까지는 없어요. 차나 드시죠, 어머니.

보이니츠카야 부인   그래도 난 이야기하고 싶단다.

바 냐   우리는 벌써 50년 동안이나 쉴 새 없이 지껄이고 팸플릿을
읽고 해왔지 않습니까. 이제는 적당히 해둘 때예요.

보이니츠카야 부인   넌 어째 내 이야기를 듣는 게 싫은 모양이구나.
너한테 뭐 잘못한 것이 있으면 사과하겠지만 작년부터 1년 동
안에 싹 달라져서 이제는 딴 사람을 보는 듯한 기분이다. 이전
에는 뚜렷한 신념이 있는 명랑한 사람이었는데…….

바 냐   네, 그렇고말고요! 난 명랑한 인간이었지만 그러면서도 누
구 하나 밝게 해 줄 수는 없었어요. (사이) 내가 명랑한 인간이
라고요? 이보다 더 뼈아픈 야유는 그리 흔치 않을 거예요. 나
도 이제 마흔일곱이에요. 작년까지는 나도 어머니와 마찬가지
로 어머니의 그 궤변으로 내 눈을 가리고 현실을 외면하려고
했죠. 그리고 그것으로 족하다고 생각했어요. 그런데 지금은
도대체 어떤 꼴이 되었는지 아십니까! 난 울화가 치밀고 분통
이 터져서 밤잠도 제대로 자지 못합니다. 바라는 것은 뭐든지
손에 넣을 수 있었던 젊은 시절을 우물쭈물 헛되이 보내 버리
고 이 나이가 된 지금에 와서는 이제 아무것도 손에 넣을 수가

없으니 말이에요.

소　냐　바냐 아저씨, 그런 얘긴 재미없어요!

보이니츠카야 부인　(바냐에게) 어쩐지 넌 옛날에 자기가 갖고 있던 신념을 원망하는 것 같구나. 하지만 나쁜 것은 그 신념이 아니다, 바로 너 자신인 거야. 신념 그 자체는 아무것도 아니고 죽은 문자에 지나지 않는다는 걸 넌 잊고 있었니……. 행동이 따랐어야 돼.

바　냐　행동이라고요? 하지만 인간이 모두 글을 쓰는 기계가 될 수 있는 건 아니니까요. 어머니가 존경해 마지않는 교수님처럼 말이에요.

보이니츠카야 부인　너 그게 도대체 무슨 말이냐?

소　냐　(애원하듯이) 할머니! 바냐 아저씨! 제발!

바　냐　그래, 알았다. 내가 입 다물고 사과하마.

바
냐
아
저
씨

사이

엘레나　정말 좋은 날씨네…… 덥지도 않고…….

사이

바　냐　이런 날씨에 목을 매면 정말 기분이 좋을걸.

첼레긴, 기타의 음조를 맞춘다. 마리나, 집 주위를 걸으면서 닭을 부른다.

마리나   구구 구구구…….

소 냐   유모, 농부들은 왜 왔지?

마리나   매일 그 소리죠, 그 황무지 말이에요. 구구, 구구.

소 냐   뭘 부르고 있는 거야?

마리나   암탉이 병아리를 이끌고 어디론가 가 버렸어요. 까마귀한테
채여 가지 않았으면 좋겠는데……. (퇴장)

첼레긴, 폴카를 연주한다. 모두 귀를 기울인다. 머슴 등장.

머 슴   의사 선생님이 여기 계십니까? (아스트로프에게) 죄송합니다
만, 아스트로프 선생님을 모시러 왔습니다.

아스트로프   어디서?

머 슴   공장에서 왔습니다.

아스트로프   (짜증을 내며) 고마운 일이로군. 어쨌든 가 봐야겠
지……. (눈으로 모자를 찾는다) 정말 지긋지긋해…….

소 냐   정말 유감이네요! 공장에서 볼일을 마치시거든 점심 드시
러 꼭 오세요, 네?

아스트로프   아뇨, 늦을 겁니다. (혼잣말로) 어림도 없지. (머슴에게) 자
네, 미안하지만 보드카 한잔만 갖다 주게. (머슴 퇴장) 도저
히…… 어림도…… 없지……. (모자를 발견한다) 소스트롭스키

의 그 뭐라는 희곡이더라, 엄청나게 긴 콧수염을 기른, 도무지 재간이라곤 하나도 없는 사내가 나오지만……. 결국 내가 그런 꼴이로군. (사이) 그럼 여러분, 실례합니다. (엘레나에게) 이 다음에라도 소냐 양과 함께 우리 집에 들러 주시면 기쁘겠습니다. 땅이래야 서른 평 정도 될까 말까 합니다만, 흥미가 있으시다면 사방 3백 킬로미터, 어디를 찾아도 볼 수 없을 만큼 모범적인 정원과 묘목 숲을 보여 드리겠습니다. 우리 땅 옆에 국유림이 있는데요, 그곳 산지기가 노인인데다가 병만 앓고 있어서 사실상 제가 하나에서 열까지 지휘를 하고 있는 거나 마찬가집니다.

 바냐 아저씨

엘레나   당신이 나무를 무척 좋아하는 분이라는 건 익히 들어 알고 있었어요. 그야 물론 세상을 위해 유익한 일임에는 틀림없겠지만, 본직에 방해가 되진 않을까요? 어쨌든 의사시잖아요?

아스트로프   무엇이 우리의 본직인가는 하느님만이 알고 계십니다.

엘레나   그래, 재미있으세요?

아스트로프   네, 재미있는 사업입니다.

바 냐   (비꼬는 말투) 대단하죠!

엘레나   (아스트로프에게) 당신은 아직 젊으세요. 제가 보기로는 서른 여섯이나 일곱? 그러니까 사실은, 말씀하시는 만큼은 재미있지 않으시겠죠? 노상 숲이니 나무 이야기뿐. 그래서는 너무 단조롭다고 생각해요, 난.

소 냐   아니에요, 그게 글쎄 무척 재미있다니까요. 아스트로프 씨는 해마다 새로운 나무를 심어서 그 상으로 나라에서 메달이나 상장을 받고 계시는걸요. 이분의 이야기를 자세히 들어 보면 반드시 수긍이 가실 거예요. 이분의 말씀으로는 숲은 이 지상을 아름답게 가꾸어서, 아름다운 것을 감상하는 법을 사람에게 가르치고 또 인간의 가슴속에 장엄한 기분을 불어넣어 준다는 거예요. 삼림은 또 혹독한 기후를 부드럽게 해 주죠. 기후가 온화한 나라에서는 자연과의 싸움에 힘을 기울이는 일이 적으므로, 자연히 거기에 사는 사람의 성격도 부드럽고 온화해지죠. 그런 곳의 사람들은 얼굴이 잘생기고 탄력이 있으며, 감수성이 예민하고 말투도 우아하며 행동은 점잖죠. 거기서는 학문과 예술이 번창하고 철학도 어두운 색채를 띠지 않고 마치 숙녀를 대하듯 고상하고 우아하죠…….

바 냐 (웃으며) 여어, 브라보! 브라보! 고견은 모두가 지당하지만 의문의 여지가 없는 것도 아니네. 그러니까 말이야……. (아스트로프에게) 어디 내게만은 예전대로 스토브에 장작을 때고 재목으로 집을 짓는 걸 용서해 주셨으면 싶은데.

아스트로프 난로야 이 탄을 때면 될 것이고, 집은 돌로 지으면 되지 않나. 하기야 필요하다면 나무를 베는 것도 반대하지는 않지만, 구태여 숲을 깎아 버릴 필요가 어디 있나? 러시아의 숲은 도끼자루 밑에서 죽어 가고 있어. 몇십 억 그루에 이르는 나무들이 없어져 가고 있고, 새와 짐승들의 보금자리는 황폐해지고, 강물은 차츰 얕아져서 말라 가고, 멋있는 경치도 사라져 영

영 돌아오지 않아. 왜냐하면 인간이란 게 워낙 게으름뱅이여서 허리를 굽혀 땅 위에서 땔감을 주울만한 지각이 없기 때문이지. (엘레나에게) 그렇지 않나요, 부인? 그렇게 아름다운 걸 난로에 태워 버리고 우리 손으로 만들어 낼 수 없는 것을 멸망시키는 그런 난폭한 짓은 어지간히 분별없는 야만인이 아닌 이상 있을 수 없는 일이죠. 인간은 무엇을 생각하는 이성과, 물건을 만들어 내는 힘을 하늘에서 부여받았습니다. 이것은 아마도 자기에게 주어진 것을 더욱 늘려가라는 하느님의 뜻일 거예요. 그런데 오늘날까지 인간은 창조는커녕 때려 부수기만 하고 있습니다. 숲은 점점 적어지고, 강물은 말라 가고, 새는 없어지고, 기후는 더욱더 사나워지고, 그리하여 땅은 날이 갈수록 점점 가물어, 보기 흉하게 변해 가죠. (바냐에게) 저런, 자네는 또 예의 비꼬는 듯한 눈으로 나를 보고 있군. 내가 말하는 건 무엇이든 전부 진지하게 들을 수 없는 모양이지? 하긴 이런 건 사실, 올바른 정신 같지 않을지도 몰라. 그러나 말일세, 내 덕분에 벌채를 면한 농부들이 숲 근처를 지나거나, 자기 손으로 심은 어떤 숲이 웅성거리는 소리를 들으면 나는 자연이라는 것도 다소나마 내 힘으로 좌우할 수 있는 거라는 생각이 드는 거야. 그리고 만약에 천 년 뒤의 인간이 행복해질 수 있다면 거기에 내 힘도 약간은 작용하고 있다는 그런 생각이 들지. 자작나무 묘목을 손수 심었는데 그것이 곧 푸르게 자라 바람에 흔들리고 있는 걸 보면 내 가슴은 나도 모르게 부풀어 오르거든.

바냐 아저씨

123

그리고 나는……. (머슴이 보드카를 쟁반에 담아 오는 걸 보고) 그렇지만 난…… (마신다) 이제 가 봐야 하네. 결국엔 이런 생각들이 전부 쓸데없는 짓일지도 모르지만……. 그럼 안녕히들 계십시오, 여러분! (집 쪽으로 간다)

소 냐 (아스트로프의 팔짱을 끼고 함께 간다) 이번에는 언제 또 오시겠어요?

아스트로프 모르겠는데요.

소 냐 또, 한 달이나 후에요……?

아스트로프와 소냐, 집으로 들어간다. 보이니츠카야 부인과 첼레긴, 테이블 곁에 남는다. 엘레나와 바냐는 베란다 쪽으로 간다.

엘레나 바냐 씨, 당신은 또 심술을 부리셨군요. 일부러 기계니 뭐니 하시며 어머님의 기분을 꼭 그렇게 상하게 하셔야 하나요? 오늘 아침 식사 때도 또 알렉산드르와 다투시고……. 다 부질없는 행동이에요.

바 냐 하지만 내가 진정으로 그 사람을 증오하고 있다면!

엘레나 알렉산드르를 미워하다니, 부질없어요. 그이 역시 별다른 사람이 아니거든요. 당신보다 나쁜 사람도 아니고요.

바 냐 만약에 당신이 자기 얼굴이나 자기 행동을 스스로 볼 수 있다면……. 당신은 살아 있는 것이 무척 괴로워 보여요! 정말 뭐라고 할 수 없을 만큼 괴로워 보여요!

124

엘레나 네, 그야 괴롭기도 하고 따분하기도 해요! 모두 모이기만 하면 그이의 험담만 하면서 나를 애처로운 듯 바라보거든요. '가엾어라, 저런 늙은 영감하고 살다니.' 그런 시선들과 동정해 주시는 기분……. 그야 저도 잘 알 수 있죠! 조금 전 아스트로프 씨가 말씀하신 대로 당신네들은 모두 분별없이 인간을 말라죽게 하고 있으니 곧 그 여파로 이 지상에는 정절이고, 순결이고, 자기희생을 할 용기고, 무엇 하나 없어지고 말 거예요. 어째서 당신네들은 자기 것도 아닌 한 여자의 삶을 그렇게도 걱정하는 걸까요. 알고 있어요. 그건 의사 선생님 말씀대로 당신네는 모두 다 파괴인가 뭔가 하는 악마를 가슴속에 키우고 있기 때문이에요. 숲도, 새도, 여자도, 자기네의 생명도, 무엇 하나 소중한 게 없어요…….

바 냐 그런 철학은 딱 질색이오! (사이)

엘레나 저 의사 선생은 피로에 지친 듯한 신경질적인 얼굴을 하고 있더군요. 왠지 끌리는 얼굴이에요. 아마 소냐는 그 사람을 사랑하는 것 같아요. 나도 그 기분을 이해할 수 있을 것 같아요. 내가 이곳에 온 뒤 그분은 벌써 세 번이나 방문하셨지만 나의 내성적인 성격 때문에 그에게 단 한 번도 다정하게 이야기를 건넨 적이 없었어요. 아마도 절 무척 심술 사나운 여자라고 생각하실 거예요. 이봐요, 바냐 씨, 당신하고 내가 이렇게 사이가 좋은 것은 아마 우리 둘이 다 우울하고 쓸쓸한 인간이기 때문인가 봐요. 우린 정말 우울해요! 그렇게 남의 얼굴을 빤히 쳐다

보는 건 실례예요.

바 냐 그럼 어떻게 보란 말입니까? 이렇게 당신이 좋은데 말이죠! 당신은 내 기쁨입니다. 내 생명이자, 내 청춘이에요! 그야 물론 서로 사랑할 수 있는 가망성이 전혀 없다는 것쯤은 알고 있어요. 하지만 난 아무것도 필요 없어요. 다만 당신 얼굴을 바라보고 당신 목소리를 들을 수만 있다면 그걸로…….

엘레나 쉿, 누가 들어요! (집으로 들어가려고 한다)

바 냐 (뒤쫓으며) 좋다고 하는데 어때요. 제발 그렇게 매정하게 굴지 마세요. 난 당신을 볼 수 있는 것만으로도 행복하니까요.

엘레나 그건 안 돼요. (두 사람, 집 안으로 들어간다)

첼레긴, 기타 줄을 퉁겨 폴카를 연주한다. 보이니츠카야 부인은 팸플릿의 여백에다 무언가를 써넣고 있다.

제2막

바냐 아저씨

세레브라코프 집 안의 식당. 마당에서 야경꾼이 딱따기를 치는 소리.
세레브라코프, 열어젖힌 창문 앞의 안락의자에 앉아서 졸고 있다. 엘레
나 역시 그 옆에서 졸고 있다.

세레브라코프 (눈을 뜨고) 누구야, 거기 있는 게? 소냐, 너냐?

엘레나 아뇨, 저예요.

세레브라코프 당신이로군, 엘레나 정말 아파서 견디지 못하겠어.

엘레나 이런, 무릎의 담요가 땅바닥에 떨어져 있군요. (담요를 주워
다리를 덮어 준다) 어때요, 알렉산드르? 문을 닫을까요?

세레브라코프 아냐, 숨이 막혀. 방금 잠깐 졸고 있는 사이에 묘한 꿈
을 꾸었소. 내 왼쪽 다리가 남의 것이 되는 그런 꿈이었는데 그
만 너무 아파서 잠이 깼지. 아니, 이건 통풍이 아니야. 오히려
류머티즘에 가깝지. 헌데 지금 몇 시나 되었소?

127

엘레나 12시 20분이에요. (사이)

세레브라코프 아침이 되거든 서재에 가서 바추슈코프 전집을 찾아
봐 줘. 어쩌면 집에 갖다 놓았을 거요.

엘레나 네?

세레브라코프 아침이 되거든 바추슈코프를 찾아 달라고 했어. 분명
히 있었던 기억이 나. 그런데 어째서 이렇게 숨이 막히지?

엘레나 피곤해서 그래요. 벌써 이틀 밤이나 주무시지 않은걸요.

세레브라코프 투르게네프는 통풍으로 협심증에 걸렸다던데. 나는
그렇게 되지 말아야 할 텐데. 아닌 게 아니라 나이를 먹는다는
건 정말로 싫은 일이야. 지긋지긋해. 나이를 먹어 가는 건 스
스로 생각해도 싫증이 나는군. 당신들 역시 나를 보는 게 싫을
거야.

엘레나 마치 나이를 먹은 것이 우리 탓인 것처럼 말씀하시는군요.

세레브라코프 누구보다도 당신이 제일 나를 보기 싫어할걸.

엘레나, 일어서서 좀 떨어진 곳에 앉는다.

세레브라코프 당신이 그렇게 생각하는 것도 무리는 아니야. 나도 바
보는 아니니까 그만한 건 알 수 있어. 당신은 젊고 건강하고 아
름답고 삶의 희망에 불타고 있어. 그런데 난 늙어 꼬부라져서,
한마디로 송장이나 다름없지. 하지만 새삼스레 어떻게 하겠
소? 그야 물론 내가 이 나이가 되기까지 살아온 것은 어리석은

짓이었지. 하지만 이제 조금만 더 참으면 돼. 곧 당신네들 모두에게 수고를 덜게 해 줄 테니. 이렇게 언제까지고 꾸물꾸물할 형편도 되지 못하니까 말이야.

엘레나   아, 나까지 병에 걸리고 말겠어요……. 제발 아무 말씀도 하지 마세요.

세레브라코프   당신 말을 듣고 있으면 마치 나 때문에 모두 병에 걸리고 따분하고 아까운 청춘을 보내고 있는데, 나만이 안락한 생활을 즐기며 아무 불만도 없이 살고 있는 것처럼 보이는군. 응, 안 그래?

엘레나   제발 아무 말씀도 마세요! 마치 고문당하고 있는 것 같아요!

세레브라코프   어차피 그럴 테지, 모두 나한테 고문당하고 있다고.

엘레나   (울먹이며) 아, 죽을 것 같아요! 그러니까 도대체 나더러 어떻게 하라는 거죠?

세레브라코프   어떻게 할 것도 없지.

엘레나   그럼 이제 아무 말씀도 마세요, 제발.

세레브라코프   이상한 얘기 아냐? 바냐 그의 어머니가 말하기 시작하면 모두 두말없이 잠자코 귀를 기울이는데, 내가 한마디라도 입을 뗄라치면 모두가 굳은 얼굴을 한단 말이야. 목소리만 들어도 오싹해진다는 그런 수작이지. 하기야 나는 보기 싫은 늙은이고, 잔소리쟁이고, 폭군인지도 몰라. 하지만 그렇다고 해도, 이 나이가 되도록 자기 의견을 내세울 하등의 권리도 나에게는 없다는 말인가? 난 그만한 가치조차 없는 사나이란 말인가? 정말 그런가? 난 편한 노후를 보낼 권리도 없고 남의 위로를 받을 자격도 없는 인간인가?

엘레나 아무도 당신의 권리 같은 걸 이러쿵저러쿵 말하지 않아요. (창문이 바람에 덜커덩거린다) 바람이 부는군요. 창문을 닫는 게 좋을 것 같아요. (닫는다) 비라도 한차례 올 모양이에요. 아무도 당신의 권리 같은 걸 이러쿵저러쿵 말하지 않아요.

사이. 야경꾼이 딱따기를 치며 콧노래를 부른다.

세레브라코프 나는 한평생 학문에 몸을 바쳤고, 서재를 벗 삼고, 강의실을 내 방처럼 여기면서, 훌륭한 동료들과 교제해 왔어. 그런데 갑자기 이런 무덤 속 같은 곳으로 쫓겨 와서 날이면 날마다 어리석은 인간들과 얼굴을 마주하고 시시한 이야기를 들어야 하다니……. 난 살고 싶어. 성공하고 싶고, 유명해져서 떠들썩하게 칭찬도 받고 싶어. 그런데 이곳은 귀양지처럼 적막할 뿐이야. 이런 곳에서 말년을 보내며 끊임없이 지나간 영화를 그리워하거나, 남의 성공을 시샘하고 저승사자의 발소리에 몸을 떨어야만 하다니! 아아, 못 견디겠어, 도저히 참을 수 없어! 그런데도 이곳의 인간들은 나의 이런 생활을 위로해 주지도 않는단 말이야!

엘레나 조금만 더 참으세요. 이제 5, 6년만 지나면 저도 할머니가 될 거예요.

130

소냐 등장.

소 냐 아버지, 아버지는 아스트로프 선생을 부르라고 말씀해 놓고
선 정작 그분이 오시니까 만나려고도 하지 않으시는군요. 실
례잖아요. 남에게 헛수고만 시키고…….

세레브라코프 아스트로프 씨가 내게 무슨 소용이 있니? 그 사람의
의학 지식이란 내 천문학 지식과 비슷한걸.

소 냐 그렇다고 해서, 아버님의 통풍 때문에 의과 대학 선생님들
을 총동원하여 오시게 할 수도 없는 것 아니에요.

세레브라코프 난 그런 괴짜하고는 말도 하기 싫다.

소 냐 마음대로 하세요. (앉는다) 저와는 아무런 상관이 없으니까요.

세레브라코프 몇 시냐?

엘레나 12시가 넘었어요.

세레브라코프 아무래도 숨이 차구나. 소냐, 테이블 위의 물약 좀 집
어 다오.

소 냐 여기 있어요.

세레브라코프 (짜증을 내며) 아니, 그게 아냐! 무엇 하나 마음 놓고 시
킬 수가 없구나.

소 냐 그렇게 억지부리지 마세요. 그런 투정을 받아 줄 사람이 어
디 있을지도 모르지만, 저는 딱 질색이에요! 그럴 여유도 없고
요. 내일은 건초를 거둬들여야 하기 때문에 아침 일찍 일어나
야 해요.

바냐, 실내복 차림으로 초를 들고 등장.

바 냐 드디어 한바탕하겠는걸. (번개) 저런, 엘레나 씨도 소냐도 저
쪽에 가서 자요. 내가 대신 해 줄 테니.

세레브라코프 (겁에 질린 듯이) 아니, 그건 곤란하지! 이 사람만은 질
색이야. 한번 지껄이기 시작하면 끝이 없으니까.

바 냐 하지만 이 사람들도 쉬게 해야 해요. 벌써 이틀 밤이나 자지
못하고 있으니 말이죠.

세레브라코프 알았어, 멋대로 가서 자라구. 그리고 자네도 가 주게.
제발 부탁이니까. 옛정을 생각해서 이대로 물러가 주게. 나중
에 또 얘기하세.

바 냐 (냉소를 띠며) 옛정이라……. 옛정이란 말이지…….

소 냐 그만두세요, 바냐 아저씨.

세레브라코프 (엘레나에게) 여보, 제발 이 사람과 단둘이 있고 싶지
않아! 그가 입을 열기 시작하면 쓸데없는 말로 날 괴롭힐 거야.

바 냐 정말 우습군.

마리나, 촛불을 들고 등장.

소 냐 그만 자지 그래요, 할멈. 너무 늦었어요.

마리나 주전자에 차를 올려놓았는걸요. 쉽사리 잘 수도 없다고요.

세레브라코프 모두 잠을 자지 못해서 기진맥진한데 나 혼자만 천하

태평이란 말이군.

마리나 (세레브라코프에게 다가가서 다정하게) 어떠십니까, 나리? 아프
신가요? 저 역시 다리가 욱신거리거든요. (무릎의 담요를 고쳐 준
다) 이 병도 무척 오래되었군요. 소냐 아가씨의 어머님이신 베
라 마님 역시 며칠 밤을 한숨도 못 주무시고 간호하셨지요. 그
토록 끔찍이 나리를 섬기신 분이셨으니까요. (사이) 늙은이라
는 건 어린애 같아서 보살펴 주는 게 무엇보다도 큰 위로가 되
는데, 늙은이를 보살펴 주려는 사람이 어디 흔히 있어야죠. (세
레브라코프의 어깨에 입을 맞춘다) 자, 나리, 침대로 가시죠…….
자아, 자아, 어서 가시죠……. 보리수꽃 차를 끓여 드릴게요.
발도 따뜻하게 해드리겠어요……. 빨리 낫도록 하느님께 기도
도 해드리지요…….

세레브라코프 (감동해서) 그래, 갑시다, 할멈.

마리나 저 역시 다리가 욱신욱신하답니다. (소냐와 함께 교수를 데리고
가면서) 돌아가신 베라 마님은 항상 나리의 걱정을 하시며 눈물
을 흘리셨지요. 소냐 아가씨는 그땐 너무 어려서 기억 못하겠
지만……. 자아, 자, 어서 가시죠. 나리…….

세레브라코프, 소냐, 마리나 퇴장.

엘레나 그이 때문에 기진맥진해 버렸어요. 당장이라도 쓰러질 것
같아요.

바냐 아저씨

133

바 냐 당신은 그 사람 때문에 기진맥진하지만, 난 다름 아닌 나 자신 때문에 완전히 기진맥진합니다. 벌써 사흘 밤이나 자지 못했으니까요.

엘레나 정말 이상한 집이군요, 이곳은. 당신 어머님은 팸플릿과 사위 외에는 모두 싫어하죠. 그런데 그 사위는 나이만 들먹이면서 짜증만 낼 뿐, 도무지 날 신용해 주지 않고, 당신 앞에선 쩔쩔매죠. 또 당신은 그이를 싫어하고, 자기 어머니를 상대도 하지 않죠. 전 폭발할 것 같아요. 오늘 같은 날은 정말이지 스무 번이나 울고 싶어졌어요. 이상한 집이에요, 여긴.

바 냐 철학은 그만두십시다.

엘레나 바냐 씨, 당신은 교양도 있고 사리도 아는 분이니까 잘 아시리라고 생각합니다만, 이 세상을 멸망시키는 건 강도나 화재가 아니라 오히려 원한이라든가, 증오 같은, 그런 극히 사소한 것들이에요. 그러니까 당신도 불평만 늘어놓지 말고 모두를 화해시키는 역을 맡아 보는 게 어떨까요?

바 냐 그럼 제일 먼저 나를 나 자신과 화해시켜 주시죠. 아아, 엘레나 씨. (엘레나의 손에 입술을 대려고 한다)

엘레나 안 돼요! (손을 뿌리친다) 저리 가세요!

바 냐 이제 곧 비도 갤 거예요. 그리고 나무고 풀이고 모든 것이 생생하게 소생하여 가슴 가득 숨을 들이마실 겁니다. 그러나 폭풍우도 천둥소리도 내 마음속의 구름을 몰아내지는 못할 거예요. '나의 일생은 이미 끝났다, 결코 돌이킬 수 없다'고 하는 절

망감이 마치 유령처럼 밤낮없이 내 가슴을 짓누르고 있거든
요. 지나간 시절의 추억도 없어요. 쓸데없는 일에다 미련하게
낭비해 버렸기 때문이죠. 그럼 현재는? 현재 역시 뭐라고 정의
내리기 힘들 정도로 엉망입니다. 그러면서도 난 살고 있고, 그
럼에도 인간다운 애정을 갖고 있다고 생각하죠. 하지만 도대
체 그걸 어떻게 하면 좋죠? 어떻게 하라는 거죠? 나의 인간다
운 감정은 마치 땅굴 속에 떨어진 햇빛처럼 헛되이 사라져 가
는 거예요. 그리고 나라는 인간도 자멸해 가는 거죠.

바냐 아저씨

엘레나   당신이 사랑이니 애정이니 하는 이야기를 꺼내니 제가 뭐라
고 말씀드려야 할지 혼란스럽군요. 미안하지만 뭐라고 말씀드
릴 수가 없네요. (가려고 한다) 안녕히 주무세요.

바 냐   (막아서며) 그뿐이 아닙니다. 이 집안에 있는 또 하나의 생명,
즉 당신의 생명이 서서히 타 들어가는 모습을 보고 있으려니
이러지도 저러지도 못하겠어요. 도대체 당신의 앞날엔 어떤
희망이 있다는 건가요? 신통하지도 않은 철학으로 자신의 목
숨을 줄여 가는 것은 이제 그만둡시다. 그것을 모르시다니, 그
것을 모르시다니…….

엘레나   (조용히 바냐의 얼굴을 본다) 바냐, 당신 취하셨군요!

바 냐   그럴지도 몰라요, 그럴지도……. 무슨 일이 일어날지 아무
도 알 수 없으니까 말이죠.

엘레나   도대체 왜 그러시는 거예요?

바 냐   술이라도 마셔야 조금 살 것 같으니까요. 그러니 그냥 내버

려두세요, 엘레나 씨!

엘레나 전에는 술 한 방울 마시지 않았고, 이런 비관론자도 아니었
는데……. 자, 저쪽으로 가서 주무세요! 당신을 상대하고 있
자니 저까지 우울해지네요.

바 냐 (또 엘레나의 손에 입술을 대려고 한다) 나의 소중한……. 엘레
나 씨!

엘레나 (짜증이 나는 듯) 내게 손대지 말아요, 정말 귀찮게 구는 사람
이군요. (퇴장)

바 냐 (혼자) 가 버렸어. (사이) 10년 전 난 이곳에서 저 사람을 만났
지. 아마 저 사람이 열일곱이고 내가 서른일곱 살 때였어. 어쩌
자고 난 그때 저 사람에게 재빨리 청혼하지 못했던 것일까. 그
리 큰 문제도 없었을 텐데 말이지! 그렇게 했으면 저 사람은 지
금쯤 나의 아내일 텐데. 그렇지. 아마 지금쯤은 두 사람이 다
저 소나기에 잠이 깨어서, 그녀가 천둥소리에 놀라면 난 꼭 껴
안아 주며 '괜찮아, 내가 있는데 뭘.' 그렇게 속삭여 주었을 텐
데. 아, 멋있는 꿈이야. 정말 멋있어 웃음이 나올 정도야. 하지
만 안 돼, 안 돼. 또 머릿속이 복잡해 오는데……. 어째서 난 나
이를 먹어 버렸지? 어째서 그녀는 내 마음을 모를까? 저 솔직
한 말투, 어린 여학생 같은 사고방식, 세상을 멸망시키는 것이
니 뭐니 하는 돼먹지 않은 궤변, 이거, 도무지 참을 수 없군. (사
이) 그건 그렇다 치고, 나는 보기 좋게 속아 넘어갔지 뭐야! 저
교수 녀석에게, 저런 망나니 같은 통풍쟁이에게 말이야. 난 진

정으로 그를 존경하며 마치 황소처럼 그를 위해 일해 왔어! 난 소냐와 둘이 이 땅에서 마지막 땀 한 방울까지 쥐어짰지. 참기름이니 완두콩이니 치즈 따위를 팔아서, 우리는 먹을 것도 먹지 못하면서 한 푼 한 푼 아낀 잔돈푼으로 수천 루블을 만들어 그자에게 보내 주었지. 난 그자와 그자의 학문을 자랑스러워하며 그를 돕는 것을 내 일생의 보람으로 여겼어. 그래서 그자가 말하는 것, 또 쓰는 것의 전부가 내게는 천재의 작품으로 느껴졌지. 흥, 그렇지만 지금은 뭐야? 그자가 정작 퇴직해 보니까 평생에 걸쳐서 무엇을 했는지 이제는 환히 내다보인다 말이야. 그자가 죽고 나면 아마 한 페이지도 남는 게 없을걸. 그자는 마치 이름도 없는 말 뼈다귀 같은 존재가 될 거야. 제로지! 비누 거품이고! 난 고스란히 속은 거야. 이제야 알았어, 깨끗이 속은 거야.

바냐 아저씨

아스트로프가 조끼도 넥타이도 없는 프록코트 차림으로 등장.
한잔한 것 같다. 뒤에서 첼레긴이 기타를 안고 나온다.

아스트로프　이봐, 얼른 연주하라구!
첼레긴　모두 자고 있지 않나.
아스트로프　괜찮으니까 어서!

첼레긴, 조용히 연주한다.

아스트로프 (바냐에게) 자네 혼잔가? 여자들은 없고? (허리에 손에 대고 자그마한 소리로 노래한다) 온 집안이 흔들흔들, 페치카도 춤춘다. 서방님은 아무 데도 잘 곳이 없네……. 바로 그거지. 난 천둥 때문에 잠이 깨고 말았어. 정말 지독한 소나기더군. 지금 몇 시나 되었지?

바 냐 내가 알 게 뭐야.

아스트로프 조금 전까지 엘레나 씨의 목소리가 나는 것 같던데.

바 냐 조금 전까지 여기 있었네.

아스트로프 정말 미인이지. (테이블 위의 약병을 세어 본다) 모두가 약이군. 좋다는 처방은 모두 쭉 늘어서 있는 셈이지. 하리코프 것도, 모스크바 것도, 툴라 것도……. 그놈의 통풍 때문에 골탕 먹지 않은 도시는 하나도 없을걸. 정말로 아픈 거야? 아니면 꾀병이야?

바 냐 진짜야. (사이)

아스트로프 왜 그렇게 우울한가? 교수님이 가엾기라도 하단 말인가?

바 냐 상관 말게.

아스트로프 아니면 교수 부인을 짝사랑하나?

바 냐 그녀는 내 친구야.

아스트로프 아니 벌써?

바 냐 그 벌써란 무슨 뜻이지?

아스트로프 여자가 남자의 친구가 되기까지는 이러한 순서가 필요해. 처음에는 동무, 그 다음에는 애인, 그 뒤에 비로소 친구가 되는 거야.

바 냐 속물 철학이군.

아스트로프 뭐? 하긴 그럴지도 몰라…… 바른대로 말하면 나도 슬
슬 속물 속에 들어가고 있지. 이렇게 주정뱅이 노릇도 하고, 대
개 한 달에 한 번은 이렇게 퍼마시지. 그리고 취했다 하면 나는
뻔뻔스럽고 철면피 같은 인간이 되는 거야. 내 눈에는 온 세상
이 전부 한 푼어치 가치도 없는 것이 되거든. 가장 어려운 수술
에도 태연히 손을 대서 거뜬히 해치우고, 어처구니없는 미래의
계획을 꾸며 보기도 하지. 그렇게 되면 이미 자기가 단순한 괴
짜로 생각되지 않고, 인류에게 위대한 공헌을 하게 될 커다란
인물로 생각되어지지. 위대한 공헌을 말이야! 그렇게 되면 이
미 나 자신의 독특하고 거창한 철학 체계가 출현해서 자네들은
모두 버러지나 미생물처럼 보이게 돼. (첼레긴에게) 와플, 연주
해 봐.

첼레긴 당신 부탁이니까 연주하겠지만, 잘 생각해 보라고요. 사람
들이 모두 자지 않나?

아스트로프 글쎄, 연주하라니까!

첼레긴, 조용히 연주한다.

아스트로프 한잔 더 해야겠어. 가세. 저쪽에는 아직 코냑이 남아 있
을 거야. 날이 새면 곧 우리 집에 가자고. 우리 집 조수 녀석이

바냐 아저씨

지독한 고집쟁이여서 걱정이지만 (들어오는 소냐를 보고) 이거, 미안해요. 넥타이도 매지 않고. (급히 퇴장. 첼레긴, 뒤를 따른다)

소 냐   어머나, 바냐 아저씨. 또 의사 선생님하고 마셨군요. 두 분 다 똑같아요. 그분이야 새삼스러울 건 없지만 도대체 어떻게 된 거예요, 아저씨는? 나이깨나 잡수셔 가지고 이게 뭐예요?

바 냐   나이가 무슨 상관이냐? 참된 생활이 없는 이상, 환상 속에서 사는 수밖에 없지. 어쨌든 아무것도 없는 것보다는 나으니까.

소 냐   건초를 거두는 일은 완전히 끝났는데 매일 이렇게 비만 오니 애써 벤 풀이 모조리 썩고 있어요. 그런데도 아저씨는 기껏 환상을 좇는 게 일이로군요, 집안일은 완전히 포기해 버리시고. 일하는 건 나 혼자뿐, 저 역시 몸도 마음도 다 지쳐 버렸어요. (놀라면서) 어머나, 아저씨 우는 거예요?

바 냐   아냐, 눈물이 날 까닭이 있니? 아무것도 아니야……. 시시한 일이지……. 방금 네가 날 보던 눈빛이 돌아가신 너희 엄마와 똑같았단다. 이리 오렴, 귀여운 소냐……. (정신없이 조카딸의 손과 얼굴에 키스한다) 아아, 내 동생, 내 귀여운 동생! 지금 넌 어디 있니? 그 애가 알아준다면! 아아, 그 애가 알아준다면!

소 냐   아저씨, 도대체 무얼 알아 달라는 거예요?

바 냐   마음이 너무 아프단다. 아니, 아무것도 아니다……. 곧, 아니, 아무것도 아냐……. 어디, 그럼 가 볼까……. (퇴장)

소 냐   (문을 노크한다) 아스트로프 씨! 주무시지 않으세요?

아스트로프   (문 저쪽에서) 잠깐만요! (한참 있다가 등장. 단정하게 조끼와

넥타이를 매고 있다) 무슨 볼일이라도 있으신가요?

소 냐 괜찮다면 앞으론 혼자서만 마시세요. 제발 부탁이니까 아저씨에게는 권하지 마세요, 아셨죠? 그분에게는 해로우니까.

아스트로프 알겠습니다. 앞으로는 같이 하지 않겠어요. (사이) 전 이제 집으로 돌아가겠습니다. 시작이 반이라고 곧 실천해야죠. 마차에다 말을 매고 있는 동안에 슬슬 날이 밝아 오겠죠.

소 냐 비가 오고 있어요. 아침까지 기다리세요.

아스트로프 천둥은 이미 멀어져 갔습니다. 온다고 해도 별거 아니겠죠. 어디 출발해 볼까요. 다시 부탁해 둡니다만, 아버님더러 오늘 밤에는 절 찾지 말라고 해 주십시오. 제가 통풍이라고 하면 아버님은 류머티즘이라고 하시고, 누워 계시라면 일어나 계시고, 오늘 같은 날은 도무지 말도 하지 않으시는 형편이니까요.

소 냐 너무 응석을 받아 드려서 그래요. (찬장 안을 뒤진다) 뭐든 좀 잡수시지 않겠어요?

아스트로프 글쎄요, 그럼 어디 실례할까요.

소 냐 전 밤중에 먹는 걸 좋아해요. 찬장 속에 뭔가 있을 거예요. 듣기론 아버진 젊었을 때부터 여자들에게 무척 인기가 있었다더군요. 그런데 이제는 완전히 폭군이 되어 버렸어요. 이 치즈 어떠세요? (두 사람은 찬장 앞에 서서 먹는다)

아스트로프 전 오늘 아무것도 먹지 않고 술만 마셨지요. 당신 아버지는 정말 까다로운 분이더군요. (선반에서 술병을 내려놓으며) 괜찮겠죠? (한잔 따라서 마신다) 여기는 아무도 없으니까 솔직한 이

141

야기를 할 수 있습니다만, 아무래도 난 이런 집에서는 한 달도 견딜 수가 없을 것 같아요. 이런 공기 속에 있으면 숨이 막히고 말 거예요……. 당신 아버지로 말할 것 같으면 통풍과 책밖에 모르는 사람이고, 바냐는 우울증에 걸려 훌쩍거리고 있고, 할머니는 또 그렇고, 그리고 당신의 계모는…….

소 냐 어머니가 어떻게 되었나요?

아스트로프 사람이라는 건 모든 게 아름다워야 합니다. 얼굴도, 의복도, 마음도, 정신도. 과연 그분은 미인이긴 해요. 거기까지는 전혀 이의가 없습니다. 하지만, 사실 그분은 단지 먹고 자고 산책을 하면서 그 아름다운 얼굴로 우리 모두의 넋을 빼앗을 뿐 더 이상 아무런 의미가 없습니다. 그분에겐 무엇 하나 해야 할 일이 없어요. 오히려 남의 도움만 받고 있을 뿐이죠. 그렇죠? 하지만 그런 생활은 결코 바람직한 생활이라고는 할 수 없어요. (사이) 하긴 나의 견해가 너무 엄격할지도 모르죠. 저도 당신의 바냐 아저씨와 마찬가지로 생활에 불만을 가지고 있으니까요. 그래서 둘 다 점점 불평만 늘어가는 거죠.

소 린 정말로 생활에 불만이세요?

아스트로프 그야 일반적으로 말한다면 이런 생활이 나쁘진 않죠. 하지만 우리의 생활, 이 시골의, 러시아의 평범하기 짝이 없는 생활이 도저히 견딜 수가 없어요. 생각을 해 보세요. 만약 캄캄한 한밤중에 숲 속을 걸어가는 사람이 저 멀리 등불이 반짝이는 것을 보았다면 어떨까요. 극한 피로도, 짙은 어둠도, 따갑게 얼굴을 할퀴는 나뭇가지의 가시도 잊고 말 거예요. 나는 일하고 있어요, 이건 아시는 바와 같습니다. 나만큼 일하는 남자는 아무도 없을 거예요. 운명의 회초리가 숨 쉴 틈 없이 내 몸을 내리쳐서, 때로는 도저히 참을 수 없을 만큼 괴로운 때도 있습니다. 등불도 없죠. 무엇 하나 기대할 희망도 없고 사람을 사랑하려고도 생각하지 않습니다……. 이미 옛날부터 누구 하나 좋아하는 사람도 없었습니다.

바 냐 아 저 씨

소 냐 누구 하나?

아스트로프 네, 누구 하나. 단지 댁의 할멈에게는 일종의 친밀감을 느끼고 있죠, 옛 친구로서 말이에요. 농사꾼들은 그야말로 단순하고 무식하고 불결하기 짝이 없죠. 지식인들 또한 어쩐지 저와 잘 맞지 않아요. 조금 왕래가 빈번한 지식인들은 누구나 할 것 없이 생각이 좁고 얄팍하며 눈앞의 것밖에 보지 못해요. 도대체가 죄다 바보들이에요. 한편 조금은 영리하고 뼈대가 있다는 부류들은 히스테리하고, 분석하기 좋아하고, 반성 또 반성으로 제 살을 깎고 있습니다. 그러한 사람들은 병적일 정도로 남의 욕을 하고, 사람과 사귈 때도 옆으로 살살 다가가서 힐끔 곁눈질로 노려보고 '아, 이건 정신병자야.'라든가 '이 사람은 허풍쟁이야.' 하고 간단히 정해 버리죠. 또한 상대에게 어떤 평가를 내려야 할지 애매모호할 때에는 '이 사람은 괴짜야.' 하고 정해 버리죠. 내가 숲을 좋아하니 이것도 괴짜, 내가 고기를 먹지 않으면 이것도 괴짜! 글쎄 오늘날에는 이미 자연이나 인간에 대해서 직접적으로 순수하게 자유로이 대하려는 태도 같은 건 약에 쓰려고 해도 없습니다. 없고 말고요! (술을 마시려 한다)

소 냐 (막으며) 안 돼요. 제발 이제 그만 드세요.

아스트로프 어째서죠?

소 냐 도무지 당신과는 어울리지 않는 행위인걸요. 당신은 말쑥한 분이고, 무척 다정한 목소리를 갖고 계세요……. 내가 알고 있는 누구보다도 훌륭한 분이에요. 그런데 어째서 당신은 술주정을 하고, 도박을 하고, 그런 저속한 사람들의 흉내를 내시려는 거죠? 정말 그런 흉내는 내지 마세요. 부탁이에요! 늘 당신은 말씀하셨잖아요, 인간은 무엇 하나 창조해 내려 하지 않고 하늘에서 준 것을 부수려고만 한다고 말이에요. 어째서 당신은 자기 스스로 자기 자신을 못 쓰게 하시는 거예요? 안 돼요, 안 돼요, 제발 부탁이에요.

아스트로프 (한 손을 내밀고) 앞으로는 마시지 않겠어요.

소 냐 약속해 주시겠어요?

아스트로프 약속합니다.

소 냐 (손을 꽉 잡고) 고마워요!

아스트로프 이것으로 끝입니다. 겨우 제정신이 드는군요. 보세요, 이처럼 난 이제 완전히 제정신이 들었고 죽는 날까지 이대로 살아갈 겁니다. (시계를 보고) 그럼 좀 더 얘기하실까요? 내가 보기에는 말이죠, 내 시대는 지나가 버려서 이젠 모든 게 늦었어요. 나이는 먹었고, 속물이 다 되어 버렸으며, 감정은 둔하고, 이제 난 도저히 사람들과 화합할 수는 없을 것 같군요. 현재 난 아무것도 좋아하지 않고, 앞으로도 좋아하는 사람은 생기지 않을 거예요. 그런 나의 심정을 아직도 붙잡을 수 있는 힘은 다름 아닌 아름다움입니다. 아무리 나라도 이것만은 무시할 수가 없습니다. 가령 엘레나 씨가 그럴 마음만 있으면 단 하루 만에 내 머리를 미치게 할 수 있을 거예요. 하지만 그건 사랑이 아니에요. (한 손으로 두 눈을 가리고 몸을 떤다)

바냐 아저씨

소 냐 왜 그러시죠?

아스트로프 아니 그저……. 초봄에 내 환자가 클로로포름 마취를 받은 채 죽고 말았죠.

소 냐 그 일이라면 이제는 잊으셔도 될 때예요. (사이) 저어, 어떻게 생각하세요, 아스트로프 씨……. 내게 가령 다정한 친구나 아니면 동생이 있어서, 그 사람이 가령 말이에요, 당신을 생각하고 있다면, 그걸 알면 당신은 어떻게 할 거죠?

아스트로프 (어깨를 움츠리고) 모르겠는데요. 글쎄, 아무렇지도 않을 거예요. 나는 사랑을 할 수 없으며……. 그런 것을 생각할 틈도 없다는 것을 슬며시 그 사람이 깨닫도록 만들겠죠. 그건 그렇고, 벌써 돌아갈 시간이 되었군요. 그럼 안녕, 소냐 양. 이렇게 이야기하고 있으면 정말 밤이 새고 말겠어요. (악수) 괜찮다면 응접실로 지나가게 해 주십시오. 잘못하다가 바냐 아저씨에게 잡히면 곤란하니까요. (퇴장)

소 냐 (혼자서) 그분은 아무 말도 해 주지 않았어. 나는 그분의 가슴
　　　속을 여전히 알 수가 없어. 그런데 어째서 이렇게 마음이 기쁠
　　　까? (행복한 듯이 웃는다) 난 그분에게 말해 주었어, 당신은 말쑥
　　　하고 고상한 분이며 매우 부드러운 목소리를 갖고 계시다고.
　　　어색하게 들리지 않았을까 몰라……. 아직도 내 귓속에는 그분
　　　의 음성이 들리면서 다정하게 위로해 주시는 듯한 기분이야.
　　　이것 봐, 이 공기 속에 그분의 음성이 떠돌고 있네. (양손을 비비
　　　면서) 아아, 싫어, 싫어. 어째서 난 이런 얼굴로 태어났을까? 정
　　　말 싫어. 더구나 난 내가 얼마나 못생겼는지 잘 알고 있지…….
　　　지난 일요일, 내가 교회에서 나오니까 여럿이 수군거리는 소리
　　　가 들리더군. '저 처자는 친절하고 착하지만 아깝게도 인물이
　　　말이에요…….'라고. 못생겼어, 못생겼어, 못생겼어.

엘레나 등장.

엘레나 (창문을 열고) 비가 개었군. 아아, 맑은 공기! (사이) 의사 선생
　　　은 어디 있지?

소 냐 돌아가셨어요. (사이)

엘레나 이봐요, 소냐.

소 냐 왜 그러시죠?

엘레나 도대체 언제까지 그런 얼굴을 하고 있을 작정이지? 서로 간
　　　에 기분 나쁜 일도 없잖아. 어째서 원수처럼 지내야 하는 거

지? 이젠 정말 질렸어…….

소 냐 (엘레나를 껴안는다) 저도 이제는 질렸어요.

엘레나 암, 그래야지. (두 사람 다 감동한 표정)

소 냐 아버지는 주무시고 계세요?

엘레나 아니, 응접실에 앉아 계셔……. 정말, 벌써 몇 주 동안이나 말을 하지 않고 지냈지? 별로 이렇다 할 이유도 없으면서 말이 야……. (찬장이 열려 있는 걸 보고) 아니, 웬일이지?

소 냐 아스트로프 씨가 밤참을 드셨어요.

엘레나 포도주도 있군. 화해하는 의미에서 마시지 않겠어?

소 냐 네, 좋아요. 이 글라스로 함께 해요. (포도주를 따른다)

엘레나 그게 좋겠구나. 그럼 이제부터 엄마라고 해 주겠지?

소 냐 네. (마시고 키스한다) 나는 그전부터 화해하고 싶었어요. 하 지만 어쩐지 부끄러워서……. (운다)

엘레나 어머나, 왜 울지?

소 냐 아무것도 아니에요, 제가 그만.

엘레나 자, 이제는 괜찮아, 이제는 괜찮아. (운다) 이런 바보 같으니, 나까지 울고 말았지 뭐야……. (사이) 넌 내가 재산이나 명예 때문에 네 아버님의 후처로 온 것으로 오해하고, 그런 이유로 줄곧 분개하고 있었구나. 하지만 맹세하건대, 내가 그이한테 온 건 그가 좋았기 때문이야. 그야 물론 그런 건 진정한 사랑이 아니라 그와 비슷한 것이겠지만 그 당시에는 진실같이 느꼈 지. 그런데도 넌 우리가 결혼했을 때부터 그 영리하고 의심이 많은 눈빛을 빛내면서, 내내 나를 나무라고 있었지.

소 냐　그만 화해했잖아요. 화해했으니 잊어요.

엘레나　그렇게 사람을 보는 게 아니에요, 모두를 믿지 않고는 도저
히 살아갈 수 없는 거야. (사이)

소 냐　저…… 진심으로 들려주시지 않겠어요? 이제는 친해졌으
니까. 엄마, 행복하세요?

엘레나　아니.

소 냐　역시 그렇군요. 그럼 또 한 가지만 숨기지 말고 말씀해 주세
요, 네? 아빠가 좀 더 젊었으면 좋겠다고 생각하세요?

엘레나　아직도 어린애로구나. 그야 물론 그렇게 생각하지. (웃는다)
자, 무엇이든 어려워 말고 물어 봐요…….

소 냐　저…… 의사 선생님이 괜찮은 분이라 생각하시나요?

엘레나　음, 무척.

소 냐　(웃는다) 지금 저 멍청한 얼굴을 하고 있죠……. 그렇죠? 그
분은 아까 돌아가셨는데 내게 아직 그분의 목소리와 발소리가
들려요. 저 캄캄한 창문을 보아도 그분의 얼굴이 떠올라요. 제
발, 끝까지 말하게 해 주세요. 하지만 도저히 이렇게 큰소리로
는 말할 수 없어요. 부끄러워서……. 제 방에 가서 이야기하세
요, 네? 어리석은 계집애라고 생각하세요? 아마, 그럴 거예
요……. 하지만 그분에 대해서 무엇이든 얘기해 주세요.

엘레나　뭘 말이지?

소 냐　머리가 좋은 분이에요, 그분은요. 무엇이든 잘 알고 계시고

무엇이든 잘 하시거든요. 병자를 고치고 나무도 심으시고…….

엘레나 식목이니 의술이니 하는 것은 별로 대단한 문제가 아니야. 알겠니, 소냐? 중요한 건 유능하다는 사실이에요! 이 유능하다는 게 어떤 것인지 넌 알고 있니? 아무것도 두려워하지 않는 용기, 아무것에도 사로잡히지 않는 두뇌, 옹졸하지 않은 원대한 견해. 바로 그런 거야. 나무 한 그루를 심고 천 년 후에는 그게 어떻게 된다는 걸 그분은 계산에 넣어서 인류의 행복을 분명하게 눈앞에 그리고 있는 거란다. 그런 분은 그리 흔치 않아. 그러니까 소중하게 위로해 드려야 해. 술을 마시고 가끔 가다 난폭한 짓을 하신다고 해도 그건 아무것도 아니잖아. 러시아는 유능한 사람들이 점잖은 척 할 수 있는 환경이 아니란다. 생각해 봐, 저 의사 선생의 생활이란 곁에서 보아도 오싹해질 정도지. 길이라고 해도 진창이고, 살을 에는 바람, 눈보라, 가도 가도 끝이 없는 먼 길. 거기다 그가 상대하는 농사꾼들이란 거칠고 짐승 같은 사람들뿐이고 주위 어디를 둘러보나 가난과 질병뿐일걸 뭐. 그런 가운데서 날이면 날마다 힘껏 싸우고 있는 사람더러 마흔이 가깝도록 술도 마시지 말고 점잖게 버티고 있으라니 너무 염치가 없는 일이지……. (소냐에게 키스한다) 난 진심으로 너의 행복을 빌고 있어. 넌 훌륭하고 그만한 가치가 있는 사람이니까……. (일어선다) 거기에 비하면 나는 어디로 보나 따분하고 부속품 같은 여자야. 음악을 해도, 결혼을 해도, 들뜬 소문이 퍼질 때도, 언제 어디서나 요컨대 나는 부속품 같

바냐 아저씨

은 여자지. 솔직하게 말하면 소냐, 나처럼 불행한 여자는 없다고 생각해! 내게는 이 세상의 행복 같은 건 어울리지도 않아! 아니, 왜 웃지?

소 냐 (웃으면서) 전 정말 기뻐요……. 기뻐요!

엘레나 아아, 피아노를 치고 싶어졌어. 좀 쳐 볼까.

소 냐 네, 쳐 주세요. (끌어안는다) 나도 어차피 잠이 오지 않을 테니까 쳐 주세요.

엘레나 그래, 알았어. 하지만 아버지가 주무시지 않아……. 그 병이 시작되면 피아노 소리가 신경에 거슬려서 참지 못하는 분이니까. 가서 여쭈어 보고 오렴. 상관없다고 하시면 칠 테니까.

소 냐 네, 여쭈어 보고 오죠. (퇴장)

정원에서 야경꾼의 딱따기 소리.

엘레나 무척 오랫동안 치지 않았어. 실컷 치면서 울어 보자, 바보처럼 울어 보자. (창밖을 내다보고) 딱딱 소리를 내고 있는 건 너냐, 예핌?

야경꾼의 목소리 네, 접니다.

엘레나 그렇게 소리 내지 마라, 나리께서 편찮으시니.

야경꾼의 목소리 곧 저리로 가겠습니다! (휘파람을 분다) 가자, 검둥아, 가자! (사이)

소 냐 (돌아와서) 연주해선 안 된대요!

제3막

세레브라코프 집 안의 객실. 좌우, 중앙에 세 개의 출입구.

낮. 바냐와 소냐가 앉아 있다. 엘레나는 무엇인가 생각하면서 무대를 거

닐고 있다.

바 냐 교수의 분부에 의하면 우리 모두에게 오늘 오후 1시에 이 응

접실에 모이라는 말씀이셨는데. (시계를 보며) 벌써 1시 15분 전

이군. 우리들에게 무언가 말씀이 있을 모양이야.

엘레나 아마 무슨 일이 있으신 모양이죠?

바 냐 그 사람에게 무슨 일이 있을 게 뭐요. 되지도 않은 글이나 쓰

고, 중얼중얼 불평이나 늘어놓고, 질투나 하고, 그뿐이지 뭐.

소 냐 (나무라는 말투로) 아저씨!

바 냐 이거, 미안, 미안. 저 사람 좀 봐요. 무엇이 그리 울적한지

걸음걸이마저 힘이 없네요. 정말 기막힌 광경 아닙니까?

엘레나   당신이야말로 하루 종일 중얼거리시는군요. 한시도 입을 가만히 놔두지 않으면서. 싫증도 안 나나요? (쓸쓸한 듯이) 전 따분해 죽겠어요. 도대체 어떻게 하면 좋을까?

소 냐   (어깨를 움츠리면서) 일이야 얼마든지 있죠, 하려고 마음만 먹으면.

엘레나   이를테면 어떤 일이지?

소 냐   장부도 정리하고, 농사꾼네 아이들에게 글도 가르치고, 치료도 해 주고……. 일은 얼마든지 있어요. 엄마와 아버지가 여기 오시기 전에는 바냐 아저씨와 난 곧잘 시장에 밀가루를 팔러 갔던걸요.

엘레나   그건 무리야. 그런 것에 난 흥미도 없고 말이지. 농사꾼에게 글을 가르치고, 치료를 해 주고 하는 것은 이상주의 소설에나 나오는 이야기야. 내가 갑자기 마음이 내켜서 글을 가르치고 치료를 해 주러 다닌다는 건 도저히 당치도 않은 이야기란다.

소 냐   어째서 가르쳐 줄 생각이 들지 않는지 저는 그걸 모르겠어요. 어디 두고 보세요, 이제 곧 아무렇지도 않게 생각될 테니까요. (엘레나를 껴안는다) 무위도식은 몸에 해로워요, 엄마. (웃으면서) 엄만 따분해서 어쩔 줄을 모르는 모양이지만, 심심해하며 빈둥빈둥하고 있는 사람이 있으면 옆 사람에게도 옮겨지나 봐요. 그 증거로 바냐 아저씨는 하루 종일 아무것도 하지 않고 마치 그림자처럼 엄마 뒤만 쫓아다니고 있고, 나 역시 이렇게 일이고 뭐고 팽개쳐 놓고 엄마한테 놀러 오고 말았잖아요. 저 역시 게으름뱅이가 되고 말았어요. 정말 못쓰겠어! 저 아스트로프 선생 역시 전에는 기껏해야 한 달에 한 번 정도, 그것도 억지로 부탁드려서 오셨는데 지금은 어떤가요? 자신의 소중한 나무고 환자고 팽개쳐 놓고 매일 여기 오시지 않는 날이 없군요. 엄마는 분명 요술쟁이일 거예요.

바 냐 무엇 때문에 고민하고 있지요? (소리를 높여서) 이봐요, 나의 소중한 엘레나 씨. 그만한 미모를 가졌으면 좀 더 현명해져야 해요. 당신에게는 마성의 피가 흐르고 있어요. 차라리 마녀가 되어 버려요! 부디 평생에 한 번이라도 용감해지세요. 자아, 빨리, 괴물 같은 어느 누구에게 홀딱 반해 봐요. 교수님을 비롯해서 우리 모두가 (양손을 벌리고) 이렇게 놀랄 만큼 깊이 빠져 보라니까요!

엘레나 (울컥 화를 내며) 어떻게 하든 내 자유예요! 정말 무례하군요! (나가려고 한다)

바 냐 (말리며) 자아, 자, 엘레나 씨, 사과하겠습니다. 용서하십시오. (손에 키스를 하고) 자아, 화해합시다.

엘레나 아무리 그렇지만 참을 수 없군요. 그렇지 않아요?

바 냐 화해의 표시로 이제 곧 장미꽃 다발을 가져오겠습니다. 오늘 아침 일찍 당신에게 주려고 만들어 둔 겁니다. 가을의 장미……. 이루 말할 수 없이 매혹적인 장미죠. (퇴장)

엘레나 벌써 9월이 되었군. 우리는 결국 여기서 겨울을 나게 되는가 봐! (사이) 의사 선생님은 어디 계시지?

소 냐 바냐 아저씨 방에 계셔요. 무언가 쓰고 계시더군요. 마침 바
냐 아저씨가 나가 주셔서 다행이에요. 의논할 게 있어요.

엘레나 어떤 일인데?

소 냐 저어, 그건. (얼굴을 엘레나의 가슴에 묻는다)

엘레나 자, 됐어, 됐어……. (머리를 쓰다듬어 주면서) 어서 말해 보렴.

소 냐 전 못생겼어요.

엘레나 어쩜 이렇게 머리칼이 고울까.

소 냐 정말? (거울을 들여다보려고 한다) 아냐! 거짓말이에요. 여자가
못생겼을 때는 반드시 '눈이 아름답다'거나 '머리칼이 곱다'라
고 말하죠……. 전 그분을 벌써 6년 동안이나 사모하고 있었어
요. 친어머니보다도 훨씬 더 좋아할 정도예요. 자나 깨나 그분
의 목소리가 들리는 듯한 기분이고, 그분과 악수를 나눴던 오
른손의 온기가 아직도 느껴져요. 그분을 기다리면서 가만히
현관문을 보고 있으면 그분이 금방이라도 들어오실 것 같은 기
분이에요. 아시겠어요? 이렇게 항상 여길 놀러 오는 것도 그분
의 이야기를 하고 싶어서예요. 요즘은 그분이 매일같이 여기
오시지만 날 바라보기는커녕 돌아보지도 않아요. 난 정말 괴
로워요! 이렇게 된 이상은 도저히 가망이 없어요, 없고말고요!
(절망적으로) '아아, 하느님, 아무쪼록 용기를 주세요'라고 어젯
밤에는 밤새도록 기도드렸어요……. 저는 가끔 그분 곁에 가
서 말을 걸어 보기도 하고 가만히 그분을 바라보기도 해요. 이
제 전 자존심도 생각지 않고, 자제력도 잃었어요. 어젠 정말 참

기 힘들어서 바냐 아저씨에게 전부 말씀드렸어요. 제가 그분을 사모하고 있다는 건 하인들도 전부 알고 있어요. 전부 알고 있다고요.

엘레나 그런데 그분은?

소 냐 몰라요. 전혀 거들떠보지도 않는걸요.

엘레나 (생각에 잠기며) 이상한 분이구나…… 그럼 내가 이야기해 보면 어떨까. 슬며시 떠보는 거야. (사이) 정말 언제까지나 그렇게 앓기만 해서야 어디…… 소냐, 괜찮겠지?

바냐 아저씨

소냐, 고개를 끄덕인다.

엘레나 정말 그렇게 하는 게 좋을 거야. 좋아하는지 아닌지 당장에 알 수 있을걸 뭐. 너무 그렇게 걱정하지 않아도 돼. 슬그머니, 눈치채지 않게 물어 볼 테니까. '예'인지 '아니요'인지 그것만 알면 되는 거니까. (사이) 만약에 '아니요'라면 앞으로는 여기 오지 마시라고 하자, 응? (소냐, 끄덕인다) 차라리 얼굴을 보지 않는 편이 마음 편할 테니까. 자, 그렇게 정했으면 쇠뿔도 단김에 빼랬다고, 지금 곧 물어 보마. 그분이 내게 도면(圖面)인가 뭔가 보여 주겠다고 전부터 말했었는데 가서 내가 잠깐 뵙고 싶어 한다고 전하렴.

소 냐 (무척 흥분해서) 나중에 솔직하게 모두 얘기해 주시겠어요?

엘레나 그야 물론이지. 사실이라는 것은 좋건 나쁘건 어쨌든 엉거

주춤한 상태보다는 마음을 안정시키지. 자, 내게 맡기렴, 걱정 말고.

소 냐 네, 전 그럼 어머니가 도면을 보고 싶어 하신다고 그렇게 말하고 오겠어요. (가다가 문 옆에 선다) 아니, 역시 모르고 있는 편이 좋아요. 어쨌든 희망은 있는 거니까…….

엘레나 왜 그러니?

소 냐 아니에요, 아무것도. (퇴장)

엘레나 (혼자서) 남의 마음속을 알면서도 힘이 되어 줄 수 없는 것만큼 언짢은 건 없어. (생각에 잠기면서) 그인 저 애를 좋아하지 않아. 그건 확실해. 그렇지만 그분이 저 애를 아내로 삼아서 나쁠 건 없지. 저 앤 얼굴은 못생겼지만 그 연배의 시골 의사에게는 더할 나위 없는 신붓감인데……. 영리하고, 동정심이 많고, 마음씨도 곱고 말이야. 아냐, 그게 아냐, 그게 아냐……. (사이) 난 가엾은 저 애의 마음을 잘 알 수 있어. 어떻게도 할 수 없는 따분한 나날들에, 주위에서 빈둥빈둥하고 있는 농부들이라니…… 들려오는 거라고는 저속하고 시시한 이야기뿐, 단지 먹고 마시고 잠자는 것밖에는 모르는 그런 치들이 득실거리고 있는 가운데, 가끔 저렇게 다른 사람들과는 비교도 할 수 없는 풍채 좋고 매너 있고 잘생긴 그분이 나타나면 캄캄한 밤에 밝은 달이 뜬 거나 마찬가지일 거야. 황홀해서 정신을 차리지 못하는 것도 무리는 아니지. 이런 말을 하는 나 역시 약간 이상해지는 것 같거든. 정말이지 그분이 오시지 않으면 어쩐지 허전하고, 그분 생각을 하면 나도 모르게 웃음이 나오거든. 저 바냐 아저씨는 '네게 요정의 피가 흐르고 있다, 일생에 한 번이라도 좋으니 용감하게 행동해 보라'고 말했지…….글쎄, 어쩌면 그게 정말인지도 몰라. 차라리 새처럼 자유롭게 되어서 주저 없이 날아가 버렸으면. 졸리는 듯한 사람들의 얼굴과 짜증나는 얘기가 보이지도 들리지도 않는 곳에 가서 깨끗이 모든 걸 잊을 수만 있다면…….하지만 나는 겁이 많고 내성적이니까 분명 양심의 가책을 받을 거야. 사실 그분은 매일 이곳에 찾아오지. 그 까닭이 어렴풋이 짐작되면 나는 그만 자기도 모르게 죄책감에 소냐 앞에 무릎을 꿇고 울며 사과하고 싶어질 것 같아.

바냐 아저씨

아스트로프   (도면을 가지고 등장) 안녕하십니까! (악수) 도면을 보고 싶다고 말씀하셨다고요?

엘레나   어저께 보여 주시겠다고 하셨죠? 지금 괜찮으세요?

아스트로프   그야 물론이죠. (카드놀이 탁자 위에 도면을 펴서 핀으로 고정시킨다) 당신은 어디서 태어나셨어요?

엘레나   (아스트로프의 작업을 거들어 주며) 페체르부르그에서요.

아스트로프   학교는?

엘레나   음악 학교였어요.

아스트로프   그럼 이런 것에 흥미가 없을지도 모르겠군요.

엘레나   어째서죠? 그야 뭐 시골에 대해선 전혀 모르지만 책에서 많이 봐온걸요.

아스트로프 난 이 집에 일부러 내 책상을 갖다 놓았어요. 바냐의 방
에 말이죠. 환자의 진료에 지쳐서 머리가 멍해지면 난 모든 걸
팽개쳐 두고 곧장 이리로 달려옵니다. 그러고는 한두 시간, 이
런 일로 기분 전환을 하죠. 바냐와 소냐 양은 주판알을 찰칵찰
칵 퉁기고 있고, 그 곁에서 난 내 책상에 앉아 여기에 물감을 칠
하는 거예요. 따스하고 아늑한 분위기 속에서 어디선가 귀뚜
라미가 울고 있죠. 그러나 이러한 즐거움을 그리 자주 맛보는
건 아닙니다. 한 달에 한 번 정도예요. (도면을 가리키며) 그럼 우
선 여길 보십시오. 50년 전의 이 마을의 모양입니다. 짙은 초록
색, 연한 초록색은 숲을 나타낸 것인데 이처럼 총면적의 절반
을 차지하고 있습니다. 녹색에 빨간 그물코가 쳐져 있는 곳은
큰 사슴과 산양이 살고 있던 곳입니다. 이 도면에는 동물뿐 아
니라 식물들의 분포도 나타나 있습니다. 보세요, 이 호수에는
백조와 기러기, 갈매기가 살고 있었고, 고장의 노인네들 말에
의하면 온갖 종류의 새가 헤아릴 수도 없을 만큼 떼를 지어 살
고 있어 마치 구름처럼 하늘을 날고 있었다는 거예요. 크고 작
은 마을과 그 밖에도 바로 이렇게 여기저기에 이민촌이니, 농
가니, 수도원이니, 물방앗간이니 하는 것들이 흩어져 있었습니
다. 소와 말도 많이 있었죠. 이 하늘빛으로 칠해진 것이 바로
그것입니다. 이를테면 이 구역은 하늘빛이 짙죠? 이곳은 말이
많이 있었던 곳인데, 한 농가에 세 필 꼴로 있었답니다. (사이)
이번에는 아래쪽을 보십시오. 이게 25년 전의 광경입니다. 여

기서는 이미 숲이 총면적의 3분의 1밖에 안 됩니다. 큰 사슴은 있지만 산양은 없습니다. 녹색도 하늘색도 훨씬 엷어졌습니다. 대충 이런 형편입니다. 그럼 세 번째 지도를 보시죠. 이건 현재의 상황입니다. 초록색은 여기저기 보입니다만 전체적으로 새파란 건 아니고 드문드문 푸르지요. 큰 사슴도 백조도 닭도 없어지고 말았습니다. 전에 있던 이민촌과 농가와 수도권, 물방앗간은 이제 흔적도 없습니다. 이걸 요약해 보면 차차, 그리고 또 확실하게 쇠퇴해 가는 광경이 보이고 있는 셈이죠. 아마 앞으로 10년이나 15년이 지나면 아무것도 남지 않을 것이 뻔해요. 당신들은 그걸 걸핏하면 문화의 영향이니, 묵은 생활은 자연히 새 생활에 자리를 양보해야 한다느니 하시죠. 하기야 만약에 이렇게 숲이 없어진 자리에 도로가 생기고 철도가 깔렸다면, 또는 제분소나 공장이나 학교가 섰다면, 그리고 발달되었다고 한다면 나로서도 수긍이 가겠습니다만, 사실 그런 조짐은 조금도 없습니다. 이 군내에서는 여전히 사방이 늪이고, 모기는 윙윙거리고, 길다운 길도 없고, 농민은 가난하고, 거기다 또 걸핏하면 장티푸스다, 디프테리아다, 화재다 하는 형편이에요. 그렇게 나빠진 원인을 생각해 보면, 즉 그것은 힘에 겨운 생존 경쟁의 결과인 거죠. 다시 말하면 무기력과 무지와 철저한 몰지각이 오늘과 같은 정세의 악화를 초래한 근본 원인입니다. 즉 춥고 굶주리고 병에 지친 사람들이 어떻게든 굶주림을 면하고 몸을 덥히는 데 도움이 되는 것이라면 덮어

바냐 아저씨

놓고 덤벼들어 몽땅 파괴해 버렸던 거예요. 이제는 거의 사라져 버리고 말았습니다. 그 대신에 만들어 낸 것이라고는 아직 아무것도 없습니다. (정이 떨어졌다는 투로) 당신의 표정을 보니 제 얘기가 별로 재미없으신 모양이군요.

엘레나 전 이런 내막을 잘 모르는걸요.

아스트로프 알고 모르고 할 만한 것도 아녜요. 단지 당신에게는 흥미가 없다는 것뿐이죠.

엘레나 솔직히 말씀드리면 전 다른 것에 정신이 팔려 있어서요. 미안합니다. 실은 저어, 당신한테 좀 여쭈어 보고 싶은 게 있지만 어쩐지 말을 꺼내기가 거북해서…….

아스트로프 묻고 싶은 거라뇨?

엘레나 네, 묻고 싶은 게……. 아니 뭐……. 간단한 이야기예요. 여기 좀 앉지요. (두 사람 앉는다) 실은 말이죠, 어떤 젊은 여성에 관한 이야기인데 서로 정직하게, 친구로서 솔직하게 이야기하지요. 일단 이야기가 끝나거든 그것으로 깨끗이 잊어버리세요. 아시겠죠?

아스트로프 좋습니다.

엘레나 다름이 아니라 내 의붓딸 소냐 말이에요. 당신 그 애를 어떻게 생각하나요?

아스트로프 네, 존경하고 있습니다.

엘레나 여자로서 존경하세요?

아스트로프 (잠깐 주저하다가) 아뇨.

160

엘레나 그럼, 두세 가지만 더요. 당신 아무것도 눈치채지 못하셨
어요?

아스트로프 아무것도.

엘레나 (아스트로프의 손을 잡고) 당신은 그 애에 대해서 전혀 관심이
없군요. 그 눈빛을 보면 알 수 있어요. 그 애는 고민하고 있어
요. 그 점을 알아주세요. 앞으론 이곳에 오시지 않았으면 좋겠
어요.

아스트로프 (일어선다) 난 이미 과거의 인간입니다. 그리고 또 틈도
없고. (어깨를 움츠린다) 어떻게 그런 여자가! (당황해 한다)

엘레나 아아, 정말 불쾌하군요. 난 마치 수천 킬로나 되는 짐을 짊어
지고 걸은 것처럼 이렇게 가슴이 두근두근하고 있어요. 하지
만 어쨌든 잘되었어요. 다 끝났으니 말이죠. 그럼 이젠 깨끗이
잊어버려요, 네? 아무 이야기도 없었던 것처럼 말이에요. 그리
고……. 그리고 이제 돌아가 주세요. 당신은 머리가 좋으신 분
이니까 눈치채셨겠죠. (사이) 난 정말 얼굴이 달아올라 고개를
들 수가 없어요.

아스트로프 만약에 한 달이나 두 달 전에 지금 이야기를 들었다면
어쩌면 나도 생각해 보았을지도 모릅니다. 하지만 이제 와서
는 도저히. (어깨를 움츠린다) 그리고 그 사람이 고민하고 있다는
것을 안 이상……. 그런데 한 가지 아무래도 모를 일이 있어
요. 어째서 당신은 이런 것을 내게 물어 보는 거죠? (엘레나의 눈
을 가만히 들여다보며 손가락을 세워 위협한다) 당신은 교활하군요.

엘레나　무슨 말씀이시죠?

아스트로프　(웃기 시작하며) 교활해요. 그럼 좋습니다, 가령 소냐 양이 고민하고 있다고 합시다. 하지만 무엇 때문에 당신이 이런 염탐을 할 필요가 있을까요? (뭔가 말하려는 엘레나의 입을 막으면서 빠른 말투로) 너무 그렇게 놀란 얼굴 하지 말아요. 당신은 내가 왜 매일 여길 찾아오는지 그 이유를 잘 알고 계십니다. 왜, 누구 때문에 찾아오는지 그걸 잘 알고 있다구요. 그런 귀여운 얼굴을 하고서……. 당신은 날쌘 짐승 같아요. 그런 눈으로 나를 노려보지 말아요. 어차피 제대로 도망도 못 치는 늙은 참새니까요.

엘레나　(의아한 듯이) 날쌘 짐승 같다니요? 전 무슨 말씀인지 모르겠군요.

아스트로프　털이 복슬복슬한 예쁜 족제비에요. 당신은 먹이가 필요한 거예요! 실제로 나만 하더라도 벌써 한 달 동안이나 게으름만 피우고, 모두 다 팽개쳐 놓고 정신없이 당신 뒤만 쫓아다니고 있죠. 그게 당신에게는 말할 수 없이 재미있는 거예요. 말할 수 없이 말이죠. 자, 어떻습니까? 보시다시피 난 깨끗이 당했습니다. 이건 당신이 더 잘 알고 계시지 않습니까? (양팔을 끼고 고개를 숙인 채) 항복했습니다. 자, 마음대로 하십시오.

엘레나　아니, 왜 이러시죠!

아스트로프　(이를 악물고 웃는다) 과연 얌전한 사람은 다르군요.

엘레나　어머나, 전 이래봬도 당신이 생각하고 있는 것보다는 나은

여자예요! 결단코. (나가려 한다)

아스트로프　(가로막으며) 전 곧 집으로 돌아갑니다. 이제 다시는 여기 오지 않겠습니다. 하지만 그 대신…… (엘레나의 손을 잡고 주위를 살펴본다) 밖에서 만납시다. 자, 빨리, 어디서 만날까요? 누가 오면 안 돼요. 빨리, 자, 말해 봐요……. 그 눈 (정열적으로) 그눈, 그 입술……. 한 번만 키스하게 해 줘요. 그 향기로운 머리칼에 잠깐 입술을 대기만 하면 됩니다.

엘레나　난 절대로…….

아스트로프　(말을 하지 못하게 막으며) 결단코란 말은 존재치 않습니다. 쓸데없는 말은 할 필요가 없어요. 아아, 이 팔, 이 손! (양손에 번갈아 입을 맞춘다)

엘레나　자, 이제 됐어요. 너무하시는군요. 나가 주세요. (양손을 뿌리친다) 정말 너무하시는군요.

아스트로프　이제 어떻게 할 겁니까? 내일 어디서 만날까요? (엘레나의 허리에 팔을 감는다) 그렇지 않습니까, 이렇게 된 이상 도리가 없소. 어떻게 해서라도 만나지 않고는 견디지 못하겠소. (키스한다)

그때 바냐가 장미꽃 다발을 들고 등장, 문 옆에서 멈춰 선다.

엘레나　(바냐를 보지 못하고) 안 돼요…… 놓아주세요……. (아스트로프의 가슴에 머리를 파묻는다) 이러시면 곤란해요! (가려고 한다)

아스트로프　(허리에서 손을 떼지 않고) 내일 산지기 오두막으로 오세요……. 2시쯤. 알겠죠? 꼭 오는 거죠?

엘레나　(바냐를 보고) 놓으세요! (몹시 당황하여 창문 쪽으로 몸을 비켜선다)

바 냐　(꽃다발을 의자 위에다 놓고, 흥분한 듯 얼굴과 목덜미를 손수건으로 닦는다) 괜찮아…… 뭐…… 괜찮아.

아스트로프　(아무렇지도 않다는 듯이) 여어, 바냐, 매우 좋은 날씨로군. 오늘 아침에는 잔뜩 흐려서 비라도 한 차례 올 듯하더니, 이제 해가 떴군. 정말이지 한껏 여물은 가을날이야……. 가을 파종도 잘 되어 가고. (하면서 도면을 둥글게 만다) 단지 그 뭐랄까, 해가 짧아지기는 했지만……. (퇴장)

엘레나　(바냐에게 다가가서) 이봐요, 바냐. 제발 힘을 빌려 줘요. 우리 부부가 오늘 당장에 여길 떠날 수 있게 당신 힘으로 어떻게 좀 해 주세요! 알았죠? 오늘 당장이에요!

바 냐　(얼굴을 닦으며) 네? 음, 그렇지……. 알았습니다. 난 말이오, 엘레나, 전부 보고 말았어, 전부…….

엘레나　(신경질적으로) 알았죠? 난 어떻게 해서라도 오늘 여길 떠날 테니까!

세레브랴코프, 소냐, 첼레긴, 마리나 등장.

첼레긴　교수님, 저도 어쩐지 머리가 맑지 않습니다. 오늘로 벌써 이틀째나 멍해 있습니다. 거 뭡니까, 머리가 좀…….

세레브랴코프   다른 사람은 어디 있나? 난 이 집이 마음에 안 들어. 꼭 도깨비집 같아. 썰렁하게 크기만 한 방이 스물여섯 개나 있어서 금세 제각기 흩어져 버리지. 불러도, 찾아도 누구 한 사람 눈에 띄질 않아. (벨을 누른다) 큰 마님하고 새 마님을 불러오게.

엘레나   전 여기 있어요.

세레브랴코프   여러분, 자리에 앉으십시오.

소 냐   (엘레나에게 다가가서 조급하게) 그분은 뭐라고 하셨죠?

엘레나   나중에.

소 냐   어머나, 떨고 계시는군요? 걱정하고 계시는군요? (알아내려는 듯이 상대방의 얼굴을 본다) 알겠어요…… 그분은 이제 여기에 오시지 않겠다고 하셨죠, 네? (사이) 네, 그렇죠?

엘레나, 끄덕인다.

세레브랴코프   (첼레긴에게) 건강이 나쁜 건 그래도 어떻게 참겠지만 이 시골구석의 생활이란 걸 난 정말 견딜 수가 없군. 어쩐지 지구를 헛디뎌서 다른 별나라로 떨어진 듯한 기분이야. 제발 여러분, 자리에 앉아 주십시오. 소냐! (소냐는 들리지 않는 듯 슬픈 표정으로 고개를 숙이고 있다) 소냐! (사이) 들리지 않는 모양이군. (마리나에게) 할멈도 앉아요. (마리나, 앉아서 양말을 짠다) 그럼 여러분, 어디 여러분의 귀를 주의라는 못에다 잘 걸어 두시기 바랍니다. (혼자 웃는다)

바 냐 (짜증을 내며) 아마 내게는 볼일이 없겠죠? 그만 가도 좋은 가요?

세레브라코프 아, 아니, 누구보다도 자네가 중요한 사람이야.

바 냐 저런 저런, 도대체 무슨 일을 명하시겠다는 걸까?

세레브라코프 명하신다……. 아니 자네는 무엇 때문에 화가 나 있지? (사이) 혹시 내가 조금이라도 자네 기분을 상하게 했다면 아무쪼록 용서해 주길 바라네.

바 냐 그런 말투부터 버리시라고요. 자, 본론으로 들어갑시다. 무슨 용건입니까?

보이니츠카야 부인 등장.

세레브라코프 아, 마침 어머님도 오시는군요. 그럼 여러분, 시작하겠습니다. (사이) 여러분, 여러분을 이리 오시게 한 것은 어떤 중대한 소식을 여러분에게 전해 드리기 위해서입니다. 드디어 우리 마을에 검찰관이 들이닥칠 모양입니다. 농담은 그만두고……. 상당히 중대한 문제입니다. 이렇게 여러분을 모이시게 한 것은 다름 아니라, 여러분의 협력과 조언을 바라고 싶어서입니다. 여러분이 베푸신 평소의 호의에 기대어 저의 기대가 이루어지리라 믿고 있습니다. 저는 학문을 하는 인간이어서 책 속에만 파묻혀 살고 있기 때문에 실생활에 대해서 여태까지 내내 소홀했습니다. 그러므로 이번에 세상 물정을 잘 알고 계시는 여러분의 지혜를 빌리지 않고는 도저히 해결할 수가 없으므로 바냐 군을 위시해서 저기 계시는 첼레긴 군에게도, 또 어머님 당신에게도, 아무쪼록 의논에 응해 주시기 바라는 바입니다……. 그 이야기란 다름 아니라, 우리는 '메네트 옴네스 우나 녹스(manet omnis una nox)' 즉 죽음을 피할 수 없는 운명이고, 더구나 난 보시는 바와 같이 노인이고 또 병자이기도 하니까 이번 기회에 자기 가족에 관한 범위 안에서만이라도 재산의 정리를 해두는 게 가장 적절한 조치가 아닐까 하고 생각하는 바입니다. 저의 생애는 이미 끝난 거나 다름없으니까 내 한 몸에 대해서는 생각할 것도 없습니다만, 내게는 아직 젊은 아내와 과년한 딸도 있습니다. (사이) 나는 도저히 이 시골에서 생활을 계속할 수 없습니다. 그렇다고 해서 이 땅에서 들어오는 수입만으로 도회지 생활을 하는 것도 불가능합니다. 가령 숲에 있는 나무를 판다고 해도 이건 비상수단이어서 해마다 그럴 수도 없는 노릇입니다. 그래서 우리는 다소나마 안정된 수입액을 오랫동안 보증해 줄 그런 방도를 어떻게 해서든 찾지 않을 수 없는 것입니다. 그런데 문득 다음과 같은 방도가 생각나서 여러분의 동의를 얻고자 하는 바입니다. 자세한 것은 생략하고 간단하게 설명하기로 하겠습니다. 우선 이 땅은 평균해서 2부 이상의 이윤을 올리지 못하고 있습니다. 그 대금을 유가 증권으로 돌리면 4부 내지는 5부의 이윤을 올릴 수 있고, 제 생각으로는 몇 천쯤 되는 여분의 돈도 생길

바
냐
아
저
씨

167

겁니다. 그것이 있으면 핀란드 같은 곳에다 아담한 별장이라
도 사 놓을 수가 있을 것입니다.

바 냐 잠깐만……. 아무래도 내 귀가 나빠진 모양이군. 다시 한 번
말해 주십시오.

세레브라코프 대금을 유가 증권으로 돌리고 나머지 돈으로 핀란드
에다 별장을 사자는 것입니다.

바 냐 핀란드가 아니야……. 또 무슨 다른 말이 들렸는데.

세레브라코프 이 땅을 파는 게 어떤가 하고 말했어요.

바 냐 바, 바로 그거야. 이 땅을 팔자는 거죠? 좋습니다, 정말 멋있
는 생각입니다. 그럼 난 늙은 어머니와 소녀를 데리고 도대체
어디로 가라는 겁니까?

세레브라코프 그 일이라면 나중에 또 의논하기로 합시다. 그렇게 단
번에 정할 수는 없으니까.

바 냐 잠깐, 아무래도 난 이 나이가 되도록 상식이라는 게 한 조각
도 없었던 모양이야. 여태껏 난 어리석기 짝이 없게도 이 땅은
소녀의 소유라고 생각했는데. 이 땅은 돌아가신 아버님이 내
동생의 지참금으로 사준 거요. 난 멍청하게도 터키 식 법률 해
석을 몰라서 당연히 이 땅은 동생에게서 소녀에게 상속되었다
고 믿고 있었는데요.

세레브라코프 그야 물론 이 땅은 소녀의 것이지. 누가 그렇지 않다
고 했나? 그러니까 소녀의 승낙이 없이는 나도 무리하게 팔려
고 하지 않아. 뿐만 아니라 내가 이러한 안을 꺼내는 것도 소녀

를 위해서 생각해 낸 거야.

바 냐　아무래도 이상한데, 점점 더 알 수가 없군! 내가 미쳤거나 아니면…… 아니면…….

보이니츠카야 부인　바냐, 알렉산드르에게 거역하지 말아라. 그냥 맡겨 둬라. 이 사람은 우리보다 훨씬 잘 분별할 줄 아니까.

바 냐　어쨌든 물이나 한잔 주시오. (물을 마신다) 자아, 말해 보시지. 무엇이든 사양 말고 죄다 말해 보시지!

바냐 아저씨

세레브라코프　아무래도 모르겠는걸. 어째서 자네는 그렇게 흥분하나? 나 역시 이 계획이 이상적인 것이라고는 고집하지 않아. 여러분이 안 된다고 하면 구태여 고집할 생각은 없어. (사이)

첼레긴　(안절부절못하면서) 교수님! 전 학문이란 것에 대해서 존경심을 품고 있을 뿐 아니라 뭔가 친밀감 같은 것을 느끼고 있습니다. 왜냐하면 저의 형 그리고리 일리치 아내의 오빠, 어쩌면 아실지도 모르겠습니다만, 콘스탄틴 트로피모비치라고……. 어쨌든 그는 석사 학위를 가지고 있는데…….

바 냐　가만히 있어, 첼레긴. 중요한 이야기 중이니까. 그런 얘기는 나중에 해……. (세레브라코프에게) 마침 잘 됐군, 어디 한번 이 사람에게 물어 보시오. 이 땅은 이 사람의 숙부에게 샀으니까.

세레브라코프　이런, 세상에, 새삼스레 그런 걸 물은들 무슨 소용이 있나. 쓸데없는 소리.

바 냐　이 땅은 당시의 돈으로 해서 9만 5천 루블에 산 거요. 아버지는 그 중에서 7만 루블밖에 지불하지 않고 돌아가셨기 때문

169

에 나머지 2만 5천은 빚이 되어 버렸어. 자, 이 점을 잘 들어 보라고. 난 귀여운 동생을 위해서 이 땅의 상속권을 포기한 거야. 그렇지 않았더라면 이 땅은 결국 살 수 없었을 거야. 아니, 그뿐 아니라 지난 10년 동안 마치 황소처럼 땀 흘려 일해서 그 빚을 깨끗이 갚은 거야.

세레브라코프   이거 내가 실수했군, 이런 이야기를 꺼내지 않았어야 했는데.

바 냐   이 땅의 빚이 깨끗이 청산되고 더구나 무사히 여기까지 지탱해 올 수 있었던 것은 전적으로 나라는 한 사람이 노력한 결과야. 그것을 이제 와서, 이렇게 나이 먹은 내 목덜미를 잡아서 밖으로 내동댕이치려고 하는군!

세레브라코프   도대체 어떻게 하라는 건가? 나는 도무지 모르겠어.

바 냐   지난 25년 동안 난 이 땅의 관리를 맡아서 피땀 흘려 일해 가며 당신에게 돈을 부쳤어. 이렇게 정직한 관리인이 이 세상에 또 어디 있단 말인가. 그런데 당신은 그동안 단 한번이라도 고맙다는 인사 한마디 해 본 적이 있는가? 그저 젊었을 때나 나이 먹은 지금이나 난 당신에게서 1년에 5백 루블이라는 거지 동냥이나 다름없는 봉급을 감지덕지 얻어 쓰는 데 불과해. 그런데도 당신은 단 1루블이라도 올려 주겠다고 한 적이 있나?

세레브라코프   바냐 군, 그건 억지야. 난 실무에 어두운 인간이라서 그런 일에는 아주 깜깜해. 자네가 얼마든지 좋을 대로 올려 받았어야 했는데.

바 냐 아아, 차라리 마음대로 빼돌릴 걸 그랬어. 여러분! 그 빼돌
릴 재간도 없는 바보 같은 나를 실컷 비웃어 주십시오. 그렇게
하는 게 좋았는데. 그렇게 했으면 이제 와서 새삼스레 거지 신
세가 되지는 않았을 텐데!

보이니츠카야 부인 (엄하게) 애야!

첼레긴 (불안해하며) 이봐, 바냐, 그만두게. 잘 알고 있으니까, 그만
둬……. 난 몸이 떨려……. 오랫동안의 인내를 이제 와서 깰
필요는 없지 않나? (바냐에게 키스한다) 제발 그만두게.

바 냐 25년 동안 난 어머니하고 얼굴을 맞대고 마치 두더지처럼
외출 한 번 제대로 하지 못하고 살아왔어. 우리의 생각도, 우리
의 감정도 그 모든 것이 당신이라는 한 인간만을 의지하고 살
아왔던 거야. 낮에는 낮대로 당신 이야기를 하고, 당신 일을 화
제에 올리고, 당신을 우리의 자랑으로 삼고, 황송해 마지않는
마음으로 당신 이름을 부르곤 했던 거야. 밤에는 또 밤대로 당
신의 잡지나, 책 따위를 읽으면서 소중한 시간을 보냈던 거지.
이젠 그까짓 거, 본 체도 않지만 말이야.

첼레긴 그만둬요, 바냐. 그만둬……. 더 이상 듣고 있을 수가 없어.

세레브라코프 (울컥 화를 내며) 난 모르겠어, 도대체 어떻게 하라는
건지.

바 냐 당신은 우리에게 있어서 이 세상에서 가장 위대한 사람이었
어. 당신이 쓰는 논문은 죄다 암기하고 있을 정도였으니
까……. 그러나 이제는 정말 눈을 뜬 거야! 무엇이든 다 환하게

들여다보여! 예술이 어떠니 하고 쓰고 있지만 당신은 예술의 예자도 모르고 있어! 전에 내가 애독한 당신의 책 따윈 한 푼어치의 가치도 없는 거야! 우린 보기 좋게 속아 넘어간 거라고!

세레브라코프 여러분, 이 사람을 어떻게 해 주지 않겠소? 이런 세상에 원. 난 저리 가겠어!

엘레나 바냐 씨, 알겠으니까 이젠 그만둬요! 알겠죠?

바 냐 아냐, 그만두지 않겠어! (세레브라코프의 앞을 가로막으며) 아직 얼마든지 할 말이 있어! 당신은 내 일생을 망치고 말았어! 당신 덕택에 난 생애에서 가장 좋은 시기를 쓸모없이 썩히고 만 거야! 당신은 내 생애의 가장 큰 원수야!

첼레긴 듣고 있을 수가 없군…… 듣고 있을 수가 없어……. 저쪽으로 가자……. (어쩔 줄 몰라 하며 퇴장)

세레브라코프 그러니까 어떻게 하자는 건가? 그리고 또 무슨 감정이 있어서 그런 트집을 잡는 건가? 정말 기가 막혀서! 이 땅이 자네 것이라면 자네 마음대로 자네가 가지면 될 게 아닌가. 난 이 땅을 갖고 싶다고는 하지 않았어.

엘레나 난 정말 이런 지옥에서 나가 버릴 테야! (외친다) 더 이상 참을 수가 없어.

바 냐 난 한평생을 썩고 말았어. 나도 재간이 있고 영리하고 용감한 사내였어……. 만약에 내가 제대로 살아왔다면 쇼펜하우어나 도스토예프스키가 될 수 있었을지도 몰라……. 쳇, 무슨 개소리야! 아아, 미치겠어……. 어머니, 난 이제 절망이에요! 네,

어머니!

보이니츠카야 부인　(엄하게) 그러니까 알렉산드르의 말을 들어야
　해요!

소　냐　(마리나 앞에 꿇어앉아 그녀에게 매달린다) 유모! 어딨어요, 유모!

바　냐　어머니! 난 어떻게 하면 좋죠? 좋습니다, 아무 말씀도 마세
　요! 어떻게 하면 될지 나는 잘 알고 있어요! (세레브라코프에게)
　흥, 어디 두고 보자. (가운데 문으로 퇴장)

바
냐
아
저
씨

보이니츠카야 부인, 그 뒤를 따른다.

세레브라코프　여러분, 이건 도대체 어떻게 된 겁니까, 네? 저 미치광
　이를 어디로든지 다른 데로 끌고 가 주세요! 도저히 한 지붕 아
　래서는 살 수 없어! 지금 아직도 저기서 (가운데 문을 가리킨다)
　날 노려보고 있다고……. 어디 마을이나 아니면 별채로라도
　저 사람을 내보내 줘. 그렇지 않으면 나 자신이 나가겠어. 도저
　히 저런 사람하고는 살 수 없어.

엘레나　(세레브라코프에게) 우리 오늘이라도 여기를 떠나요! 당장에
　준비를 시켜야겠어요.

세레브라코프　한심한 놈!

소　냐　(꿇어앉은 채 세레브라코프 쪽으로 고쳐 앉는다. 짜증 섞인 울음소리
　로) 아버지, 인정이라는 걸 잊지 마세요! 저나 바냐 아저씨는
　정말 불행한걸요! (흔들리는 마음을 억누르면서) 인정이라는 걸 잊

지 마세요, 네? 기억하고 계시죠, 아버지가 아직 한창 때 일에 바쁘면 바냐 아저씨와 할머니는 매일 밤늦게까지 아버지를 위해서 참고서를 번역하고, 원고를 정리하곤 했어요. 그것도 매일 밤, 매일 밤! 저도 바냐 아저씨도 숨 돌릴 틈도 없을 만큼 일을 하고 한 푼이라도 아껴 쓰려고 벌벌 떨면서 전부 아버지에게 부쳐 드렸어요……. 우리들의 고생도 알아주셔야지요! 어머, 이런 말을 할 생각은 아니었는데 그만 말이 헛나와 버렸어요. 하지만 아버지, 알아주시겠죠, 우리들의 마음을? 인정이라는 걸 잊지 마세요, 네?

엘레나 (흥분해서) 이봐요, 알렉산드르. 제발 부탁이에요, 그분과 잘 타협하세요……. 제발.

세레브라코프 알았어, 어떻게든 타협해 보도록 하지. 내가 뭐 그 사람을 나무라는 건 아니고, 화를 내고 있는 것도 아냐. 하지만 생각 좀 해 보라고, 그 사람의 언동이 아무래도 이상하지 않은가 말이야. 어쨌든 가 보고 오지. (가운데 문으로 퇴장)

엘레나 될 수 있는 대로 그분의 마음을 가라앉히도록 하세요…….

(이어서 퇴장)

소 냐 (마리나에게 매달리면서) 유모! 유모!

마리나 아무것도 아니에요, 아가씨. 거위가 크게 울었을 뿐…… 곧 그칠 거예요……. 거위가 크게 울었을 뿐이에요. 곧…… 그칠…… 거예요.

소 냐 유모!

마리나   (소녀의 머리를 쓰다듬는다) 어머, 덜덜 떠는 게 마치 눈이 내리
는 한겨울 같군요! 정말 가엾기도 하지. 하지만 하느님이 나쁘
게 하시진 않아요. 보리수꽃 차나 딸기꿀 술을 조금만 마시면
곧 원래대로 될 거예요. 걱정할 건 없어요, 우리 착한 아가
씨……. (가운데 문을 무섭게 노려보며) 저런, 또 거위가 떠들기 시
작하는군. 마음대로 하라지!

무대 뒤에서 권총 소리. 이어 엘레나의 비명. 소녀, 겁을 낸다.

마리나   흠, 정말 왜들 이러지!

세레브라코프   (공포에 질려서 비틀거리며 뛰어든다) 말려 줘! 저 사람을
말려 줘! 미쳐 버렸어!

엘레나와 바냐, 문 앞에서 다툰다.

엘레나   (권총을 빼앗으려고) 이리 주세요! 이리 달라니까요! 어서요!

바 냐   이거 놔, 엘레나! 놓으라니까! (뿌리치고 무대로 뛰어 들어와서
두리번거리면서 세레브라코프를 찾는다) 어디야, 그놈은? 저기 있
군! (세레브라코프를 향해 쏜다) 보라고! (사이) 안 맞았나? 또 실
패야? (울컥하며) 에잇, 제기랄! (권총을 땅바닥에 내동댕이치고 비
틀비틀 의자에 주저앉는다)

세레브랴코프는 망연자실. 엘레나는 벽에 기대어 있는데 거의 병자 같다.

엘레나   어디로든지 데리고 가 줘요! 데리고 가서 차라리 죽여 주
세요. 도저히 난 더 이상 여기 있을 수 없어, 있을 수 없단 말
이에요!

바 냐   (비통한 소리로) 아아, 내가 왜 이러지! 왜 이럴까!

소 냐   (나직이) 유모! 유모!

제4막

바냐의 방. 그의 침실이기도 하고 또 영지의 사무실이기도 하다. 창가에 있는 큰 테이블에 몇 권의 출납부와 온갖 서류가 있다. 사무용 책상, 찬장, 저울 등. 그 밖에 아스트로프가 쓰던 작은 테이블. 그 위에 제도용구와 그림물감, 옆에 커다란 종이 끼우개. 찌르레기가 든 새장. 벽에는 아무에게도 필요 없을 듯한 아프리카 지도. 가죽으로 된 엄청나게 큰 소파. 왼쪽에 안으로 통하는 문. 오른쪽에 현관으로 나가는 문. 오른쪽 문에는 농부들이 더럽히지 않게 하려는 신발 매트가 놓여 있다. 가을 저녁. 정적.

쳴레긴과 마리나가 마주 앉아서 양말 짜는 털실을 감고 있다.

쳴레긴   빨리 해요, 할멈. 작별 인사하러 오라고 부를 시간이야. 벌써 마차를 준비하라는 지시가 내렸으니까.

마리나   (빨리 감으려고 서두르면서) 이제 얼마 안 남았어요.

첼레긴   하리코프로 가신다나 봐. 거기서 사실 모양이지?

마리나   저도 그게 좋을 것 같아요.

첼레긴   깜짝 놀라신 모양이야. '이제 한시도 여기 있을 수 없어요. 갑시다, 자, 떠납시다. 우선 하리코프에 가 보고 살 만하거든 짐을 가지러 사람을 보내면 돼요……'라고 말하시는 거야. 그래서 겨우 일용품만 가지고 떠나시는 거라고. 결국 저 내외께선 여기서는 살 수 없는 팔자였던가 봐. 그런 팔자였던 거야. 이것도 다 전생의 악연이야.

마리나   그럴 수밖에요. 조금 전의 그 소동이라니……. 권총까지 휘두르고.

첼레긴   아이바조프스키(유명한 해양 화가)에게 그리라고 했더라면 그야말로 멋진 폭풍 그림이 되었을 거야.

마리나   두 번 다시 그런 꼴은 보기 싫어요. (사이) 이제 다시 옛날의 삶으로 돌아갈 수 있겠네요. 아침에는 8시 전에 차를 마시고, 12시 지나서 점심, 저녁때는 저녁 식사, 모든 걸 세상 사람들과 같이 규칙적으로 할 수 있게 되겠죠……. (한숨을 쉬고) 난 벌써 오래 전부터 국수를 먹지 못했어요. 정말 힘들었죠.

첼레긴   정말인가? 그렇게 오랫동안 국수를 뽑지 않았다고? (사이) 그렇게 오랫동안 말이지……. 오늘 아침엔 말이야, 할멈. 내가 마을을 걷고 있으니까 어느 가게 주인이 내 등 뒤에서, '어이, 식객 양반!' 하고 놀리지 뭐야. 정말 처량하더군.

마리나   내버려두세요, 그런 사람은. 우리는 모두 하느님의 식객이죠. 당신도, 소냐 아가씨도, 그리고 바냐 아저씨도 누구 하나 한가하게 앉아 있는 사람은 없어요. 모두 열심히 일하고 있는 걸요. 누구나 다……. 한데 소냐 아가씨는 어디 있죠?

첼레긴 정원에. 의사 선생과 함께 바냐를 찾으러 다니고 있더군. 만일에 자살이라도 하는 날이면 곤란하니까.

마리나 권총은 어쨌어요?

첼레긴 (조용히) 내가 지하실에다 숨겼어.

마리나 (히죽 웃으며) 정말 애먹이는군요.

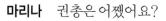

밖에서 바냐와 아스트로프가 들어온다.

바 냐 내버려두라니까. (마리나와 첼레긴에게) 모두 나가 줘, 제발. 한 시간만이라도 날 혼자 내버려둬. 모두들 이렇게 날 감시하고 있어서야 정말 견딜 수 없어.

첼레긴 곧 나가지, 바냐. (발끝으로 살금살금 퇴장)

마리나 또 거위가 울고 있군요! (털실을 뭉쳐서 퇴장)

바 냐 (아스트로프에게) 자네도 상관 말게.

아스트로프 그건 이쪽에서 부탁하고 싶은 말이야. 하지만 아까부터 몇 번이나 말한 대로 자네가 훔친 것을 돌려주지 않는 한 난 돌아갈 수 없어.

바 냐 아무것도 훔치지 않았다니까.

아스트로프 그래? 그럼 좀 더 기다려 주지. 그 뒤에는 미안하지만

179

힘으로라도 빼앗을 테니까 그렇게 알고 있게. 자넬 묶어 놓고 난 뒤에 찾을 거라네. 난 진정이라고.

바 냐 마음대로 하라고. (사이) 정말 바보짓이었지. 두 번이나 쏘면서 한 발도 맞지 않다니……. 내가 생각해도 어처구니가 없어.

아스트로프 그렇게 쏘고 싶거든 차라리 자기 이마나 쏠 일이지…….

바 냐 (어깨를 움찔하며) 아무래도 이상해. 난 살인을 하려고 했는데 아무도 나를 묶으려 하지 않고 고소하려 하지도 않아. 그저 나를 미치광이로 보고 있을 뿐이야. (살기 있는 웃음을 띠면서) 내가 미치광이인 반면, 대학 교수니 대학자니 하는 가면을 쓰고 뻔뻔하게 자기 무능과 우둔함을 얼버무리고 있는 녀석은 올바른 인간이라는 건가? 그리고 유부녀가 남편의 눈을 속이고 다른 남자와 껴안고 있는 게 올바른 인간이라는 건가? 난 보았네, 똑똑히 이 눈으로 보았다고, 자네가 그 여자를 안고 있는 걸 말이야.

아스트로프 과연 자네 말대로 그녀를 안았지. 그런데 곧 이렇게 되었네. (코를 잡아 보인다. 채였다는 의미)

바 냐 (문쪽을 보며) 당신들을 떠받치느라 이 지구가 미쳤어!

아스트로프 쳇, 무슨 바보 같은 소리!

바 냐 하는 수 없겠지, 어차피 난 미치광이니까 책임을 질 힘도 없고, 그 어떤 바보 같은 소리를 해도 괜찮으니.

아스트로프 그건 낡은 수작이야. 자넨 미치광이가 아니라 고집불통에다 괴짜야. 정말 어릿광대 같은 친구지. 난 전에 괴짜라는 작자는 모두가 상식을 벗어난 병자라고 생각했는데 오늘날에는 이미 인간의 정상적인 상태가 괴짜인 거라고 인식을 달리했지. 자넨 완전히 정상적인 사람이야.

바 냐 (양손으로 얼굴을 가린다) 아, 부끄러워! 나의 이 수치심을 자네가 알아준다면! 부끄러워, 정말 부끄러워. (애달픈 목소리로) 아아, 못 참겠어! (테이블 위로 고개를 숙인다) 도대체 어떻게 하면 좋지? 어떻게 하면…….

아스트로프 하는 수 없네.

바 냐 어떻게든 해 줘! 아아, 못 견디겠어. 난 겨우 마흔일곱이야. 혹 예순까지 산다고 하면 아직도 13년이나 남아 있어. 정말 긴 세월이지! 그 13년을 난 어떻게 살아가야 되나? 어떤 일을 하면서 그날그날을 메워가야 한단 말인가. 이봐……. (아스트로프의 손을 꽉 잡고) 자네, 알겠나? 남은 여생을 무언가 지금까지와는 전혀 다른 방법으로 보낼 수 있다면……. 맑게 갠 고요한 아침에 눈을 뜨고 '자아, 이제부터 새 출발이다, 지난 일은 전부 잊었다, 연기처럼 사라져 버렸다' 이렇게 생각할 수 있다면……. (운다) 이봐, 가르쳐 주게. 도대체 어떻게 하면 내가 새 출발을 할 수 있겠나…… 어떻게 하면 좋은가?

아스트로프 (짜증을 내며) 쳇, 못난 사람 같으니. 새삼스레 새 출발이고 뭐고가 어디 있나? 자네나 나나 이미 끝장이야.

바 냐 역시 그런가…….

아스트로프 어쩔 도리가 없어.

바 냐 그걸 어떻게 좀 해 줘. (가슴을 가리키며) 여기가 탈 것 같아.

아스트로프 (화가 치밀어서 소리를 지른다) 제발 그만두라니까! (달래듯)
그야 백 년, 2백 년이 지난 뒤에 이 세상에 태어나는 사람들은
가련한 우리가 이렇게 허무하고 멋없는 생애를 보낸 것을 이야
기하며 씹어대겠지. 그리고 자신들은 그렇게 되지 않도록 어
떻게든 행복하게 살아갈 방법을 발견해 낼지도 몰라. 하지만
우리는 결국…… 아니, 우리에게는 단 한 가지 희망이 있어. 그
희망이라는 건 우리가 관 속에서 눈을 감았을 때, 어떤 환상이
찾아와 주지나 않을까 하는 거야. 그것도 무언가 즐거운 환상
말이지. (한숨을 쉬고) 정말이야. 이 마을을 통틀어 교양이 있는
인간이라고는 자네와 나, 단둘밖에 없었지. 그런데 글쎄, 10년
가까운 시간 동안 계속되어 온 저열한 생활 때문에 우리 역시
진창 속으로 끌려들고 말았지 뭔가. 그 독기를 맡아서 우린 뼛
속까지 썩고 말았어. 그리고 우리는 여느 사람들과 마찬가지
로 속물이 되어 버렸지. (빠른 말투로) 그렇지만 나를 속여서는
안 되네. 자, 빨리 그걸 내놓게.

바 냐 내겐 아무것도 없다니까.

아스트로프 천만에, 자넨 내 약 상자 속에서 모르핀 병을 꺼냈어.
(사이) 알겠나? 만약에 자네가 꼭 자살해야 되겠다면 숲 속에
들어가서 머리에 한 방 쏘게나. 하지만 그 모르핀만은 돌려주
게. 그렇지 않으면 세상의 입이 시끄러워지니까. 마치 내가 고

의로 준 것처럼 떠들면 곤란하단 말이야…… 어차피 내가 자네 시체를 해부하게 될 거야. 그것만으로도 충분해. 그러니 어서 내놓게!

소냐 등장.

바 냐 날 좀 내버려두라니까.

아스트로프 (소냐에게) 이봐요, 소냐 양. 당신 아저씨는 내 약 상자에서 모르핀을 한 병 훔쳐 내고는 돌려주지 않는단 말이오. 말해 주시오, 그런 바보 같은 짓은 이제 그만하라고. 첫째, 난 이러고 있을 여유가 없어요.

소 냐 바냐 아저씨, 정말로 훔치셨어요? (사이)

아스트로프 그가 가지고 있어요. 내가 보증합니다.

소 냐 돌려드리세요. 왜 그렇게 절 놀라게만 하시죠? (다정하게) 자, 돌려주세요, 바냐 아저씨! 어떻게 보면 저도 아저씨 못지 않게 불행할지도 몰라요. 하지만 전 자포자기하진 않아요. 꾹 참고 일생의 마지막이 자연스럽게 절 찾아올 때까지 견뎌 낼 생각이에요. 아저씨도 견뎌 주세요, 네? (사이) 자, 이리 주세요! (바냐의 손에 키스한다) 아저씨는 좋은 사람이에요. 우리를 불쌍하게 생각하시고, 이리 주세요. 네, 아저씨, 견뎌 주세요.

바 냐 (테이블 서랍에서 병을 꺼내 아스트로프에게 건네준다) 자, 가져가게! (소냐에게) 그건 그렇고 빨리 일을 시작하자. 한시라도 빨리 무엇이든 해야 할 것 같아. 그렇지 않고서는 도저히 견딜 수가 없어.

소 냐 네, 네, 그렇게 해요. 아버지가 출발하시거든 즉시 일을 시작해요. (테이블 위의 서류를 짜증스럽게 고르면서) 정말 엉망진창이군.

아스트로프 (병을 약 상자에 넣고 가죽 끈을 맨다) 자아, 이제 겨우 돌아갈 수 있게 되었군.

엘레나 (등장) 어머, 바냐 씨, 여기 계셨어요? 우리들은 이제 곧 떠날 거예요. 그러니 어서 알렉산드르한테 가 보세요. 그이가 이야기할 게 있대요.

소 냐 갔다 오세요, 바냐 아저씨. (바냐의 팔짱을 낀다) 자, 가세요. 아버지하고 화해하셔야 해요. 그래야 돼요.

소냐와 바냐 퇴장.

엘레나 그럼 이제 떠나겠어요. (아스트로프에게 손을 내민다) 안녕.

아스트로프 벌써 가는 건가요?

엘레나 마차 준비도 되었어요.

아스트로프 안녕히 가십시오.

엘레나 조금 전 약속해 주셨지요. 이제 다시는 이곳에 오시지 않겠다고!

아스트로프 네, 잊지 않았습니다. (사이) 혹시 놀라셨나요? (엘레나의 손을 잡는다) 제가 그렇게 무서웠나요?

엘레나　네, 그래요.

아스트로프　차라리 이대로 여기에 계시는 건 어떻습니까, 네? 그리고 내일 저 숲에 있는 오두막에서…….

엘레나　아니에요, 전 이미 결심했어요. 떠나기로 결심했기 때문에 이렇게 대담하게 당신 얼굴을 마주보고 있을 수 있는 거예요. 그리고 당신에게 한 가지 부탁드리고 싶은 것은 나를 올바른 이성을 가지고 봐 달라는 거예요. 전 당신에게 이상한 여자로 보이고 싶지 않아요.

아스트로프　어쩔 수 없군요. (안타까운 듯한 몸짓으로) 제발 부탁이니까, 이대로 여기에 남아 주세요. 당신이 이 세상에서 할 수 있는 일은 하나도 없습니다. 아마도 당신은 얼마 안 가 마음이 크게 흔들릴 것입니다. 전 확신할 수 있습니다. 어차피 그렇게 될 바에는 하리코프니 쿠르스쿠니 하는 대도시보다 차라리 이런 자연의 품에 안기는 것이 백 배 천 배 좋지 않습니까. 적어도 그러는 편이 훨씬 시적이고 아름답지 않습니까? 이곳에는 숲지기 오두막도 있고 투르게네프 취향의 허물어져 가는 지주 저택도 있어요.

바냐 아저씨

엘레나　이상한 분이로군요. 당신 말은 들으면 들을수록 화가 나지 뭐예요. 하지만 아마 당신에 대한 기억은 즐거운 추억이 되리라고 생각해요. 당신은 재미있고 특이한 분이니까요. 이제 앞으로 두 번 다시 뵐 일은 없겠죠. 그래서 솔직히 말씀드리는 거지만, 전 당신에게 반할 뻔했었어요. 자아, 그럼 정답게 악수를 하고 헤어집시다. 우리 서로 나쁘게 생각하지는 말아요.

아스트로프   (엘레나의 손을 잡고) 네, 출발하십시오. (생각에 잠기며) 정
　　　　　말로 당신이라는 사람은 상냥하고 좋은 여성이었죠. 하지만 한
　　　　　편으론 수많은 의문들을 만들어 내는 사람 같아요. 사실 당신이
　　　　　남편과 함께 여기에 나타나자 그때까지 부지런히 일하던 사람
　　　　　들이 하던 일을 집어 던지고 한 해 여름 동안 당신 남편의 통풍
　　　　　이나 당신에 대해서 정신을 잃고 말았으니 말입니다. 당신네 부
　　　　　부의 불규칙한 생활이 모두에게 전염된 거죠. 나 역시 완전히
　　　　　들떠서 한 달 동안이나 아무 일도 하지 않았습니다. 그동안에
　　　　　병자는 꾸역꾸역 밀려와 나를 기다리고, 내 숲과 묘목 밭에서는
　　　　　농부가 소와 말을 방목하고……. 글쎄 당신네 부부는 이렇게 어
　　　　　딜 가나 그곳의 생활을 엉망으로 망치더군요. 아니, 물론 이건
　　　　　농담입니다. 하지만, 아무래도 이상합니다. 만일 이 이상 당신
　　　　　네들이 여기에 눌러앉아 있다면 그야말로 모든 게 거덜이 나고
　　　　　말 것 같습니다. 자, 얼른 떠나세요. 이제 연극은 그만두겠어요.

엘레나   (아스트로프의 테이블에서 연필을 집어 들고 재빨리 가슴에 넣는다)
　　　　　이 연필은 기념으로 받아 두겠어요.

아스트로프   하지만 아무래도 이상한 기분이 드는 건 사실입니다.
　　　　　모처럼 이렇게 친해진 사람들이 하룻밤을 자고 나면 두 번 다
　　　　　시 만날 수 없는 남남이 된다니……. 아마 그게 인생인지도 모
　　　　　르죠……. (애원하듯) 아무도 없는 사이, 또 전처럼 바냐가 꽃다
　　　　　발을 안고 들어오기 전에 제발 한 번만 당신에게 키스하게 해
　　　　　줘요. 작별 인사로……. 괜찮겠죠? (엘레나의 볼에 키스한다) 아

아, 이제, 이제 됐어요.

엘레나　안녕. (주위를 둘러보고) 좋아요, 일생에 단 한 번뿐이니……
(갑자기 아스트로프를 끌어안는다. 그리고는 얼른 떨어진다) 이제 가겠
어요.

아스트로프　어서 가세요.

엘레나　누가 이리 오는 것 같아요. (두 사람 귀를 기울인다.)

아스트로프　그럼 이만!

세레브라코프, 바냐, 책을 든 보이니츠카야 부인, 첼레긴, 소냐 등장.

세레브라코프　(바냐에게) 지난 일을 이러쿵저러쿵 끄집어내면 눈은
멀어 버려. 그 소동이 있은 지 겨우 네댓 시간 동안에 난 깨달
은 바가 있었어. 차분히 생각해 봤지. 인간이 어떻게 살아가야
하는가에 대해 후세에 남길 교훈이 될 수도 있는, 일대 논문이
라도 쓰려고 생각하면 쓸 수 있을 정도야. 난 기꺼이 당신의 사
과를 받아들이겠소. 그와 동시에 이쪽에서도 용서를 빌겠네.
그럼 안녕히들! (바냐에게 세 번 키스한다)

바　냐　앞으로도 매달 당신들의 생활비는 지금까지와 변함없이 보
내드리겠어요. 지난 일은 모두 잊고 말이오.

엘레나, 소냐를 끌어안는다.

세레브라코프 (보이니츠카야 부인의 손에 입을 맞춘다) 그럼 어머니⋯⋯.

보이니츠카야 부인 (키스를 하고) 알렉산드르, 또 사진이나 찍어서 보내 줘요. 내 마음은 잘 알고 있겠지?

첼레긴 그럼 교수님, 안녕히 가십시오. 아무쪼록 우리를 잊지 마세요!

세레브라코프 (소냐에게 키스하고) 잘 있거라⋯⋯. 여러분, 안녕히! (아스트로프에게 손을 내밀고) 즐겁게 교제할 수 있어서 감사합니다. 나는 물론 당신의 사고방식과 당신의 열성을 매우 존중하고 있습니다. 하나, 내 나이를 보아 이별의 기념으로 한마디 충고를 드리는 것을 허락해 주십시오. 여러분, 일을 해야 합니다! 일을 해야죠! (모두에게 고개를 숙인다) 그럼 안녕히!

보이니츠카야 부인과 소냐, 그 뒤를 따른다

바 냐 (엘레나의 손에 열렬한 키스를 하고) 안녕⋯⋯. 용서해 줘요. 두 번 다시 만나지 못할 겁니다.

엘레나 (눈물을 글썽이며) 안녕, 바냐 씨. (바냐의 머리에 키스하고 퇴장)

아스트로프 (첼레긴에게) 자네, 밖에 나가서 내 마차도 좀 내도록 말해 주지 않겠나?

첼레긴 그러지. (퇴장)

아스트로프와 바냐 두 사람만 남는다.

아스트로프   (테이블 위의 그림물감을 챙겨서 가방 안에 넣는다) 왜 전송하
러 나가지 않나?

바 냐   이대로 떠나는 게 좋아. 난 도저히……. 아니, 안 돼. 괴로
워. 자, 한시라도 빨리 뭐든지 해야지…… 일이다, 일! (테이블
위의 서류를 뒤집는다)

사이. 마차 방울 소리.

바
냐
아
저
씨

아스트로프   가 버렸어. 교수 부부는 무척 기쁘시겠군. 이제 두 번 다
시 이곳에 발걸음도 하지 않을 거야.

마리나   (등장) 이제 막 떠나셨어요. (팔걸이의자에 앉아서 양말을 짠다)

소 냐   (등장) 떠났어요. (눈물을 닦는다) 제발 무사하시기를. (아저씨
에게) 자, 바냐 아저씨, 일을 시작해요.

바 냐   그렇지, 일을 해야 해, 일을…….

소 냐   이 테이블에 함께 앉은 것도 무척 오래간만이네요. (테이블
위의 램프에 불을 켠다) 어머, 잉크가 없나 봐……. (잉크병을 들고
책장 앞에 가서 잉크를 따른다) 어쩐지 서운해요. 그분들이 다 떠
나니…….

보이니츠카야 부인   (천천히 등장) 모두 가 버렸어. (앉아서 독서에 열중
한다)

소 냐   (테이블을 향해 앉아서 장부를 뒤적거린다) 그럼, 바냐 아저씨, 계
산부터 시작하세요. 전혀 정리가 안 되어 있어요. 오늘도 계산

189

서를 가지러 온 사람이 있었거든요. 자, 그럼 아저씨는 그쪽, 저는 이쪽을 쓰죠.

바 냐 (쓴다) 일……. 그리고…….

두 사람 말없이 쓴다.

마리나 (하품을 하며) 아이, 졸려…….

아스트로프 고요하군. 사각사각하는 펜 소리와 귀뚜라미가 우는 소리뿐이야. 따스하고 아늑하고…… 왠지 돌아가고 싶지가 않아. (마차의 방울 소리) 아, 마차가 왔군. 할 수 없지. 그럼, 여러분, 안녕히 계세요. 그리고 내 책상도 안녕……. 이제는 밤길을 달리는 것뿐이에요. (도면을 종이 끼우개 속에 집어넣는다)

마리나 왜 그렇게 서두르세요? 글쎄, 천천히 하세요.

아스트로프 그럴 수야 없지.

바 냐 (쓰면서) 그러니까 미불금 잔액이 2루블 75라…….

머슴 등장.

머 슴 아스트로프 선생님, 마차 준비가 다 되었습니다.

아스트로프 알겠네. (약 상자, 트렁크, 종이 끼우개를 머슴에게 건네준다) 그럼 이걸 가지고 가. 종이 끼우개가 찌그러지지 않도록 해.

머 슴 네. (퇴장)

아스트로프   자, 그럼……. (작별 인사를 하려고 일어선다)

소 냐   다음에는 언제 뵐 수 있나요?

아스트로프   아마, 내년 여름쯤이 될 겁니다. 이번 겨울에는 도저히 가망이 없을 것 같군요. 하기야 무슨 일이 생기면 알려주십시오. 당장 달려올 테니까요. (악수한다) 여러모로 대접을 받고, 친절하게 해 주시고……. 사례를 다 하지 못할 지경입니다. (마리나 곁으로 가서 그녀의 머리에 키스한다) 잘 있어요, 할멈.

마리나   그럼, 보드카라도 한잔.

아스트로프   (망설이며) 글쎄요…….

바
냐
아
저
씨

마리나 퇴장.

아스트로프   (사이를 두고) 내 마차의 부마(副馬)가 어쩐지 발을 절고 있어. 어제 내 마부가 물을 먹으러 갔을 때부터 안 거지만 말이야.

바 냐   편자를 갈아 끼워야지.

아스트로프   로즈제스트벤노예 마을에서 대장간에 들러 가야겠군. 그래도 할 수 없지. (아프리카 지도 앞으로 가서 들여다본다) 지금쯤 아프리카는 타는 듯한 더위겠지? 정말 못 배길 것 같을 거야!

바 냐   그야 물론이지.

마리나   (보드카 잔과 빵 한 조각이 놓인 쟁반을 들고 들어온다) 자, 드세요.

아스트로프, 보드카를 마신다.

마리나   아무쪼록 건강하시기를 빌겠어요, 나리. (나직이 절을 한다)
          빵도 좀 드세요.

아스트로프   아니, 생각 없어요. 그럼 여러분, 안녕히 계세요. (마리나
          에게) 배웅하지 않아도 좋아요, 할멈. 괜찮아요. (퇴장)

소냐, 촛불을 들고 배웅하러 나간다. 마리나는 의자에 앉는다.

바 냐   (쓴다) 그러니까 2월 2일, 메밀국수가……. (사이)

마차의 방울 소리.

마리나   아, 떠나는군.

사이.

소 냐   (돌아와서 촛불을 테이블 위에 세우고) 떠나셨어요.

바 냐   (주판알을 퉁기고 기입한다) 그러니까 합계가, 85루블 하고 25코
          페이카라……

소냐, 앉아서 쓴다.

192

마리나 (하품을 한다) 아아, 하느님, 제발 용서하시기를…….

첼레긴, 발끝을 들고 등장. 문 옆에 앉아서 조용히 기타를 조율한다.

바 냐 (소냐의 머리카락을 어루만지면서) 소냐, 나는 괴로워. 내 이 괴
로움을 알아준다면 얼마나 좋을까?

소 냐 하지만 하는 수 없어요. 살아가야 하니까요! (사이) 바냐 아
저씨, 열심히 살아요. 길고 끝없는 그날그날을, 언제 샐지도 모
르는 밤과 밤을 꾸준히 살아요. 운명이 우리에게 던지는 시련
을, 굳은 인내심을 갖고 지금도, 그리고 늙어서도, 남을 위해 일
하다 그리고 마침내 때가 오면 정직하게 눈을 감아요. 저 세상
에 가면, 얼마나 우리가 괴로웠던가, 얼마나 눈물을 흘렸던가,
얼마나 괴로운 일생을 보내 왔던가를 모조리 말씀드려요. 그
러면 하느님도 우리를 불쌍히 여겨 주실 거예요. 그때에 우리
에게는, 아저씨와 제 앞에는 밝고 아름다운 삶이 펼쳐질 거예
요. 그때는 지금 우리의 불행한 생활을 하나의 추억으로 생각
하며 미소 지을 수 있을 거예요. 저는 정말 그렇게 생각해요,
아저씨. 마음속 깊숙이, 타오를 듯이, 태워 버릴 듯이 저는 그
렇게 믿고 있어요. (바냐 앞에서 무릎을 꿇고, 지친 목소리로) 우리는
그때 쉬게 되는 거예요!

첼레긴, 나직이 기타를 친다.

소 냐   우리는 쉬는 거예요! 그때, 우리 귀에는 천사의 소리가 들리
며, 하늘은 온통 번쩍이는 다이아몬드로 가득 차게 되죠. 우리
가 지켜보는 앞에서 이 세상의 모든 나쁜 것이, 우리의 고민이나
괴로움이 남김없이 온 세상에 퍼져 있는 하느님의 커다란 자비
속으로 흡수되는 거예요. 그리고 마침내 우리의 생활은 어머니
가 아기를 다정스럽게 어루만져 주듯이, 조용하고 황홀하고 그
리고 즐거운 것이 되는 거죠. 저는 그렇게 생각해요. 꼭 그렇게
믿고 있어요. *(손수건으로 아저씨의 눈물을 닦아 준다)* 불쌍한 바냐
아저씨, 안 돼요. 울고 계시는군요. *(눈물 어린 목소리로)* 아저씨는
한평생 기쁜 일도 즐거운 일도 모르고 지내셨지요. 하지만 이제
조금 남았어요. 바냐 아저씨, 조금만 더 참으시면 되는 거예요.
머지않아 쉴 수 있어요. *(바냐를 안는다)* 쉴 수 있어요!

야경꾼의 딱따기 소리. 첼레긴, 나직이 기타를 치고 있다. 보이니츠카야 부
인은 팸플릿의 여백에 무엇인가 써넣고 있다. 마리나, 양말을 짜고 있다.

소 냐   우린 편히 쉬게 되는 거예요!

194

세 자매

♠ 등장인물

올리가(올랴) 프로조로프 집안의 장녀

마 샤(마리야) 프로조로프 집안의 둘째 딸

일리나(알리나) 프로조로프 집안의 막내 딸

안드레이(세르게예비치 프로조로프) 프로조로프 집안의 장남, 상속자

나타샤(나탈리야 이바노브나) 안드레이의 아내

클르이긴(표트르 일리치) 마샤의 남편. 중학교 교사

베르쉬닌(알렉산드르 이그나치예비치) 육군 대령. 포병 대대장

투젠바흐(니콜라이 리보비치) 남작. 육군 중위. 이 성(姓)은 선조가 독일에서 귀화했다는 것을 나타내고 있다.

솔료느이(바실리 바실리예비치) 육군 이등 대위

체브트이킨(이반 로마노비치) 군의관

페도치크(알렉세이 페트로비치) 육군 소위

로 제(블라지미르 카를로비치) 육군 소위. 이 성은 프랑스 계(系)이다.

페라폰트 시의회의 직원

안피사 유모

프로조로프 가(家). 기둥이 늘어져 있는 응접실. 기둥 저쪽에 넓은 홀이 보인다. 집 밖은 햇살이 눈부시다. 홀에서는 아침(우리나라에서는 점심) 식탁을 차리고 있다.

올리가가 여학교 교사의 푸른 제복을 입고, 학생들의 주위를 천천히 걸어 다니며 노트를 고치고 있다. 검은 옷을 입은 마샤는 모자를 무릎 위에 올려놓고 앉아서 자그마한 책을 읽고 있다. 일리나는 흰옷을 입고 생각에 잠긴 채 먼 곳을 보고 서 있다.

올리가　일리나, 아버지는 꼭 1년 전 너의 생일인 5월 5일에 돌아가셨지. 그날은 너무나 추웠고 눈까지 내리고 있었어. 난 도저히 살 수 없을 거라 생각했고 넌 멍하니 죽은 사람처럼 누워 있었지. 하지만 이렇게 1년이 지나고 보니 우리는 태연히 그때 일을 회상할 수 있게 되었고, 너도 이제는 흰옷을 입고 밝은 표정을 짓고 있구나. (시계가 12시를 친다) 그때도 역시 시계가 울렸어. (사이) 아직도 난 기억하고 있어. 관이 나가는 동안 군악대가 행진곡을 연주하고 묘지에서는 조총을 쏘았지. 아버지는 장군이었고 여단장이었지만 거기에 비하면 조문객이 적었어. 하긴 그날은 비가 왔으니까. 게다가 지독한 진눈깨비까지 흩날렸지.

일리나 그런 걸 생각해서 어쩌자는 거야!

홀 안에 있는 테이블 옆에 투젠바흐 남작, 체브트이킨, 솔료느이가 나타난다.

올리가 오늘은 날이 따뜻해서 창문을 열어 놓아도 좋을 정도인데, 자작나무 싹은 아직 움트지도 않았네. 아버지가 여단장이 되셔서 우리를 데리고 모스크바를 떠나신 것은 이미 11년 전의 일이지만, 난 아직도 분명히 기억하고 있어. 아마 5월 초순인 이맘 때였을 거야. 모스크바는 벌써 꽃이 만발했고 따가운 햇살이 비치고 있었지. 11년이 지난 지금도 난 그곳을 마치 어제 떠나온 것처럼 기억하고 있어. 글쎄, 오늘 아침 눈을 떴을 때 온 세상에 환하게 봄이 온 것을 보니 그만 기쁨에 넘쳐 다시 태어난 고향으로 돌아가고 싶었단다.

체브트이킨 시시하군.

투젠바흐 물론 시시한 얘기죠.

마 샤　(책을 들여다보면서 조용히 휘파람을 분다)

올리가　휘파람을 부는구나, 마샤. 어떻게 된 거니! (사이) 글쎄 난 매일같이 학교에 가서 저녁때까지 수업을 하기 때문인지 늘 두통이 나고 사고방식까지 그만 할머니처럼 고지식하게 되어 버린 것 같아. 그리고 사실 학교에 나간 4년 동안 날마다 한 방울 한 방울씩 내 몸의 정력과 젊음이 빠져 나가는 듯한 기분이 들었어. 공상만 점점 커지고 더해 갈 뿐⋯⋯.

일리나　모스크바에 가면 좋겠어. 집을 판 뒤 완전히 이곳과 인연을 끊고 모스크바로 말이야⋯⋯.

올리가　그래, 어서 하루라도 빨리 모스크바로 갔으면⋯⋯.

체브트이킨과 투젠바흐, 웃는다.

일리나　오빠는 대학 교수가 될 테니까 어차피 여기 있을 생각은 없을 거야. 단지 곤란한 건 마샤일 텐데⋯⋯.

올리가　여름 방학 동안만 모스크바에 와 있으면 되잖아.

마 샤　(나직이 휘파람을 분다)

일리나　너무 걱정 마, 다 잘 될 거야. (창밖을 보면서) 오늘은 정말 날씨가 좋구나! 왜 이렇게 기분이 들뜨는지 나도 잘 모르겠어! 오늘 아침, 오늘이 내 생일이라는 게 문득 생각나자 갑자기 즐거워지면서, 아직 어머니가 살아 계셨던 어릴 때 생각이 나지 뭐야. 그러자 자꾸자꾸 멋진 생각이 떠올라서 가슴이 두근두근하는 거야. 정말 멋있는 생각뿐이었어!

올리가 오늘 너는 빛이 나는 것 같아. 여느 때보다 훨씬 예쁜 것 같구나. 마샤도 예쁘고 말이야. 안드레이도 미남이긴 하지만, 저렇게 살이 쪄서야 어디……. 그런데 난 이렇게 늙고 비쩍 말라 버렸으니 아마 이것도 학교에서 아이들에게 짜증만 부리기 때문일 거야. 그래도 오늘은 쉬는 날이라 집에 있어서 그런지 두통도 나지 않고 어제보다 젊어진 기분이 들어. 나는 스물여덟 이지만 단지……. 아냐, 불평할 건 없어. 모든 게 하느님의 뜻이니까. 하지만 난 이런 생각도 들어. 만약에 시집을 가서 하루 종일 집에 있을 수 있다면 그게 더 좋을 거라고 말이야. (사이) 나는 아마 남편에게 잘할 거야.

투젠바흐 (솔료느이에게) 그런 되지도 않는 소리는 그만 집어치워요. (응접실로 들어오면서) 깜빡 잊고 있었군. 오늘 이곳에 우리 부대의 새 지휘관인 베르쉬닌이 인사하러 올 겁니다. (피아노 옆에 앉는다)

올리가 어머, 그래요? 참 잘 되었군요.

일리나 그분 연세가 많으신가요?

투젠바흐 아니, 그렇게 많지 않습니다. 글쎄, 아마 많아야 마흔이나 마흔네댓쯤 되었을 겁니다. (조용히 피아노를 친다) 첫인상은 아주 좋습니다. 이건 분명합니다. 다만 약간 말이 많다는 것이…….

일리나 잘생겼나요?

투젠바흐 예, 상당한 미남이죠. 단지 뭡니까, 아내와 장모와 딸이 둘이고, 게다가 두 번째 맞은 아내라는 게……. 그 사람은 인사하러 가는 곳마다 반드시 아내와 딸이 둘 있다는 이야기를 하지요. 여기서도 아마 얘기할 겁니다. 그 부인이라는 사람은 어쩐지 약간 모자라는 것 같기도 하죠. 아직도 처녀처럼 머리를 땋아 내리고, 이상하게 철학 냄새가 나는 거창한 말만 늘어놓거든요. 게다가 가끔 자살 소동까지 벌이곤 했습니다. 말하자면 남편에 대한 일종의 시위라고도 할 수 있겠죠. 나 같으면 그런 여자 따윈 일찌감치 사양했을 겁니다. 그 사람은 꾹 참고 다만 불평만 늘어놓고 있을 뿐이죠.

세
자
매

솔료느이   (체브트이킨과 함께 홀에서 응접실로 들어오면서) 나는 한 손으로는 1푸드(1푸드는 약 16킬로그램) 반 정도밖에 들어 올리지 못하지만 양손으로라면 5푸드, 아니 6푸드라도 들어 올릴 수가 있죠. 그래서 나는 이렇게 확신합니다. 두 사람의 힘을 합친 것은 한 사람의 두 배가 아니라 세 배, 아니 훨씬 더 크다고 말입니다.

체브트이킨   (걸으면서 신문을 읽는다) 탈모에는…… 그러니까 나프탈렌 8그램을 알코올 반 병에 넣어 녹여서 그걸 매일 바른다……. (수첩에다 써넣는다) 적어 놓아야지! (솔료느이에게) 그리고는 알겠나, 자네? 병 주둥이에다 코르크 마개를 끼우고 거기다가 유리관을 끼워 넣는다……. 그리고 그 흔한 백반을 한 움큼 집어서…….

일리나   이반 로마노비치! 이봐요, 이반 로마노비치!

체브트이킨   뭡니까? 귀여운 아가씨!

일리나 가르쳐 주세요. 어째서 난 오늘 이렇게 즐거울까요? 마치 팽팽하게 돛을 달고 바다를 달리고 있는 기분이에요. 머리 위에는 넓은 창공, 새하얀 물새가 날고 있고요. 무엇 때문일까요?

체브트이킨 (일리나의 양손에 키스하면서 다정스럽게) 나의 백조님…….

일리나 난 오늘 눈을 뜨고 일어나 세수를 하고 나자 갑자기 이 세상의 모든 이치들을 알 수 있을 것 같은 기분이 들었어요. 이봐요, 이반 로마노비치. 나는 다 알고 있어요. 사람은 노력해야 하는 거예요. 누구나 이마에 땀을 흘리면서 일해야 해요. 바로 그곳에 인생의 의의도, 목적도, 행복도, 그 기쁨과 감격도 모두 다 있는 거예요. 날이 새기도 전에 일어나 거리에서 돌을 깨는 노동자나, 양치기, 혹은 아이들을 가르치는 교사나 철도의 기관사가 되면 정말 좋을 거예요. 정말이지 사람이냐 아니냐 하는 건 문제가 아니에요. 낮 12시가 되어서야 겨우 일어나 침대 속에서 커피를 마시고 그리고는 옷 입는 데 두 시간이나 걸리는……. 아아, 무서워. 그런 젊은 여자가 되느니 차라리 일할 수 있는 소나 말이 되는 편이 나을 거예요. 무더운 날에 심한 갈증을 느낄 때가 있죠. 제가 일하고 싶어진 것도 그와 마찬가지예요. 앞으로 제가 아침 일찍 일어나서 일하지 않거든 저와 절교해 주세요. 네, 이반 로마노비치.

체브트이킨 (다정하게) 아무렴요, 절교하고 말구요.

올리가 아버지는 우리를 7시에 일어나도록 가르치셨어요. 지금도 일리나는 7시에 눈을 뜨기는 하지만, 적어도 9시까지는 자리

속에서 뭔가를 생각하고 있어요. 그 진지한 얼굴이라니…….

(웃는다)

일리나　언니는 언제까지고 나를 어린애처럼 생각하니까 내가 조금 진지한 얘기를 하면 우스운 모양이에요. 나도 이제 스무 살인데…….

투젠바흐　일을 그리워하는 마음, 그 마음 저 또한 잘 알 수 있어요! 나는 태어난 이래 한 번도 일한 적이 없습니다. 저 춥고 게으른 페체르부르그에서, 노동 같은 것은 도무지 모르는 집안에서 태어났으니까요. 지금도 기억합니다만, 어린 시절 학교에서 집에 돌아오면 하인이 장화를 벗겨 줬고 나의 온갖 투정에도 어머니는 날 상관 모시듯 했죠. 다른 사람은 두말할 나위도 없고요. 내가 손발을 놀리지 않아도 되게끔 모두가 보살펴 준 거지요. 하긴 그 보살핌이 성공했는지 어떤지 그 점은 약간 미심쩍지만요. 이제는 시대가 바뀌어 우리에게 엄청난 파도가 밀어닥치고 있습니다. 억세고 격렬한 폭풍우가 일어나서 바로 코앞까지 와 있어요. 얼마 후면 그것은 우리 사회에서 태만과, 무관심과, 노동에 대한 편견과, 권태 따위를 말끔히 해소해 줄 겁니다. 난 일하겠습니다. 앞으로 25년 내지 35년만 있으면 인간은 누구나 일하게 될 겁니다. 한 사람도 빠지지 않고요.

체브트이킨　난 사양하겠어.

투젠바흐　당신 따위는 끼워 주지도 않아요.

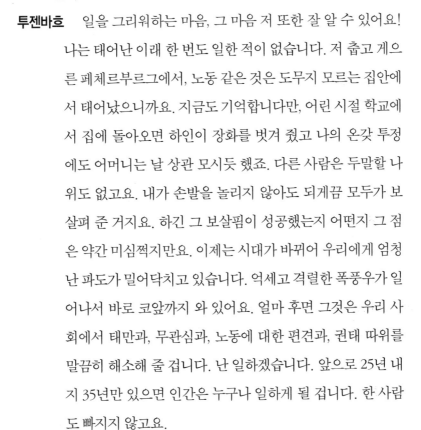

세
자
매

솔료느이   25년 후라면 당신은 이미 이 세상에 있지도 않을 거요, 다행히도 말이지. 그럭저럭 2, 3년쯤 지나면 당신이 중풍으로 저 세상으로 가 버리거나 아니면 당신이 날 화나게 해서 내가 총으로 당신 이마를 쏘아 버리든가 할 거요. 안 그렇소? (호주머니에서 향수병을 꺼내 가슴과 손에 뿌린다)

체브트이킨   (웃는다) 아니, 저 말이지, 난 여태까지 아무것도 한 게 없어. 대학만 나왔을 뿐이지, 손가락 하나 까딱도 한 적이 없어. 작은 책 한 권 읽은 적도 없고 읽는대야 고작 신문뿐이지······. (호주머니에서 다른 신문을 꺼낸다) 이를테면 도브롤류보프(러시아의 비평가)라는 사람이 있었다는 건 신문을 통해 알고 있지만, 그가 무엇을 썼느냐 하는 데 이르면, 전혀 모르지. 그저 나와 그게 무슨 상관이냐고 웃을 수밖에. (아래층에서 마룻바닥을 툭툭 울리는 소리가 들린다) 잠깐, 아래서 나를 부르는군. 누가 온 모양이야. 곧 돌아올 테니 잠깐만 기다리십시오. (수염을 쓰다듬으면서 황급히 퇴장)

일리나   아마 무슨 꿍꿍이속이 있는 모양이죠.

투젠바흐   글쎄, 진지한 얼굴을 하고 나간 것을 보면 이제 당신에게 선물을 가지고 올 거예요.

일리나   어머나, 싫어요!

올리가   정말 화가 나서 죽겠어. 그인 바보 같은 짓만 하지 뭐야.

마 샤   외딴 바닷가에 푸르른 떡갈나무 한 그루 있네, 황금빛 사슬 그 둥치에 매어져······ 황금빛 사슬 그 둥치에 매어져······. (일

어서서 나지막한 목소리로 노래한다)

올리가   넌 오늘 우울한 얼굴을 하고 있구나, 마샤.

마 샤   (노래하면서 모자를 쓴다)

올리가   어디 가는 거니?

마 샤   돌아갈래.

일리나   이상하군…….

투젠바흐   생일을 축하하려는데 달아나려 하다니!

마 샤   괜찮아요! 저녁에 다시 오겠어요. 잘 있어, 귀여운 일리나……. (일리나에게 키스한다) 아무쪼록 건강하고 행복해라. 옛날 아버님이 계셨을 때엔 생일이라면 반드시 장교들이 3, 40명씩 와서 떠들썩했는데. 그런데 오늘은 기껏 몇 사람 정도여서 조용하기가 마치 사막 같지 뭐야……. 난 갈래, 오늘 나는 멜랑콜로지(일부러 틀리게 한 발음)여서 울적하단 말이야. 그러니 내 말 같은 건 너무 신경 쓰지 말아 줘. (울다 웃다 하면서) 나중에 얘기해. 그럼 잠깐 다녀올게. 괜찮지? 일리나.

일리나   (불만스러운 듯) 어머, 너무해요, 언니.

올리가   (눈물을 글썽이며) 네 마음은 알겠어, 마샤.

솔료느이   남자가 철학을 늘어놓으면 그 또한 필로스(역시 틀리게 한 발음) 그러니까 궤변 즉 소피즘이 되는 것이지만 여자가 혼자 또는 둘이서 철학을 늘어놓기 시작하면 그건 반드시 '내 손가락을 잡아 당겨 주세요'라고 하는 것이죠.

마 샤   그건 무슨 뜻이죠? 당신은 무서운 야만인이군요!

세 자매

205

솔료느이 아무것도 아닙니다. '눈 깜짝할 사이도 없이 곰은 달려들었느니라'죠. (사이)

마 샤 (올리가에게 울화가 치미는 듯이) 울지 말아요! 언니!

유모 안피사와 파이를 든 페라폰트가 등장.

안피사 이쪽으로 들어와요. 쑥 들어와요. 발이 깨끗하니 괜찮아요. (일리나에게) 시의회의 프로트포포프 님께서 축하 케이크를 보내오셨습니다.

일리나 고마워요. 감사하다고 전해 주세요. (파이를 받는다)

페라폰트 네, 무슨 말씀이신가요?

일리나 (소리를 높여) 감사하다고 전해 주세요!

안피사 자, 가십시다. 페라폰트 할아버지, 갑시다. (페라폰트와 함께 퇴장)

마 샤 이반의 아들인지 소반의 아들인지 모르지만, 저 프로트포포프 따위는 난 싫어. 그런 사람을 부를 필요는 없는데.

일리나 난 초대하지 않았어.

마 샤 그렇다면 모르지만.

체브트이킨 등장. 그 뒤에 은주전자를 받쳐 든 병사가 뒤따라 들어온다.
놀라움과 불만의 웅성거림.

올리가   (두 손으로 얼굴을 가린다) 어머나, 주전자를! 이걸 어쩌지! (홀
에 있는 테이블 쪽으로 가 버린다)

일리나   이반 로마노비치, 정말 이게…….

투젠바흐   (웃는다) 거봐, 내가 말한 대로지.

마 샤   이반 로마노비치, 당신은 겁도 없는 분이군요!

체브트이킨   귀엽고 훌륭한 아가씨들, 당신들은 나의 유일한 보람이
오. 이 세상에서 제일 소중한 사람들이오. 나는 이제 곧 예순이
돼요. 늙고 외롭고, 불면 날아갈 듯한 노인이오. 내 안에 뭔가 쓸
모 있는 것이 있다면 당신들을 사랑스럽다고 생각하는 이 마음
뿐입니다. 당신들이 없었다면 나는 이미 오래 전에 이 세상을
하직했을 거요……. (일리나에게) 내 귀여운 아가씨, 난 당신이
이 세상에 태어난 날부터 알고 있었어요……. 내가 직접 두 팔
로 안아 주기도 했죠. 난 돌아가신 어머니가 참 좋았어요…….

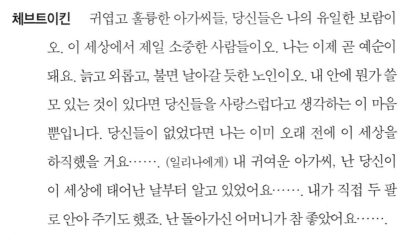

일리나   하지만 어째서 이렇게 비싼 선물을!

체브트이킨   (울먹이는 목소리로 화가 나는 듯이) 비싼 선물이라고! 정말
그러긴가요! (병사에게) 이 주전자를 저리로 가져가……. (말투
를 흉내 내며) 비싼 선물……. (병사가 주전자를 홀 쪽으로 가져간다)

안피사   (응접실을 지나가면서) 아가씨, 처음 뵙는 장교님이 오셨습니
다요! 벌써 외투를 벗고 이리로 오시고 있어요. 일리나 아가씨,
상냥하고 친절하게 대하셔야 해요. (나가면서) 어느새 점심시간
이 다 되었으니……. 원 세상에…….

투젠바흐   베르쉬닌일 거야, 아마.

베르쉬닌 등장.

투젠바흐 베르쉬닌 대령!

베르쉬닌 (마샤와 일리나에게) 만나게 되어 반갑습니다. 전 베르쉬닌
이라고 합니다. 댁을 방문할 수 있어 기쁘기 한이 없습니다. 이
거 정말 몰라보게 변했는걸요!

일리나 좀 앉으세요, 저희도 영광입니다.

베르쉬닌 (유쾌하게) 정말 기쁩니다. 정말로요. 그런데 아가씨들은
세 자매였죠. 아마 따님이 세 분이었다고 기억하는데요. 얼굴
은 벌써 잊었습니다만 아버님이신 프로조로프 대령님에게는
이렇게 작은 따님이 세 분 있었다는 걸 분명히 기억하고 있죠.
실제로 이 눈으로 본 적도 있고 말이죠. 먼 옛날이긴 하지
만……여하튼 세월 참 빠르군요! 아니, 정말 빨라요.

투젠바흐 베르쉬닌 대령님은 모스크바에서 부임해 오셨습니다.

일리나 모스크바? 모스크바에서 오셨나요?

베르쉬닌 네, 모스크바에서 왔습니다. 돌아가신 아버님이 그곳에서
포병 중대장을 하고 계셨을 때 전 같은 여단의 장교였습니다.
(마샤에게) 그러고 보니 당신 얼굴은 약간 기억에 남는 것 같습
니다.

마 샤 하지만 전 도무지!

일리나 올랴, 올랴. (홀을 향해서 외친다) 언니, 이리 와요!

올리가가 홀에서 응접실로 들어온다.

일리나 베르쉬닌 대령님이에요. 모스크바에서 오셨대요.

베르쉬닌 당신이 큰따님인 올리가 씨로군요. 그러면 당신이 마리야 씨! 그리고 당신이 막내인 일리나 씨.

올리가 모스크바에서 오셨나요?

베르쉬닌 그렇습니다, 모스크바에서 학교를 나오고 모스크바에서 임관하여 오랫동안 그곳에서 근무하고 있었습니다. 그러다 이곳 부대를 맡게 되어서 보시는 바와 같이 전임해 왔습니다. 솔직히 말씀드리자면, 전 아가씨들을 정말로 기억하고 있는 것은 아니고, 단지 세 자매라는 것만 기억하고 있습니다. 아버님에 대해서는 기억이 생생해서 이렇게 눈을 감으면 마치 살아 계신 것처럼 눈앞에 떠오릅니다. 모스크바의 댁에는 가끔 놀러 갔었지요.

올리가 전 여러분을 모두 기억하고 있다고 생각했는데…….

베르쉬닌 알렉산드르 베르쉬닌이라고 합니다.

일리나 네, 알렉산드르 베르쉬닌. 당신이 모스크바에서 오시다니…… 정말 꿈만 같군요!

올리가 마침 우리가 그곳으로 집을 옮기려고 생각하고 있는 참인데.

일리나 가을까지는 옮길 생각이에요. 고향인 도시, 우린 거기서 태어났어요. 옛 바스만나야 거리……. (올리가와 소리를 맞추어 즐거운 듯이 웃는다)

세
자
매

마 샤　뜻밖에 고향 사람을 만난 셈이군요. (생기 있게) 아아, 이제야 생각나는군요! 올랴 언니, 생각나지 않아? 우리 식구 모두 '사랑의 소령'이라고 했잖아? 당신은 그즈음 중위였는데…… 맞아요, 누군가를 사랑하고 계셨어요. 무슨 이유에서인지 모두 당신을 '사랑의 소령, 사랑의 소령' 하며 놀렸는데…….

베르쉬닌　(웃는다) 맞아요, 맞아. 사랑의 소령, 바로 제가 그 사람입니다.

마 샤　그 당시 당신은 콧수염뿐이었어요. 그런데 정말 늙으셨군요. (울먹이는 목소리로) 정말 늙으셨어요!

베르쉬닌　그렇죠, 사랑의 소령이라고 불리던 시절에는 나도 아직 젊고 사랑을 하고 있었죠. 이제 와선 뭐…….

올리가　하지만 흰머리는 하나도 없는걸요. 늙으셨다고 해도 아직 노인은 아니에요.

베르쉬닌　그렇지만 벌써 마흔셋입니다. 당신들은 모스크바를 떠난 지 오래되십니까?

일리나　11년이나 되었어요. 어머, 왜 울어, 마샤! 이상한 아이잖아……. (울먹이는 목소리로) 그러니까 나까지 울고 싶어지잖니…….

마 샤　아무것도 아냐. 당신은 어느 동네에 살고 계셨죠?

베르쉬닌　옛 바스만나야 거리입니다.

올리가　우리도 그랬어요…….

베르쉬닌　한때는 독일인 거리에도 있었습니다. 독일인 거리에서 붉은 병영(모스크바 동쪽 끝에 있는 병영의 이름)에 다니곤 했죠. 그 도중에 음침한 다리가 있어서 말이에요. 다리 위에 서 있으면 강물이 흘러가는 소리를 들을 수 있죠. 고독한 사람에게는 이 상하게 쓸쓸해지는 장소였어요. (사이) 거기 비하면 이곳 강은 얼마나 환하게 트였는지 모르겠습니다! 훌륭한 강이에요!

올리가   네, 하지만 추워서…… 여긴 춥고 게다가 모기까지 있는 걸요.

베르쉰   무슨 말씀이십니까, 여긴 건강에 더할 나위 없이 좋은 슬 라브성 기후가 아닙니까. 숲이 있고 강이 있고…… 게다가 자 작나무도 있고 말이에요. 다정하고 조촐한 자작나무, 나는 나 무 중에서 그것을 제일 좋아합니다. 살기에 좋은 곳이죠. 단지 이상한 것은 정거장이 20킬로미터나 떨어져 있다는 사실입니 다. 왜 그런지는 아무도 모른다는군요.

솔료느이   그 이유라면 내가 알고 있어요. (모두 솔료느이를 바라본다) 왜냐하면 말입니다, 만약에 역이 가까우면 멀지는 않을 것이 며, 역이 멀면 가깝지 않다는 이치죠.

어색한 침묵.

투젠바흐   시시한 소리 집어치우게, 솔료느이 군.

올리가   저도 이제야 겨우 당신이 생각나는군요. 기억하고 있어요.

베르쉰   나는 어머님을 잘 알고 있었습니다.

체브트이킨 훌륭한 부인이었지. 망자에게 평안을……

일리나 어머니는 모스크바에 묻히셨어요.

올리가 노브제비치 묘지에 묻히셨죠.

마 샤 내가 왜 이렇지, 벌써 어머니의 얼굴을 잊어 가고 있다니. 우리에 대해서도 그렇게 언제까지나 사람들이 기억하고 있지는 않을 거야. 곧 잊어버리고 말겠지.

베르쉬닌 그야 그렇겠지요. 그것이 인간의 운명인 이상 어쩔 도리가 없습니다. 현재 우리에게 있어서 매우 심각하고 의미심장한 것처럼 생각되는 일들도 때가 오면 잊혀지거나, 하찮은 일로 생각될 겁니다. (사이) 그래서 재미있는 것은, 도대체 장차 무엇이 고상하고 중대한 것으로 생각되고, 무엇이 시시하고 우스운 것으로 여겨질 것인가, 그것이 현재 우리들로서는 전혀 짐작할 수 없다는 점입니다. 저 코페르니쿠스의 발견이나 콜럼버스의 그것 역시 처음에는 쓸모없고 우스운 것으로 보이지 않았습니까? 한편 어떤 괴짜가 써 놓은 돼먹지도 않은 잠꼬대가 도리어 진리로 생각되지 않았습니까? 그리고 현재 우리가 이럭저럭 맞춰 가고 있는 지금의 생활만 하더라도 시간이 지남에 따라 아무래도 이상하다, 불편하다, 어리석다, 어쩐지 불결하다, 그리고 그뿐만 아니라 죄악스런 일로까지 보일지도 모릅니다.

투젠바흐 글쎄요, 그럴까요? 어쩌면 현재 우리의 생활을 고상하다고 보아 경의를 품고 생각해 줄는지도 모릅니다. 오늘날에는 고문도 사형도 없고 침략도 없지만, 그 반면 얼마나 많은 고민이 있습니까!

솔료느이 (높은 목소리로) 쯧, 쯧……. 남작 각하께서는 철학을 세 끼 밥보다도 더 좋아하시는 모양이지요.

투젠바흐 솔료느이 군, 제발 부탁이니 나에 대해서는 참견하지 말아 주시오. (자리를 옮긴다) 정말 어지간히 해두십시오.

솔료느이 (소리 높여) 쯧, 쯧, 쯧…….

투젠바흐 (베르쉬닌에게) 오늘날 우리가 보고 듣는 고민은 실로 한이 없습니다. 그것은 어쨌든 사회가 이미 어느 정도의 도덕적 향상을 달성했다는 것을 의미합니다.

베르쉬닌 네, 그야 물론이죠.

체브트이킨 남작! 방금 당신은 우리의 생활을 고상하다고 말씀하셨지만, 인간이란 원래 비천한 것입니다. (일어선다) 보십시오, 내가 얼마나 비천한가를……. 그렇기 때문에 자기 생활을 고상하다느니 어쩌느니 하고 스스로 위안을 하는 겁니다. 암, 그렇고말고요.

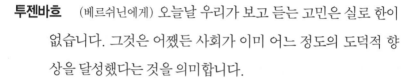

무대 뒤에서 바이올린 소리.

마 샤 저건 오빠 안드레이가 켜고 있는 거예요.

일리나 오빠는 우리 집에서 학자로 통하고 있어요. 아마 교수가 될 거예요. 아버지는 군인이었지만, 자신의 아들은 학문으로 출세하길 바라셨어요.

세
자
매

마 샤   아버지의 희망이었죠.

올리가   우리는 오늘 동생을 실컷 놀려 주었어요. 아무래도 연애를
          하는 것 같아서요.

일리나   바로 이곳에 사는 아가씨예요. 오늘 그 여자가 집에 올 거예
          요. 꼭 올 거예요.

마 샤   난, 정말 싫어. 그 옷 입는 꼴이라니! 그건 꼴불견이라거나
          유행에 뒤떨어졌다거나 하는 그런 정도가 아니라 그야말로 가
          없을 정도예요. 어쩐지 괴상하고 야단스러운 누르스름한 스커
          트에 그따위 천박스러운 방울 장식을 달고 거기에다 빨간 재킷
          을 입고 있으니…… . 게다가 뺨을 광이 나게 닦아 냈지 뭐예
          요! 그걸 보고 안드레이가 사랑할 리 없어요. 전혀요. 그건 너
          무해요. 안드레이에게는 적어도 최소한의 안목이 있는걸요.
          단지 그런 척하면서 우리를 놀리고 있는 거예요. 맞아요. 우릴
          속이고 있는 거라고요. 어제 내가 들은 바로는 그 여자는 이곳
          시의회 의장인 프로트포포프에게 시집을 간대요. 아무렴, 아
          마도 그게 좋을 거야…… . (옆쪽에 있는 문을 향해) 안드레이 오빠,
          잠깐만 이리 와요!

안드레이 등장.

올리가   동생 안드레이예요.

베르쉬닌   베르쉬닌이라고 합니다.

안드레이   프로조로프입니다. (얼굴의 땀을 닦는다) 이곳의 포병 대대
　　　　　장으로 부임하셨습니까?

올리가   그런데 말이지, 알렉산드르 이그나치예비치 씨는 모스크바
　　　　　에서 오셨다는구나.

안드레이   그래요? 이거 반갑습니다. 앞으로는 분명히 누님이나 동
　　　　　생들이 당신을 가만 놔두지 않을 겁니다. 분명히 그럴 거예요.

베르쉬닌   그보다는 제가 오히려 세 분에게 실망을 안겨 드린 모양
　　　　　인데요.

일리나   어때요? 이 액자는 초상화를 넣으라고 안드레이가 오늘 선
　　　　　물로 주었어요! (액자를 보인다) 이거 오빠가 손수 만든 거예요.

베르쉬닌   (액자를 이리저리 살펴보면서 뭐라 말해야 할지 몰라 하며) 글쎄
　　　　　요, 이건 정말…….

안드레이, 한 손을 저으며 나가려고 한다.

올리가   이 애는 이 집에서 제일가는 학자이고, 바이올린도 켜고, 온
　　　　　갖 물건을 다 만들죠. 한마디로 말해 다재다능한 아이예요. 안
　　　　　드레이, 가지 마라! 이 애 버릇은 언제나 갑자기 사라져 버리는
　　　　　거예요.

마샤와 일리나, 안드레이의 양쪽 팔에 팔짱을 끼고 데려온다.

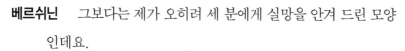

세
자
매

마 샤 이리 좀 오세요.

안드레이 제발 좀 내버려둬.

마 샤 이상한 사람이야! 알렉산드르 이그나치예비치는 사랑의 소
령이라고 불렸을 때도 결코 화를 내지 않았는데……

베르쉬닌 물론이죠!

마 샤 내가 오빠에게 별명을 만들어 주어야지, 사랑의 바이올리니
스트라고!

일리나 아니면 사랑의 교수님…….

올리가 그는 지금 사랑을 하고 있어요! 안드레이는 사랑에 빠져 있
어요!

일리나 (박수를 치면서) 브라보! 브라보! 앙코르! 안드레이는 사랑을
하고 있대요!

체브트이킨 (안드레이 뒤로 다가가서 그의 허리를 껴안고) 오직 사랑을 위
하여 자연은 우리를 만들었노라! (웃는다. 체브트이킨은 늘 신문을
들고 있다)

안드레이 이젠 됐어요, 됐다고요. (얼굴을 닦는다) 난 어젯밤에 한숨
도 자지 못했기 때문에, 그 뭡니까, 약간 정신이 흐릿해요. 4시
까지 책을 읽다가 누웠습니다만 도무지 잠이 와야죠. 이런저
런 생각을 하고 있는 사이에, 요즘은 날이 빨리 새기 때문에 햇
살이 사정없이 저의 침실로 비쳐 들더군요. 올 여름, 여기 있는
동안에 영어책을 한 권 번역해 보려고 생각했는데 말이죠.

베르쉬닌 영어를 하시나요?

안드레이   네, 아버지께서는—망자에게 평안을 주소서—교육을 위해서 우리를 언제나 졸라 매셨으니까요. 이렇게 말하면 무척 우스꽝스럽고 시시하게 들립니다만 어쨌든 솔직히 말씀드려서 아버지가 돌아가시고부터 전 살이 쪄서 1년 사이에 이렇게 뚱보가 되고 말았어요. 마치 내 몸이 자유롭게 해방이라도 된 듯했거든요. 하지만 아버지 덕분에 나나 누님이나 여동생들도 프랑스 어, 독일어, 영어를 약간씩은 할 수 있고, 일리나는 이탈리아 어까지 할 수 있습니다. 하지만 그걸 배우느라 많은 고생을 했지요!

마 샤   이런 시골에서 세 나라의 언어를 알고 있다는 건 쓸데없는 사치예요. 사치라기보다 여섯째 손가락이 있는 거나 마찬가지로 무용지물이죠. 우린 필요 없는 것을 잔뜩 알고 있단 말이에요.

베르쉬닌   저런, 저런! (웃는다) 필요 없는 걸 잔뜩 안다고요! 제가 보기엔 진보적이고 교양 있는 사람을 필요로 하지 않는 도시는 아마 한 군데도 없을 겁니다. 가령 이 도시의 10만의 인구 중에, 그건 물론 시대에 뒤떨어진 무식한 인간들뿐이겠지만……. 그 중에 당신들 같은 사람이 단지 세 사람밖에 없다고 가정합시다. 두말할 것도 없이 처음엔 당신들이 주위의 무지몽매한 대중을 이겨낼 수는 도저히 없을 겁니다. 일생을 살자면 당신들도 차츰 양보하여 언젠가는 10만의 군중 속에 섞이고, 당신네의 목소리도 현실의 잡음 때문에 지워지고 말 테

217

죠. 그러나 그렇다고 하더라도 당신들이 헛되이 사라져 버리는 건 아닙니다. 당신들과 같은 사람들이 이번에는 6명이 나올지도 모릅니다. 그리고 또 12명, 그리고 또……. 이렇게 늘어나 마침내는 당신들과 같은 사람이 대다수를 차지하게 될 거예요. 2백 년이나 3백 년 뒤 지상의 생활은 상상도 할 수 없을 만큼 멋지고 놀랍게 변할 거예요. 그리고 인간에게는 그러한 생활이 필요하므로, 설령 현재 그것이 없다고 해도 인간은 그것을 예감하고, 기다리고, 꿈꾸며, 준비를 해야 합니다. 그 때문에 인간은 할아버지 세대가 보고 알고 있던 것보다도 더욱 많은 것을 보고 알아야 합니다. (웃는다) 그런데도 당신은 필요 없는 것을 잔뜩 알고 있다고 불평을 하시는군요.

마 샤 (모자를 벗는다) 난 식사를 하고 돌아가겠어.

일리나 (한숨을 쉬고) 정말 이건 전부 기록해 둘 만한 것들이야.

안드레이가 없다. 어느새 살짝 퇴장한 것이다.

투젠바흐 몇 세기 뒤에 지상의 생활은 멋지고 놀라운 것이 된다는 말씀이시군요. 과연 그대로입니다. 그러나 지금부터 그런 생활에, 이를테면 멀리서라도 참가하기 위해서는 거기에 대한 준비를 해야 해요. 우린 일을 해야 해요.

베르쉬닌 (일어선다) 그렇습니다. 그런데 댁에는 꽃이 참 많군요! (둘러보면서) 그리고 집 또한 너무 멋지군요. 부럽습니다! 나로 말할 것 같으면 평생을 의자 두 개에 소파 한 개, 그리고 연기만 나는 스토브를 들고 이 막사에서 저 막사로 돌아다녔죠. 다시 말해서 나의 생활에는 이런 꽃이 없었던 겁니다. (손을 비비면서 안타까운 몸짓) 이제 와서 새삼스럽게 말한댔자 아무 소용도 없겠지만…….

투젠바흐   그렇습니다, 일을 해야 합니다. 아마 당신은 이 독일 녀석이 또 달콤한 감상에 젖어 있군 하고 생각하시겠죠. 그러나 솔직히 말해서 나는 러시아 인이며 독일 말은 할 줄도 모릅니다. 나의 아버지는 정교도였습니다. (사이)

베르쉰   (무대를 서성거린다) 나는 곧잘 이런 생각을 합니다. 만약 내가 다시 한 번 처음부터, 그리고 분명히 의식하면서 다시 살 수 있다면, 하고 말이에요. 이미 허비해 버린 생애는 말하자면 초고이고, 달리 또 한 번 정서할 수가 있다면, 하고 말이에요! 만약에 그렇게 되면, 극히 개인적인 생각입니다만 우리는 누구나 잘못 걸었던 자신의 인생을 또 한 번 되풀이하지 않으려고 노력할 겁니다. 최소한 자기를 위하여 전과는 다른 생활환경을 만들어 낼 겁니다. 전 아마도 이렇게 꽃이 가득 있고 볕이 잘 드는 집을 설계할 거예요. 내게는 아내와 딸이 둘 있습니다만 그 아내라는 사람이 병약한 몸인데다 그 밖에도 여러 가지로 복잡한 일이 많답니다. 만약 인생을 다시 한 번 시작할 수 있다면 나는 결혼하지 않을 거예요. 정말입니다!

세
자
매

클르이긴, 말끔한 연미복 차림으로 등장.

클르이긴 (일리나에게 다가가서) 소중한 나의 처제, 나는 진심으로 처
제의 생일을 축하하는 동시에 우선 건강과 처제 또래의 처녀들
에게 바랄 수 있는 모든 것을 마음속으로부터 기원합니다. 그
리고 또 삼가 이 책을 선물로 바칩니다. (책을 준다) 우리 중학교
의 50년 사(史)인데 내가 쓴 거야. 시시한 책이고 실은 심심풀
이 삼아 쓴 것이지만 어쨌든 읽어 주길 바라. 안녕하십니까, 여
러분! (베르쉬닌을 보며) 전 클르이긴, 이곳 중학의 교사, 칠등 문
관입니다. (일리나에게) 그 책에는 50년 동안에 우리 중학교를
나온 졸업생들의 이름이 전부 나와 있어요. (마샤에게 키스한다)

일리나 하지만 부활절 때도 역시 이 책을 주셨어요.

클르이긴 (웃는다) 그랬던가! 만약에 그렇다면 돌려줘. 아니, 차라리
대령님께 드리도록 하지. 아무쪼록 대령님, 가끔 무료하실 때
읽어 주시기 바랍니다.

베르쉬닌 이거 감사합니다. (돌아가려고 하며) 서로 알게 되어 무척
기쁩니다.

올리가 벌써 돌아가시려고요? 안 돼요, 그러시면!

일리나 우리 집에서 식사하고 가세요, 네?

올리가 그렇게 하세요!

베르쉬닌 (인사말을 하고) 그러고 보니 오늘이 막내 아가씨의 생일이
었군요. 실례했습니다. 그런 줄도 모르고……. (올리가와 함께

홀 쪽으로 간다)

클르이긴 여러분, 오늘은 일요일, 즉 안식일입니다. 그러니까 이젠 쉬도록 하십시다. 각자의 나이와 신분에 따라 즐겁게 지내십시다. 융단은 여름 동안 챙겨서 겨울까지 넣어 두는 겁니다. 방충제나 나프탈렌을 넣어서 말이죠! 로마 인이 건강했던 것은 열심히 일하고 열심히 쉬었기 때문이에요. 즉 그들은 '건강한 육체에 건강한 정신이 깃든'고 믿었던 것입니다. 그들의 생활은 일정한 형식에 따라 흐르고 있었습니다. 우리 교장이 항상 말하지만 '어떠한 생활이건 중요한 것은 그 형식이다. 형태를 잃은 것은 결국 멸망한다'였죠. 우리의 일상생활도 역시 마찬가지입니다. (마샤의 허리를 안고 웃으면서) 마샤는 나를 사랑하고 있죠. 나 역시 마샤를 사랑하고 있어요. 커튼도 역시 떼어서 융단과 함께 넣어 두는 겁니다. 오늘 나는 기분이 좋습니다. 정말로 최상의 기분입니다. 참, 마샤! 오늘은 4시에 교장 선생 댁에 함께 가야 해요. 교사들과 그 가족들의 피크닉이 있으니까 말이야.

마 샤 전 가지 않겠어요.

클르이긴 (의기소침해 하며) 귀여운 마샤, 왜 그래?

마 샤 그 이야기는 나중에 해요……. (화가 잔뜩 나서) 좋아요, 가죠. 하지만 제발 좀 비켜 주세요. (밀착한 클르이긴의 옆에서 떨어진다)

클르이긴 (여전히 즐거운 듯) 그리고 밤에는 교장 선생 댁에서 놀 거요. 그분은 병약한 몸인데도 사교 제일주의를 주장하는 분이

세
자
매

221

거든. 정말 훌륭하고 명랑한 인물이지. 멋있는 인격자야. 어제
도 회의가 끝난 뒤에 내게 이렇게 말씀하시더군. '피로하군, 클
르이긴! 정말 피로해!'(벽시계를 보고 나서 자신의 시계를 본다) 여
기 시계는 7분이 빠르군. 그렇지, 그는 이렇게 말했어. '피로
해!'라고 말이야.

무대 뒤에서 바이올린 소리.

올리가   여러분, 식사를 들도록 하십시다! 피로그(러시아 식 군만두)
예요!

클르이긴   아아, 귀여운 나의 올리가, 당신은 정말로 좋은 사람이야!
나는 어제 아침부터 밤 11시까지 일만 해서 녹초가 되었지만,
오늘은 무척 행복한 기분이라고. (홀에 있는 테이블 쪽으로 간다)
정말 당신은 좋은 사람이야.

체브트이킨   (신문을 호주머니에 쑤셔 넣고 수염을 쓰다듬으면서) 피로그라,
그거 좋은데!

마 샤   (체브트이킨에게 엄하게) 하지만 조심해야 돼요. 오늘은 아무것
도 마시지 마세요. 아시겠어요? 당신은 술을 마시면 해로워요.

체브트이킨   원, 참! 이제는 괜찮다오. 2년 동안이나 폭음은 하지 않
았으니까. (신경질적으로) 그렇지만 아가씨, 아무러면 어떻소!

마 샤   하지만 마시지는 말아요, 아셨죠? (울화가 치미는 듯, 그러나 남
편에게 들리지 않게) 아아, 또 하룻밤 내내 교장 선생 집에서 지루

한 시간을 보내야 하다니…….

투젠바흐 나라면 가지 않겠어요. 문제는 간단합니다.

체브트이킨 가지 말아요, 마샤.

마 샤 가지 말라고요? 아, 이런 생활은 지긋지긋해. 정말 못 참겠어. (홀로 나간다)

체브트이킨 (마샤 쪽으로 간다) 이봐요!

솔료느이 (홀 쪽으로 가면서) 쯧쯧!

투젠바흐 듣기 싫어요. 바실리 바실리예비치. 그만둬요!

솔료느이 쯧쯧쯧…….

클르이긴 (명랑하게) 건강을 빕니다, 대령님! 전 교육가입니다만 이 집에서는 그저 집안 식구의 한 사람일 뿐입니다. 마샤의 남편이지요. 그녀는 마음씨가 좋은 여자입니다. 무척 마음씨가 착한…….

베르쉬닌 제게 그 검은 보드카를 주십시오. (마신다) 건강을 빕니다! (올리가에게) 이렇게 댁에 있으니까 정말 유쾌합니다.

응접실에는 일리나와 투젠바흐만 남는다.

일리나 마샤는 오늘 기분이 좋지 않아요. 언니가 열여덟에 시집을 갔을 때만 해도 저 클르이긴이 제일 머리가 좋은 남자로 생각되었던 거예요. 그런데 실제 함께 살아 보니 그게 아니었던 거예요. 그분은 다시없는 호인이지만 아무래도 머리는 좀…….

올리가 (안타까운 듯이) 안드레이, 어서 이리와. 애먹이지 말고!

안드레이 (무대 뒤에서) 네에. (등장해서 테이블 쪽으로 간다)

투젠바흐 일리나, 무슨 생각을 하고 있어요?

일리나 네, 그저……. 전 저 솔료느이가 싫어요, 무섭기도 하고. 바보 같은 소리만 하고 있지 뭐예요.

투젠바흐 맞아요, 이상한 사나이죠. 난 그가 불쌍하기도 하고 울화가 치밀 때도 있죠. 하지만 솔직히 어느 쪽인가 하면 가엾은 편이죠. 내가 생각하기엔 그는 부끄럼을 많이 타는 모양이에요. 나와 단둘이 있을 때면 제법 총명한 말을 하고 상냥하기도 한데 사람들 앞에 나오기만 하면 거칠고 난폭한 사람이 되고 말아요. 가지 마세요. 모두 테이블에 앉을 때까지 내버려 둡시다. 좀 더 나를 당신 곁에 있게 해 주세요. 대체 무슨 생각을 하고 계십니까? (사이) 당신은 스물이고 나도 아직 서른이 되지 않았어요. 우리들 앞에는 아직 기나긴 세월이 남아 있습니다. 당신에 대한 사모로 채워진 기나긴 세월이…….

일리나 니콜라이 리보비치, 사랑 이야기 같은 건 내게 말씀하지 마세요.

투젠바흐 (듣는 체도 않고) 난 뜨겁게 갈망하고 있어요. 생활을, 투쟁을, 노동을……. 그리고 이 갈망은 마음속에서 당신을 향한 사모의 정과 하나로 융합되고 있는 겁니다. 일리나, 게다가 당신은 마치 하느님의 섭리로 빚어낸 멋진 여성이에요. 그렇기 때문에 나의 남은 인생은 멋지고 큰 기대로 가득 채워지게 되죠. 무엇을 그리 생각하고 계십니까?

일리나   당신은 인생이 멋있다고 생각하시는군요. 그럴지도 모르죠. 하지만 만약 단지 그렇게 보일 뿐이라고 한다면……. 우리 세 자매에게는 멋있는 인생 따위는 아직 없었어요. 인생은 마치 잡초처럼 우리들이 자라는 길을 막고 말았어요! 어머, 내가 눈물을 다 흘리다니……. 이래서는 안 되는데. (재빨리 눈물을 닦고 미소 짓는다) 일해야 해요. 일을 해야 해. 우리가 시무룩한 얼굴로 인생을 이렇게 어두운 눈으로 바라보고 있는 것도 따지고 보면 노동이라는 것을 모르기 때문이죠. 우리는 노동을 천시한 사람들의 자손이거든요.

세
자
매

나타샤 등장. 장밋빛 옷을 입고 초록색 허리띠를 매고 있다.

나타샤   벌써 테이블에 앉았군. 늦었지 뭐야. (힐끗 거울을 보고 매무새를 고친다) 머리는 괜찮은 것 같고. (일리나를 보고) 어머, 일리나, 축하해요! (일리나를 꼭 안고 키스한다) 손님이 많이 오셔서 정말 부끄러워. 안녕하세요, 남작님!

올리가   (응접실로 나와서) 어머나, 나타샤! 안녕하셨어요! (서로 키스한다)

나타샤   축하합니다! 하지만 손님이 너무 많아서 어떡하면 좋을지 가슴이 두근거리는군요.

올리가   어때요, 모두 허물없는 사람들인데. (작은 소리로 기가 차다는 듯이) 초록색 허리띠를 매셨군요! 하지만 그건 좋지 않아요!

나타샤　뭐 나쁜 징조라도 되나요?

올리가　아니에요, 단지 어울리지 않는다는 것뿐이에요. 어쩐지 이상하군요…….

나타샤　(울 듯한 목소리로) 그래요? 하지만 이건 초록색이 아니에요. 그것보다 약간 흐린 색이에요. (올리가를 따라 홀로 간다)

홀에서 모두 테이블에 앉는다. 응접실에는 인적이 없다.

클르이긴　일리나, 당신에게 좋은 신랑감이 나타나기를 빌어요. 이젠 시집을 가도 좋을 나이니까.

체브트이킨　나탈리야 이바노브나, 당신에게도 좋은 신랑감이 나타나기를…….

클르이긴　나탈리야 이바노브나에게는 벌써 신랑감이 정해져 있어요.

마 샤　(포크로 접시를 두드린다) 포도주를 한잔만 주세요! 될 대로 되라지!

클르이긴　당신 품행은 마이너스 3점이야.

베르쉰　술맛이 좋은데요. 무슨 과실로 담근 겁니까?

솔료느이　바퀴벌레죠.

일리나　(울 듯한 소리로) 어머! 원, 그런 흉측한!

올리가　만찬에는 칠면조 통구이와 달콤한 사과 피로그가 나옵니다. 다행히도 오늘은 하루 종일 저도 집에 있을 수 있어요. 밤에도 말이에요. 여러분, 밤에도 또 놀러 오세요.

베르쉬닌   저도 와도 괜찮겠습니까?

일리나   그럼요, 꼭 오세요.

나타샤   이 댁 사람들은 까다롭지 않은 분들이니까.

체브트이킨   다만 사랑을 위해서만 자연은 우리를 낳았도다, 그거
죠. (웃는다)

안드레이   (지겹다는 듯이) 그만두세요, 여러분! 싫증나지도 않으세요?

페도치크와 로제가 커다란 꽃바구니를 안고 등장.

페도치크   거봐, 벌써 식사를 하고 있잖아.

로 제   (프랑스 식으로 목구멍에 걸리도록 높은 소리로 발음한다) 식사를
하고 있어? 오, 정말! 벌써 시작했군.

페도치크   자, 잠깐만! (사진을 찍는다) 하나아! 좀 더 기다려! (또 한 장
찍는다) 두울! 이제 됐어!

두 사람 꽃바구니를 들고 홀로 간다. 모두 떠들썩하게 맞이한다.

로 제   (큰소리로) 축하합니다. 행복을, 행복을 빕니다! 오늘은 오전
내내 중학생과 산책을 했지요. 전 중학교에서 체조를 가르치
고 있습니다.

페도치크   이젠 움직여도 좋습니다. 일리나, (사진을 찍으면서) 오늘

당신은 정말 아름다우십니다. (호주머니에서 팽이를 꺼낸다) 여기 팽이가 있습니다. 굉장한 소리를 내죠.

일리나 어머나, 멋있어!

마 샤 외딴 바닷가에 푸르른 떡갈나무 한 그루. 황금빛 사슬 그 둥 치에 매어져……. 황금빛 사슬 그 둥치에 매어져……. (울음이 터질 듯한 얼굴로) 내가 왜 이럴까? 오늘 아침부터 이 구절이 머 릿속에 달라붙어 떠나지 않는군요.

클르이긴 열세 명이 이곳에 앉아 있군!

로 제 여러분, 그런 미신을 믿습니까? (웃는다)

클르이긴 열세 명이 앉았다는 건, 즉 사랑하는 한 쌍이 있다는 걸 뜻 합니다. 혹시 당신이 아닌가요, 이반 로마노비치? 수상쩍은데 요. (웃음소리)

체브트이킨 나 말이요? 이런 늙어빠진 영감이 아무렴……. 그보다 어째서 나탈리야 이바노브나가 얼굴을 붉혔는지 도무지 알 수 없는데요.

일동 웃음. 나타샤는 응접실로 뛰쳐나간다. 이어 안드레이도 따라 나간다.

안드레이 그렇게 신경을 쓰지 않아도 괜찮습니다. 잠깐 기다려 주 세요, 부탁입니다.

나타샤 전 부끄러운걸요. 그렇지 않아도 안절부절못하겠는데 여럿 이서 저를 두고 웃음거리로 삼으니 말이에요. 이렇게 중간에

식탁을 떠나는 건 물론 실례이지만, 전 참을 수 없었어요. 참을 수가……. (두 손으로 얼굴을 가린다)

안드레이   소중한 나의 나타샤, 제발 부탁입니다. 흥분하지 말아요. 제가 보증하겠습니다. 저 사람들은 농담을 하고 있는 것입니다. 모두 선의에서 나온 거예요. 이봐요, 소중한 나의 나타샤, 모두 친절하고 다정한 사람들뿐이고 나나 당신을 사랑하고 있는 겁니다. 자아, 이쪽 창가로 오세요. 여기라면 저 사람들에게 보이지 않을 테니까. (주위를 둘러본다)

나타샤   전 사람들이 많은 곳에 나가 본 적이 별로 없어요. 그래서…….

안드레이   오오, 청춘이여! 신비롭고 아름다운 청춘이여! 나의 소중한, 나의 귀여운 나타샤여, 그렇게 흥분하지 말아요……. 나를 믿어 줘요. 네, 믿어 줘요. 전 정말 기분이 좋습니다. 사랑과 기쁨으로 가슴이 터질 것 같습니다. 괜찮아요, 아무도 보는 사람은 없어요! 아무도 보지 않는다니까요! 도대체 어째서, 어째서 당신이 좋아졌는지 언제부터 좋아졌는지……. 아아, 난 전혀 모르겠소. 나의 소중하고 귀엽고 순결한 나타샤여. 내 아내가 되어 주세요! 난 당신을 사랑합니다. 이토록 사랑합니다……. 지금까지 이런 사랑을 느낀 적은 한 번도 없었어요. (키스한다)

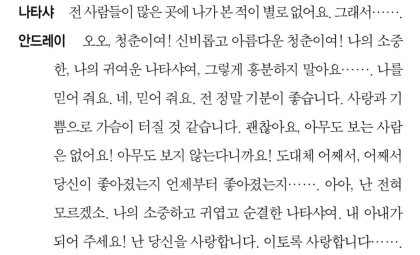

로제와 페도치크가 등장하다가 키스하고 있는 안드레이와 나타샤를 보고 놀라서 멈춰 선다.

세 자 매

제2막

무대는 제1막과 같다. 밤 8시. 무대 뒤 거리에서 켜고 있는 아코디언 소
리가 희미하게 들린다. 불은 켜 있지 않다.

홈드레스를 입은 나타샤가 촛불을 들고 등장. 무대로 걸어 나와 안드레
이의 방문 앞에 멈춰 선다.

나타샤   안드레이, 뭘 하고 계셔요? 책을 읽으시나요? 아니, 아무것
            도 아니에요. 그저……. (걸어서 또 다른 문을 열어 안을 들여다보고
            는 닫는다) 촛불을 껐는지 보려고…….

안드레이   (등장. 두툼한 책을 들고 있다) 왜 그래, 나타샤?

나타샤   그냥 집 안을 돌아보고 있는 거예요. 불단속이 되어 있는지
            어떤지 보려고……. 지금은 카니발(사순절에 앞서는 일주일 간. 대
            체로 2월경이며 아직 춥고 눈이 많다) 중이어서 하인들이 전부 들떠
            있으니까 만일의 경우를 생각해서 조심해야죠. 어제도 한밤중

230

에 식당을 지나다 보니까 촛불이 켜 있지 뭐예요. 누가 켰는지 결국 밝혀지진 않았지만. (촛불을 놓는다) 지금 몇 시죠?

안드레이   (시계를 보며) 8시 15분.

나타샤   시간이 그렇게 되었는데도 올리가나 일리나는 돌아오지 않는군요. 가엾게도 아직 일을 하고 있나 봐요. 올리가는 교원 회의가 있고, 일리나는 전신국에……. 오늘 아침에는 당신 동생에게 주의를 주었어요. '몸을 돌봐요, 일리나.' 하고 말이에요. 하지만 소용없어요. 8시 15분이라고요? 걱정이군요, 우리 보비크가 아무래도 심상치 않아요. 어째서 그렇게 싸늘한지……. 어제는 열이 좀 있었는데 오늘은 아주 싸늘하지 뭐예요. 난 걱정이에요!

안드레이   괜찮아, 나타샤. 우리 아기는 건강하다고.

나타샤   그래도 역시 식이 요법을 하는 편이 좋아요. 전 걱정인걸요. 오늘 밤도 9시가 지나서야 가장 무도회 패거리가 들이닥친다죠. 오지 않았으면 좋겠어요. 그렇지 않아요, 여보?

안드레이   아니, 나는 몰라. 어쨌든 일단 부른 이상…….

나타샤   오늘 아침 우리 도련님이 눈을 떠 가지고 말예요, 가만히 내 얼굴을 보고 있더니 갑자기 방긋 웃지 뭐예요. 그러니까 절 알아보는 거예요. '보비크 잘 잤니! 아가야, 안녕!' 하고 말했더니 생글생글 웃는 거예요. 어린아이도 아는가 봐요. 그럼, 안드레이, 가장 무도회의 사람들을 받아들이지 않도록 일러도 괜찮겠죠?

세 자 매

231

안드레이 (우물쭈물하는 태도로) 하지만 그건 누이들의 기분에 달렸
어. 이 집의 주인이니까.

나타샤 누님도 저와 같은 심정일 거예요. 내가 그렇게 말하죠. 두
분 다 좋은 사람이니까. (걸어가면서) 저녁 식사에는 요구르트
를 내라고 말해 두었어요. 의사 선생님이 말씀하시더군요. '요
구르트 외에는 먹어서는 안 됩니다. 달리 살을 뺄 수 있는 방법
은 없으니까요'라고 말이에요. (멈춰 선다) 어쩜, 보비크가 싸늘
하게 얼었어요. 아마 방이 춥기 때문일 거예요. 봄이 와서 따뜻
해질 때까지만이라도 우리 애를 어디 다른 방으로 옮기는 편이
좋겠어요. 일리나의 방은 아기에게 안성맞춤인데, 건조하고
하루 종일 해가 비치니까 말이죠. 아가씨에게 말해 보면 어떨
까요? 아가씨는 당분간 올리가와 한방을 써도 될 테니까…….
어차피 낮에는 집에 없고 잠만 자러 집에 들어오는걸요…….
(사이) 이봐요, 안드레이. 아이 참, 왜 잠자코 계시기만 하죠?

안드레이 음, 좀 생각하고 있었어. 그리고 또 별로 말할 것도 없고
말이야…….

나타샤 참, 뭔가 할 말이 있었는데……. 아, 그렇지. 시의회에서 페
라폰트가 심부름을 왔는데 뵙고 싶다는군요.

안드레이 (하품을 한다) 불러 줘요.

나타샤 퇴장. 안드레이는 그녀가 잊고 간 촛불 앞에서 책을 읽는다. 페라
폰트 등장. 다 해진 낡은 외투를 입고 깃을 세우고 두 귀는 헝겊으로 싸

232

매고 있다.

안드레이   잘 왔네. 무슨 용건이지?

페라폰트   의장님이 장부와 무슨 서류를 가져다 드리라고 하셨습니다. (장부와 서류를 건네준다)

안드레이   수고했네. 알았어. 하지만 하필이면 이런 시간에 왔나? 벌써 8시가 넘었잖은가.

페라폰트   예? 뭐라고요?

안드레이   (소리를 높여서) 늦게 왔다고 했네. 벌써 8시가 지났다고 말이야.

페라폰트   옳은 말씀이십니다. 제가 여기 왔을 때는 아직 밝았습니다만 내내 들어가게 해 주시질 않았습죠. 나리께서는 일하고 계신다고요. 그래서 하는 수 없이 줄곧 기다렸습니다. (안드레이가 뭔가 물어 본 줄 알고) 뭐라고 하셨는가요?

안드레이   아무것도 아니네. (장부를 들여다보면서) 내일 금요일은 관청이 쉰다는군. 하지만 어쨌든 난 나가겠어. 가서 일을 해야지. 집에 있으니까 지루해. (사이) 이봐요, 영감. 인생이란 놈은 이상하게 변하는 것 같아. 언제나 사람을 속이고만 있어! 난 오늘 지루하고 따분해서 이 책을 꺼내 보았지. 오래된 대학의 강의록이야. 그러자 어쩐지 우스워지더군. 글쎄, 나는 시의회의 임시 서기에 지나지 않아. 그것도 저 프로트포포프가 의장을 하고 있는 그 관청에서 말이야. 그리고 임시 서기인 내가 가질 수 있는 최대의 희망이라면 시의회 의원이 되는 일이지! 내가 이 곳 시의회의 의원이 되다니! 언젠가는 모스크바 대학의 교수, 러시아가 자랑하는 유명한 학자가 되는 것을 매일 밤처럼 꿈꾸는 이 내가 말이야!

페라폰트　모르겠는데요……. 귀가 멀어서…….

안드레이　네 귀가 제대로 들린다면 내가 너를 상대로 이런 말을 하지는 않겠지. 나는 누구든 붙들고 이야기하지 않고는 견디지 못하겠는데도 아내는 나를 이해하지 못하고, 누님이나 여동생은 어쩐지 만만치가 않아. 나를 전적으로 무시하고 비웃는 것만 같아. 난 술을 마시지 않아. 그래서 술집 같은 곳도 좋아하지 않지만 지금은 모스크바의 체스토프나, 볼쇼이 모스코프스키 같은 레스토랑에서 잠깐 쉴 수 있다면 난 하늘에라도 오른 듯한 기분일 거야. 안 그래, 영감?

페라폰트　그 뭡니까, 모스크바에서는 말입니다. 아까 사무실에서 청부업자들이 하던 애깁니다만, 어떤 장사꾼들이 블린(밀가루를 얇고 둥글게 버터로 구운 것. 카니발의 주식) 먹기를 하여 그 중의 한 사람은 마흔 개의 블린을 먹어치우고는 뻗어 버렸답니다. 마흔 개였는지, 쉰 개였는지 그건 확실히 모르겠습니다만.

안드레이　모스크바에 있는 레스토랑의 어마어마한 홀에 앉아 있어 보라고. 나를 아는 사람은 아무도 없고 나 역시 아무도 모르지. 그러면서도 자신이 외인(外人)이라는 고독한 기분은 들지 않아. 그런데 여기서는 서로가 모두 잘 알고 있는 사이면서도 왠지 자신이 타향 사람 같단 말이야. 외톨박이 타향 사람 말이지.

페라폰트   그 뭡니까? (사이) 역시 그 청부업자 얘기로는—거짓말인
지도 모르지만—모스크바에는 이 끝에서 저 끝까지 굵은 밧줄
이 한 줄 쳐 있다던데요.

안드레이   무얼 하는 거야?

페라폰트   모르겠습니다. 청부업자의 얘기니까요.

안드레이   바보 같은 소리. (강의록을 읽는다) 자네, 모스크바에 가 본
적이 있나?

페라폰트   (잠깐 사이를 두고) 없습니다요. 그런 운명입죠. (사이) 이제
가도 괜찮을까요?

안드레이   음, 좋아, 수고했네. (페라폰트, 나간다) 잘 가게. (서류를 읽으
면서) 내일 아침에 이 서류를 가지러 오게. 이젠 가도 좋
아……. (사이) 벌써 가 버렸군. (벨소리) 또 시작이군……. (기
지개를 켜고 천천히 자기 방으로 들어간다)

무대 뒤에서 요람의 아기를 재우는 자장가. 마샤와 베르쉬닌 등장. 잠시
후 두 사람이 이야기하는 도중에 하녀가 램프와 촛불을 켠다.

마 샤   모르겠어요. (사이) 잘 모르겠어요. 그야 물론 습관이라는 건
무시하지 못합니다. 이를테면 우린 아버지가 돌아가신 뒤 오
랫동안 호위병 없이 지내기가 허전해서 못 견디겠더군요. 하
지만 현재 내 가슴속에는 습관 외에 공평한 견해라는 것도 작

세
자
매

235

용하고 있다고 생각돼요. 다른 곳은 어떨지 모르지만, 어쨌든 이 도시에서 가장 올바른 정신과 가장 고상한 품성과 교양이 있는 사람들이란 역시 군인들뿐이에요.

베르쉬닌　목이 마르군요. 차가 마시고 싶은데요.

마 샤　(시계를 보면서) 이제 곧 나올 시간이에요. 전 열여덟에 시집을 왔습니다만, 그때 남편이 미워 혼났어요. 글쎄, 그 사람은 선생님이었고 전 여학교를 갓 나왔을 뿐이었으니까요. 그즈음 내게는 그이가 엄청난 학자이고 머리가 좋은 훌륭한 사람으로 보였습니다. 유감스럽게도 이제는 그게 문제가 아니지만요…….

베르쉬닌　네……. 그러세요.

마 샤　남편에 대해서 말하고 싶은 생각은 없어요. 이젠 익숙해져버렸으니까요. 하지만 대체적으로 문관 중에는 거칠고 무뚝뚝하고 교양 없는 사람이 무척 많아요. 전 거친 사람을 보면 속이 부글부글 끓고 화가 나요. 신경이 무디고 태도가 거칠고 불친절한 사람을 보면 전 가슴이 답답해져요. 우리 그이의 동료인 교사들의 모임에 나갈 일이 있을 때는 그야말로 지옥과 같은 고통을 맛보죠.

베르쉬닌　그렇습니까? 하지만 나로서는 문관이나 무관이나 마찬가지고, 적어도 이 도시에서는 별로 구별이 없다고 생각합니다. 마찬가지예요! 문관이건 무관이건 좋습니다. 누구든 좋으니까 이 도시의 지식 계급의 생활이 어떤지 한번 물어 보세요. 거의가 다 마누라 때문에 골탕을 먹었다느니, 집 때문에 골탕을 먹었다느니, 소유지 때문에 골탕을 먹었다느니, 말 때문에 골탕을 먹었다느니, 대개 그런 이야기가 고작이지요. 도대체 러시아 인은 고상하고 품위 있는 생각을 자랑으로 삼는 인종이면서도 실생활에 있어서는 어째서 그렇게 저급하게 구는 걸까요? 어째서일까요?

마 샤 그러게 말이에요.

베르쉬닌 어째서 남자는 자식 때문에, 또 아내 때문에 골머리를 앓아야 하나요? 그리고 어째서 아내들은 남편 때문에 골머리를 앓아야 하나요?

마 샤 오늘은 기분이 좋지 않으신 모양이군요.

베르쉬닌 네, 그럴지도 모릅니다. 전 오늘 저녁을 먹지 않았어요. 아침부터 아무것도 먹지 않았어요. 실은 딸애가 약간 건강이 나빠서요. 언제나 딸애가 병이 나면 전 침착함을 잃고, 저런 어머니를 가져서 불쌍하다고 양심의 가책을 받는 거지요. 아아, 당신이 만약에 오늘과 같은 제 아내의 꼴을 보셨더라면! 세상에 정말 돼먹지 않은 여자예요. 아침 7시에 부부 싸움을 시작했는데 9시가 되었을 때 저는 집을 뛰쳐나오고 말았습니다. (사이) 전 지금까지 이런 말을 입 밖에 낸 적이 없는데 이상하게도 당신에게만은 이렇게 불평을 하게 되었군요. (여자의 손에 키스한다) 무례한 사람이라고 화내지 마십시오. 당신 말고는 누구 하나 이야기할 상대가 없습니다. 어느 누구도……. (사이)

마 샤 난로가 왜 저렇게 울어 댈까! 아버지가 돌아가시기 전에도

세
자
매

난로가 울더군요, 꼭 이렇게.

베르쉬닌   당신은 미신을 믿습니까?

마 샤   네.

베르쉬닌   이거 놀랐는데요. (손에 키스한다) 당신은 세상에서 보기 드문 훌륭한 분입니다. 이렇게 어둠 속에서도 당신 눈이 빛나는 것이 보여요.

마 샤   (다른 의자에 가서 앉는다) 이쪽이 더 밝아요…….

베르쉬닌   전 좋아합니다, 좋아합니다, 좋아하고 있습니다. 당신의 눈, 당신의 손짓과 눈짓 하나하나가 꿈에서도 보일 정도입니다. 정말 보기 드문 훌륭한 부인입니다!

마 샤   (작은 웃음소리를 내며) 당신이 나를 상대로 그런 말씀을 하시니까 어쩐지 우스워지는군요. 한편 두렵기도 하고요. 다시는 그런 말씀 하지 마세요. 부탁입니다……. (작은 소리로) 하지만 역시 말씀해 주세요. 어차피 제게는 마찬가지니까요. (두 손으로 얼굴을 가린다) 제게는 마찬가지니까요. 아, 누가 와요. 뭐 다른 이야기를 하세요.

일리나와 투젠바흐, 홀을 지나서 등장.

투젠바흐   제 성은 세 가지입니다. 즉 남작 투젠바흐 크로네 알리트 샤우에르라고 말합니다만 전 당신과 같은 러시아 인이고 정교도지요. 독일인의 특징이라고는 제게 거의 남아 있지 않습니다. 굳이 말한다면, 약간 고집불통인 점이 있어 그것 때문에 이처럼 당신에게 귀찮은 존재로 대접받고 있는 걸 겁니다. 이렇게 매일 밤 당신을 바래다 드리고 있으니까요.

일리나 아아, 피곤해!

투젠바흐 앞으로도 매일, 전신국까지 가서 댁까지 바래다 드리겠습니다. 10년이고 20년이고 당신에게 쫓겨날 때까지 말입니다……. (마샤와 베르쉬닌을 발견하고 기쁜 듯이) 당신들이었군요. 안녕하십니까?

일리나 겨우 집에 돌아왔어. (마샤에게) 조금 전에 뒷집 아주머니가 와서 말이야, 오늘 아들이 죽어서 사라토프의 형님에게 전보를 치겠다는 거야. 그런데 도대체 주소를 기억하지 못하겠다는 거야. 그래서 그냥 사라토프로 주소 없이 치고 말았어. 그런데 그 아주머니가 울고 있지 뭐야. 난 아무 이유도 없이 그만 냉정하게 쏘아붙였어. '지금 전 바빠요.' 하고 말이야. 정말 잘못한 것 같아. 오늘 가장 무도회 할 사람들은 오는 거야?

마 샤 응.

일리나 (안락의자에 앉는다) 좀 쉬어야지. 피곤해 죽겠어.

투젠바흐 (미소를 지으며) 당신이 직장에서 돌아오면 아주 어리고 불쌍한 아가씨로 보입니다. (사이)

일리나 아, 피곤해. 난, 전신 같은 건 싫어요. 취미에도 맞지 않아요.

마 샤 너 좀 말랐구나. (휘파람을 분다) 그리고 더 어려진 것 같고, 마치 어린 사내아이 같은 얼굴이야.

239

투젠바흐   그건 머리 모양 때문일 겁니다.

일리나   뭐든 다른 직업을 찾아야겠어. 지금 일은 내게 맞질 않아. 내가 그렇게도 바라던 것, 꿈꾸고 있던 것과 전혀 반대인걸. 시도 사상도 없는 오직 노동뿐이라니……. (마룻바닥을 똑똑 울리는 소리) 군의관님이 노크를……. (투젠바흐에게) 좀 더 세게 울려주세요. 전 못하겠어요……. 고단해서요…….

투젠바흐   (마룻바닥을 울린다)

일리나   곧 올 거야. 무슨 방법이든 생각해 내야지. 어제 군의관님과 안드레이 오빠가 클럽에 가서 또 두 사람 다 잃었다지 뭐야. 사람들 말로는 오빠가 2백 루블이나 잃었대요.

마 샤   (흥미 없다는 듯이) 새삼스럽게 무슨 뾰족한 수가 있겠니!

일리나   2주일 전에도 졌고, 12월에도 졌어. 차라리 빈털터리가 될 때까지 져 버리면 이 도시에서 달아날 수 있을지도 몰라. 난 더 이상 참지 못하겠어, 매일 밤 모스크바 꿈을 꾼다고. 나 정말 어떻게 됐나 봐. (웃는다) 6월까지는 아직…… 2월, 3월, 4월, 5월……. 아직도 반년이나 남았어!

마 샤   하지만 카드놀이에 졌다는 것은 어떻게든지 나타샤 귀에는 들어가지 않게 해야지.

일리나   그녀는 아무런 생각도 하지 않을 거야, 아마.

체브트이킨, 저녁 식사(대체로 오후 4시경에 한다) 후 침대에서 막 일어나 나온 듯한 얼굴로 홀에 들어와서 수염을 다듬고 난 다음 테이블 앞에 앉아 호주머니에서 신문을 꺼내 읽는다.

마　샤　저기 오셨군……. 저분 방 값은 냈니?

일리나　(웃는다) 아니, 여덟 달 동안 한 푼도 안 냈어. 깨끗이 잊어버
린 모양이야.

마　샤　(웃는다) 저 버티고 앉아 있는 폼이라니!

모두 웃는다. 사이.

일리나　왜 잠자코 계시죠, 알렉산드르 이그나치예비치?

베르쉬닌　글쎄요, 차가 마시고 싶어요. 차 한잔을 위해서라면 목숨
을 절반 정도 내던져도 좋을 정도입니다! 아침부터 아무것도
먹지 않아서 말이에요…….

체브트이킨　일리나!

일리나　왜 그러세요!

체브트이킨　잠깐 와 줘요. (프랑스어로) 이리 좀 오세요. (일리나는 가
서 테이블을 향해 앉는다) 당신이 없으면 어쩐지 쓸쓸해서. (카드를
늘어놓는다)

베르쉬닌　어떻습니까? 차가 나오지 않는다면 어디 철학 논쟁이라
도 할까요?

투젠바흐　좋습니다. 그럼, 제목은?

베르쉬닌　글쎄요, 어디 한번 상상의 나래를 펴 볼까요. 이를테면 우

241

리가 죽은 지 2, 3백 년 후의 생활이라는 것은 어떨까요?

투젠바흐　그래요? 우리가 죽은 뒤에는 사람들이 열기구로 비행하게 될 것이고 양복 모양도 달라지겠죠. 혹시 제육감(第六感)이라는 것을 발견하여 그것을 발달시킬지도 모르고요. 하지만 생활은 현재와 다를 바 없을 겁니다. 생활은 여전히 어렵고 수수께끼 같고……. 그러나 행복할 겁니다. 천년이 지나봤자 인간은 역시 '아아, 산다는 것은 괴롭다!'고 탄식하겠지만……. 동시에 또한 지금과 마찬가지로 죽음을 두려워하고 죽기 싫다고 생각하겠지요.

베르쉬닌　(잠시 생각하다가) 뭐라고 하면 좋을까? 내 생각엔 지상의 것은 모두 서서히 변화해야 되며 이미 우리들의 눈앞에서 변해 가고 있어요. 2백 년, 3백 년이 지나면, 아니 차라리 천년이 지나면, 그런 기한 같은 건 문제가 아니지만 새롭고 행복한 생활이 찾아올 겁니다. 물론 우리가 그 생활에 참여할 수는 없겠지만 그 새로운 생활을 위해 우리는 살고 있는 것이고, 일하고 또는 괴로워하며, 요컨대 그것을 창조하고 있는 셈이죠. 바로 이 노동 안에 생존의 목적이 있고, 우리의 행복이 있는 것입니다.

마　샤　(작게 웃음소리를 낸다)

투젠바흐　왜 그러십니까?

마　샤　저도 모르겠어요. 오늘은 아침부터 하루 종일 웃고만 싶어요.

베르쉬닌　난 당신과 같은 학교를 나왔지만 육군 대학엔 가지 않았습니다. 난 무척 독서를 즐깁니다만, 책을 선택할 만한 안목이 없어서 전혀 쓸모없는 것만 읽고 있는지도 모릅니다. 하지만 그것은 어쨌든, 나이를 먹을수록 더욱더 지식에 대한 욕심이 생기더군요. 내 머리는 날로 희어져서 누가 보더라도 노인입니다만, 제겐 그 나이에 어울리는 풍부한 지식이 없어요. 정말 없어요! 그러면서도 아마 중요한 근본만은 알고 있는 듯한 느낌입니다. 그래서 난 어떻게 해서든지 당신에게 증명해 보이고 싶습니다. 우리에게는 행복 같은 건 없다, 그런 것이 있을 리가 없으며 앞으로도 있을 수가 없다는 걸 말입니다. 우리는 다만 죽도록 일이나 해야 하는 거죠. 행복이라는 것은 우리 후손의 몫입니다. (사이) 나는 행복을 못 누리더라도 하다못해 내 손자의 대에 가서는 누리도록 말입니다.

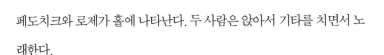

페도치크와 로제가 홀에 나타난다. 두 사람은 앉아서 기타를 치면서 노래한다.

투젠바흐 당신 생각에 의하면 행복을 꿈꾸는 것조차 안 된다는 거로군요? 하지만 내가 지금 행복하다면!

베르쉬닌 그럴 리가 없습니다.

투젠바흐 (손뼉을 치고 웃으면서) 요컨대 우리는 서로를 이해할 수가 없는 것 같습니다. 흠, 어떻게 당신을 납득시킨다?

마 샤 (작게 웃음소리를 낸다)

투젠바흐　(손가락을 세워서 그녀를 위협하며) 실컷 웃어 보세요! (베르쉬 닌에게) 2, 3백 년은 고사하고 설령 2백 만 년이 지난 뒤라도 사람의 생활은 역시 원래대로일 겁니다. 그것은 변화하지 않고 타고난 법칙에 따라 언제나 계속될 것입니다. 그 법칙이 무엇인지는 우리가 알 바 아니며, 또한 적어도 우리들로서는 절대로 알 수 없을 겁니다. 철새, 이를테면 두루미 같은 것은 하늘을 납니다. 날아갑니다. 고상하거나 저급한 어떠한 사상이 그들의 머릿속에 깃든다고 해도 역시 그들은 날아갈 것이며, 어디로, 무엇을 하러 가는지는 알 수 없을 겁니다. 설령 그 어떤 철학자가 그들 속에서 나타난다 할지라도 그들은 현재 날고 있으며 앞으로도 역시 날 겁니다. '너흰 멋대로 철학이나 늘어놓으렴, 우린 다만 날기만 하면 되니까' 하고 말입니다……

마　샤　하지만 거기에도 의미는?

투젠바흐　의미? 지금 눈이 오고 있습니다. 거기 무슨 의미가 있다는 겁니까? (사이)

마　샤　전 이렇게 생각해요. 사람은 신념이 있어야 한다, 적어도 신념을 찾아야 한다, 그렇지 않으면 생활은 공허해지고 만다, 텅 비어 버린다고 말이에요. 이렇게 살고 있으면서도 무엇을 목표로 두루미가 나는지, 어째서 별은 하늘에 떠 있는지 그런 것조차 모르다니……. 왜 사는가, 그것을 아는 게 먼저예요. 그렇지 않고선 모든 것은 쓸데없고 뿌리가 없는 풀이 되고 말아요. (사이)

베르쉬닌　어쨌든 아쉬운 일입니다, 청춘이 지나가 버렸다는 건⋯⋯.

마 샤　고골리의 〈검찰관〉이란 작품에 이런 구절이 있어요. 아마 제5막일 거예요. '어쨌든 이 세상은 지루한 것입니다, 여러분!'이라고 말이죠.

투젠바흐　나 같으면 이렇게 말하겠어요. '어쨌든 논쟁은 귀찮은 존재입니다, 여러분!' 하고 말이에요. 정말 당신네들이란⋯⋯.

체브트이킨　(신문을 읽으면서) 발자크, 베르디체프(발자크가 한스카 부인과 정식으로 결혼한 것은 1850년 3월 14일이다)에서 결혼이라⋯⋯.

일리나　(낮은 소리로 노래한다)

체브트이킨　가만 있자! 이건 수첩에 적어 두어야겠군. (적는다) 발자크, 베르디체프에서 결혼이라⋯⋯. (신문을 읽는다)

일리나　(카드를 늘어놓으면서 생각에 잠긴 듯이) 발자크, 베르디체프에서 결혼⋯⋯.

투젠바흐　운명은 결정되었어요. 마샤 세르게예브나, 실은 저 사표를 냈습니다.

마 샤　들었어요. 하지만 전 도무지 찬성할 수 없군요. 문관은 싫어요.

투젠바흐　저도 마찬가집니다. (일어선다) 하지만 난 풍채가 별로 볼품이 없어서 군인은 정말 어울리지 않아요. 여하튼 전 일을 할 겁니다. 일생 동안에 하루만이라도 좋으니 실컷 일을 해 보고 싶습니다. 밤에 집에 돌아오자마자 피로한 나머지 침대에 쓰러져서 그대로 잠들어 버리는 그 정도로 말입니다. (홀로 걸어가

세
자
매

245

면서) 노동자들은 분명히 잠을 달게 잘 거야!

페도치크 (일리나에게) 방금 모스크바 거리에 있는 프이지코프의 가
게에서 당신에게 드리려고 색연필을 사 왔어요. 그리고 이 나
이프도…….

일리나 당신은 언제까지고 나를 어린애 취급을 하시는군요. 하지만
전 이제 다 컸어요. (색연필과 나이프를 손에 들고 기쁜 듯이) 하지만
너무 예쁜 건 사실이에요!

페도치크 내 것도 샀어요……. 자, 보세요……. 큰 나이프가 하나,
그리고 또 나이프, 그리고 또 하나, 이건 귀이개, 이 작은 가위
는 손톱 소제용…….

로 제 (큰 소리로) 군의관님, 당신의 연세는 어떻게?

체브트이킨 나 말이오? 서른둘이지. (웃음)

페도치크 그럼 제가 다른 점을 가르쳐 드리지요. (카드를 늘어놓는다)

차가 나온다. 안피사가 시중을 든다. 얼마 후 나타샤가 들어와 함께 식사
시중을 든다. 솔료느이가 등장해서 인사를 나누고 식탁에 앉는다.

베르쉬닌 이거 대단한 바람인데요!

마 샤 그러게 말이에요. 겨울은 진저리가 나요. 전 여름이 어떤 것
인지 옛날에 잊어버렸어요.

일리나 점괘는 잘 나온 모양이군요. 그렇죠? 모스크바에 갈 수 있
다는 거죠?

페도치크　아니, 그렇지 않습니다. 이것 보세요. 8이 스페이드의 2
　　　위에 있지 않습니까. (웃는다) 이건 즉 당신이 모스크바에 갈 수
　　　없다는 것을 말합니다.

체브트이킨　(신문을 읽는다) 치치하르(북만주의 도시) 발. 당지에 천연
　　　두 창궐.

안피사　(마샤 옆에 다가가며) 마샤, 어서 차를 드세요. 이리 오세요. (베
　　　르쉬닌에게) 대령님, 자⋯⋯ 그만 성함을 잊어서 죄송합니다(상
　　　대의 이름과 부칭(父稱)으로 부르는 것이 예의인데 그것을 잊어버렸음을
　　　사과하는 것이다).

마 샤　이리 가져다 줘요, 유모. 난 가지 않겠어.

일리나　유모!

안피사　네, 갑니다!

나타샤　(솔료느이에게) 갓난애도 정말 뭘 알아보더군요. ‘안녕, 보비
　　　크. 잘 잤니, 아가야!’ 하고 말하면 뭔가 이렇게 이상한 눈초리
　　　로 저를 보는 거예요. 당신은 그게 어머니로서의 자랑이라고
　　　생각하시겠지만 천만에, 절대로 아니에요! 우리 애는 보통 애
　　　들하고 달라요.

솔료느이　그 아기가 내 것이라면 난 프라이팬에 구워 먹어 버릴 거
　　　야. (글라스를 들고 응접실로 가서 구석진 자리에 앉는다)

나타샤　(두 손으로 얼굴을 감싸고) 어머나, 저렇게 난폭하고 몰상식한
　　　사람이 있담!

마 샤　지금이 여름인지, 겨울인지도 모르고 있는 사람은 행복하겠

247

군요. 전 생각해요, 모스크바에만 가면 날씨 같은 건 아무래도 상관없을 거라고 말이에요.

베르쉬닌   2, 3일 전에 전 어느 프랑스 대신이 옥중에서 쓴 일기를 읽었습니다. 그 대신은 예의 파나마 의혹(1889년 파나마 운하 회사의 실패로 사장과 언론계·정계의 거물들이 독직으로 문죄 당한 사건을 말함) 때 유죄 판결을 받은 사람입니다만, 그 사람이 말입니다, 실로 도취시킬 수 있는 감격스러운 문장으로 감옥의 창문에서 바라본 새에 대해 쓰고 있어요. 대신으로 지내던 때는 생각조차 하지 않았던 새에 대해서 말입니다. 그야 물론 출옥한 지금에 와서는 또한 본래대로 새 같은 건 생각하지도 않고 있겠지만……. 그와 마찬가지로 당신도 막상 모스크바에서 살게 되면 모스크바 따위는 눈에도 들어오지 않을 겁니다. 행복은 현재 우리에게 있는 것도 아니고, 그 근처에 굴러다니는 것도 아닙니다. 다만 찾아 헤맬 뿐인 것이죠.

투젠바흐   (테이블에서 과자 상자를 들어 올리면서) 아니, 사탕은 다 어디로 갔죠?

일리나   솔료느이가 전부 해치웠어요.

투젠바흐   전부를 말입니까?

안피사   (차를 내밀면서) 편집니다, 나리.

베르쉬닌   내게? (편지를 받는다) 딸한테서 왔어요. (읽는다) 흠, 그럴 줄 알았어……. 실례지만 마샤 세르게예브나, 전 살그머니 돌아가겠습니다. 차도 들지 못하겠군요. (흥분한 표정으로 일어선

248

다) 허구한 날 이 소동이라서…….

마 샤 왜 그러세요? 비밀인가요?

베르쉬닌 (낮은 소리로) 집사람이 또 약을 먹었답니다. 가 봐야겠어요. 살짝 눈에 띄지 않게 빠져나가겠습니다. (마샤의 한쪽 손에 키스한다) 귀여운 마샤, 당신은 정말 좋은 분이고 멋진 여성입니다. (퇴장)

안피사 어딜 가시는 거지? 일부러 차를 냈는데. 뭐 저런 양반이 있담.

마 샤 (홧김에) 저리 가요! 할멈이 왔다갔다 하니까 자꾸만 헛갈리지 뭐야……. (찻잔을 들고 테이블 쪽으로 간다) 정말 지긋지긋해……. 노망든 늙은이!

안피사 왜 그렇게 화가 나셨어요, 아가씨?

안드레이의 목소리 안피사!

안피사 (안드레이의 목소리를 흉내 낸다) 안피사! 저렇게 편히 앉아서……. (퇴장)

마 샤 (홀의 테이블 옆에서 짜증을 내며) 나도 앉게 해 줘요! (테이블 위의 카드를 휘저어 버린다) 카드 따위로 자리를 차지하고 있다니, 염치없어. 차나 마시는 게 어때요!

일리나 어머나, 마샤. 심술이 났나 봐.

마 샤 날 그냥 내버려둬!

체브트이킨 (웃으면서) 맞았어, 맞아. 내버려둬요, 상대하지 말고!

마 샤 당신 나이는 예순이에요. 그런데도 마치 장난꾸러기같이 시시한 소리만 하시는군요.

나타샤 (한숨을 쉰다) 이봐요, 마샤, 어째서 그런 말투를 쓰죠? 당신
　　　얼굴이라면 어떤 사교계에 내놓아도, 솔직히 말해 매력 만점인
　　　데 말이죠. 다만 그런 말투만 쓰지 않는다면 말이에요. (프랑스
　　　어로 말을 계속한다) 이런 말을 해서 미안하지만 마리, 당신 태도
　　　엔 약간 거친 데가 있어요. (이 말을 듣고 투젠바흐가 웃는다. 그 이유
　　　는 프랑스 어의 서툰 발음 때문이기도 하지만 오히려 나타샤가 자기 일은
　　　제쳐놓고 남의 말을 하는 것이 우습기 때문이다)

투젠바흐 (웃음을 참으면서) 제게, 그, 그것을 좀 주십시오……. 그, 그
　　　건 코냑이죠?

나타샤 (여전히 서툰 프랑스 어로 대답한다) 그렇군요. 어머, 우리 보비
　　　크가 벌써 깬 모양이에요. 벌써 눈을 뜨셨군. 그 앤 오늘 몸이
　　　좋지 않아요. 잠깐 보고 오겠어요. 실례합니다. (퇴장)

일리나 베르쉬닌 씨는 어딜 가셨죠?

마 샤 집에 그분 부인이 또 무슨 사건을 일으킨 모양이야.

투젠바흐 (코냑이 들어 있는 커트글라스를 두 손에 들고 솔료느이에게 간다)
　　　여전히 당신은 혼자 앉아 뭔가를 생각하고 있구려. 무엇을 생
　　　각하는지 도무지 모르겠지만, 자, 화해를 합시다. 코냑이나 같
　　　이 마시면서 말이오. (두 사람, 마신다) 오늘 밤 나는 밤새도록 피
　　　아노를 치게 될 거요. 아마 온갖 돼먹지도 않은 곡을 치게 되겠
　　　지……. 하지만 까짓것, 아무러면 어때!

솔료느이 어째서 화해를 해야 합니까? 난 당신하고 싸운 적이 없
　　　는데.

투젠바흐   하지만 당신은 늘 우리들 사이에 무슨 일이 있었던 듯한 그런 느낌이 들게 하지 않습니까? 당신은 괴짜예요. 그건 틀림없습니다.

솔료느이   (낭독조로) 그렇다, 나는 기인이다. 그 누가 기인 아닌 사람이 있으리오! 노하지 말지어다, 알레코여!

투젠바흐   무엇 때문에 알레코는 들먹이는 거지요? (사이)

솔료느이   난 누구하고 단둘이만 있을 때는 별로 이렇다 할 것이 없어요. 남과 다를 바가 없습니다. 그런데 사람이 많은 곳에 나가면 그만 울적해지고 수줍어지고 말아요. 그래서 터무니없는 말을 하곤 하죠. 하지만 그렇다고는 해도 나는 다른 많은 사람보다는 결백하고 품위도 있습니다. 원하신다면 증명해 보일 수도 있어요.

투젠바흐   난 가끔 당신에게 화가 납니다. 우리가 사람들 속에 들어가면 당신은 항상 내게 반박하니까요. 그러나 무엇 때문인지는 몰라도 역시 당신은 미워할 수가 없는 사람입니다. 어쨌든 그런 건 아무래도 좋습니다. 오늘은 실컷 마십시다. 자, 한잔 드십시오.

솔료느이   드십시다. (두 사람, 잔을 든다) 난 말입니다, 남작. 이때까지 당신에게 반감을 품은 적은 없어요. 다만 난 레르몬토프적 성격의 소유자입니다. (작은 소리로) 내 얼굴은 약간 레르몬토프를 닮은 데가 있어요. 사람들 말로는 말이죠……. (호주머니에서 향수병을 꺼내 두 손에다 뿌린다)

투젠바흐 　전 사표는 제출해 놓았어요. 이제 끝났습니다! 5년 동안 망설이던 끝에 겨우 결심이 섰지요. 이제부터는 일하는 겁니다.

솔료느이 　(낭독조로) 노하지 말지어다, 알레코여……. 잊어라, 그대의 꿈을……. (푸슈킨의 서사시 《집시》 중의 1절).

두 사람이 이야기하고 있는 동안 안드레이가 책을 손에 들고 조용히 등장하여 자리에 앉는다.

투젠바흐 　이제부터는 일하겠습니다.

체브트이킨 　(일리나와 함께 응접실로 나오면서) 그리고 요리도 역시 진짜 코카서스 요리예요. 파 수프에, 메인 요리로 체하르트마라는 것이 나오는데 이건 양고기란 말입니다.

솔료느이 　천만에, 체레므샤는 고기가 아니라 그 고장의 파와 비슷한 채소예요.

체브트이킨 　아닙니다, 체하르트마는 파가 아니고 양고기를 구운 거예요.

솔료느이 　하지만 난 체레므샤는 파라고 말씀드렸습니다.

체브트이킨 　그러나 난 체하르트마는 양고기라고 했어요.

솔료느이 　하지만 난 체레므샤는 파라고 말했습니다.

체브트이킨 　당신하고 논쟁해 봤자 별수가 없을 것 같소. 코카서스에 가 본 적도 없고 체하르트마를 먹어 본 일도 없는 사람이니까.

솔료느이 　그야 먹은 적은 없죠. 도저히 먹을 수가 없었거든요. 체레

252

므샤는 마늘과 꼭 같은 냄새가 난단 말입니다.

안드레이 (애원하며) 여러분! 이제 그만두십시다, 제발!

투젠바흐 가장 무도회 패거리는 언제 옵니까?

일리나 9시에 온다고 했는데…….

투젠바흐 (안드레이를 꼭 끌어안는다) 오오, 나의 집, 나의 새 집…….

안드레이 (춤추며 노래한다) 오오, 단풍나무로 지은…….

체브트이킨 (춤춘다) 창살이 달린! (웃음)

투젠바흐 (안드레이에게 키스한다) 이런 제기랄! 한잔합시다. 안드레이 세르게예비치! 난 당신과 함께 모스크바에 가겠소. 안드레이, 대학에 들어간단 말입니다.

솔료느이 대학이라니, 어디 말이오? 모스크바에는 대학이 두 개 있는데.

안드레이 모스크바에는 대학이 하나요.

솔료느이 하지만 난 두 개 있다고 말했소.

안드레이 그럼 세 개라고 합시다. 그럼 더욱 좋지요.

솔료느이 모스크바에는 대학이 두 개 있단 말이오! (불만스러운 속삭임과 논쟁을 알리는 소리가 일어난다) 모스크바에는 대학이 두 개 있어요. 옛날 것과 새것. 하지만 듣기가 싫으시다면, 제 말이 귀에 거슬린다면 전 말하지 않겠습니다. 차라리 다른 방으로 물러나도록 하죠. (문 밖으로 퇴장)

투젠바흐 브라보, 브라보! (웃는다) 여러분, 자아, 시작하세요, 전 피아노를 치겠습니다! 괴짜야, 저 솔료느이는……. (피아노 앞에

앉아 왈츠를 친다)

마 샤 (혼자서 왈츠를 춘다) 바롱피앙(남작님이 취하셨어)! 바롱피앙!
바롱피앙!

나타샤 등장.

나타샤 (체브트이킨에게) 이반 로마노비치! (뭔가 체브트이킨에게 말하고
는 조용히 퇴장. 체브트이킨은 투젠바흐의 어깨를 치고 귓속말을 한다)

일리나 왜 그러세요?

체브트이킨 헤어질 시간입니다. 안녕히…….

투젠바흐 안녕히들 주무십시오. 이젠 돌아가야죠.

일리나 잠깐……. 그럼 가장 무도회 사람들은?

안드레이 (당황하면서) 그들은 안 올 거야. 왜냐하면 보비크가 몸이 좋
지 않은 것 같다고 나타샤가 말하지 않아? 그래서 말이지…….
아니, 요컨대 난 모르는 일이야. 난 정말 아무래도 좋아.

일리나 (어깨를 으쓱하며) 보비크가 아프다구요?

마 샤 죽지 않은 게 다행이군! 쫓아내는 이상 돌아갈 수밖에 없지
뭐. (일리나에게) 아픈 것은 보비크가 아니라 그 여자 자신이야.
바로 여기가 말이지! (자신의 이마를 손가락으로 두드린다) 그런 속
물이라고!

안드레이는 오른쪽 문을 통해 자기 방으로 퇴장. 체브트이킨이 뒤를 따

른다. 홀에서 작별 인사.

페도치크   정말 유감인데요. 나는 하룻밤 유쾌하게 놀 작정으로 왔
지만 애기가 아프다니 하는 수 없죠. 내일 장난감을 가져다주
지요.

로 제   (큰소리로) 난 오늘 일부러 낮잠을 자고 왔죠. 밤새껏 춤추려
고 말이에요. 아직 겨우 9시 아닙니까!

마 샤   어쨌든 밖으로 나가요. 거기서 의논해서 어떻게 하기로 하
십시다.

'안녕히 계십시오!' '잘가시오' 하는 소리 들린다. 투젠바흐의 유쾌한
웃음소리가 들린다. 모두 퇴장. 안피사와 하녀가 식탁을 치우고 불을 끈
다. 유모의 노랫소리가 들린다. 안드레이가 외투에 모자를 쓰고 체브트
이킨과 함께 살그머니 등장.

체브트이킨   난 결혼할 틈이 없었던 거야. 한평생이 번개처럼 번쩍
하고 지나가 버렸고, 그리고 또 한 가지 이미 남의 아내가 되어
있던 자네 어머니에게 홀딱 반해 있었거든…….

안드레이   결혼 같은 건 하지 않아도 상관없어요. 왜냐하면 권태롭
기 때문이죠.

체브트이킨   그야 그럴지도 모르지만 고독이라는 것도 말이야, 아무
리 좋게 말하려고 해도 역시 고독이란 무서운 존재야. 안 그런가,

자네? 하기야 따지고 보면 둘 다 똑같은 일이긴 하지만…….

안드레이 빨리 가십시다.

체브트이킨 어째서 그렇게 서두르는가! 시간은 충분해!

안드레이 집사람에게 잡힐까 봐 그래요.

체브트이킨 난 또 왜 그런다고!

안드레이 오늘은 도박을 하지 않겠습니다. 잠깐 구경만 하겠어요. 몸이 좋지 않아서요. 어떻게 하면 좋겠습니까, 이반 로마노비치! 숨이 차는데요?

체브트이킨 뭘 묻는 거야! 다 잊어버렸는데.

안드레이 부엌으로 빠져나갑시다. (두 사람 퇴장)

벨소리. 곧이어 또 벨소리. 목소리와 웃음소리가 들린다.

일리나 (등장) 저게 뭐야?

안피사 (속삭이는 소리로) 가장 무도회 사람들이에요! (벨소리)

일리나 이렇게 말해 줘요, 유모. 집에는 아무도 없다고 말이에요. 미안하다고 해요.

안피사 퇴장. 일리나는 생각에 잠겨서 방 안을 이리저리 서성거린다. 흥분한 것이다. 솔료느이 등장.

솔료느이 (이상하다는 듯이) 아무도 없군……. 모두 어딜 갔죠?

256

일리나 집에 돌아갔어요.

솔료느이 이상하군. 그럼 당신 혼자입니까?

일리나 네, 혼자예요. (사이) 안녕히 가세요.

솔료느이 아까 전 약간 점잖지 못한, 버릇없는 짓을 했습니다. 하지만 당신은 다른 사람들과는 달리 고상하고 순결한 분이시니까 진실을 알고 계시겠죠……. 저를 이해해 주시는 분은 당신밖에 없습니다. 저는 당신을 사랑합니다. 깊이, 한없이 사랑하고 있습니다.

세 자 매

일리나 돌아가 주세요. 그럼 이만!

솔료느이 전 당신 없이는 살아갈 수 없습니다. (일리나의 뒤를 따르면서) 당신은 나의 천사입니다! (울먹이는 소리로) 내 행복의 모습입니다! 그 아름답고 뭐라고 말할 수 없이 빛나는 눈, 그런 눈을 가진 여성을 난 한 번도 본 적이 없습니다.

일리나 (냉담하게) 그만둬요, 솔료느이 씨!

솔료느이 태어나 처음으로 사랑을 고백하는 겁니다. 이 몸은 마치 지상에 있는 것이 아니라 다른 유성에라도 서 있는 듯한 기분입니다. (이마를 문지른다) 어차피 마찬가지겠지요, 사랑을 강요할 수는 없으니까요. 다만 전 경쟁자의 행복을 용서하지는 않을 겁니다……. 절대로 용서하지 않겠습니다. 모든 성자의 이름을 걸고 맹세합니다만 그 경쟁자를 반드시 죽이겠어요. 오, 천사와 같은 당신!

나타샤, 촛불을 들고 등장.

나타샤   (하나하나 방 안을 들여다보고, 남편 방으로 들어가는 방 문 앞을 지나
치며 혼잣말로) 여긴 안드레이가 있겠지. 책을 읽도록 그냥 내버려
두어야겠어. (솔료느이를 발견하고) 어머, 바실리 바실리예비치, 미
안합니다. 여기 계실 줄은 모르고 잠옷 바람으로 이렇게…….

솔료느이   괜찮습니다. 안녕히 계십시오. (퇴장)

나타샤   일리나 아가씨, 피곤하시죠? 가엾어라! (일리나에게 키스한
다) 좀 더 빨리 잘 수 있으면 좋을 텐데.

일리나   보비크는 자나요?

나타샤   자고 있어요. 하지만 깊은 잠은 아닌가 봐요. 아, 마침 잘됐
네요. 나 아가씨에게 할 말이 있었거든요. 하지만 언제나 아가
씨가 없거나, 제가 바쁘거나 해서……. 보비크가 지금 쓰는 방
은 춥고 습기가 있는 것 같아요. 제가 볼 때 아가씨 방이 어린
애에게 가장 적합할 것 같아서요. 저, 아가씨, 당분간 올랴와
한방을 쓰시면 안 될까요?

일리나   (알아듣지 못하고) 어디로요?

방울 달린 마차가 집 앞에 멈추는 소리가 난다.

나타샤   아가씨는 당분간 올랴와 한방을 쓰시기로 하고 아가씨 방에
보비크를 두겠다는 거예요. 정말 그 애는 귀여운 애예요. 오늘

도 내가 '보비크, 착하지……' 하고 말하니까 이렇게 작은 눈
으로 나를 빤히 쳐다보지 않겠어요. (벨소리) 올리가 아가씨일
거야. 너무 늦는군요!

하녀가 나타샤에게 다가가서 뭔가 속삭인다.

나타샤　프로트포포프라고? 참 별사람 다 보겠네. (일리나를 향해) 프
로트포포프가 찾아와서 함께 트로이카로 드라이브하자고 나
를 부른대요. (웃는다) 남자란 정말 알 수 없어. (벨소리) 또 누가
왔군. 그럼 잠깐 한 15분 정도만 타고 올까……. (하녀에게) 곧
간다고 말해 줘. (벨소리) 또 벨소리로군. 이번에는 정말 올리가
아가씨일 거야. (퇴장)

하녀, 달려 나간다. 일리나는 앉은 채 생각에 잠긴다. 클르이긴, 올리가,
이어 베르쉬닌 등장.

클르이긴　이거 어떻게 된 거야? 무도회가 있다더니.
베르쉬닌　이상하군. 난 조금 전에 나갔는데 그때까지만 해도 모두
들 가장 무도회 패들을 기다리고 있었는데요.
일리나　모두 나가 버렸어요.
클르이긴　마샤도 나갔나요? 어디 갔을까? 그리고 또 뭣 때문에 프
로트포포프가 뜰에서 마차를 타고 기다리고 있을까? (일리나를

향해) 누굴 기다리고 있지?

일리나   그렇게 연거푸 묻지 말아요. 전 피곤해요.

클르이긴   흥, 변덕쟁이 아가씨.

올리가   회의가 이제야 끝났어요. 전 지칠 대로 지쳐 버렸죠. 교장이 병이 나서 내가 그 대신 업무를 맡고 있어요. 정말 골치가 아파요, 골치가……. (앉는다) 안드레이는 어제 도박을 해서 2백 루블이나 잃었다지 뭐예요. 온 동네에 소문이 났어요.

클르이긴   나도 역시 회의 때문에 지쳤어요. (앉는다)

베르쉬닌   조금 전에 집사람이 나를 혼내 주려고 약을 먹으려 했지 뭡니까? 다행히 별일 없이 끝나서 나는 마음 놓고 이렇게 여러분과 즐기려 한걸음에 달려왔죠. 그런데 보아하니 그냥 돌아가야 할 것 같군요. 하는 수 없죠. 그럼 안녕히 계십시오. 표트르 일리치, 괜찮다면 어디든 함께 가지 않겠습니까! 전 집에는 있을 수 없어요. 도저히! 자, 가십시다!

클르이긴   전 고단해서 그만두겠습니다. (일어선다) 아, 피곤해. 마샤는 집에 돌아갔나?

일리나   아마 그럴 거예요.

클르이긴   (일리나의 한쪽 손에 키스한다) 안녕. 내일도, 모레도 하루 종일 쉴 수 있지. 처제 잘 있어. (나가면서) 아, 차가 마시고 싶다. 그냥 하룻밤 즐겁게 보내려고 했는데……. (라틴 어로) 오, 허무한 인간의 희망이여!

베르쉬닌   그럼 혼자라도 가 볼까. (휘파람을 불면서 클르이긴과 함께 퇴장)

260

올리가   머리가 아파, 머리가……. 안드레이는 도박에서 졌다고 온

동네에 소문이 났어. 그만 가서 자도록 해야지. (걸음을 옮기면

서) 내일은 휴일……. 정말 다행이야! 내일도 쉬고 모레도 쉬

고……. 머리가 아파. 아, 머리야……. (퇴장)

일리나   (혼자서) 모두 가 버렸어. 아무도 없어.

거리에서 아코디언 소리. 유모가 부르는 자장가 소리.

나타샤   (모피 외투를 입고 모피 모자를 쓰고 홀을 지나간다. 하녀가 그 뒤를

따라간다) 반 시간 후에는 돌아오겠어. 잠깐만 타고 올 테니까.

(퇴장)

일리나   (혼자 남아서 괴로운 듯) 모스크바로! 모스크바로! 모스크바로!

261

제3막

올리가와 일리나의 방. 왼쪽과 오른쪽에 각각 침대가 있고 칸막이로 구분되어 있다. 새벽 2시가 지났을 무렵. 무대 뒤에서 화재를 알리는 비상종이 요란하게 울리고 있다. 불은 벌써 오래 전에 난 듯한 느낌. 집 안에서는 아직 아무도 잠자리에 들지 않고 있는 모양이다.

소파에 언제나처럼 검은 옷을 입은 마샤가 누워 있다. 올리가와 안피사 등장.

안피사   그 애들은 아래층 계단 밑에 앉아 있어요. '어서 2층으로 가세요. 아무리 그렇더라도 거기서야……' 하고 말했더니 말입니다. 엉엉 울기 시작하면서 '하지만 아빠가 안 보이는걸. 제발 타 죽지 않도록 해 주세요, 하느님'이라지 뭡니까! 정말 이런 변이 어디 있겠어요! 마당에도 어디 사는 사람인지……. 알몸으로 튀어나온 사람이 많아요.

올리가　(장롱에서 옷가지를 꺼낸다) 자아, 이 회색 옷을 가져가요……. 그리고 이것도, 이 재킷도……. 이 스커트도 가져가요. 유모……. 정말 이게 무슨 변이람. 글쎄! 키르사노프 골목은 전부 타 버렸을 거야. 이것도 가져가요……. 자아, 이것도……. (유모의 손에 옷가지를 던진다) 가엾게도 베르쉬닌 댁에서는 혼들이 나셨나 봐. 하마터면 집이 탈 뻔했으니까……. 오늘은 우리 집에 주무시게 해요. 집으로 돌아가시게 할 수는 없어……. 불쌍하게도 페도치크 네는 홀랑 타 버리고 아무것도 남지 않았다지…….

세
자
매

안피사　페라폰트를 불러 주십시오, 올랴 아가씨. 저 혼자서 가져갈 수가 없습니다요.

올리가　(벨을 누른다) 아무리 눌러도 나오지 않는군. (문을 열고) 누구든지 거기 있는 사람은 좀 와요! (열어젖힌 문들 사이로 불길 때문에 새빨갛게 물든 창문들이 보인다. 집 근처를 소방대가 지나가는 소리가 들린다) 아아, 무서워. 너무 끔찍해.

페라폰트 등장.

올리가　자, 그것을 들고 아래층으로 가요. 계단 밑의 코로칠린 네 아가씨들이 입을 테니까 가져다주어요. 이것도 가져다주고…….

페라폰트　알겠습니다. 12년(1812년 나폴레옹 침입)에도 역시 모스크바가 탔습니다만, 아아, 무서워! 프랑스 병정놈들, 혼비백산했습죠.

올리가　이리 와요. 자, 빨리……

페라폰트　알겠습니다. (퇴장)

올리가　이봐요, 유모, 전부 나눠 주세요. 우린 아무것도 필요 없어. 전부 주어 버려요. 유모……. 아, 지쳤어. 난 겨우 서 있는 거야……. 베르쉬닌 댁 사람들을 돌려보내서는 안 돼……. 아가씨들은 응접실에 재우고 알렉산드르 이그나치예비치는 아래층 남작님 방이 좋겠어. 페도치크도 남작님 방이나 아니면 이쪽 홀로 할까……. 군의관님은 마치 일부러 그러는 것처럼 취해 있지 뭐야. 곤드레만드레니까 그이 방에는 아무도 재울 수 없을 거야. 베르쉬닌 부인 역시 이곳 응접실에 재우도록 해요.

안피사　(지쳐 버린 듯이) 아아, 올랴. 귀여운 아가씨, 날 내쫓진 말아 주세요! 내쫓진 말아요!

올리가　무슨 말이에요, 유모. 할멈을 내쫓을 리 있겠어?

안피사　(올리가의 가슴에 머리를 대고) 내 귀여운, 소중한 아가씨, 전 일하고 있어요. 열심히 일하고 있습니다요. 몸이 약해지니까 모두들 나가 버리라는 듯이 취급하더군요. 이런 내게 갈 곳이 어디 있겠습니까? 갈 곳이 어디 있겠어요? 여든두 살 입니다요. 만으로 여든이지만.

올리가　좀 쉬어요, 할멈. 얼굴빛이 나빠요!

나타샤 등장.

264

나타샤　지금 저쪽에서 말이에요, 한시바삐 이재민 구제회를 만들어야 한다는 이야기가 나오고 있어요. 다행이죠? 훌륭한 생각이에요. 정말 불쌍한 사람들은 한시바삐 도와야 해요. 그건 부자들의 의무인 거예요. 보비크와 소포치카는 저희 방에서 잘 자고 있어요. 아무것도 모르고 말이에요. 우리 집은 벌써 많은 사람이 들이닥쳐서 어디를 가나 야단법석이구요. 지금 이곳에는 인플루엔자가 유행하고 있기 때문에 애들에게 옮을까 봐 그게 걱정이에요.

올리가　(나타샤의 말에는 상대하지 않고) 이 방에서는 불길이 보이지 않으니까 그래도 마음이 덜 불안해.

나타샤　그래요, 내 머리는 아마 엉망일 거야. (거울을 보며) 내가 살쪘다고 하는 사람이 있지만……. 거짓말이었군! 아무렇지도 않은데! 마샤는 자고 있군요. 피곤한 모양이에요, 가엾어라. (안피사를 향해 냉정하게) 내 앞에서 앉아 있다니! 일어서! 당장 밖으로 나가! (안피사 퇴장) 무엇 때문에 저런 늙은이를 남겨 두는 거예요. 난 도대체 모르겠어요!

올리가　(어쩔 줄 몰라 하며) 미안하지만 난 잘 모르겠어.

나타샤　저까짓 게 있어 봤자 여기선 아무런 소용도 없어요. 저런 농사꾼 출신은 시골로 보내요. 정말 건방지기 짝이 없어! 난 집안을 정리하고 싶어요! 쓸데없는 인간을 집에 둘 필요는 없어요. (올리가의 볼을 만진다) 아가씨, 피로한 것 같군요. 장차 교장 선생님이 되실 분이……. 우리 소포치카가 커서 여학교에 들어가게 되면 난 아마 당신한테 쩔쩔맬 거예요.

올리가 난 교장 같은 건 안 돼요.

나타샤 어차피 선출될 거예요, 올랴. 그건 당연한 일이에요.

올리가 난 사퇴하겠어요. 그런 일엔 서툰걸. 내 힘에 벅찬 일이야. (물을 마신다) 나타샤, 당신 지금 할멈에게 너무 냉혹하게 대했어요. 미안하지만 난 그런 건 참을 수 없어요. 눈앞이 캄캄해졌을 정도야.

나타샤 (당황해서) 용서해 줘요, 올랴. 용서해 줘요. 당신을 괴롭힐 생각은 조금도 없었어요.

올리가 입장을 바꿔서 생각해 봐요, 나타샤! 하긴 우리가 이상한 교육을 받았는지는 몰라도, 어쨌든 그런 걸 잠자코 보고 있을 수는 없어요. 그런 처사를 보면 난 가슴이 미어지는 듯해서 참을 수가 없죠. 그만 정신이 아찔해지는 것 같아.

나타샤 용서해 주세요. (올리가에게 키스한다)

올리가 아무리 작은 일이라도, 거친 행동이나 냉혹한 말을 듣거나 보게 되면 난 심장이 두근거려요.

나타샤 난 곧잘 안 해도 좋은 말을 하게 돼요. 그건 정말이에요. 하지만 이것만은 사실이잖아요, 그 여자는 시골에 내려가도 문제없다는 거……

올리가 그 사람은 벌써 30년 넘게 우리와 함께 있었어요.

나타샤 하지만 이젠 일할 수 없잖아요! 내가 고집불통이거나 당신이 나를 이해하지 못하거나 둘 중 하나예요. 그 할멈은 일꾼으

266

로서는 빵점이고 잠을 자거나, 앉아 있거나 할 뿐이에요.

올리가　그럼 앉아 있게 내버려두면 되잖아요.

나타샤　(기가 막힌 듯이) 앉혀 두라고요? 하지만 그 여자는 하인이에
요. (울먹이는 소리로) 난 당신 마음을 모르겠어요, 올랴. 우리 부
부는 애를 돌보는 아이도 있고, 새 유모도 두었어요. 게다가 이
집에는 하녀도 식모도 있잖아요. 그런데 무엇 때문에 저런 늙
은이를 놔둘 필요가 있는 거죠? 도대체 무엇 때문에요?

세
자
매

무대 뒤에서 비상 종 소리.

올리가　오늘 하룻밤 사이 난 10년이나 늙은 것 같아.

나타샤　우리 서로 깨끗이 해결을 지을 필요가 있어요, 올랴. 당신의
직장은 학교이고, 난 집안이에요. 당신 일은 교육이고, 내 일은
가정 살림이죠. 그러니까 내가 하녀에 대해 말하는 건 내 권리
를 잘 알고 있기 때문이에요. 옳지, 내일이라도 당장 저 돼먹지
못한 도둑년 같은 할망구를 쫓아내야지. (발을 동동 구른다) 더
이상 할멈 때문에 속을 태우는 건 참을 수 없어! 정말, 지긋지
긋해! (깜짝 놀라서) 정말, 당신이 아래층으로 옮겨 주지 않는 이
상 언제나 싸움거리가 없어지지 않을 거예요. 아아, 괴로워.

클르이긴 등장.

클르이긴   마샤는 어디 있습니까? 슬슬 집에 돌아가야 할 텐데. 불길은 좀 잡힌 모양입니다. (기지개를 켠다) 결국 한 거리는 모조리 타고 말았지만, 글쎄 바람이 그렇게 불어대니 처음에는 온 동네가 다 타는 줄 알았지. (앉는다) 아, 피곤해. 내 귀여운 올랴! 난 곧잘 이런 생각을 해요. 마샤가 없었다면 난 당신과 결혼했을 거라고 말이오. 당신은 정말 좋은 사람이오. 아, 피곤해. (귀를 기울인다)

올리가   왜 그러죠?

클르이긴   마치 일부러 그러는 것처럼 군의관님이 술을 퍼마시고 곤드레만드레지 뭡니까. 마치 일부러 그러는 것같이 말이오. (일어선다) 어어, 이리 오는 모양이군. 들려요? 정말 오고 있어……. (웃는다) 원 세상에, 무슨 사람이 저 따위지? 난 숨겠소. (찬장 쪽에 가서 구석에 선다) 정말 쓸모없는 사나이라니까.

올리가   2년이나 마시지 않았는데 갑자기 또 퍼마시다니. (나타샤와 함께 방 안으로 피한다)

체브트이킨 등장. 술을 마시지 않은 사람처럼 비틀거리지도 않고 방을 지나다가 멈춰 서서 한곳을 응시하더니, 세면대 앞에 가서 손을 씻기 시작한다.

체브트이킨   (기분이 좋지 않은 듯) 어느 놈이고 다 유령한테 잡혀가 버려라, 죽어 버려라! 내가 의사라고 해서 무슨 병이라도 고칠 수 있다고 생각하는 모양이지? 하지만 난 아무것도 몰라. 알고 있던 것도 모두 잊어버리고 말았어. 아무것도 기억에 없어. 깨끗하게 잊어버렸지. (올리가와 나타샤, 그가 눈치채지 않게 퇴장) 에잇, 빌어먹을! 요전 수요일에는 매립지에서 어떤 여자를 치료해 주었는데 죽고 말았어. 그 여자가 죽은 것은 내 잘못이야. 암, 그렇고말고. 25년 전에 나도 이런 것 저런 것을 잘 알고 있었지만 이제는 아무것도 몰라, 무엇 하나도. 어쩌면 난 사람이 아니라 다만 이렇게 손과 발과 머리가 있는 허수아비인지도 모르지. 어쩌면 나라는 인간은 전혀 존재하지 않고, 다만 자기가 걸어다니고, 먹고 자고 입는 것 같은 기분이 드는 것뿐일지도 몰라. (운다) 오오, 차라리 존재하지 않는 것이면 좋겠어! (울음을 그치고 우울하게) 에잇, 멋대로 되라지……. 그저께도 클럽에서 잡담을 하는데, 모두들 셰익스피어니, 볼테르니 하고 떠들어대더군. 난 읽지 않았지만, 전혀 읽지 않았지만 읽은 체했지. 다른 놈들도 나와 마찬가지라고. 얼마나 저속하고 비열한 짓인가! 그리고 수요일에 죽은 그 여자 생각이 나서……. 아니 온갖 것이 생각나서 이상하게 뒤틀린, 메슥메슥한, 정말로 기분이 안좋았어. 그래서 그만 밖에 나가 술을 마시고 만 거야…….

세
자
매

일리나, 베르쉬닌, 투젠바흐 등장. 투젠바흐는 최신 유행의 문관복을 입고 있다.

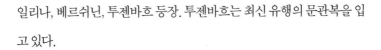

269

일리나   여기서 잠깐 쉬도록 합시다. 여기라면 아무도 오지 않을 거예요.

베르쉬닌   만약에 군대가 아니었더라면 도시 전체가 몽땅 타 버렸을지도 모릅니다. 훌륭했소! (만족한 듯이 손을 비빈다) 장한 사람들이야! 정말 존경할 만해!

클르이긴   (그들 쪽으로 나오면서) 지금 몇 시나 되었습니까?

투젠바흐   벌써 3시가 지났습니다. 이제 곧 날이 밝아 올 겁니다.

일리나   모두 홀로 앉은 채 아무도 가지 않는군요. 솔료느이 씨도 앉아 있고. (체브트이킨에게) 군의관님, 가서 주무세요.

체브트이킨   전 끄떡없습니다. 걱정해 주셔서 고맙긴 하지만…….

    (수염을 쓰다듬는다)

클르이긴   (웃는다) 곤드레만드레로군요, 군의관님! (어깨를 두드린다) 좋았어요! 술 속에 진리가 있다고 옛 사람도 말했으니까요.

투젠바흐   모두들 제게 이재민 구제 음악회를 열라고 하는데 말입니다.

일리나   하지만 사람이 있을까요?

투젠바흐   하려고만 하면 열 수도 있죠. 내가 보기에 마리야의 피아노 솜씨는 매우 훌륭하던데요.

클르이긴   맞아요, 매우 훌륭합니다.

일리나   언니는 이제 다 잊었을 거예요. 3년 동안이나 치지 않은걸. 아니, 4년일지도…….

투젠바흐   이곳엔 누구도 음악을 아는 사람이 없습니다. 누구 하나도

말입니다. 그러나 난, 나만은 귀가 있으니까 명예를 걸고 단언
합니다만, 그녀는 훌륭하게, 거의 천재적으로 연주할 겁니다.

클르이긴   말씀하신 대로입니다, 남작. 난 마샤를 무척 사랑하고 있
습니다. 그녀는 매우 훌륭한 여자입니다.

투젠바흐   그만큼이나 훌륭한 솜씨를 가지고 있으면서도, 아무도,
누구 하나 자기를 알아주지 않는다는 걸 의식해야 하다니!

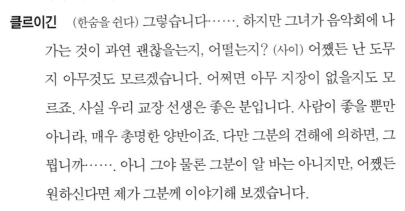

클르이긴   (한숨을 쉰다) 그렇습니다……. 하지만 그녀가 음악회에 나
가는 것이 과연 괜찮을는지, 어떨는지? (사이) 어쨌든 난 도무
지 아무것도 모르겠습니다. 어쩌면 아무 지장이 없을지도 모
르죠. 사실 우리 교장 선생은 좋은 분입니다. 사람이 좋을 뿐만
아니라, 매우 총명한 양반이죠. 다만 그분의 견해에 의하면, 그
뭡니까……. 아니 그야 물론 그분이 알 바는 아니지만, 어쨌든
원하신다면 제가 그분께 이야기해 보겠습니다.

체브트이킨   (도기로 만든 탁상시계를 손에 들고 있다)

베르쉬닌   화재 소동으로 이렇게 진흙투성이가 되고 말았군. 정말
볼만한데. (사이) 어제 얼핏 들은 얘깁니다만, 우리 여단은 어딘
가 먼 곳으로 옮겨질 모양입니다. 폴란드로 간다는 사람도 있
고, 치타(러시아 동쪽에 있는 도시)로 갈 거라는 사람도 있습니다.

투젠바흐   저도 들었어요. 어쨌든 좋습니다. 그럼 이 도시는 텅 비고
말겠군요.

일리나   우리도 떠나는 거예요!

체브트이킨   (시계를 떨어뜨린다. 시계가 깨진다) 박살이 났군!

271

사이. 모두들 당혹한 표정.

클르이긴   (시계 조각을 주우며) 이렇게 값진 걸 깨뜨리다니! 이봐요,
이반 로마노비치! 이반 로마노비치! 당신의 품행은 평균 이하
예요!

일리나   그건 돌아가신 어머님의 시계예요.

체브트이킨   그럴지도 모르지. 그녀가 어머니 거라니까 바로 어머니
의 것인 거야. 어쩌면 내가 부순 것이 아니라 부순 것처럼 보일
뿐인지도 몰라. 어쩌면 우리 역시 존재하고 있는 것처럼 보일
뿐, 실은 존재하지 않는 것인지도 몰라요. 난 아무것도 모르는
거야. (문 옆에서) 뭘 그렇게 보고 있는 거야? 나타샤는 프로트
포포프와 그렇고 그런 사이지. 그러나 당신들에게는 보이지가
않아. 그렇게 앉아들 계시지만 눈은 장님이나 마찬가지죠. 하
지만 나타샤는 프로트포포프하고 그렇고 그런 사이임엔 분명
하죠. (노래한다) 이 야자열매를 잡수시기 싫으신가요? (기정사
실을 인정하기 싫으냐는 뜻) (퇴장)

베르쉬닌   그렇군요. (웃는다) 사실 모든 게 이상한 일뿐입니다. (사
이) 불이 났을 때 난 급히 집으로 달려갔죠. 옆에까지 가서 이
눈으로 보았더니 집은 그대로 무사하고 불길의 위험도 없습니
다. 그러나 딸은 둘 다 잠옷 바람으로 문간에 서 있고 아이들
어머니는 보이지 않는데, 많은 사람이 소란을 피우고, 말과 개
가 뛰어다니고 야단법석이지 뭡니까. 딸애들 얼굴에는 경악이

라고 할지, 공포라고 할지, 아무튼 뭐라 말할 수 없는 표정이 나타나 있었어요. 그런 얼굴을 보자 난 가슴이 꽉 쥐어드는 듯한 느낌이었습니다. 원 세상에, 가엾게도 이 애들은 앞으로 기나긴 일생 동안 또 어떤 일을 당할 것인가……. 전 그것을 생각했습니다. 두 아이를 안고 뛰면서 그런 생각이 제 머리에서 떠나지 않더군요. 이 애들은 이 세상에서 또 어떤 변을 당할는지! 하고 말입니다. (비상종 소리. 사이) 그런데 여기까지 와 보니 엄마라는 사람은 먼저 피신해 있으면서도 무엇 때문인지 화가 나서 떠들어대고 있더군요.

세 자 매

마샤가 쿠션을 안고 등장하여 소파에 앉는다.

베르쉬닌   우리 딸애들이 잠옷 바람으로 문가에 서 있고, 거리는 화염으로 새빨갛게 물들어 있고, 아우성치는 무서운 소동, 그런 광경을 보았을 때 나는, 그 옛날 갑자기 적이 침입해 들어와서 약탈과 방화를 자행했을 때와 어딘가 모르게 닮은 광경이라고 생각했습니다. 그렇지만 현재의 것과 과거의 것 사이에는 얼마만한 차이가 있습니까! 좀 더 세월이 지나고 보면, 가령 2, 3백 년만 지나고 보면 우리가 현재 보내고 있는 생활도 역시 공포와 연민으로 바라보게 될 것이며, 현재의 모든 것은 거칠고 짐스럽고 무척 불편하고, 그리고 이상하게 보일 것입니다. 이거 실례했습니다. 제가 또 철학을 시작했군요. 좀 더 말하게 해 주십시오, 여러분. 난 지금 무척 철학을 논하고 싶은 그런 기분입니다. (사이) 모두 주무시는 것 같군요. 그럼 제멋대로 지껄이겠습니다만, 정말 얼마나 훌륭한 생활이 될까요! 자, 한번 생각해 보십시오. 지금은 당신들 같은 사람이 이 도시에 세 사람밖에 없지만, 다음 세대, 또 다음 세대, 이렇게 차츰 늘어가서 결국 나중에는 모든 것이 당신네 소원대로 되고 모두가 당신네와 같은 생활을 할 때가 올 겁니다. 그리고 다음은 당신네 같은 사람들도 역시 늙을 테고 당신네들보다 우수한 사람들이 자꾸자꾸 태어날 테지요. (웃는다) 오늘 난 어쩐지 보통 때와는 기분이 다릅니다. 무조건 살고 싶습니다. (웃는다) 사랑에는 나이의 구별이 없나니, 가슴에 와 꽂히는 화살은 언제나 거룩하도다……. (웃음)

마 샤 뜨람, 담, 담…….

베르쉬닌 맘, 맘…….

마 샤 뜨라, 라, 라…….

베르쉬닌 뜨라, 따, 따……. (웃는다)

페도치크 등장.

페도치크 (춤춘다) 다 탔어요, 다 타 버렸어! 몽땅…… 깨끗이! (웃는다)

일리나 웃을 일이 아니에요. 정말 다 탔나요?

페도치크 (웃는다) 깨끗이 몽땅. 아무것도 남지 않고. 기타도 타고,

카메라도 타고, 소중한 편지도 전부, 당신에게 예쁜 수첩을 주
려고 생각했는데, 그것마저도.

솔료느이 등장.

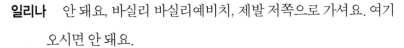

일리나　안 돼요, 바실리 바실리예비치, 제발 저쪽으로 가셔요. 여기
　　　　오시면 안 돼요.

솔료느이　어째서 남작은 되고 난 안 된다는 겁니까?

베르쉬닌　아니, 우리도 이젠 나가야지. 불은 좀 어떻습니까?

솔료느이　이제 좀 수그러졌답니다. 그런데 난 아무래도 이상해요.
　　　　어째서 남작은 괜찮고 난 안 된다는 건지. (향수병을 꺼내어 뿌
　　　　린다)

베르쉬닌　뜨람, 담, 담.

마 샤　뜨람, 담.

베르쉬닌　(웃으면서 솔료느이에게) 자, 홀로 가십시다.

솔료느이　아니, 좋습니다. 결코 잊지는 않겠어요. 이건 좀 더 분명히
　　　　해둘 필요가 있지만 또 거위들이 꽥꽥 떠들기 시작할까 봐 말
　　　　입니다. (잠든 투젠바흐를 노려보면서) 꽥, 꽥, 꽥……. (베르쉬닌, 페
　　　　도치크와 함께 퇴장)

일리나　어머나, 솔료느이 씨가 피우고 간 담배 연기 좀 봐……. (놀
　　　　랍다는 듯) 남작님이 잠이 드셨네. 남작님! 남작님!

투젠바흐　(정신이 들어서) 피곤해요, 나는. 벽돌 공장……. 아! 이건

275

잠꼬대가 아니라 실제로 난 곧 벽돌 공장에 가서 일할 겁니다. 벌써 얘기가 다 되어 있어요. (일리나에게 다정하게) 당신은 청초하고 아름답고 매력적인 얼굴을 하고 계십니다. 그 얼굴의 청초함이 이 어두운 공기를 마치 광명처럼 비추고 있는 듯합니다. 당신은 뭔가 슬퍼하고 있군요. 이 생활이 불만이신 건 아닙니까. 그럼 어떻습니까? 나와 함께 가십시다. 함께 가서 일하십시다.

마 샤 니콜라이 리보비치, 나가 주세요.

투젠바흐 (웃으면서) 당신도 계셨군요? 몰랐습니다. (일리나의 한 손에 키스한다) 안녕히 계십시오. 난 가겠습니다. 이렇게 당신 얼굴을 보고 있노라니까 언젠가 오래 전 당신의 생일에 당신이 발랄하고 쾌활한 모습으로 노동의 기쁨을 이야기하던 때가 생각납니다. 그때 제 눈에는 행복한 생활이 똑똑히 보이더군요! 그것이 지금은 어디로 갔을까요? (한 손에 키스한다) 당신은 눈물을 글썽이고 계시는군요. 누워서 쉬도록 하세요. 벌써 날이 새기 시작했습니다. 이제 곧 아침입니다. 만약에 용서해 주신다면 난 당신을 위해 생명이라도 바치겠습니다!

마 샤 니콜라이 리보비치, 나가 주세요! 정말 무슨…….

투젠바흐 네, 가겠습니다. (퇴장)

마 샤 (누우며) 주무시나요, 표트르?

클르이긴 음?

마 샤 돌아가시지 않고서.

클르이긴　내 귀여운 마샤, 소중한 마샤!

일리나　언니는 지쳐 있어요. 좀 쉬도록 내버려두세요, 형부.

클르이긴　곧 갈게. 내 소중하고 멋진 아내. 난 당신을 사랑하고 있어, 무엇과도 바꿀 수 없는 우리 마나님.

마 샤　(신경질적인 어조의 라틴 어로 말한다) 사랑한다, 사랑하니, 사랑하고!

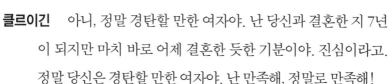

세
자
매

클르이긴　아니, 정말 경탄할 만한 여자야. 난 당신과 결혼한 지 7년이 되지만 마치 바로 어제 결혼한 듯한 기분이야. 진심이라고. 정말 당신은 경탄할 만한 여자야. 난 만족해, 정말로 만족해!

마 샤　그만, 그만, 제발 그만둬요. (일어났다가 다시 앉아서 이야기한다) 아, 아직도 머리에서 떠나지 않아요. 이걸 어떻게 화내지 않고 참을 수 있겠어? 머릿속에 못이 박힌 것 같아. 도저히 잠자코 있을 수가 없어. 난 안드레이 이야기를 하는 거예요. 이 저택을 자기 멋대로 은행에 저당 잡혔을 뿐 아니라, 그 돈을 모조리 저 여편네가 빼앗아 버렸지 뭐야. 하지만 이 집은 안드레이 혼자 몫이 아니라 우리 4남매의 것이란 말이에요! 조금이라도 정신이 똑바로 박혔다면 그런 건 알고 있을 게 아니에요?

클르이긴　당신도 무척 할 일이 없는 사람이구려! 그게 당신과 무슨 상관이 있단 말이오? 안드레이는 빚 때문에 옴짝달싹하지 못하고 있어. 좋도록 내버려두라고.

마 샤　어쨌든 화가 치밀어 죽겠어요. (눕는다)

클르이긴　우리 내외는 별로 곤란한 처지가 아니잖아. 난 낮에는 중학교에 근무하고 또 개인 교사도 하고 있어. 난 정직한 사람이야. 욕심도 없고. (라틴 어 속담을 인용한다) '전 재산을 몸에 지니고 다닌다' 이거지.

마 샤 난 아무것도 욕심나지 않아요. 다만 옳지 못한 걸 보면 잠자코 있질 못하는 성미인 거예요. (사이) 이제 그만 가 보세요, 표트르.

클르이긴 (마샤에게 키스한다) 당신은 너무 피로한 거야. 반 시간쯤 푹 쉬도록 하는 게 좋아. 난 저쪽에 앉아서 기다리고 있을 테니까 자도록 해요. (가면서) 난 만족해, 만족해, 정말로 만족해. (퇴장)

일리나 정말 안드레이 오빠도 타락했군. 그까짓 여자에게 걸려들어 자존심도 다 잃고 힘없이 늙어 버리다니! 전에는 교수가 된다고 벼르고 있던 양반이 이제는 겨우 시의회 의원이 되었다고 우쭐대는 꼴이라니. 오빠가 의원이고 프로트포포프가 의장이라. 온 읍내에 소문이 퍼져 웃음거리가 되고 있는데도 보지도 들리지도 않는 것은 오빠 한 사람뿐이니. 지금도 모두가 화재 현장에 달려갔는데 오빠는 자기 방에 틀어박혀서 마이동풍이지 뭐야. 바이올린만 켜고 있다고. (신경질적으로) 아아, 괴로워, 정말 괴로워! (운다) 난 이제 끝이야, 이젠 더 이상 참을 수가 없어! 이젠 끝이야, 이젠 정말 끝이야!

올리가 등장, 자기 테이블 근처를 치운다.

일리나 (소리 높여 흐느낀다) 날 그냥 내버려둬요, 난 이제 끝이란 말이야.

올리가 (깜짝 놀라서) 아니, 왜 그러니, 일리나?

일리나 (흐느끼며) 어디 갔어? 모두 어디로 사라져 버렸지? 그건 어디지? 아, 어떡해. 아아, 어떡하면 좋아. 난 전부 잊었어. 잊어버렸어. 머릿속이 뒤죽박죽이 되어 버렸어! 기억력도 없어지고. 이탈리아 어로 창문을 뭐라고 하는지, 모든 걸 잊어 가는 거야. 날마다 잊어 가는 거야. 우린 언제까지고 절대로 모스크바에 갈 수 없을 거야. 난 다 알고 있어, 절대 갈 수 없을 거야.

세 자 매

올리가 진정해. 일리나, 진정해.

일리나 (입술을 깨물면서) 아아, 난 불행해. 난 이제 일하지 않겠어. 이제 일하는 건 질색이야. 지긋지긋해, 정말! 전신국에도 있었고, 지금은 시청에 다니고 있지만, 일어나는 일들이란 전부 시시하고 싫은 일들뿐이야. 난 벌써 스물네 살이고 직장에 나가기 시작한 지도 상당히 오래되었어. 덕분에 머릿속이 바싹 마르고, 몸은 여위고, 얼굴은 미워지고, 늙어 가고, 그러면서도 아무것도 무엇 하나 마음의 만족이라는 게 없어. 시간은 거침없이 흘러가고, 아름다운 생활에서 점점 멀어져 가는 듯한 기분이야. 점점 떨어져 내려 뭔가 깊은 못 속으로 빠져 들어가는 듯한 기분이야. 이제는 절망이야. 어떻게 아직까지 살아 있는지 스스로도 모르겠어.

올리가 울지 마! 자, 착하지. 울지 말아라. 나도 괴롭단다.

일리나   울지 않겠어, 난 결코 울지 않겠어. 이제 됐어. 봐, 이젠 울지
        않지?

올리가   얘, 일리나! 언니로서, 또 너의 가장 친한 벗으로서 말하겠
        는데, 만일 내 충고를 들어 주겠다면, 남작님에게 시집가는 건
        어떠니?

일리나   (조용히 운다)

올리가   넌 그분을 존경하고 있잖니, 훌륭한 사람이라고 생각하고
        있잖니. 그분은 얼굴은 못생겼지만 예의 바르고 순결한 분이
        야. 시집을 간다는 건, 사랑 때문이 아니라 자기 의무를 다하기
        위해서인 거란다. 적어도 난 그렇게 생각하고 있고, 나 같으면
        사랑 없이도 시집을 갈 수 있으리라 생각해. 누가 구혼해 오든
        그가 올바른 사람이기만 하면 난 잠자코 시집을 가겠어. 그것
        이 늙은 영감일지라도.

일리나   난, 지금까지 줄곧 기다리고 있었어. 모스크바에 가면 그곳
        에서 진정한 나의 사랑을 만날 수 있으리라고 말이야. 난 상상
        속의 그분을 언제나 생각하며 사랑하고 있었어. 하지만 이제
        와 생각해 보면 다 어리석은 짓이야, 너무 어리석은 짓이었어.

올리가   (일리나를 껴안는다) 내 귀여운, 소중한 일리나, 난 잘 알고 있
        어. 투젠바흐 남작이 군에서 제대해 처음으로 사복을 입고 우
        리 집에 왔을 때, 너무 못생겨서 난 눈물이 나올 지경이었어.
        '왜 우십니까?' 하고 그분이 묻더구나. 내가 뭐라고 할 수 있겠
        니! 하지만 만약에 하느님의 인도로 그분이 너하고 결혼하게

된다면 난 기쁘겠어. 인물이야 못났으면 어떠니, 못난 것과 인품은 전혀 다른걸.

나타샤가 촛불을 들고 오른쪽 문에서 왼쪽 문으로 아무 말 없이 무대를 가로질러 간다.

마 샤 (일어나 앉는다) 저 여자의 걸음걸이 좀 봐. 마치 불이라도 붙은 것 같지 뭐야.

올리가 넌 바보야, 마샤. 우리들 중에서 제일 바보는 너야. 이런 말을 해서 미안하지만. (사이)

마 샤 난 형제들 앞에서 참회하고 싶어. 가슴이 답답해. 언니한테 고백하고 나면 다시는 아무에게도 말하지 않겠어. 기다려 줘, 이제 곧 말할 테니까. (소리를 죽이고) 이건 나만의 비밀이지만 꼭 언니랑 일리나에게는 알리고 싶어……. 난 잠자코 있을 수가 없어. (사이) 난 사랑하고 있어, 사랑하고 있다고. 그분을 말이야. 조금 전까지 여기 있던 사람……. 그래, 이렇게 된 거 모두 말해 버려야겠어. 난……베르쉬닌을 사랑하고 있어.

올리가 (자기 침대가 있는 칸막이 쪽으로 간다) 그만둬. 어차피 난 듣지 않을 테니까.

마 샤 하지만 어쩔 수가 없는걸! (머리를 감싸 쥔다) 처음에는 이상한 사람이라고 생각하고 있었어. 그러다가 그를 동정하게 되고, 그리고 사랑하게 되고 말았어. 그분의 목소리도, 그분이 말하는 것도, 그 불행한 생활도, 그의 두 딸아이도 모두가 좋아졌어.

올리가 (칸막이 뒤에서) 난 듣지 않을 테니까. 아무리 바보 같은 소리를 해도 어차피 난 듣지 않아.

마 샤 정말 언니는 바보야. 사랑하는 것, 그것이 결국 나의 운명인 거야. 즉 그게 나의 숙명인 거라구. 그분도 나를 사랑하고 있어. 이건 무서운 일일까? 아니면 나쁜 짓일까? (일리나의 한 손을 잡고 잡아당긴다) 이봐, 일리나! 도대체 우리는 어떤 생애를 보내게 될까? 우린 어떻게 되는 거지? 소설을 읽으면 케케묵은 말만 씌어 있어. 전부 뻔한 이야기같이 생각되지만, 막상 자기 스스로 사랑을 해 봐. 아무도 알지 못해. 사람은 각자 자기 일은 자기 스스로 해결해야 된다는 것만이 뚜렷해질 뿐. 알겠어, 일리나? 올랴, 이제 고백은 끝났으니까 그만 입을 다물겠어. 그럼 이것으로 고골리(《광인 일기》)의 미치광이처럼, 조용히, 조용히!

안드레이 등장. 이어 페라폰트 등장.

안드레이 (화가 나는 듯) 무슨 용무인가? 알 수가 없군.

페라폰트 (문 옆에서 안타까운 듯이) 안드레이 세르게예비치, 전 벌써 열 번이나 말씀드렸습니다요.

안드레이 첫째, 난 네가 안드레이 세르게예비치라고 부를 신분이 아니야. 의원님이라고 말해, 의원님이라고!

페라폰트   의원님, 소방대원들이 강으로 가는데 이 댁 정원으로 질
러가게 해 주십시오. 물을 뜨러 그렇게 멀리 돌아서 가기에는
시간이 턱없이 부족합니다.

안드레이   좋아, 좋다고. (페라폰트 퇴장) 귀찮은 놈들이로군. 어디 있
지, 올리가는? (올리가, 칸막이 뒤에서 나온다) 누나한테 볼일이 있
어서 왔어. 옷장 열쇠를 좀 빌려야겠어. 내 건 잃어버려서 말이
야. 누나에게 이런 작은 열쇠가 있었을 텐데.

세
자
매

올리가, 잠자코 안드레이에게 열쇠를 건네준다. 일리나는 자기 침대가
있는 칸막이 뒤로 들어가 버린다. 사이.

안드레이   정말 엄청난 화재였어. 이제 겨우 좀 잠잠해졌군. 제기랄,
저 페라폰트 때문에 화가 나서 그만 바보 같은 소리를 하고 말
았어……. 의원님이라니. (사이) 왜 잠자코 있는 거야, 올랴?
(사이) 이제 그런 바보처럼 퉁퉁 부은 얼굴을 거두는 게 어때.
아무 까닭도 없이 말이야……. 마샤도 있군. 일리나도 있고.
이거 마침 잘되었는데……. 어디 한번 허심탄회하게 의논해서
깨끗이 결말을 짓도록 하자고. 모두들 내게 무슨 불만이 있지?
도대체 무슨?

올리가   그만둬, 안드레이. 이야기는 내일 해도 돼. (흥분해서) 왜 이
렇게 나쁜 일만 생기는 밤일까?

안드레이   (무척 당황하여) 아무튼 흥분하지 말아 줘. 난 냉정하게 묻

고 있는 거야. 모두들 내게 무슨 불만이라도 있는 거야? 만약 있다면 분명히 말해 주지 않겠어?

베르쉬닌의 목소리   뜨람, 담, 담!

마 샤   (일어서서 소리 높이) 뜨라, 따, 따! (올리가에게) 안녕, 올랴. 몸 조심해. (칸막이 뒤로 가서 일리나에게 키스한다) 잘 자렴. 오빠, 저 쪽으로 가요. 이 두 사람, 무척 지쳐 있으니까. 이야기는 내일 이라도 할 수 있어요. (퇴장)

올리가   정말이야, 안드레이. 내일 하자꾸나. (자기 칸막이 뒤로 간다) 이제 잘 시간이야.

안드레이   잠깐, 잠깐만 말하고 나가겠어. 아주 잠깐이면 돼. 첫째, 모두들 내 아내 나타샤에 대해 어떤 반감을 품고 있어. 난 그 걸 결혼 당일부터 눈치챘지. 나타샤는 훌륭하고 정직한 여자 야. 순결하고 고상한 사람이라고. 난 내 아내를 사랑하고 또한 존경하고 있어. 알겠어? 존경하고 있기 때문에 다른 사람 역 시 그 사람을 존경해 주기를 바라는 거야. 다시 한 번 말하지 만, 그 사람은 결백하고 고상한 인간이고, 실례지만 모두의 불 만은 일시적인 변덕에 지나지 않을 거라 생각해. (사이) 둘째 로, 모두들 아마 내가 대학 교수나 학자가 되지 않아서 화가 난 모양인데, 하지만 난 시의회에 나가고 있어. 나는 시의회 의원 이야. 그리고 이 봉사를 학문에 대한 봉사 못지않게 신성하고 고상한 것으로 생각하고 있어. 그리고 원한다면 말해 주겠지 만 난 그것을 자랑으로 여기고 있어. (사이) 셋째로…… 난 할

말이 없어. 난 모두에게 의논도 없이 이 집을 저당 잡혔어. 이
건 내가 나빴어. 거듭 사과하고 싶어. 빚 때문에 그렇게 된 거
야. 3만 5천이나 되는 큰 빚에⋯⋯. 이제 난 도박 따윈 하지 않
아. 이미 오래 전에 그만두었어. 하지만 굳이 변명을 하자면,
모두들 아직 미혼으로 연금을 타고 있지만 내게는 그런 게 없
다는 거야⋯⋯. 수입이라고 할 만한 것이 없다고⋯⋯. (사이)

세
자
매

클르이긴   (문 밖에서 들여다보고는) 마샤는 여기 없나? (걱정스러운 듯)
도대체 어딜 갔을까? (퇴장)

안드레이   아무도 들어 주지 않는군. 나타샤는 매우 훌륭하고 결백
한 인간이야. (잠자코 무대를 서성거린다. 이윽고 멈춰 서서) 난 결혼
할 때 이렇게 생각했어. 우린 행복해질 수 있다, 모두들 행복해
질 수 있다고. 그런데 아아, 이렇게 될 줄이야. (운다) 내 소중한
누님과 귀여운 동생⋯⋯. 내 말을 믿지 않아도 좋아. (퇴장)

클르이긴   (방 안을 들여다보고 걱정스럽게) 마샤는 어디 있지? 마샤는
여기 없나? 이거 정말 놀랄 일인데. (퇴장)

비상종 소리. 무대 텅 빈다.

일리나   (칸막이 뒤에서) 올랴! 누구일까, 마룻바닥을 똑똑 울리는 건?

올리가   군의관님이야, 아직 술이 덜 깨셨나 봐.

일리나   왜 밤이 이렇게 소란스러울까! (사이) 올랴! (칸막이 뒤에서 내
다본다) 언니, 들었어? 여단을 이 도시에서 철수해 어디 먼 곳으

로 옮긴다고 하던데.

올리가   그건 소문이야.

일리나   그렇게 되면 우리들만 남게 되겠지?

올리가   글쎄…….

일리나   올랴 언니, 난 남작님을 존경하고 있어. 그는 훌륭한 사람이야. 난 그 사람한테 시집가겠어. 승낙하겠다고. 하지만 모스크바로 가자, 응? 간절하게 부탁할게. 모스크바보다 좋은 곳은 이 세상 어디에도 없어! 가자, 올랴 언니!

세
자
매

제 4 막

프로조로프 가(家)의 오래된 정원, 전나무가 길게 이어져 있고, 그 끝에 강이 보인다. 강 반대쪽은 숲. 무대 오른쪽에는 테라스가 있고 거기에 있는 탁자 위에 술병과 글라스가 놓여 있다. 조금 전에 샴페인을 마신 듯하다. 낮 12시. 한길에서 강으로 나가는 통행인이 가끔 뜰을 가로질러 간다. 빠른 걸음으로 병사 다섯이 지나간다.

체브트이킨이 온화하고 유쾌한 기분으로 정원의 팔걸이의자에 앉아 누군가 부르러 오기를 기다리고 있다. 군모를 쓰고 단장을 들고 있다. 일리나, 목에 훈장을 건 클르이긴(그는 콧수염을 깎아 버렸다), 그리고 투젠바흐가 테라스에 서서 계단을 내려가는 페도치크와 로제를 전송하고 있다. 두 사람은 행군 복장을 하고 있다.

투젠바흐 (페도치크와 키스를 나눈다) 자네는 좋은 사람이야. 우린 정말 사이좋게 지냈어. (로제와 키스를 나눈다) 다시 한 번…… 잘

287

가게, 몸조심하구!

일리나 또 만나요!

페도치크 또라뇨? 영원히 안녕이죠. 두 번 다시 만나는 일은 없을
겁니다!

클르이긴 그럴 리가 있습니까! (두 눈을 감고 미소 짓는다) 나까지 눈물
이 나오려 해.

일리나 언젠가는 만나게 되겠죠.

페도치크 10년이나 15년 후에요? 하지만 그때는 서로 기억조차 희
미해져서 아마 어색한 인사를 나눌 정도겠죠……. (사진을 찍는
다) 그대로 가만히……. 또 한 장 기념으로…….

로 제 (투젠바흐를 껴안는다) 다시 만나는 일은 없을 겁니다. (일리나
의 한쪽 손에다 키스한다) 여러 가지로 고맙습니다. 정말 여러 가
지로…….

페도치크 (짜증을 내면서) 어이, 가만히 있으라니까!

투젠바흐 아마 또 만나게 될 거야. 편지해 주게. 꼭 말일세.

로 제 어쩌면 그곳에서 결혼하게 될지도 모르죠, 폴란드에서 말예
요. 폴란드의 마누라가 제 목에 매달리면서 '코하네'(폴란드 어
로 '사랑하는 이여')라고 할 겁니다. (웃는다)

페도치크 (시계를 보며) 이제 한 시간도 남지 않았어요. 우리 포병 중
대에서는 솔료느이만 수송선으로 가고 우리는 부대를 따라갑
니다. 오늘은 3개 중대가 각각 별도로 출발하고 내일 또 2개
중대가 떠납니다. 그러면 시내는 갑자기 쓸쓸해지고 조용해

지겠죠.

투젠바흐   그리곤 끔찍한 권태가 오겠지.

로 제   마리야는 어디 있습니까?

클르이긴   마샤는 정원에 있어요.

페도치크   그녀에게 작별 인사를 해야지.

로 제   안녕히 계십시오. 그만 갑시다. 그러지 않으면 난 울고 말
거예요. (재빨리 투젠바흐와 클르이긴을 껴안고 일리나의 한쪽 손에 키
스한다) 우린 여기서 정말 즐거운 나날을 보냈습니다.

페도치크   (클르이긴에게) 기념으로 이걸 드리겠습니다. 연필이 달려
있는 수첩입니다. 우린 여기서 곧장 강 쪽으로 갈 겁니다. (페도
치크와 로제, 뒤돌아보면서 사라진다)

로 제   (외친다) 그럼 안녕히!

클르이긴   (외친다) 잘 가시오!

무대 안쪽으로 페도치크와 로제가 마샤를 만나서 작별 인사를 나눈다.
그녀도 함께 퇴장.

일리나   가 버렸어. (테라스 아래 계단에 걸터앉는다)

체브트이킨   내게는 인사하는 것도 잊고 갔어.

일리나   당신이야말로 왜 그러셨죠?

체브트이킨   나도 어쩌다가 잊고 말았어. 하기야 그자들과는 곧 만
나게 되지. 나도 내일이면 떠나니까. 그렇지, 아직 만 하루는

세
자
매

남은 셈이오. 1년 후에는 퇴직할 수 있을 테니까 그때 다시 이
곳으로 와서 여생을 당신들 곁에서 보내겠소. 연금이 붙을 때
까지는 앞으로 겨우 1년만 참으면 되니까요. (호주머니에 신문을
넣고 다른 것을 꺼낸다) 당신들 곁에 돌아오면 근본적으로 생활을
바꾸겠소. 놀랄 만큼 온순하고, 남…… 남에게 호감을 주는 얌
전한 인간이 되겠소.

일리나 정말 어떻게 해서든지 당신은 생활 태도를 바꿔야 해요.

체브트이킨 맞습니다. 나도 느끼고 있어요. (낮은 소리로 노래한다) 따
라라……. 붐비야……. 길가의 돌에 걸터앉아서…….

클르이긴 아마 고치지 못할 거예요, 당신은.

체브트이킨 맞았소, 어디 한번 당신의 교육이나 받아 볼까요. 그럼
고쳐질 거요.

일리나 형부는 수염을 깎았군요. 정말 눈 뜨고 못 보겠어요.

클르이긴 어째서?

체브트이킨 난 말이요, 당신의 얼굴이 무엇을 닮았는지 말하고 싶지
만…… 삼가는 게 좋겠소.

클르이긴 하지만…… 이게 관습인걸. (라틴 어로) 살아가는 한 방법이
지. 우리 교장도 수염을 깎았어. 그래서 나도 역시 훈육 주임이
되는 동시에 깎아 버렸지. 다른 사람들이 마음에 안 든다고 해
도 상관없어. 난 만족해, 콧수염이 있건 없건. 난 만족해…….
(앉는다)

무대 안쪽에서 안드레이가 자고 있는 아기를 태운 유모차를 밀고 지나
간다.

일리나   이반 로마노비치, 내 좋아하는 군의관님. 난 무척 가슴이 두
       근거리고 불안해요. 당신은 어제 볼리바르에 가셨죠? 말씀 좀
       해 주세요. 대체 무슨 일이 있었나요?

체브트이킨   무슨 일이 있었냐고요? 아무것도 아닙니다. 시시한 일
       이에요. (신문을 읽는다) 별일 아닙니다!

클르이긴   들리는 소문으로는 그, 뭔가요, 솔료느이와 남작이 어제
       불리바르 극장 근처에서 만나…….

투젠바흐   그만두세요! 정말 무슨 소리를……. (한 손을 흔들고 집 안으
       로 퇴장)

클르이긴   극장 근처에서…… 솔료느이가 남작에게 시비를 걸자 남
       작이 울컥해서 무슨 욕을 했다나…….

체브트이킨   모르겠는데요. 아마 시시한 일이겠죠, 체푸하(러시아 어
       로 시시한 일)야, 모두.

클르이긴   어느 신학교에서 작문 시간에 교사가 '체푸하'라고 썼더
       니 어떤 학생이 그걸 '레니크사'로 읽었다는군요(체푸하를 필기
       체로 쓰면 로마자의 renyxa라고 쓰게 된다). 라틴 어인 줄 알았던 모
       양이야……. (웃는다) 정말 무척 우습더군요. 소문으로는 솔료
       느이가 일리나를 사랑해서 그 때문에 남작에게 원한을 품었다
       고 하더군요. 있을 수 있는 이야기죠. 일리나는 매우 좋은 처녀

니까. 마샤와 닮은 데가 있어 역시 그 뭔가 생각에 잠기는 성격이지요. 다만 일리나! 당신 성격은 너무 부드러워. 하긴 마샤도 무척 좋은 성격의 소유자이긴 하지만, 나는 그녀를 사랑하고 있지, 저 마샤를 말이야.

무대 뒤 정원 안쪽에서 '모두들 안녕히!' 하는 소리.

일리나 (몸을 떤다) 어쩐지 난 오늘 자꾸만 가슴이 섬뜩해지는군요. (사이) 준비는 벌써 다 되었어요. 식사가 끝나면 내 짐은 곧 부칠 거예요. 내일 남작과 식을 올린 다음 벽돌 공장을 향해 출발하겠어요. 모레면 나도 초등학교에 부임해서 새로운 생활을 시작하는 거죠. 어떻게든 하느님이 힘을 빌려 주실 거예요! 난 여교사 시험에 합격했을 때 너무나 흥분해서 감사와 기쁨으로 울었을 정도였어요. (사이) 이제 곧 마차가 짐을 가지러 올 거예요.

클르이긴 그야 뭐 사실이겠지만, 단지 아무래도 진지하지 못한 것 같아. 이상만 앞지르고 진지함이 부족한 것 같거든. 하지만 어쨌든 진심으로 처제의 성공을 빌어.

체브트이킨 (감동해서) 나의 소중한 일리나! 당신은 훌륭한 여자야. 순금처럼 귀한 마음을 가진 사람이야. 당신이 성큼성큼 앞질러 가 버렸기 때문에 도저히 따라갈 수가 없구려. 나는 마치 늙어서 날지 못해 혼자 버려진 철새와 같은 꼴이지. 자아, 씩씩하게 날아가요, 몸조심하고! (사이) 그런데 표트르 일리치, 당신 콧수염을 깎은 건 잘못이야.

클르이긴 이제 그만두십시오! (한숨을 쉰다) 드디어 오늘 군대가 떠나는군요. 그러면 다시 본래대로 돌아가겠죠? 뭐니 뭐니 해도 마샤는 순결하고도 훌륭한 여자입니다. 난 그녀를 너무 사랑하고 있어요. 나의 운명에 감사하고 있습니다. 사람의 운명은 가지가지더군요! 이곳 세무서에 코지로프라는 사람이 근무하고 있어요. 나와 동급생이지만 5학년 때 중학교에서 쫓겨났죠. 왜냐하면 라틴 어의 사용법을 아무래도 해득하지 못해서 말입니다. 그 사내는 지금 무척 가난하고 게다가 병까지 얻었죠. 난 그를 만날 때마다 이렇게 말합니다. '여어, 안녕한가? 어떻게 지내나?'라고요. 그럼 그 친군, '음, 바로 이렇게 지내네.'라고 하면서 기침을 하고 말죠. 그렇지만 난 이처럼 평생 운이 좋아서 가정도 행복하고, 게다가 이렇게 스타니슬라프 등 훈장까지 가지고 있으며, 또한 내 자신이 바로 라틴 어의 사용법을 남에게 가르치는 신분이 되었죠. 물론 나는 현명한 인간입니다. 보통 사람들보다 무척 현명하지요. 하지만 행복이란 거기 있는 게 아닙니다.

집 안에서 '소녀의 기도'가 흘러나온다.

일리나 내일 밤부터는 저 '소녀의 기도'를 듣지 않아도 되고 프로트

세
자
매

포포프와 만날 걱정도 없게 되겠지. (사이) 프로트포포프가 저기 응접실에 앉아 있어요. 오늘도 찾아왔어요.

클르이긴   교장 선생님은 아직 안 왔나?

일리나   아직 오지 않았어요. 사람을 보냈는데도 말이죠. 올랴가 없는 이 집에 나 혼자 있는 것이 얼마나 괴로운 일인지 당신은 모르실 거예요. 올랴는 학교에서 거처하고 있어요. 교장 선생님이니까 하루 종일 바쁜 거예요. 그런데 난 외톨박이가 되어 따분하고 아무것도 할 일이 없으니……. 내가 사는 방까지 싫어졌어요……. 그래서 난 갑자기 결심했죠. '아무래도 모스크바에 갈 수 없다면 그래도 하는 수 없지. 그것이 운명이라면 어찌할 도리가 없는 거야.' 이렇게요. 모든 것은 니콜라이 리보비치가 내게 결혼을 신청해 온 거예요……. 좋잖아요? 전 잠깐 생각하곤 결심했죠. 그이는 좋은 사람이에요. 난 갑자기 영혼에 날개가 돋친 듯이 마음이 가벼워지더니, '자, 일하자. 열심히 일하자!' 하고 다시 기운이 났어요. 다만 어제 뭔가 이상한 일이 일어나 어쩐지 개운찮은 것이 머리에 덮어씌워진 듯하지만…….

체브트이킨   레니크사야. 별것 아니라고.

클르이긴   교장 선생님이 오셨어. 자, 가십시다.

일리나와 함께 집으로 들어간다.

체브트이킨   (신문을 읽으면서 조용히 흥얼거린다) 따라라…… 봄비야…… 길가의 돌에 걸터앉아서…….

마샤가 다가온다. 무대 안쪽에서 안드레이가 유모차를 밀고 지나간다.

마 샤   여기 눌어붙어 계시군. 이 앉아 계신 모양 좀 봐. 마음이 편
         하신 모양이야…….

체브트이킨   왜 그러시오?

마 샤   (앉는다) 아니에요, 아무것도……. (사이) 군의관님, 우리 어
         머니를 좋아하셨어요?

체브트이킨   그렇소, 무척.

마 샤   그럼 어머니 쪽에서는?

체브트이킨   (사이를 두고) 그건 잊어버렸소.

마 샤   우리 그 양반 오셨어요? 언제나 우리 집 하녀인 마르파가 남
         편을 부를 때 그렇게 말하더군요, 우리 그 양반이라고 말이에
         요. 우리 그 양반 오셨어요?

체브트이킨   아직 오지 않았습니다.

마 샤   행복이라는 것을 어쩌다가 조금씩 손에 넣었다가는 저처럼
         한번 잃어 보세요. 차츰 마음이 거칠어져서 비뚤어진 여자가 되
         는 것도 당연한 일이죠……. (자기 가슴을 가리키며) 난 여기가 뒤
         집혀지고 있어요……. (안드레이가 유모차를 밀고 가는 것을 보고) 저
         걸 좀 보세요. 안드레이가, 저이가 내 오빠랍니다. 희망이 끝에
         서부터 무너져 버린 거죠. 몇천 명이나 되는 사람이 총동원되어

세
자
매

종을 매달려고 모든 노력과 금전을 잔뜩 허비했지만 결국 그 종이 떨어져 깨지고 말았어요. 아무런 까닭도 없이 눈 깜짝할 사이에 말이에요. 그거나 마찬가지예요, 저 안드레이도…….

안드레이　도대체 언제쯤 집안이 조용해지려는지. 지독한 소란이야.

체브트이킨　이제 곧 끝이 나요. (시계를 꺼내 본다) 내 시계는 고물이지만 시간을 알려 주죠……. (태엽을 감자 시계종이 울린다) 제1, 제2, 제5의 3개 중대는 정각 1시에 출발해요. (사이) 난 내일이죠.

마　샤　아주 가 버리는 건가요?

체브트이킨　모르죠. 어쩌면 1년 뒤에는 돌아올지도…… 아니, 알 게 뭐야……. 아나 모르나 결국 마찬가지죠.

어디선가 먼 곳에서 하프와 바이올린의 합주가 들린다.

안드레이　시내가 텅 비고 말겠군. 마치 뚜껑이라도 씌운 것처럼 말이에요. (사이) 어제 어떤 일이 극장 근처에서 있었다면서요? 모두들 수군거리고 있지만 난 도무지 모르겠어요.

체브트이킨　아무것도 아니요. 그냥 시시한 일이지. 솔료느이가 남작에게 시비를 걸기 시작하자 남작 역시 울컥해서 그에게 욕을 퍼부었지. 그래서 결국은 솔료느이가 남작에게 결투를 신청하고 만 것이요……. (시계를 본다) 슬슬 그 시간이 된 것 같군……. 12시 반에 바로 여기서도 보이는 강 건너 저 국유림에서…… 총으로 결투를 한다니까 말이야. (웃는다) 그래도 솔료느이는 레르몬토프 숭배자로 시까지 쓰고 있어요(레르몬토프는 결투로 죽었다). 농담도 분수가 있지, 벌써 이것으로 세 번째 결투라나.

마 샤 누가 말이에요?

체브트이킨 누구긴, 솔료느이 말이오.

마 샤 그럼 남작 쪽은?

체브트이킨 남작에게야 아무것도 없죠.

마 샤 난 뭐가 뭔지 모르겠어……. 그 두 사람이 그런 일을 하도록 놔두어서는 절대로 안 돼요. 그 사람은 남작에게 부상을 입히거나 잘못하면 죽여 버릴지도 몰라요.

체브트이킨 남작은 좋은 사람이기는 하지만, 그러나 남작이 한 사람 많아지건 한 사람 적어지건 마찬가지가 아닐까? 좋을 대로 하게 내버려둬요! 마찬가지라니까! (정원 저쪽에서 야호, 야호, 하는 고함 소리) 저건 입회인인 스크보르초가 고함치고 있는 거야. 보트에 타고 있어요. (사이)

안드레이 내 생각으로는 설사 의사의 자격이라지만 그 자리에 입회하는 건 전적으로 부도덕하다고 생각되는데요.

체브트이킨 난 이런 생각이 들 뿐이죠……. 이 세상에는 아무것도 없어. 우리라는 인간도 없어. 우리는 존재하지 않아. 다만 존재하고 있는 듯한 기분이 들 뿐……. 어쨌든 마찬가지란 말이오.

마 샤 온종일 그런 이야기만 늘어놓고 있군요. (걷기 시작한다) 당장이라도 하늘에서 눈이 올 듯한 계절이 또다시 돌아왔는데 또

세
자
매

이런 이야기를 듣고 있어야 하다니! (가끔 멈춰 서며) 집에 들어가지 말아야지. 도무지 들어가고 싶은 생각이 들지 않아……. 베르쉬닌이 오거든 알려 줘요……. (가로수 길을 걸어간다) 벌써 철새가 날아가는군……. 저건 백조일까 아니면 기러기일까……. 귀여운 새들. 너희들은 좋겠구나……. (퇴장)

안드레이 우리 집도 쓸쓸해지겠군. 군인들은 떠나 버리고 당신도 떠나고, 동생은 시집을 가고. 남는 건 나 혼자뿐이야.

체브트이킨 당신에겐 아내가 있잖소?

페라폰트, 서류를 가지고 등장.

안드레이 집사람은 집사람일 뿐입니다. 그녀는 결백하고 알뜰하고 그런대로 선량한 여자이기는 합니다만, 그런 장점에도 불구하고 그 여자에게는 묘한 데가 있어서 그것이 결국 그 여자를 천박하고 분별없고 어쩐지 털복숭이 짐승 같은 면이 있는 여자로 만들어 버리는 것입니다. 어쨌든 그 여잔 인간이 아닙니다. 이런 말을 하는 것도, 당신을 친구로서 속마음을 털어놓을 수 있는 유일한 사람이라고 생각하기 때문입니다. 난 나타샤를 사랑하고 있습니다. 그렇긴 하지만 가끔 그녀가 몹시 저속한 여자로 보일 때가 있습니다. 도대체 어째서 그 여자를 이처럼 사랑하고 있는지, 적어도 지금까지 사랑하고 있었는지 그걸 모르겠습니다.

체브트이킨 (일어선다) 이봐요, 난 내일이면 떠나. 이제 두 번 다시 만

날 수 없을지도 몰라. 그래서 한 가지 자네에게 충고하고 싶은
게 있는데, 알겠지? 자넨 모자를 쓰고 손에 단장을 들고 이 집
에서 나가 버리는 거야…… 죽으라고 걸어가는 거야. 뒤도 돌
아보지 말고 걸어가는 거야. 멀어져 가면 멀어져 갈수록 더욱
더 좋은 거지.

솔료느이가 장교 두 사람과 함께 무대 안쪽을 지나간다. 그는 체브트이
킨의 모습을 보고 그가 있는 쪽으로 발길을 돌린다. 장교 두 사람은 그대
로 가 버린다.

솔료느이　군의관님, 시간이 되었어요! 벌써 12시 반이에요. (안드레
　　　이와 인사를 나눈다)

체브트이킨　곧 가겠네. 자네들에게는 정말 정이 떨어지는군. (안드
　　　레이에게) 안드레이, 누가 나를 찾거든 곧 돌아온다고 해 줘
　　　요……. (한숨을 쉰다) 후우!

솔료느이　'소리칠 사이도 없이 곰은 달려들었도다!' 그거예요. (체
　　　브트이킨과 함께 간다) 무얼 머뭇거리고 있습니까, 노인장?

체브트이킨　흥!

솔료느이　기분은 어떠십니까?

체브트이킨　(짜증이 나는 듯이) 말할 수 없이 나쁘죠.

솔료느이　그렇게 흥분하시면 몸에 해롭습니다. 그까짓 거 간단하
　　　죠. 그놈을 도요새처럼 쏘아 죽일 뿐이에요. (향수를 내어 손에 뿌

299

린다) 오늘은 한 병을 몽땅 써 버렸지만 그래도 내 손에서는 고
약한 냄새가 나는군. 마치 시체 같은 냄새야. (사이) 그런
데…… 그 시를 기억하고 계십니까? '그러나 반역자는 폭풍을
바라노니, 폭풍 속에도 평화가 있으리니'('레르몬토프의 돛'의 마
지막 2행).

체브트이킨   암, 그렇지. '소리칠 사이도 없이 곰은 달려들었도
다……' (솔료느이와 함께 퇴장)

야호, 야호, 하는 소리가 들린다. 안드레이와 페라폰트 등장.

페라폰트   서류에 서명을…….

안드레이   (신경질적으로) 비켜 줘! 비키라니까! 제발! (유모차를 밀고
퇴장)

페라폰트   (혼잣말로) 글쎄, 서명하기 위해 있는 서류가 아니냔 말이
야. (무대 안으로 퇴장)

일리나와 밀짚모자를 쓴 투젠바흐 등장. 클르이긴이 '이봐, 마샤, 어어
이' 하고 부르면서 무대를 지나간다.

안드레이   이 도시에서 저 사람 하나뿐일걸, 군대가 떠나는 걸 좋아
하고 있는 건.

일리나   무리도 아니에요. (사이) 이곳은 텅 비어 쓸쓸해지겠군요.

투젠바흐 일리나, 곧 돌아오리다.

일리나 어딜 가시는데요?

투젠바흐 시내에 가 볼 일도 있고, 또 친구들 전송도 해야 하고…….

일리나 거짓말 마세요. 니콜라이! 어째서 오늘은 그렇게 허둥대는 거죠? (사이) 어제 무슨 일이 있었죠? 극장 근처에서 말이에요.

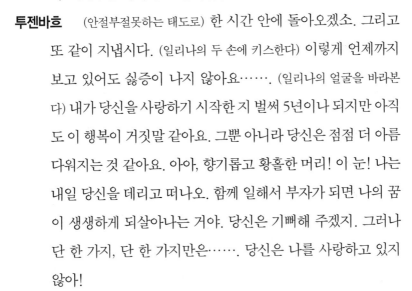

세
자
매

투젠바흐 (안절부절못하는 태도로) 한 시간 안에 돌아오겠소. 그리고 또 같이 지냅시다. (일리나의 두 손에 키스한다) 이렇게 언제까지 보고 있어도 싫증이 나지 않아요……. (일리나의 얼굴을 바라본다) 내가 당신을 사랑하기 시작한 지 벌써 5년이나 되지만 아직도 이 행복이 거짓말 같아요. 그뿐 아니라 당신은 점점 더 아름다워지는 것 같아요. 아아, 향기롭고 황홀한 머리! 이 눈! 나는 내일 당신을 데리고 떠나오. 함께 일해서 부자가 되면 나의 꿈이 생생하게 되살아나는 거야. 당신은 기뻐해 주겠지. 그러나 단 한 가지, 단 한 가지만은……. 당신은 나를 사랑하고 있지 않아!

일리나 그건 저로서도 어쩔 수가 없어요! 하지만 전 당신의 아내가 되겠어요. 정숙하고 온순한 아내가 되겠어요. 그러나 사랑은 달라요, 어쩔 수가 없어요! (운다) 전 지금까지 한 번도 사랑을 해 본 적이 없어요. 아아, 내가 얼마나 사랑을 동경했던가! 오래 전부터 밤이나 낮이나 꿈꿔 왔는데도 내 마음은 마치 소중한 피아노의 뚜껑을 잠그고는 그 열쇠를 잃어버리고 만 것 같아요. (사이) 당신은 왜 그런지 불안한 눈초리로군요.

301

투젠바흐　어젯밤은 한숨도 못 잤어요. 가슴이 철렁할 만한 무서운 사건이 내 생활에는 아무것도 없습니다. 다만 그 잃어버린 열쇠가 내 마음의 짐이 되어 한숨도 자지 못했어요…… 자, 뭐든지 나에게 말해 줘요. (사이) 무슨 말이라도 좋으니 말해 줘요…….

일리나　무슨 말을? 무슨 말을 하면 좋죠? 도대체 무슨 말을요?

투젠바흐　무슨 말이든…….

일리나　그만두세요! 그만둬요! (사이)

투젠바흐　실로 쓸데없고 하찮은 일들이 어쩌다가 우리의 생활에 중대한 의의를 가지게 될 때가 가끔 있죠. 여전히 대수롭지 않은 일이라고 얕잡아보고 웃어넘기고 있는 사이, 그것에 질질 끌려가서, 이제 자신에게는 버틸 힘이 없다고 깨달았을 때는 이미 늦은 겁니다. 아니, 그런 이야기는 그만두십시다! 난 상쾌한 기분입니다. 마치 난생 처음으로 저 전나무와 단풍나무와 자작나무를 보는 것 같고, 여기저기에서도 나를 힐끔힐끔 신기하다는 듯이 숨을 죽이고 보고 있는 것 같아요. 아, 이 얼마나 아름다운 나무들인가! 그리고 이렇게 나무들에게 둘러싸인 생활이란 얼마나 멋지고 아름다운지! (야호, 야호, 하는 고함 소리) 가야겠군, 벌써 시간이 되었어…… 아니, 저 나무는 말라 죽었군. 그래도 다른 나무와 같이 바람에 흔들리고 있는데. 저것도 마찬가지로 만약에 내가 죽더라도 역시 어떠한 형태로든지 인생에 가담하고 있을지도 몰라. 안녕, 나의 일리나…… (일리나의 두 손에 키스한다) 당신이 내게 보내 준 편지는 내 책상의 달력 밑에 있어요.

일리나   저도 함께 가겠어요.

투젠바흐   (당황해서) 안 돼요. 안 돼! (빠른 걸음으로 떨어져 가로수 길에서 멈춰 선다) 일리나!

일리나   뭐죠?

투젠바흐   (말이 막혀서) 난 오늘 커피를 마시지 않았어. 커피를 끓여 놓도록 말해 줘요, 돌아가서 마실 테니까. (빠른 걸음으로 퇴장한다)

세
자
매

일리나는 생각에 잠겨 서 있다. 그러다가 무대 안쪽으로 걸음을 옮겨 그네에 걸터앉는다. 안드레이가 유모차를 밀고 등장. 페라폰트, 모습을 나타낸다.

페라폰트   안드레이 세르게예비치, 서류는 제 것이 아닙니다, 나리님의 것이에요. 정말 제가 생각해 낸 것이 아닙니다.

안드레이   아, 도대체 어디 있나, 어디로 가 버렸나, 내 과거는? 젊고 쾌활하고 머리가 좋았던 그 시절은? 아름다운 공상과 사색에 잠기던 그 시절, 현재와 미래가 희망에 빛나고 있던 그 시절은 대체 어디로 가 버렸나? 왜 우리는 생활을 시작하기가 무섭게 권태로운 회색빛의 게으르고, 무관심하고, 무익하고, 불행한 인간이 되어 버리는 것일까? 이 도시가 시작된 지 벌써 2백 년이 되고, 현재 10만이라는 인구가 있지만, 그 중에 한 사람도 보통 사람들과 다른 사람은 없다. 예나 지금이나 한 사람의 공로자도 없거니와 한 사람의 학자도, 한 사람의 예술가는 고사하고, 조금이라도 눈에 띄는 놈조차 없단 말이다! 다만 먹고 마시고 잠자고, 그러다가 죽어 가는 것이다. 또한 다음 인간들이 태어나서 역시 먹고 마시고, 권태로움에 못 이겨 비열한 험담이나, 보드카나, 카드놀이나, 소송을 오락삼아 세월을 보낸다. 아내가 남편의 눈을 속이면 남편은 보지도 듣지도 못할 뿐만 아니라, 만약 발각되더라도 눈가리고 아웅 하는 식으로 어떻게든 얼버무리려 한다. 그러한 저속하기 짝이 없는 부모의 영향은 두말할 나위도 없이 아이들에게 미쳐, 신성한 여자는 점점 사라지고 얼마 가지 않아서 아비나 어미와 마찬가지로 서로 비슷비슷하게 가련한 망자가 되어 가는 것이다. (페라폰트에게) 무슨 일이냐?

페라폰트 무슨 일이라뇨? 서류에 서명을 해 주셔야지요.

안드레이 너한테는 정말 질렸다.

페라폰트 (서류를 내밀면서) 방금 세무 감독구의 수위가 말하는데 말씀입니다요. 그 뭡니까요, 페체르부르그의 겨울은 몹시 추워서 영하 2백 도나 된다던데요.

안드레이 현재는 진실로 고달프다. 그러나 미래에 대해 생각하면 뭐라고 말할 수 없을 정도야! 가슴이 시원하게 트여 오고, 멀리서 광명이 비치기 시작하여 자유의 모습이 똑똑히 보이는 거다. 나와 아이들이 게으른 생활에서, 술독에서, 양배추가 든 거위 요리에서, 식후의 낮잠에서, 비열한 무위도식의 생활에서 해방되는 날이 똑똑히 보이는 거다.

페라폰트 2천 명이나 얼어 죽었다나요. 모두들 죽는 줄만 알았대요. 페체르부르그라던가 모스크바라던가 잘 기억이 나지 않습니다만.

안드레이 (달콤한 감상에 젖어) 사랑하는 누님과 동생들, 내 소중한 누이들! (울먹이면서) 마샤, 내 동생…….

나타샤 (창문으로) 누구야? 거기서 큰소리로 떠드는 건? 이런, 당신이었군요. (화가 잔뜩 나서) 소포치카가 깨겠어요. (프랑스 어로) 떠들면 안 돼요. 소피가 자고 있잖아요. 당신은 곰 같은 사람이에요. 이야기하고 싶거든 유모차를 누구든 다른 사람에게 맡기는 게 어때요? 페라폰트, 나리한테서 유모차를 받아요!

페라폰트 네, 알겠습니다. (유모차를 맡는다)

안드레이 (머쓱해서) 난 조용히 얘기하고 있었는데.

나타샤 (방 안에서 아이를 어르며) 보비크! 귀염둥이 보비크! 장난꾸러기 보비크!

안드레이 (서류를 훑어보며) 좋아, 한번 조사해 보고 필요한 곳에 서명하지. 나중에 사무실로 가지러오도록……. (서류를 읽으면서 집 안으로 퇴장)

페라폰트는 유모차를 정원 안쪽으로 밀고 간다.

세
자
매

나타샤   (창문 안에서) 보비크! 엄마 이름이 뭐지? 아아, 귀여워! 그럼
이 사람은? 그렇지, 올랴 고모야. 고모한테 말해 봐, '안녕, 올
랴.' 하고 말이야.

유랑 악사(사내와 처녀)가 바이올린과 하프를 합주한다. 집 안에서 베르
쉬닌, 올리가, 안피사가 등장해서 한동안 잠자코 귀를 기울인다. 일리나
가 걸어온다.

올리가   우리 집 정원은 마치 한길처럼 사람과 말이 지나가는군요.
유모, 이 악사들에게 뭐라도 좀 주어요…….

안피사   (악사들에게 적선을 한다) 조심들 해서 가요. (악사들, 절을 하고
퇴장) 가엾은 사람들이야. 배부르면 저런 짓도 하지 않을 텐데.
(일리나에게) 안녕하세요, 일리나. (일리나에게 키스한다) 네, 네,
아가씨, 아직 살아 있습니다요! 이렇게 살아서 여학교의 관사
에 올뤼쉬카(올리가의 애칭)와 함께 말이지요……. 노후를 보살
펴 주시는 하나님의 뜻이죠. 박복한 나로서는 이제까지 이런
생활은 처음입니다. 집은 커다란 나랏님 것이고 제게도 침대
딸린 방 하나가 돌아왔지 뭡니까. 그게 전부 관비란 말입니다.
밤중에 눈을 뜨면 '아아, 하느님, 성모 마리아님, 나처럼 행복
한 사람은 없습니다.' 하고 생각한답니다.

베르쉬닌   (시계를 꺼내 보며) 올리가, 이제 작별해야겠습니다. 벌써 시
간이 되었어요. (사이) 아무쪼록 건강하시기를……. 그런데 어

디 있을까요, 마리야는?

일리나 정원에 있을 거예요…… 가서 찾아오죠.

베르쉬닌 부탁드리겠습니다. 시간이 없어서…….

안피사 저도 가서 찾아보겠습니다. (부른다) 마리야! 어디 있어요?

(일리나와 함께 정원 안쪽으로 퇴장)

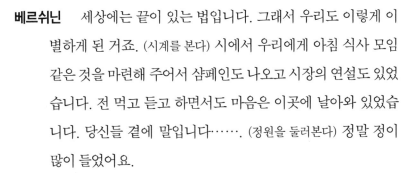

세 자 매

베르쉬닌 세상에는 끝이 있는 법입니다. 그래서 우리도 이렇게 이별하게 된 거죠. (시계를 본다) 시에서 우리에게 아침 식사 모임 같은 것을 마련해 주어서 샴페인도 나오고 시장의 연설도 있었습니다. 전 먹고 듣고 하면서도 마음은 이곳에 날아와 있었습니다. 당신들 곁에 말입니다……. (정원을 둘러본다) 정말 정이 많이 들었어요.

올리가 언제 또 만나 뵐 수 있을까요?

베르쉬닌 아마 힘들 겁니다. (사이) 우리 집사람과 딸들은 아직 두어 달 가량 이곳에 남겨 둘 작정입니다. 만일에 무슨 일이 있거나 도움이 필요하게 될 경우에는 아무쪼록 잘 좀 봐 주십시오.

올리가 네, 물론이죠. 걱정 마세요. (사이) 내일이면 시내는 군인이라고는 한 사람도 없고, 모든 게 추억이 되어 버리겠군요. 그리고 우리의 생활도 물론 달라지겠지요. (사이) 무엇이든 마음대로는 안 되나 봐요. 전 교장이 되기 싫었는데도 이렇게 되고 말았어요. 결국 그렇게 간절히 원했던 모스크바에는 가지 못하게 된 셈이죠…….

베르쉬닌 자…… 그럼 여러 가지로 감사합니다. 만약에 실례되는 일이 있었다면 아무쪼록 용서해 주십시오. 무척, 아니, 너무 많이 떠들었습니다만 그 점도 양해하시기 바랍니다.

올리가 (눈물을 닦는다) 어떻게 된 거야, 마샤는? 빨리 오지 않고서……

베르쉬닌 작별에 즈음해서 당신에게 무슨 말을 또 할까요? 철학이라도 늘어놓을까요? (웃는다) 인생은 괴롭습니다. 그것은 우리 모두에게 빠져나갈 길도, 희망도 없는 것으로 보이지만, 그러나 역시 차츰 밝고 살기 편하게 되어 간다는 것만은 인정하지 않을 수 없습니다. 그리고 인생이 완전히 광명에 싸이는 날도 그리 먼 미래의 일은 아닌 것 같습니다. (시계를 본다) 이제 정말 가야 할 시간입니다! 여태까지 인류는 전쟁으로 바빴고 원정이니 침략이니 하는 것으로 그 존재를 채워 왔었습니다. 하지만 이제 그러한 시대는 종말을 고하고 뒤에는 엄청나게 큰 구멍만이 남아 있습니다. 그것은 당분간 무엇으로도 메울 수 없을 겁니다. 그저 인류는 그것을 열렬히 찾아 헤매고 있으므로 반드시 발견해 낼 겁니다. 그것이 한시라도 빠르면 더욱 좋겠죠! (사이) 아시겠습니까? 근면에다 교육을 더하고, 교육에다 근면을 더한다면 말입니다. (시계를 본다) 그런데 이젠 가야겠군요.

올리가 아, 이제야 오는군요.

마샤 등장.

베르쉬닌 작별 인사를 드리러 왔습니다.

올리가는 방해가 되지 않도록 약간 옆으로 비켜선다.

마 샤 (베르쉬닌의 얼굴을 응시하면서) 안녕히……. (오랜 키스)

올리가 이제 됐어, 이제 그만.

베르쉬닌 꼭 편지 주십시오. 자아, 놓으십시오. 시간이 되었습니다. 올리가, 이분을 부탁합니다. 난 이제 가야해요. 늦었어요.

올리가 이제 됐어, 마샤! 그만 좀 해 두렴! (베르쉬닌, 몹시 감동한 모습으로 올리가의 두 손에 키스하고 다시 한 번 마샤를 안아 주고 나서는 빠른 걸음으로 퇴장)

클르이긴 등장.

클르이긴 (당황하며) 뭐, 괜찮습니다. 그대로 내버려두세요, 울도록……. 내 소중한 마샤, 다정한 마샤, 당신은 내 아내야. 설령 어떠한 일이 있었다 해도 난 행복해. 난 불평하지 않겠어. 한마디도 당신을 나무라지는 않겠어. 이봐, 이 올랴가 증인이야. 다시 옛날과 같은 생활을 시작합시다. 난 당신에게 무엇 하나…….

마 샤 (오열을 참으며) 외딴 바닷가에 푸르른 떡갈나무 한 그루, 황금빛 사슬, 그 둥치에 매어져……. 황금빛 사슬 그 둥치에 매어져……. 난 미칠 것 같아……. 외딴 바닷가…… 푸르른 떡갈나무…….

올리가 진정해, 마샤……. 이 애한테 물을 좀 가져다 줘요.

세
자
매

309

마　샤　나 이제 그만 울겠어…….

클르이긴　마샤는 이제 울지 않아요……. 착한 사람이죠…….

저 멀리서 둔중한 총성이 한 방 들린다.

마　샤　외딴 바닷가에 푸르른 떡갈나무 한 그루, 황금빛 사슬 그 둥 치에 매어져……. 푸르른 고양이……. 푸르른 떡갈나무……. 뭐가 뭔지 모르겠어. (물을 마신다) 실패한 인생……. 이렇게 된 이상 난 아무것도 필요 없어……. 나, 곧 침착해질 거야. 이러 나저러나 마찬가지인걸 뭐. 외딴 바닷가란 뭐야? 왜 이런 말이 머리에 달라붙어 있을까? 머릿속이 엉망이야.

일리나 등장.

올리가　진정해, 마샤. 착하지? 방으로 들어가자.

마　샤　(화를 내며) 안 가겠어. 그런 곳에는……. (흐느낀다. 그러나 곧 울음을 그치고) 난 이제부터 이 집안에는 안 올 거야. 지금부터 안 들어가겠어.

일리나　잠깐 이렇게 같이 앉아 있어. 말을 하지 않아도 좋으니까, 난 내일이면 떠날 텐데. (사이)

클르이긴　어제 3학년 교실에서 말이지, 어떤 장난꾸러기한테서 이 가짜 수염(콧수염과 턱수염이 같이 붙은 것)을 압수했지……. (가짜

수염을 붙인다) 독일어 교사를 닮았지? (웃는다) 안 그래? 그 녀석들은 정말 재미있어. 정말이야.

마 샤 맞아요. 학교의 그 독일인과 닮았군요.

올리가 (웃는다) 정말.

마 샤 (운다)

일리나 이제 그만 해, 언니!

클르이긴 똑같지…….

나타샤 등장.

나타샤 (하녀에게) 왜 그래? 소포치카는 프로트포포프 씨가 봐 주고 계셔. 보비크는 나리더러 유모차에 태워 달라면 되잖아. 어쩜 애들한테 이렇게도 손이 간담! (일리나에게) 일리나, 내일 떠난다고요? 섭섭해요, 정말. 한 주일이라도 더 있으면 좋을 텐데. (클르이긴을 보고 놀라서 소리를 지른다. 클르이긴은 웃으며 수염을 뗀다) 어머, 나쁜 사람, 사람을 깜짝 놀라게 하다니! (일리나에게) 난 아가씨와 정이 들어서 정작 이별하게 되니 마음이 아파요, 아시겠죠? 내일부터 안드레이에게 바이올린을 가지고 당신 방으로 옮겨 가도록 하겠어요. 거기서 마음대로 끼익거리라지 뭐! 그리고 안드레이 방은 소포치카에게 줘야지. 글쎄, 놀랄 만큼 지능이 높은 애예요! 이런 애는 본 적이 없다고요! 오늘도 이렇게 귀여운 눈으로 나를 보고는 '엄마' 하지 않겠어요!

311

클르이긴   정말 훌륭한 아기더군요.

나타샤   그럼 내일부터는 이제 나도 혼자가 되는군요. (한숨을 쉰다) 우선 저 전나무 가로수를 베어 버려야지. 그리고 저 단풍나무도 말이야……. 해가 지면 무척 보기 흉한 모습이 되지 뭐예요. (일리나에게) 이봐요, 아가씨. 그 허리띠는 전혀 당신 얼굴에 어울리지 않아요……. 좀 더 밝은 색으로 했으면 좋겠어요. 그리고 난 사방에서 갖가지 꽃을 심도록 할 거예요. 온갖 꽃을 말이에요. 분명 좋은 향기가 날 거야……. (심각하게) 어떻게 이 벤치 위에 포크가 있지? (집으로 들어가며 하녀에게) 왜 이 벤치 위에 포크가 굴러다니느냐고 묻지 않니? (외친다) 닥쳐!

클르이긴   저런, 드디어 폭발했군!

무대 뒤에서 군악대가 연주하는 행진곡. 모두 귀를 기울인다.

올리가   자, 출발이야.

체브트이킨 등장

마 샤   모두들 떠나는군요, 하는 수 없지……. 조심히 가세요! (남편에게) 우리도 집으로 돌아가죠. 내 모자와 외투는 어디 있죠?

클르이긴   내가 집 안에 가져다 두었소. 곧 가져오지.

올리가   그래, 각자 집으로 돌아가는 게 좋겠어. 시간도 꽤 늦었으니까.

체브트이킨 잠깐만, 올리가.

올리가 네? (사이) 왜 그러세요!

체브트이킨 뭐, 별로……. 자, 뭐라고 하면 좋을까. (올리가에게 귓속말을 한다)

올리가 (놀라서) 설마, 그럴 리가!

체브트이킨 네……. 그렇게 되었어요. 난 지쳐 버렸어. 맥이 풀려서 말도 하기 싫군요. (짜증이 나는 듯) 에이, 항상 이런 식이라니!

마 샤 무슨 일이 있었어?

올리가 (일리나를 껴안고) 오늘은 정말 무서운 날이구나. 너한테 뭐라고 하면 좋을까, 소중한 나의 일리나…….

일리나 왜 그래? 빨리 말해 줘요. 무슨 일이야, 언니? (운다)

체브트이킨 방금 결투에서 남작이 죽었어요.

일리나 (조용히 운다) 알고 있었어요! 알고 있었어!

체브트이킨 (무대 안쪽 벤치에 걸터앉는다) 아아, 피곤해……. (호주머니에서 신문을 꺼낸다) 마음껏 울도록 내버려둬……. (작은 소리로 흥얼거린다) 따, 라, 라, 라, 붐비야……. 길가의 돌에 걸터앉아서……. 어쨌든 마찬가지야!

세 자매, 서로 끌어안는다.

마 샤 오오, 저 악대 소리! 그 사람들은 떠나간다. 한 사람은 이미 영원히 가 버렸고. 우리만 여기 남아서 또다시 우리의 생활을 시작하는 거야. 살아가야지…… 살아가야 해.

일리나　(머리를 올리가의 가슴에 기대고) 이제 때가 오면 어째서 이런 일이 일어났는지, 무엇 때문에 이런 괴로움이 있었는지 모두 알게 될 거야. 모든 것을……. 하지만 그동안은 이렇게 살아가 야지. 일을 해야지. 그저 일만 해야지. 내일 난 혼자서 떠나겠 어. 학교에서 아이들을 가르칠 거야. 나 같은 사람의 도움이라 도 필요로 하는 아이들이 있다면 그들을 위해 나의 일생을 바 치겠어. 지금은 가을이지? 이제 곧 겨울이 와서 눈이 쌓이겠지 만 난 일하겠어, 일하겠어.

올리가　(두 동생을 끌어안는다) 악대는 저렇게 즐겁고 힘차게 연주하 고 있구나. 저 소리를 들으니 살고 싶다는 생각이 들어! 아, 차 츰 세월이 흐르면 우리도 영원히 이 세상과 작별하고 잊혀지겠 지. 우리의 얼굴도, 목소리도, 몇 자매였다는 것도 전부 잊혀지 겠지? 그러나 우리의 고통은 훗날 이 세상을 사는 사람들의 기 쁨으로 바뀌어 행복과 평화가 이 지상에 찾아올 거야. 그리고 현재 이렇게 살고 있는 사람들을 그립게 추억하고 축복해 줄 거야. 아아, 귀여운 나의 동생들, 우리의 생활은 아직 끝나지 않았어. 굳세게 살자! 자, 들어봐! 악대는 저렇게 즐거운 듯이 저렇게 기쁜 듯이 울리고 있어. 저 소리를 들으니 조금만 더 지 나면 무엇 때문에 우리가 살고 있는지, 무엇 때문에 우리가 괴 로워하고 있는지 알 수 있을 것 같은 기분이야. 그것만 알 수 있다면!

악대는 점점 멀어져 간다. 클르이긴이 기분이 좋은 듯 미소 지으면서 마샤의 모자와 외투를 들고 나온다. 안드레이는 보비크를 태운 유모차를 밀고 온다.

체브트이킨　(나직이 흥얼거린다) 따, 라…… 붐비야…… 길가의 돌에
　　　걸터앉아서……. (신문을 읽는다) 마찬가지야! 마찬가지니까!

올리가　그것만 알 수 있다면, 그것만 알 수 있다면…….

세
자
매

315

벚꽃 동산

♠ 등장인물

라네프스카야 부인 (류바)　여지주

아　냐　라네프스카야의 딸

바　랴　라네프스카야의 양녀

가예프 (로냐)　라네프스카야의 오빠

트로피모프 (페차)　대학생

로파힌 (예르몰라이 알렉세예비치)　대부호

피시치크 (시메오노프)　가난한 지주

샤를로타 (이바노브나)　라네프스카야 집안의 가정교사

에피호도프　집사

두냐샤　하녀

야　샤　젊은 하인

피르스　라네프스카야 집안의 최고령 하인

부랑자

역　장

우체국 관리

그 밖의 손님들, 하인들

제1막

어린이 방이라고 불리는 방. 문 하나는 아냐의 방으로 통한다. 새벽, 곧
해가 뜰 무렵이다.

5월이며 벚꽃이 피어 있으나 정원은 춥다. 새벽녘이어서 냉기가 돈다.

창문은 모두 닫혀 있다.

하녀 두냐샤는 촛불을 들고, 로파힌은 책을 들고 등장한다.

로파힌　기차가 도착했군. 세상에……. 지금 몇 시지?

두냐샤　곧 2시예요. (촛불을 끈다) 벌써 날이 샜어요.

로파힌　도대체 기차가 얼마나 연착한 거야? 적어도 두 시간은 될 거
야. (하품을 하고 기지개를 켠다) 나도 멍청하지, 이런 실수를 하다
니! 정거장까지 마중 나갈 생각으로 일부러 여기까지 왔으면서
깜빡 잠들어 버렸으니 말이야. 의자에 앉은 채 그만 잠이 들고 말
았어. 화가 나는군……. 너라도 깨워 주었더라면 좋았을 텐데.

319

두냐샤 떠나신 줄로만 알고 있었어요. (귀를 기울인다) 어머, 벌써 오
셨나 봐요.

로파힌 (귀를 기울인다) 아니야, 짐을 찾기도 하고, 이것저것 할 일이
있을 테니까……. (사이) 라네프스카야 부인은 외국에서 5년이
나 사셨으니까, 아마 무척 변하셨을 거야……. 정말 좋은 분이
지. 쾌활하고 솔직하고 말이야. 잊혀지지도 않지만, 내가 아직
열다섯 살쯤 되는 장난꾸러기였을 때 돌아가신 아버지가—아
버지는 그때 이 마을에 자그마한 가게를 벌이고 계셨는데—내
얼굴을 주먹으로 때려서 코피가 터진 적이 있었지……. 그때
마침 어떻게 된 영문인지 둘이서 이 저택으로 왔는데 말이야,
더구나 아버지는 한잔하시고 거나하게 취해 있었지. 바로 어
제 일처럼 기억이 나. 그러자 부인은, 그때는 아주 젊고 날씬한
분이었는데, 나를 세면대까지 데리고 가 주셨어. 그게 바로 이
방, 이 어린이 방이었던 거야. '울면 안 돼, 꼬마 농부님. 장가
갈 때까지는 낫게 될 테니.' (부상당한 사람을 위안하는 관용구) (사
이) 꼬마 농부라……. 정말 우리 아버지는 농부였지. 나는 이처
럼 흰 조끼에 노란 구두를 신고 있지만 말이야, 개발에 주석 편
자란 말이야……. 하기야 돈은 있어. 돈이라면 넉넉히 있지만,
가슴에 손을 얹고 생각해 보면, 역시 농부임에 틀림없지…….
(책장을 넘기며) 아까도 이 책을 읽었지만 전혀 알 수가 없었어.
읽고 있는 동안에 그만 잠이 들어 버린 거야. (사이)

두냐샤 간밤에는 개들도 밤새껏 자지를 않더군요. 주인들이 돌아온

다는 예감이 들었나 봐요.

로파힌   아니, 두냐샤. 왜 그래?

두냐샤   손이 떨려요. 정신이 흐려지고 쓰러질 것 같아요.

로파힌   넌 너무 사치스러워서 안 되겠어. 옷차림도 귀족 아가씨처럼 화려하고, 머리 모양도 그렇단 말이야. 그래서는 안 돼. 자기 자신의 분수를 알아야지.

에피호도프가 꽃다발을 안고 등장한다. 정장을 하고, 몹시 삐걱거리는, 윤이 나게 닦은 장화를 신고 있다. 들어오면서 꽃다발을 떨어뜨린다.

에피호도프   (떨어진 꽃다발을 줍는다) 정원사가 이걸 보내 왔어요. 식당에 꽂으라면서 말이죠. (두냐샤에게 꽃다발을 건네준다)

로파힌   나한테 크바스(러시아산 맥주의 일종)를 갖다 다오.

두냐샤   네, 알겠습니다. (퇴장)

에피호도프   지금은 새벽녘의 냉기로 영하 3도의 추운 날씨지만 밖엔 벚꽃이 만발합니다. 우리나라 기후는 아무래도 마음에 들지 않아요. (한숨짓는다) 아무래도 말이죠. 우리나라의 기후는 계절에 알맞지 않거든요. 그런데 예르몰라이 알렉세예비치, 내친김에 한마디 덧붙이겠습니다만, 실은 그저께 장화를 새로 맞추었는데, 그것이 어찌나 삐걱거리던지 이러지도 저러지도 못하고 있습니다. 뭘 바르면 좋을까요?

로파힌   그만둬, 귀찮아.

에피호도프　내게는 날마다 무언가 불행한 일이 생긴단 말이에요. 하지만 넋두리는 하지 않아요. 이제는 익숙해져서……. 오히려 미소를 띠고 있을 정도죠!

두냐샤 등장. 로파힌에게 크바스를 준다.

에피호도프　그럼 물러가 보겠습니다. (의자에 부딪혀 의자가 쓰러진다) 또 이렇다니까……. (신이 난 모양으로) 어떻습니까? 건방진 말 같습니다만, 무슨 팔자가 이럴까요? 어쨌든 말이죠……. 이렇게 되면, 괴상하다고 말하고 싶을 정도죠! (퇴장)

두냐샤　사실은 말이에요, 예르몰라이 알렉세예비치. 에피호도프가 저에게 청혼을 해 왔어요.

로파힌　그래?

두냐샤　어떻게 하면 좋을지, 난처해요. 얌전한 사람이지만, 이따금 어떤 얘기를 시작하면 종잡을 수가 없어요. 듣고 있으면 재미도 있고, 정답기도 하지만 뭐가 뭔지 알아들을 수가 있어야 말이죠. 저도 그 사람이 그다지 싫지는 않거든요. 그이는 불행한 사람이에요. 날마다 안 좋은 일이 일어나거든요. 여기서는 그 사람을 가리켜 '스물두 가지 불행'이라고 놀려대죠.

로파힌　(귀를 기울이며) 자, 이번에는 도착하셨나 보군…….

두냐샤　맞아요, 오셨어요! 어떻게 된 걸까요, 저는 갑자기 온몸이 싸늘해졌어요.

로파힌   정말 도착하셨군. 마중하러 나가자꾸나. 내 얼굴을 알아보
       실지 모르겠는데? 어쨌든 5년 만이니까.

두냐샤   (갈피를 잡지 못하며) 전 당장 쓰러질 것 같아요……. 아아, 쓰
       러지겠어요!

두 대의 마차가 현관에 닿는 소리가 난다. 로파힌과 두냐샤는 황급히 나
간다. 무대는 텅 빈다. 옆방에서 소란스러운 소리가 난다. 라네프스카야
부인을 정거장까지 마중 갔던 늙은 하인 피르스가 지팡이에 몸을 지탱
한 채 바쁜 듯이 무대를 가로질러 간다. 낡은 제복에다 모자를 쓰고 무언
가 혼잣말을 하고 있지만 한마디도 알아들을 수가 없다. 무대 위에서의
소란스러운 소리는 점점 높아져 간다. '자, 이쪽으로 가십시다' 누군가
크게 외치는 소리. 라네프스카야 부인과 그녀의 딸 아냐, 쇠사슬로 맨 개
를 데리고 있는 가정교사 샤를로타 등은 모두 여행복 차림이다. 바랴, 가
예프, 피시치크, 로파힌, 보따리와 양산을 든 두냐샤, 많은 짐을 든 하인
들이 모두 방을 지나간다.

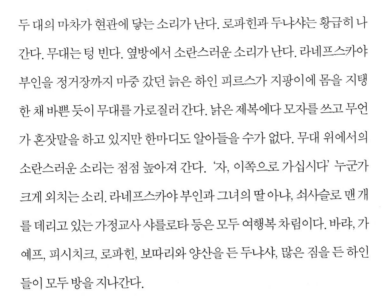

벚꽃 동산

아 냐   어머니, 이 방이 어떤 방인지 기억나세요?

라네프스카야   (기쁜 듯이 목멘 소리로) 어린이 방이지!

아 냐   어찌나 추운지 손이 꽁꽁 얼었어요. 보세요! 어머니 방은 흰
       방이나 보랏빛 방이나 옛날 그대로예요.

라네프스카야   어린이 방은 깨끗하고 그리운 방이지……. 내가 어렸
       을 때는 이 방을 썼단다……. (운다) 지금도 나는 어린애와 다

름없지……. (가예프와 바랴에게 그리고 또 가예프에게 키스한다) 바
랴는 조금도 달라진 데가 없구나. 여전히 수녀 같아. 두냐샤도
한번에 알아봤지……. (두냐샤에게 키스한다)

가예프 두 시간이나 연착했어. 정말이지, 무슨 꼴이야?

샤를로타 (피시치크에게) 제 개는 호두도 먹는다고요.

피시치크 (기가 막힌다는 얼굴로) 참, 놀랍군요!

아냐와 두냐샤를 남겨 놓고 모두 퇴장한다.

두냐샤 드디어 돌아오셨군요.(아냐의 외투와 모자를 벗긴다)

아 냐 나는 여행 도중 나흘 밤이나 꼬박 잠을 못 잤어……. 그리고
지금은 꽁꽁 얼어 버렸어.

두냐샤 일행이 떠나신 것은 사순절 때라 눈이 내리고 몹시 추웠지
만, 지금은 어떤가요? (웃으며 아냐에게 키스한다) 전 얼마나 아가
씨가 오기를 기다렸다고요. 조급한 것 같지만, 말씀드릴 게 있
어요. 너무 흥분돼 1분도 참지 못하겠어요.

아 냐 (지친 듯이) 무슨 이야기지?

두냐샤 집사 에피호도프가 저에게 청혼을 했어요.

아 냐 넌 언제나 같은 소리만 하는구나……. (머리를 고치면서) 난
머리핀을 죄다 잃어버렸어……. (몹시 지쳐서 비틀거린다)

두냐샤 어떻게 해야 좋을지 난처해요. 그이는 저를 사랑하고 있어
요. 몹시 사랑하고 있어요!

아 냐   (자기 방의 문을 쳐다보면서 그리운 듯이) 내 방, 내 창문……. 마
치 여행을 하지 않은 것 같은 기분이야. 난 지금 집에 있는 거
야! 내일 아침에 일어나면 곧 정원으로 나가 봐야지……. 정말
이지 조금이라도 잘 수 있었으면 좋았을걸! 여행 도중 한숨도
자지 못했어. 어쩐지 몹시 걱정이 돼서…….

두냐샤   그저께 표트르 세르게예비치 씨가 오셨어요.

아 냐   (기쁜 듯이) 페차가?

두냐샤   목욕실에서 주무세요. 거기서 기거하시죠. '모두에게 방해
가 되면 안 되니까?' 하시면서 말이에요. (회중시계를 꺼내 보고)
그분을 깨우면 좋겠지만, 바르바라 미하일로브나(바랴의 정식 이
름)가 안 된다고 하셨어요. 그분을 깨우지 말라고 하셨답니다.

바랴 등장. 허리에 열쇠 뭉치를 차고 있다.

바 랴   두냐샤, 커피를 빨리……. 어머님이 커피를 드시겠다니까.

두냐샤   네, 곧 가져가요. (퇴장)

바 랴   모두 무사히 도착해서 기뻐. 너도 다시 집에 있게 되었고.
(정답게 위로하면서) 내 귀염둥이가 돌아왔구나! 멋쟁이가 돌아
왔어!

아 냐   난 몹시 괴로웠어.

바 랴   그랬을 거야!

아 냐   내가 이곳을 떠난 것은 수난 주간(사순절의 제5주)이어서 아

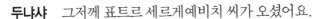

벚꽃 동산

직 추울 때였어. 샤를로타는 여행 도중 끊임없이 지껄여대고, 마술까지 해 보였어. 언니는 왜 샤를로타를 딸려 보냈지?

바 랴 하지만 너 혼자 길을 떠나보낼 수는 없지 않니, 아냐. 넌 겨우 열일곱 살인데 말이야.

아 냐 파리에 도착하니 거기도 눈이 내리고 있었어. 엄마는 5층 방에 살고 계셨지. 내가 올라갔을 때는 어떤 프랑스 인 남녀와 자그마한 책을 든 늙은 신부님이 와 있었는데, 온 방 안이 담배 연기로 자욱하고 정말 기분 나쁜 곳이었어. 나는 갑자기 엄마가 가엾어져서 엄마의 머리를 두 손으로 꼭 껴안은 채 떨어질 수가 없었어. 엄마는 그 후 언제나 감상적이 되어 울고만 계셨지.

바 랴 (목멘 소리로) 그만 해, 말하지 마…….

아 냐 망통(남 프랑스 니스에서 가까운 휴양지) 근처에 있는 별장도 팔아 버리고 엄마한테는 이제 아무것도 남은 게 없어. 아무것도 말이야. 나 역시 1코페이카조차 남아 있지 않아서 간신히 돌아왔어. 그런데도 엄마는 전혀 모르신단 말이야. 역 식당에서는 제일 비싼 요리를 주문하시고 종업원들에게도 팁을 1루블씩 주시지 뭐야. 샤를로타도 마찬가지였어. 게다가 야샤까지 버젓이 1인분을 주문하니, 차마 눈 뜨고는 보지 못할 지경이었어. 야샤 알지? 그 왜…… 엄마의 하인 있잖아. 그 사람도 데리고 왔지…….

바 랴 나도 봤어. 얄미운 녀석이더군.

아 냐 그런데 그 후 어때? 이자는 갚았어?

바 랴   이자가 다 뭐야?

아 냐   야단났군. 어떡하지?

바 랴   8월에는 이 영지가 경매에 붙여질 거야…….

아 냐   아아, 큰일났군.

로파힌   (문틈으로 들여다보고, 소 우는 흉내를 낸다) 음매……. (나간다)

바 랴   (목멘 소리로) 그저, 이렇게 해 주고 싶어……. (주먹으로 위협
           한다)

아 냐   (바랴를 껴안으며 나직이) 바랴, 그분이 언니한테 프러포즈했
           어? (바랴, 아니라는 뜻으로 고개를 젓는다) 하지만, 그분은 언니를
           사랑하고 있어. 서로 고백하면 어때? 둘 다 무엇을 기다리는
           거야?

바 랴   나는 이렇게 생각해. 이건 결국 어쩔 수 없는 일이라고 말이
           야. 그 사람은 일이 많아서 내 문제는 안중에 없단 말이야…….
           돌아보지도 않는걸. 차라리 어디든 가 버렸으면 좋겠어. 그의
           얼굴을 쳐다보는 것마저 괴롭단 말이야. 모두들 내가 결혼한
           다는 소문을 내고 축하까지 해 주지만, 사실은 아무 일도 없어.
           꿈 같은 얘기야……. (말투를 바꾸어) 네 브로치는 꿀벌같이 생
           겼구나.

아 냐   (슬픈 표정으로) 이건 엄마가 사 줬어. (자기 방으로 들어가면
           서 갑자기 어린애처럼 쾌활한 목소리로) 난 파리에서 열기구를 타
           봤어!

두냐샤, 어느새 커피 주전자를 가지고 와서 커피를 끓이고 있다.

바 랴   (문 옆에 서서) 난 말이야, 아냐! 온종일 집안일로 바쁘면서도 언제나 이런 공상을 해. 너를 부잣집에 시집보낼 수 있다면 나도 안심하고 수녀원으로 들어갈 수 있겠다고. 그리고 모스크바로 줄곧 성지 순례를 하며 지내는 거야. 이 성지에서 저 성지로 돌아다니는 거지. 정말 멋있을 거야!

야샤가 망토와 여행용 가방을 들고 등장.

야 샤   (무대를 가로지르며 공손히) 이곳을 지나가도 괜찮겠습니까?

두냐샤   어머, 몰라볼 만큼 변하셨군요. 야샤, 정말 외국에서 훌륭하게 되셨네요.

야 샤   누구……시더라?

두냐샤   당신이 여기를 떠나실 때, 나는 이 정도였어요. (높이를 손으로 가리켜 보인다) 두냐샤예요. 표트르 코조에도프의 딸이에요. 기억나지 않으세요?

야 샤   아, 귀엽게 자라주었군! (주위를 둘러본 뒤 갑자기 두냐샤를 껴안는다. 그녀는 놀라 소리를 지르며 접시를 떨어뜨린다. 야샤, 재빨리 퇴장)

바 랴   (문 앞에서 불만스러운 듯) 또 무슨 일을 저질렀니?

두냐샤   (목멘 소리로) 접시를…… 깼어요.

바 랴   그건 좋은 징조구나.

아 냐 (자기 방에서 나오면서) 엄마한테 말씀드려야지. 페차가 와 있
다고…….

바 랴 난 그 사람을 깨우지 말라고 일러두었어.

아 냐 (생각에 잠겨) 6년 전에 아버지가 돌아가시고, 그 후 한 달 만
에 동생 그리샤가 강물에 빠져 죽고 말았지. 일곱 살밖에 안 된
아이였는데……. 엄마는 참을 수 없어 집을 나가셨던 거야. 뒤
도 돌아보지 않으시고 나가신 거야……. (부르르 몸을 떤다) 난
엄마의 심정을 잘 알고 있어. 그게 엄마한테 통한다면! (사이)
페차 트로피모프는 그리샤의 가정교사였으니까, 또 옛날 일을
회상하실 지도 모르겠군…….

피르스 등장. 양복에 흰 조끼를 입고 있다.

피르스 (커피 주전자 옆으로 다가가, 걱정스러운 표정으로) 주인마님은 여
기서 커피를 드시겠다는군……. (흰 장갑을 두 손에 낀다) 커피 준
비는 되었느냐? (두냐샤에게 엄하게) 두냐샤! 크림은 어쨌느냐!

두냐샤 어머, 야단났네……. (허둥지둥 퇴장한다)

피르스 (커피 주전자 옆을 서성거리며) 에잇, 저 바보 같으니라고…….
(혼잣말로 중얼거린다) 파리에서 돌아오셨어……. 언젠가 주인
나리도 파리에 가신 적이 있었지……. 마차로 말이야. (소리내
어 웃는다)

바 랴 피르스, 무얼 그리 중얼거리고 있지?

피르스 네? 뭐라고 하셨나요? (기쁜 듯이) 주인마님께서 돌아오셨습니다! 기다린 보람이 있었어요. 이제는 죽어도 여한이 없어요……. (기쁨의 눈물을 흘린다)

라네프스카야 부인, 가예프, 피시치크 등장. 피시치크는 엷은 나사(羅紗)로 만든 소매 없는 외투에 헐렁헐렁한 바지를 입고 있다. 가예프는 들어오면서 두 팔과 허리로 당구를 치는 듯한 시늉을 한다.

라네프스카야 어떻게 하더라? 잠시 복습을 해야지……. 노란 공은 구석으로! 두 번 치기는 한가운데로!

가예프 살짝 쳐서 구석으로 보내야지. 그런데 옛날에는 동생과 함께 바로 이 어린이 방에서 자곤 했는데, 어느새 내가 쉰한 살이나 되었다니……. 어쩐지 이상한 기분이 드는군…….

로파힌 그럼요, 세월은 빠른 거죠.

가예프 뭐라고?

로파힌 아니, 세월이 빠르다고 했어요.

가예프 이 방에서는 사향초 냄새가 나는군.

아 냐 저는 가서 자야겠어요. 안녕히 주무세요, 엄마. (라네프스카야에게 다가가 키스한다)

라네프스카야 내 귀염둥이. (딸의 손에 키스한다) 집에 돌아오니 기쁘지? 나는 아직도 믿어지지 않는구나.

아 냐 안녕히 주무세요, 외삼촌.

가예프　(아냐의 얼굴과 두 손에 키스한다) 잘 자거라. 어쩌면 너는 그렇게도 어머니를 쏙 빼닮았니? (라네프스카야에게) 너도 이 아이 나이 적에는 정말 이랬지.

아냐는 한 손을 로파힌과 피시치크에게 내민 후 자기 방으로 들어가서 문을 닫는다.

벗꽃 동산

라네프스카야　저 애는 몹시 지친 모양이에요.

피시치크　긴 여행이었으니까요.

바 랴　(로파힌과 피시치크에게) 여러분, 어떻게 하시겠어요? 곧 3시가 돼요. 슬슬 신사 체면을 생각하시는 게 어떠세요?

라네프스카야　(웃는다) 넌 여전하구나, 바랴. (바랴를 끌어당겨 키스한다) 이 커피를 마시고 나서 작별하기로 하자. (피르스는 부인의 발밑에 발을 얹을 쿠션을 놓는다) 고마워, 피르스. 나는 커피에 중독이 되어 밤낮으로 마시죠. 고마워. (피르스에게 키스한다)

바 랴　잠깐 살펴보고 와야겠어요. 짐이 모두 도착했는지 어떤지.
　　(퇴장)

라네프스카야　정말 여기 앉아 있는 것이 나일까? (웃는다) 난 날고, 뛰고, 두 손을 휘둘러 보고 싶어. (두 손으로 얼굴을 가린다) 이것이 꿈이라면 어떡할까? 난 하느님께 맹세하지만, 내가 태어난 고향을 사랑해. 마치 어머니에게 응석부리는 것 같은 마음이지. 난 기차 창문에서, 도저히 밖을 내다볼 수가 없어서 울고만

331

있었어. (목멘 소리로) 그건 그렇고, 우선 커피를 마셔야겠어. 고마워, 피르스. 정말 고마워. 할아범이 건강하게 있어 줘서 난 무엇보다 기뻐.

피르스 그저께였습니다.

가예프 할아범의 귀가 어두워졌군.

로파힌 난 이제 곧, 새벽 4시가 지나면 하리코프로 떠나야 합니다. 참 유감스러워요! 잠깐 뵙고 말씀드릴 것도 있었습니다만……. 그러나 여전히 아름다우시군요.

피시치크 (숨을 몰아쉬면서) 오히려 더 훤해지신 것 같아. 옷도 파리식이고……. 우리는 도저히 눈이 부셔서 똑바로 뵐 수가 없을 지경이니…….

로파힌 부인의 오라버님이신 레오나르드 안드레예비치는 나를 비천하다느니 욕심꾸러기라느니 말하지만, 난 그런 것에는 조금도 구애받지 않습니다. 마음대로 말하라죠. 다만 내가 바라는 것은 부인만은 그전처럼 나를 신용하셔서, 그 뭐라고 말할 수 없는 그윽한 눈빛으로 나를 보아주십사 하는 것입니다. 원 세상에, 생각만 해도 소름이 끼칩니다! 우리 아버지는 부인의 할아버지와 아버지의 농노였어요. 하지만 부인께서는, 저에게 큰 도움을 주신 적이 있죠. 그래서 나는 모든 것을 깨끗이 잊어버리고 부인을 제 육친처럼 여기고 있습니다. 아니, 육친 이상으로 생각하고 있습니다.

라네프스카야 나 역시 가만히 있을 수가 없군요. 도저히 안 되겠어요. (벌떡 일어서서, 몹시 흥분한 듯이 돌아다닌다) 기뻐서, 기뻐서 정말 미칠 지경이에요……. 웃어 주세요. 나는 어리석은 사람이니까요……. 그리운 내 책장……. (책장에 키스한다) 내 작은 테이블…….

가예프 동생이 집에 없는 동안에 유모가 죽었어.

라네프스카야 (앉아서 커피를 마신다) 알고 있어요……. 망자에게 평안함을 주소서! 통지를 받았으니까요.

가예프 아나스타시도 죽었어. 사팔뜨기 페트루시카는 우리 집에서 나가 지금은 시내 서장댁에 있지. (호주머니 속에 있던 조그만 상자에서 사탕을 꺼내어 빨아먹는다)

피시치크 우리 딸 다센카가 안부를 전하더군요.

로파힌 나는 부인께 매우 유쾌하고 즐거운 얘기를 하고 싶습니다만……. (시계를 꺼내어 들여다본다) 이제는 일어서야 하기 때문에 말씀드릴 시간이 없습니다. 아주 간단히 말씀드리죠. 이미 아시다시피, 댁의 벚꽃 동산은 채무의 저당으로 팔리게 되어 8월 22일이 경매일로 정해졌습니다. 그러나 걱정하실 것은 없습니다. 부인, 제발 안심하십시오. 방법은 있으니까요. 그러니 내 제안을 잘 들어 주시기 바랍니다! 부인의 영지는 시내에서 고작 50킬로미터밖에 떨어져 있지 않고, 또한 바로 곁에 철도가 부설되었습니다. 그래서 만약 이 벚꽃 동산과 강에 접한 땅 일대를 별장용의 땅으로 분할해서 빌려 준다면, 부인은 아무리 못받아도 한 해에 2만 5천 루블의 수입을 올리실 수 있습니다.

가예프 실례지만, 그건 잠꼬대 같은 소리야!

라네프스카야 댁의 말씀은 잘 이해가 가지 않는데요, 예르몰라이 알
렉세예비치.

로파힌 다시 말해서, 별장 족(族)으로부터 3천 평에 대해서 최저 연
25루블의 비율로 지대(地代)를 받을 수 있게 됩니다. 만약 지금
곧 광고를 하신다면, 내가 보증하겠습니다만, 가을까지는 한
치의 유휴지도 없이 죄다 세를 놓으실 수 있을 겁니다. 그렇게
되면 만사형통이죠. 부인은 편안하게 노후를 보낼 수 있게 됩
니다. 어쨌든 장소는 더할 수 없이 좋죠, 강도 깊으니 말이죠.
이를테면 낡은 건물은 죄다 철거해 버려야죠. 우선 이 저택은
아무 쓸모도 없으니까요. 그리고 묵은 벚꽃 동산도 잘라 없애
버려야 합니다.

라네프스카야 잘라 없앤다고요? 정말 댁은 아무것도 모르시는군
요. 이 지방에서 뭔가 조금은 낫고 훌륭한 것이 있다고 한다면,
그것은 우리 집의 벚꽃 동산뿐이에요.

로파힌 훌륭하다는 것도 결국은 넓다는 것뿐입니다. 버찌는 2년에
한 번밖에 열리지 않고, 또 열린다 해도 팔 데가 없지 않습니
까? 누구 하나 살 사람이 없으니까요.

가예프 백과사전에도 이 동산은 나와 있어.

로파힌 (시계를 들여다보며) 그럴싸한 대책도 떠오르지 않고 아무 결
론도 나오지 않는다면, 8월 22일에 벚꽃 동산은 물론이거니와
영지는 모조리 경매에 붙여진단 말입니다. 결단이 중요해요!

다른 방법은 없습니다. 정말이에요. 없다면 없는 것입니다.

피르스 옛날에는, 그러니까 4, 50년 전까지는 버찌를 말려서 설탕에 절이기도 하고, 식초에 담그기도 하고, 잼을 담갔죠. 그리고 곧잘……

가예프 잠자코 있어, 피르스.

피르스 그리고 곧잘 말린 버찌를 몇 대의 짐마차에 실어서 모스크바나 하리코프로 보냈죠. 굉장한 돈이었어요! 말린 버찌지만, 그 당시에는 부드럽고, 물기가 있고, 단맛이 있고, 향기로웠어요. 그 당시에는 만드는 방법을 잘 알고 있었으니까요.

라네프스카야 그걸 만드는 방법이 지금은 어떻게 되었지?

피르스 잊어버렸어요. 아무도 기억하고 있지 않습니다.

피시치크 (라네프스카야 부인에게) 파리에서는 어땠습니까? 정말 개구리를 드셨나요?

라네프스카야 악어를 먹었어요.

피시치크 어이구, 맙소사!

로파힌 여태까지 시골이라고 하면, 지주와 농부밖에 없었습니다. 하지만 오늘날에는 별장 족이라는 것이 나타났습니다. 어떤 조그만 마을에 가도 주위에는 온통 별장이 서 있습니다. 이런 상태로 나가면, 30년 뒤의 별장 족은 굉장한 숫자가 될 겁니다. 지금이야 그 사람들이 하는 일이란 발코니에서 차를 마시는 것이 고작입니다만, 언젠가는 그 사람들도 3천 평의 땅을 가지고 농사를 시작할지도 모릅니다. 그때는 이 댁의 벚꽃 동산도 위

벚꽃 동산

335

세 있고 풍요한 지상천국이 될 것입니다.

가예프   (분개하며) 무슨 소리야!

바랴와 야샤 등장.

바 랴   어머니, 전보가 두 통 와 있었어요. (열쇠 뭉치에서 하나를 골라 소리내어 낡은 책장을 연다) 이것 보세요.

라네프스카야   파리에서 왔구나. (자세히 읽지도 않고 두 통을 모두 찢어 버린다) 파리하고는 이미 인연을 끊었어…….

가예프   류바, 알고 있니? 이 책장의 나이를 말이야……. 바로 얼마 전에 제일 밑에 있는 서랍을 빼 보았더니, 소인으로 연호가 찍혀 있었어. 꼭 백 년 전에 만들어졌더구나. 어때, 우선 기념제라도 베풀고 싶지 않니? 비록 생명이 없는 것이지만, 어쨌든 책장임에는 틀림없으니까 말이지.

피시치크   (놀라면서) 백 년이라……. 굉장하군!

가예프   그럼, 굉장한 거지……. (책장을 만져 보며) 친애하고 존경하는 책장이여! 이제 백 년 이상의 세월에 걸쳐, 끊임없이 선과 정의의 빛나는 이상을 목표로 지내온 그대의 존재에 삼가 경의를 표하노라. 유익한 일로 인도하는 그대의 말없는 호소는 백 년 동안 굽히지 않고 (목멘 소리로) 우리 집안 대대의 사람들에게 미래에 대한 용기와 신념을 보존하게 하며, 우리로 하여금 선과 사회적 자각의 이상을 함양해 주었노라. (사이)

336

로파힌   그렇지…….

라네프스카야   오라버님은 여전하시군요.

가예프   (약간 겸연쩍어 하며) 그 공에서 오른쪽으로 밀어, 구석으로! 살짝 대고는 한가운데로 밀어 넣어야지!

로파힌   (시계를 꺼내어 들여다보며) 그럼 가 봐야겠군.

야 샤   (라네프스카야 부인에게 약을 건네준다) 지금 알약을 드시는 게 어떻습니까?

피시치크   부인, 약 따위를 잡수실 필요는 없습니다. 아무런 도움도 안 되니 말입니다. 어디 한번 이리 줘 보세요. (알약을 받아 손바닥 위에 얹고, 후 하고 불고는 입 속으로 털어 넣어, 크바스로 꿀꺽 삼켜 버린다)

라네프스카야   (기가 막혀서) 어머, 제정신이세요?

로파힌   잘도 먹는군!

모두들 웃는다

피르스   이분은 부활절 때 오셔서, 오이를 반 통이나 잡수셨습니다……. (혼자 중얼거린다)

라네프스카야   무슨 말을 하고 있을까?

바 랴   벌써 3년째 저렇게 중얼거리고 있어요. 우리는 익숙해졌어요.

야 샤   너무 늙었어요.

벚꽃 동산

샤를로타가 흰옷을 입고 무대를 지나간다. 몹시 왜소한 몸에 옷을 꼭 끼게 입고 있으며, 허리띠에는 오페라 글라스를 차고 있다.

로파힌   실례합니다, 이바노브나. 미처 인사를 드리지 못했군요. (샤를로타의 손에 키스하려고 한다)

샤를로타   (손을 움츠리며) 손을 내드리면, 다음에는 팔꿈치, 다음에는 어깨에 키스하시려 들겠지요.

로파힌   오늘은 아무래도 운이 나쁘군. (모두들 웃는다) 이바노브나, 마술을 보여 주세요!

라네프스카야   그래, 샤를로타, 마술을 보여 다오!

샤를로타   안 돼요. 전 지금 너무 졸리니까요. (퇴장)

로파힌   3주일 후에 뵙겠습니다. (라네프스카야 부인의 손에 키스한다) 그럼 그때까지 안녕히 계십시오. 이제는 시간이 다 되었어요. (가예프에게) 그럼 또 뵙겠습니다. (피시치크와 키스를 나누고) 안녕히 계십시오. (먼저 바랴와, 다음에 피르스, 야샤와 악수하고) 떠나고 싶지 않군. (라네프스카야 부인에게) 별장에 관한 것을 충분히 생각하셔서, 결심이 서신다면 바로 알려주십시오. 5만 루블은 만들어 드릴 테니까요. 신중하게 생각하십시오.

바 랴   (화가 나는 듯) 자, 적당히 해두고 그만 가 보세요!

로파힌   가겠습니다. 가고 말고요. (퇴장)

가예프   천한 놈. 아니, 미안, 바랴는 그에게 시집간다고 했지. 그는 바랴의 신랑이 될 사람이거든.

바 랴　외사촌, 쓸데없는 말씀은 하지 마세요.

라네프스카야　바랴, 나는 그렇게 되면 정말 기쁘겠어. 그 사람은 착한 사람이니까.

피시치크　사람이야 참으로 더할 나위 없이…… 훌륭하죠. 우리 집 다센카도 자주 그의 얘기를 합니다. 이것저것 말이에요. 그런데 부인…… 죄송합니다만 240루불만 빌려 주시지 않겠습니까? 내일 담보에 대한 이자를 내야 해서 말이죠.

벚꽃 동산

바 랴　(깜짝 놀라며) 안 돼요. 그만한 돈은 없어요!

라네프스카야　나는 정말 한 푼도 가진 게 없어요.

피시치크　천만에, 나올 거예요. (웃는다) 절대로 희망은 버리지 않겠습니다. 지난 번에도 이제는 틀렸구나, 하고 단념하고 있으려니, 놀랍게도 철도가 우리 집 땅을 지나가는 바람에 돈이 굴러 들어왔습죠. 그러니 두고 보십시오. 또 무슨 일이 터질 테니까요. 오늘이 아니면 내일이라도. 다센카가 20만 루블은 맞힐 테니까요…… 그 애가 복권 한 장을 가지고 있거든요.

라네프스카야　커피도 마셨으니까. 이젠 자야겠군.

피르스　(옷솔로 가예프의 옷을 털면서 훈계하듯) 또 바지를 바꿔 입으셨군요. 정말 곤란한 분이세요!

바 랴　(나직이) 아냐는 자고 있어요. (조용히 창문을 연다) 벌써 해가 떴네. 춥지 않아요. 어머니, 저기 보세요. 얼마나 아름다운 벚나무들인지 모르겠어요! 시원해요. 이 공기! 찌르레기가 우는군요!

가예프 (다른 창문을 열고 황홀한 듯) 온통 정원이 하얗구나. 넌 이 장관을 잊지 않았을 테지. 어때, 류바? 이 기다란 가로수 길은 마치 가죽 혁대를 잡아당긴 듯이 곧장 뻗어, 달밤이면 하얗게 빛나는 거야. 어때, 기억하고 있겠지? 잊지는 않았겠지?

라네프스카야 (창문에서 정원을 내다보며) 아아, 나의 어린 시절, 순결한 시절! 나는 저 어린이 방에서 자고, 여기서 정원을 내다봤죠. 그때는 행복이 매일 아침 나와 함께 눈을 떴어요. 정원도 지금과 같았고, 바로 이 모습 그대로예요. (기뻐하며 웃는다) 온통 새하얗구나! 아아, 내 정원! 어둡고 음산한 가을과 추운 겨울을 지내고도, 너는 다시 젊디 젊고, 행복에 가득 차 있구나. 천사들이 너를 버리지 않았던 거야. 아아, 내 가슴과 어깨에서 짓누르는 돌이 제거될 수 있다면! 내 과거를 깨끗이 잊어버릴 수가 있다면 난 얼마나 좋을까?

가예프 그렇지. 그러나 이 정원도 빚의 담보로 팔려 버린다. 이상한 얘기지만 하는 수…….

라네프스카야 어머, 저기 보세요. 돌아가신 어머니가 정원을 걷고 계세요……. 흰옷을 입으시고! (기뻐하며 웃는다) 틀림없이 어머니예요.

가예프 어디 보자……. 어디?

바 랴 정신 차리세요, 어머니.

라네프스카야 아무도 없어, 환상이었나 봐. 정자 쪽으로 가는 길목, 오른쪽에 있는 하얀 나무가 드리워져 있는 것이 어머니의 모습

340

으로 보였던 거야…….

트로피모프 등장. 낡은 학생복을 입고 안경을 끼고 있다.

라네프스카야   정말 멋진 정원이야! 저 수많은 하얀 꽃, 푸른 하
늘…….
트로피모프   부인! (라네프스카야가 그를 돌아본다) 저는 잠깐 인사만 드
리고 곧 물러가겠습니다. (손에 열렬히 키스한다) 아침까지 기다
리라는 말을 들었습니다만, 전 아무래도 참을 수가 없어서 이
렇게…….

라네프스카야는 이상하다는 듯이 그를 쳐다본다.

바 랴   (목멘 소리로) 페차 트로피모프예요…….
트로피모프   전 아드님 그리샤의 가정교사였습니다. 제가 그렇게도
달라졌나요?

라네프스카야는 트로피모프를 껴안고 조용히 운다.

가예프   (당황하여) 그만해, 그만하라니까, 류바.
바 랴   (운다) 그래서 내가 말하지 않았어요, 페차. 내일까지 기다리
라고.

라네프스카야   나의 그리샤……. 내 아들…… 그리샤……. 귀여운
아들…….

바 랴   어쩔 수 없어요, 어머니. 하느님의 뜻이니까요.

트로피모프   (부드럽게, 목이 메어) 그만하세요. 이제 그만 진정하세요.

라네프스카야   (조용히 운다) 그 아이는 죽었어. 물에 빠져 죽었어. 왜
그랬을까? (말소리를 낮추어) 아냐가 자고 있는데, 내가 큰소리
를 내다니. 짜증을 내겠지? 어머, 웬일이에요. 페차? 어째서
얼굴이 이렇게 거칠어졌죠?

트로피모프   기차 안에서도 어떤 시골 할머니한테 '여보세요, 대머
리 나리'라는 말을 들었죠.

라네프스카야   당신은 그 당시 마치 어린애처럼 귀여운 학생이었어
요. 그런데 지금은 머리숱도 많지 않고, 안경까지 끼고 있군요.
정말 지금도 대학생인가요? (문 쪽으로 간다)

트로피모프   아마 저는 만년 대학생일 거예요.

라네프스카야   (가예프에게, 그리고 바랴에게 키스한다) 자, 가서 자도록
해라……. 오라버님도 많이 늙으셨군요.

피시치크   (라네프스카야의 뒤를 따른다) 그럼 나도 자야지. 아이구, 이
놈의 다리는 또 쑤셔오는군. 오늘은 댁에 묵겠어요. 부인, 내일
아침에는 240루블…….

가예프   저자는 자기 말만 하는군.

피시치크   제발…… 담보의 이자를 내야 해요.

라네프스카야   나에게는 돈이 없어요.

피시치크 반드시 갚을 테니까요, 부인. 얼마 되지 않잖아요.

라네프스카야 그럼 좋아요. 오라버님한테 부탁해 보겠어요. 오라버 님, 좀 빌려 주죠?

가예프 뭐 좋아, 호주머니를 열어 놓고 기다리고 있어.

라네프스카야 어쩔 수 없잖아요. 이 양반이 필요하다니까요. 꼭 갚 겠다지 않아요.

라네프스카야 부인, 트로피모프, 피시치크, 피르스 퇴장.

가예프 동생은 아직도 돈을 뿌리는 버릇이 그대로 남아 있군. (아샤 에게) 제발 조금 더 저쪽으로 가 다오. 너한테서 닭 냄새가 나 견디지 못하겠어.

야 샤 (냉담하게) 말씀하시는 나리도 여전하시군요.

가예프 뭐? (바랴에게) 이놈이 뭐라고 했지?

바 랴 (야샤에게) 마을에서 네 어머니가 와서 어제부터 하인 방에 서 기다리고 있어. 잠시 만나 보겠다고 말이야…….

야 샤 쳇, 귀찮아 죽겠군!

바 랴 어머나, 뻔뻔스러워!

야 샤 내일쯤 와도 좋을 텐데. (퇴장)

바 랴 그나저나 어머니는 여전하시군요. 조금도 달라지지 않으셨 어요. 그냥 이대로 내버려두면, 무엇이고 다 남들한테 다 줘버 리겠어요.

가예프　아무렴. (사이) 어떤 병에 대해서 이것저것 온갖 약을 권할 때는, 그 병이 고칠 수 없는 병이라는 증거야. 나도 머리를 짜내 생각하고 있는데, 그러면 여러 가지 방법이 머리에 떠오르지. 하지만 결론적으론 쓸 만한 것이 하나도 없어. 어떤 사람의 유산이 굴러들어오는 것도 좋고, 아냐를 큰 부잣집에 시집보내는 것도 좋고, 혹은 야로슬라블리로 가서 백작 부인인 큰어머니와 부딪쳐 보는 것도 나쁘진 않을 거야. 큰어머니는 굉장한 부자니까.

바 랴　(운다) 제발 그렇게만 된다면야…….

가예프　울지 마라. 큰어머니는 굉장한 부자지만, 우리 형제를 좋아하진 않아. 첫째 동생이 귀족도 아닌 변호사 나부랭이한테 시집을 갔거든.

아냐가 문 앞에 나타난다.

가예프　귀족도 아닌 사람과 결혼한데다 품행도 그다지 좋았다고는 할 수 없으니까 말이야. 내가 보기엔 훌륭한 여자야. 성격도 좋고 친절하지. 솔직히 나는 그 아일 좋아해. 그러나 아무리 호의적으로 보아도 역시 품행이 좋지 않다는 것만은 인정하지 않을 수 없어. 이런 점은 사소한 거동 하나에도 나타나거든.

바 랴　(나직이) 아냐가 문 앞에 있어요.

가예프　뭐라고? (사이) 이상하군. 내 오른쪽 눈에 뭐가 들어갔나 봐……. 잘 보이지 않아. 지난 목요일에 내가 지방 법원에 갔을 때…….

아냐, 들어온다.

바 랴   왜 안 자고 일어났니, 아냐?

아 냐   잠이 오지 않아. 잘 수가 없어.

가예프   우리 귀염둥이. (아냐의 얼굴과 손에 키스한다) 나의 꼬마! (목이 메어) 너는 내 조카딸이라기보다 내 천사고 내 전부란다. 내 말을 믿어 다오. 진정이다.

아 냐   믿고 있어요, 외삼촌. 모두들 외삼촌을 좋아하고 존경하고 있어요. 하지만 외삼촌은 잠자코 계셔야 해요. 잠자코 말이에요. 방금 우리 엄마를 뭐라고 말씀하셨죠? 외삼촌 동생 아니에요? 왜 그런 말씀을 하시는 거죠?

가예프   알았다, 알았어……. (아냐의 한쪽 손으로 자기 얼굴을 가린다) 정말 나 자신도 짜증이 난다니까! 정말 한심한 노릇이지!

바 랴   정말이에요, 외삼촌. 잠자코 계시는 게 좋아요. 잠자코 계시면 그것으로 충분해요.

아 냐   잠자코 계시면 마음이 진정될 거예요.

가예프   그래, 너희들 말대로 잠자코 있겠다. (아냐와 바랴의 손에 키스한다) 잠자코 있겠어. 다만 조금 중요한 얘기가 하나 있어서 말이다. 목요일에 지방 법원에 갔더니 우연히 동료들이 모여서 이런저런 세상 얘기가 나온 가운데, 간신히 그 어음으로 돈을 꾸어서 은행 이자를 갚을 수 있을 것 같더구나.

바 랴 제발 그렇게만 된다면야!

가예프 화요일에 가서 다시 한 번 말해 보겠다. (바랴에게) 울지 마라. (아냐에게) 어머니는 로파힌과 상의할 거야. 그 사람은 물론 거절하지는 않겠지. 그리고 너는 조금 쉰 다음, 야로슬라블리 백작 부인한테 가 보거라. 네 할머니니까. 이런 식으로 세 방면으로 움직인다면……. 문제없어. 암, 이자는 문제없이 갚을 수 있다. (사탕을 입 안에 넣는다) 내 명예건 무엇이건 모두 걸고 맹세하지만, 이 영지는 절대로 팔아선 안 돼! (흥분하여) 내 행복을 걸고 맹세하지! 자, 이 손이 증인이야. (한 손을 내민다) 만약에 내가 경매에 붙여지게 내버려둔다면, 그때야말로 나를 건달이라든가, 파렴치한 놈이라고 말해도 좋다! 나의 모든 존재를 걸고 맹세하지.

아 냐 (마음이 진정되어 행복한 듯) 외삼촌은 참 좋은 분이세요. 현명하시고! (외삼촌을 껴안는다) 겨우 안심했어요. 전 지금 너무 행복해요!

피르스 등장.

피르스 (비난하듯이) 나리, 언제 주무시겠습니까?

가예프 아, 곧 자야지. 너는 물러가도 좋아, 피르스. 그냥 나 혼자서 옷을 갈아입을 테니까. 그럼 너희들 잘 자거라. 자세한 얘기는 내일로 미루고 가서 자야겠다. (아냐와 바랴에게 키스한다) 나는 80년대(1880) 사람이야. 물론 평판이 나쁜 시대였기는 했지만 그건 그렇고, 이렇게 말할 수는 있지. 신념을 위해 나도 적지 않은 고통을 맛보았다고 말이야. 농민들이 나를 좋아하는 것도 전혀 이상한 일은 아니지. 농민을 알아야 해! 도대체 그들이 어떤…….

아 냐 외삼촌, 그리고요!

바 랴 외삼촌, 잠자코 계세요.

피르스 (화난 듯이) 나리!

가예프 간다고, 가……. 두 사람 다 자도록 해라. (퇴장. 피르스 종종걸음으로 뒤따른다)

아 냐 이젠 안심이야. 야로슬라블리 따위, 난 가고 싶지 않아. 그 할머니는 싫은걸 뭐. 하지만 어쨌든 숨을 돌렸어. 고마워요, 아저씨. (앉는다)

바 랴 이젠 자야겠어. 자, 가자꾸나. 그렇지, 네가 없는 동안 좋지 못한 일이 있었어. 저 낡은 하인 방에는 너도 알다시피 고참 하인들만 묵고 있잖아? 에피뮤시카라든가, 폴랴라든가, 예브스치크네이라든가, 카르프라든가 말이야. 그 사람들이 부랑자들을 끌고 와서 재워 주기 시작했단 말이야. 나는 그냥 묵인해 주었지. 그런데 들리는 말에 의하면, 내가 그 사람들한테 완두만 먹이는 것처럼 소문을 퍼뜨리고 있다는구나. 내가 구두쇠라

347

그렇다는 거야……. 그것이 모두 예브스치크네이가 꾸민 짓이야. '좋아 그렇다면 이쪽도 각오가 되어 있어.' 하고 단단히 결심한 나는 예브스치크네이를 불렀어. (하품을 한다) 난 그가 나타나자……. '예브스치크네이, 너는 왜 그렇게 바보인지 모르겠구나.' 하고 말했지. (아냐를 보고) 아냐! (사이) 잠들었군. (아냐의 팔을 부축하고) 자, 침대로 가자꾸나……. 자, 자러 가자고. (아냐를 데리고 간다) 내 착한 아기가 주무셔! 자, 가자꾸나……. (두 사람 걸어간다)

멀리 정원 너머에서 목동이 갈대 피리를 분다. 트로피모프가 무대를 지나가다가 바랴와 아냐를 보고 걸음을 멈춘다.

바 랴   쉬잇…… 동생은 자고 있어요. 아주 깊이 잠들었다고요. 자, 가자꾸나. 귀염둥이.

아 냐   (나직이 꿈꾸는 듯이) 난 몹시 피곤해. 아직도 마차의 방울이 울리고 있어……. 아저씨……. 좋은 분이에요. 엄마도, 아저씨도…….

바 랴   가자꾸나, 아냐. 어서 가자꾸나……. (아냐의 방으로 들어간다)

트로피모프   (감격하여) 오, 나의 태양! 나의 청춘!

제2막

야외. 오래 전에 버려지고 기울어지기 시작한 낡고 조그만 예배당이 있다. 그 옆에는 우물이 있다. 본래는 묘비였던 것으로 보이는 커다란 바위 몇 개가 놓여 있다. 낡은 벤치 하나. 가예프의 시골 저택으로 통하는 길이 보인다. 한쪽에 높이 솟은 포플러가 검은 빛을 띠고 있다. 거기서부터 벚꽃 동산이 시작되는 것이다. 멀리 규칙적으로 서 있는 전신주의 행렬. 더욱 멀리 지평선상에 커다란 도시의 모습이 어렴풋이 보인다. 그것은 매우 맑은 날씨가 아니면 보이지 않는다. 해가 질 무렵이다.

샤를로타, 야샤, 두냐샤가 벤치에 앉아 있다. 에피호도프는 옆에 서서 기타를 치고 있다. 모두 생각에 잠겨 앉아 있다. 샤를로타는 낡은 차양 달린 모자를 쓰고 어깨에서 총을 내려 멜빵의 고리쇠를 고치기 시작한다.

샤를로타   (생각에 잠긴 듯) 나는 정식 신분증이 없으니까 내가 몇 살인지 몰라요. 그래서 언제나 자신을 젊다고 생각하죠. 제가 아

349

직 어렸을 때, 부모님은 이 시장에서 저 시장으로 돌아다니면서 서커스를 하셨어요. 제법 훌륭했죠. 나는 '죽음의 무도'(공중 곡예)를 하고, 그 밖에도 곡예를 했어요. 부모님이 돌아가시자, 어느 독일인 부인이 나를 맡아서 키우며 공부도 시켜 주었어요. 그렇게 자라서 이처럼 가정교사가 되었죠. 그러나 대체 내가 어디의 누구인지는 도무지 알 수가 없어요. 부모님이 어떤 사람이었는지, 정식 부부였는지 어땠는지 그것도 몰라요. (호주머니에서 오이를 꺼내 먹는다) 아무것도 몰라요. (사이) 여러 가지 얘기를 하고 싶지만, 말 상대도 없고……. 나한테는 아무도 없으니까요.

에피호도프 (기타를 치면서 노래한다)

덧없는 세상을 버린 이 몸에
친구도 원수도 무엇하리요.
만돌린을 타는 것도 좋은데!

두냐샤 그건 기타예요. 만돌린이 아니라고요. (작은 거울을 들여다보면서 얼굴에 분을 바른다)

에피호도프 사랑에 미친 사나이에게는 이것도 만돌린이지. (읊는다)

서로가 사랑하는 불꽃으로
가슴이 불타오른다면…….

야샤, 함께 읊는다.

샤를로타　이분들 노래 솜씨는 굉장하군요. (웃는다) 마치 들개 같아요.

두냐샤　어쨌든 외국으로 가게 되다니, 정말 다행이군요.

야 샤　그야 물론이지. 감히 반대 이론을 제기하지는 않겠어. (하품을 하고 여송연을 피우기 시작한다)

에피호도프　뻔한 일이야. 외국에서는 모든 것이 오래 전부터 완전한 컴플리트('체격'이라는 뜻. 해학적으로 완성이라는 뜻으로 사용하고 있음)에 달하고 있으니까.

에피호도프　나는 진보된 사람이라서 여러 가지 훌륭한 책을 읽고 있지만 그러면서도 도무지 이해할 수 없는 것은 결국 내가 무엇을 바라고 있는지 종잡을 수 없단 말이야. 살아야 하는 것인지, 혹은 자살이라도 해야 하는지…… . 그래서 나는 언제나 권총을 가지고 다니거든. 이렇게 말이야…… . (권총을 내보인다)

샤를로타　이제 끝났어요. 그럼 가 볼까요? (총을 어깨에 멘다) 에피호도프, 당신은 머리가 무척 좋고 아주 무서운 사람이군요. 틀림없이 여자들이 열을 올리며 홀딱 반할 테죠. 떨리는데! (걸어가면서 혼잣말로) 재주가 많다는 사람들이 하나같이 이러한 바보들뿐이어서야. 말상대가 있어야지. 언제나 외톨이야, 외톨이. 나한테는 아무도 없는 거야…… . 그렇게 말하는 나는 무엇인지. 무엇 때문에 태어났는지, 그것조차 알 수 없다니까…… .

(천천히 퇴장)

에피호도프　결국엔 말이죠. 다른 문제는 고사하고, 자기 자신에 관한 한 어쨌든 나는 다음과 같이 말하지 않을 수 없어요. 운명이

나를 다루는 것은 마치 무자비하고 잔인한 폭풍우가 조각배를 희롱하는 것과 다름없다고 말이죠. 만약에 한 걸음 양보해서 내 생각이 틀렸다고 한다면, 그럼 도대체 왜 오늘 아침 내가 잠에서 깼을 때, 굉장히 큰 거미가 내 가슴 위에 올라가 있었을까요? 이런 놈이 말이죠. (두 손을 나타내 보인다) 마찬가지로 크바스로 목을 축이려고 컵을 집어 들자 또 어처구니없게도, 이를테면 바퀴벌레와 같은 극히 무례한 놈이 들어 있단 말이에요. (사이) 당신은 버클리를 읽으신 적이 있습니까? (사이) 실은 두냐샤 양, 한두 가지 물어 보고 싶은 게 있는데요.

두냐샤   네, 말씀해 보세요.

에피호도프   실은 단둘이서만 말하고 싶습니다. (한숨을 쉰다)

두냐샤   (당황하며) 그렇게 하세요. 하지만 그전에 제 외투를 가져다 주지 않으시겠어요? 양복장 옆에 있어요. 이곳에 습기가 있는 것 같아서.

에피호도프   물론입니다. 가져오죠……. (독백) 자아, 이제야 이 권총을 어떻게 하면 좋을지 알 수 있겠군. (기타를 들고 가볍게 치면서 퇴장)

야 샤   스물두 가지 불행이라! 어리석은 녀석이지, 우리끼리 말이지만. (하품을 한다)

두냐샤   권총 자살이라도 하게 되면 난처해요. (사이) 저는 요즘 마음이 진정되지 않고, 언제나 불안해요. 아주 어릴 적에 이 댁에 와서 그런지, 이제는 하급 생활은 다 잊어버리고 손도 이처럼 하얘져 마치 아가씨 손처럼 변해 버렸죠. 마음마저도 사치스럽고 섬세하고 고상해졌기 때문에 세상일에 대해서도 겁이 나요. 그러니 야샤, 만약에 당신에게 배신이라도 당하면, 제 온몸의 신경이 어떻게 되어 버릴지도 몰라요.

야 샤 (두냐샤에게 키스하며) 내 귀염둥이! 처녀라면 물론 자신의 주제를 알아야 하지. 난 행실이 나쁜 처녀를 가장 싫어하거든.

두냐샤 저는 당신이 몹시 좋아요. 교양 있고, 세상 어떤 일도 잘 알고 계시니까요. (사이)

야 샤 (하품을 하고) 그렇지…… 내 생각으로는, 처녀가 어떤 사람을 좋아하게 된다면 그것은 벌써 행실이 좋지 못한 증거지. (사이) 깨끗한 공기 속에서 피는 여송연의 맛은 거의 천하제일이로구만. (귀를 기울이며) 누가 오나 봐……. 마님들이야.

두냐샤, 갑자기 야샤를 껴안는다.

야 샤 집으로 돌아가 봐. 강으로 멱을 감으로 갔던 것처럼, 이쪽 오솔길로 가. 잘못해서 마주치면 내가 마치 너하고 밀회라도 한 듯이 여겨질 테니 말이야. 그렇게 되면 피차 쑥스러워지거든.

두냐샤 (살짝 기침을 한다) 담배 연기 때문에 머리가 아파요. (퇴장)

야샤는 남아 예배당 옆에 앉는다. 라네프스카야 부인, 가예프, 로파힌 등장.

로파힌 최후의 결정을 내려 주십시오. 시간은 기다려 주지 않습니다. 문제는 간단합니다. 이 땅을 별장지로 해서 내놓는데 찬성하시는지, 어떤지? 가부간 한마디만 회답해 주시면 되는 겁니다. 그저 한마디만!

라네프스카야 누굴까, 여기서 고약한 여송연을 피운 사람은? (앉는다)

가예프 철도가 생긴 뒤로 편리하게 되었군. (앉는다) 이렇게 시내에 가서 점심을 먹고 돌아올 수 있게 되었으니 말이야…… 노란 공은 가운데로! 어쨌든 집에 가서 당구 한 게임 하고 싶은걸.

라네프스카야 아직은 괜찮아요.

로파힌 꼭 한 말씀만! (애원하듯이) 제발 대답을 해 주십시오.

가예프 (하품을 하며) 무얼 말인가?

라네프스카야 (돈주머니를 들여다보고) 어제는 돈이 무척 많았는데, 오늘 보니 얼마 남지 않았네. 바랴는 가엾게도 어떻게든지 절약해 보려고 우리에게는 밀크수프를 주고, 부엌 늙은이들한테는 완두콩만 먹이고 있던데, 나는 이유도 없이 돈을 헤프게 쓰고 있으니……. (돈주머니를 떨어뜨린다. 금화가 흩어진다) 저런, 땅에 떨어졌어……. (화나는 듯한 표정)

야 샤 가만 계십시오. 제가 주워 드리겠습니다. (금화를 줍는다.)

라네프스카야 고마워, 야샤. 그런데 나는 무엇 때문에 점심을 먹으러 시내까지 갔을까? 오라버님이 추천하신 그 너저분한 레스토랑. 음악이 연주되는지 어떤지는 모르겠지만, 식탁보에서는 비누 냄새가 났어요. 게다가 대낮에 무슨 술을 그렇게나 많이 마시는 거예요? 또 무슨 말이 그렇게 많죠? 오늘 그 레스토랑에서 오라버님은 쉴 새 없이 떠들어댔지만, 그건 모두 영문 모를 말뿐이었어요. 70년대(1870)가 어쨌다느니, 데카당이 어쨌다느니 하면서 말이에요. 더욱이 상대는 누구였죠? 어린 종업원을 붙잡고 그런 데카당 론을 펴시다니!

로파힌   그랬군요.

가예프   (한 손을 내저으며) 내 그 버릇은 도무지 고칠 수가 없어. 도무지 말이야……. (짜증을 내며 야샤에게) 넌 왜 항상 귀찮게 붙어다니는 거냐?

야 샤   (웃는다) 저는 나리의 음성을 들으면 저도 모르게 그만 웃음이 나죠.

가예프   (라네프스카야에게) 내가 나가든지, 아니면 이 녀석이…….

라네프스카야   저리 가 있어, 야샤. 자, 어서…….

야 샤   (라네프스카야 부인에게 돈주머니를 건네준다) 곧 가겠습니다. (겨우 웃음을 참고) 네, 곧 나가죠. (퇴장)

로파힌   부인의 영지는 돈 많은 델리가노프가 사려고 하는 것 같습니다. 경매 당일에도 그가 직접 나올 것 같고요.

라네프스카야   그 얘기 어디서 들으셨어요?

로파힌   시내에서죠. 벌써 소문이 자자한걸요.

가예프   야로슬라블리 백모님이 돈을 보내 주겠다고 약속하셨지만 언제, 얼마만큼 보내 줄지 그걸 알 수 없으니…….

로파힌   어느 정도 보내 주실까요? 10만? 아니면 20만?

라네프스카야   글쎄…… 1만이나…… 뭐 잘해야 1만 5천일까요? 그 정도로 백모가 으스대는 꼴을 봐야 한다니…….

로파힌   실례지만, 당신네들처럼 분별없고 세상일을 잘 모르는 이상 야릇한 분들은 지금까지 본 적이 없습니다. 분명히 러시아 말로 댁의 영지가 경매에 붙여졌다고 말씀드렸는데도 도무지 이해를 하지 못하는가 보군요.

라네프스카야   도대체 우리가 어떻게 해야 하죠? 가르쳐 주세요. 어떻게 하면 되는 건가요?

로파힌   그러니까 매일 가르쳐 드리고 있지 않습니까? 매일매일 한 가지 일만을 말씀드리고 있는 겁니다. 벚꽃 동산도, 택지도, 모든 것을 별장지로 빌려 주어야 하고, 지금 당장 서두르지 않으면 안 되며, 경매는 바로 눈앞에 다가왔다고 말입니다. 아시겠습니까? 그곳을 별장으로 만든다는 최후의 결정만 하신다면 돈은 얼마든지 낼 사람이 있습니다. 그렇게만 하시면 여러분은 여생을 편안히 지낼 수 있습니다.

라네프스카야   별장과 별장객…… 실례지만 뭔가 속물스런 느낌이 드는군요.

가예프   나도 동감이야.

로파힌   나는 울음을 터뜨리든가, 고함을 지르든가, 아니면 쓰러질 지경입니다. 도저히 참을 수가 없습니다. 당신들 덕분에 완전히 지쳐버렸습니다! (가예프에게) 당신은 마치 노망든 할멈 같군요.

가예프　뭐라고?

로파힌　노망든 할멈이란 말입니다! (가려고 한다)

라네프스카야　(두려워하며) 아니, 가시지 말아요. 제발 여기 계세요. 무슨 좋은 생각이 떠오를지도 모르니까요!

로파힌　새삼스레 무엇을 생각하신다는 겁니까?

라네프스카야　제발 가지 말아 주어요. 댁이 계시니까, 아무튼 마음이 든든해요……. (사이) 난 늘 무엇인가가 있는 듯한 기분이 들어요. 이제라도 우리 머리 위로 집이 무너져 버릴 것 같은…….

가예프　(생각에 잠긴 모습으로) 당구대를 두 번 튀겨 구석으로 보내고……그것을 교차시켜 가운데로…….

라네프스카야　우리는 하느님 앞에 너무 많은 죄를 지었어요.

로파힌　그게 무슨 말씀입니까? 죄라니…….

가예프　(사탕을 입에 넣고) 사람들은 내가 모든 재산을 사탕으로 삼켜 버렸다고 말하지. (웃는다)

라네프스카야　아아, 나는 죄 많은 여자예요. 전 미치광이처럼 제멋대로 돈을 써 버리는 버릇이 있는데다가, 빚을 지는 재주밖에는 없는 사람한테 시집을 갔어요. 남편은 샴페인이 원인이 되어 결국 죽고 말았지요. 술에 영혼을 판 사람이었으니까. 불행은 그걸로 끝이 아니었어요. 나는 다른 남자를 사랑하게 되어 같이 살았어요. 그때 바로 저 강에서……. 내 아들이 물에 빠져 죽은 거예요. 그래서 나는 외국으로 갔죠. 그렇게 떠나서 앞으론 두 번 다시 이곳에 돌아오지 않을 거라고, 저 강도 보지 않겠

357

다고 생각했죠. 내가 눈을 감고 정신없이 도망을 치고 있을 때, 그 사람이 뒤쫓아 왔어요. 염치도 없이 말예요. 내가 망통 부근에 별장을 산 것도 그 사람이 그곳에서 병이 났기 때문이죠. 그후 3년 동안 나는 밤이나 낮이나 잠깐의 휴식도 없이 그의 간호를 하느라 몸과 마음이 모두 메말라 버렸어요. 그러다가 작년에 빚 때문에 별장이 남의 손으로 넘어가자, 나는 파리로 갔죠. 내게 있는 모든 것을 하나도 남김없이 쥐어짜낸 그 사람은 거기서 나를 버리고 딴 여자하고 새 살림을 차렸어요. 나는 절망에 그만 독약까지 먹으려고 했지요. 너무도 나 자신이 한심하고, 세상에 얼굴을 들 수 없다고 생각해서 말이죠. 그런데 갑자기 돌아오고 싶어졌어요. 러시아로, 내가 태어난 고향으로, 내 딸이 있는 곳으로 말이에요. (눈물을 닦는다) 하느님. 아아, 하느님. 부디 사랑으로 이 죄 많은 여자를 용서해 주세요! 나의 무수한 죄를 용서해 주세요! (주머니에서 전보를 꺼내어) 오늘 파리에서 온 거예요. 자신을 용서하고 어서 돌아오라는 내용이에요. (전보를 찢어 버린다) 어디선가 음악이 들리는군요. (귀를 기울인다)

가예프 저것은 이곳에서 유명한 유대인 악단이야. 기억하겠지? 바이올린이 네 개에다 플루트하고 콘트라베이스란 말이야.

라네프스카야 그게 아직도 있어요? 어떻게든 저 악단을 불러 무도회를 열고 싶군요.

로파힌 (귀를 기울인다) 들리지 않는데……. (나직이 읊는다) 돈을 위해서라면 독일 사람은 러시아 사람을 프랑스 사람으로 만든다네. (웃으며 사람들을 향해) 그런데 어제 내가 극장에서 본 연극은 정말 우스꽝스러웠어요.

라네프스카야　아마 조금도 우습지 않았을 거예요. 당신은 그런 연극 따위는 보시지 말고, 일부러라도 자기 자신을 바라보는 것이 좋을 거예요. 제가 볼 때 당신의 생활은 너무 재미가 없어요. 쓸데없는 말만 늘어놓으시고 말이에요.

로파힌　그건 그렇습니다. 솔직히 말씀드려서 우리 생활은 어리석기 짝이 없습니다. (사이) 우리 아버지는 농부이고, 바보고, 멍청이고, 나를 학교에도 보내지 않고, 술에 취하면 언제나 날 때렸죠. 그것도 몽둥이로 말입니다. 뭐 솔직히 말씀드리자면, 저 역시 아버지와 마찬가지로 바보 천치입니다. 배운 것이라고는 아무것도 없고, 글을 쓰더라도 너무 지독해서 차마 남 앞에 내놓을 수가 없는 형편이죠.

라네프스카야　당신은 하루라도 빨리 결혼하셔야 해요.

로파힌　네, 그건 그렇습니다.

라네프스카야　우리 집 바랴는 어때요? 착한 아이예요.

로파힌　그야 그렇죠.

라네프스카야　그 아이는 어느 농부의 집에서 데려왔는데, 저렇게 일을 잘하기도 하지만, 첫째로 당신을 사랑하고 있어요. 게다가 당신도 전부터 그 아이를 좋아하는 눈치고…….

로파힌　물론 저도 싫지는 않습니다. 좋은 처녀죠. (사이)

가예프　나를 은행에 취직시켜 주겠다는 사람이 있는데 말이야, 연봉이 6천 루블이라는 거야……. 알겠니?

라네프스카야 무슨 소리예요! 오빠는 그저 가만히 계시기나 하세요.

피르스 등장. 외투를 가져왔다.

피르스 (가예프에게) 나리, 입으십시오. 습기가 많습니다.

가예프 (외투를 입는다) 자네한테는 질렸어, 할아범.

피르스 무슨 말씀을……. 오늘 아침에도 아무 말씀도 없이 그대로 나가 버리시고선……. (가예프를 살펴본다)

라네프스카야 자네도 많이 늙었군. 피르스.

피르스 뭐라고 말씀하셨나요?

로파힌 자네가 몹시 늙었다고 하셨다네.

피르스 오래 살았으니까요. 언젠가 신부를 맞으라는 말씀을 들었을 때엔 마님의 아버님도 아직 세상에 태어나지 않으셨을 때였습죠……. (웃는다) 농노 해방령이 나왔을 때에는 저는 이미 하인 감독관이 되어 있었습죠. 그때 저는 자유민이 되는 것은 싫다고 말씀드리고, 계속 이곳에서 일을 했습니다. (사이) 잊혀지지도 않습니다만, 당시는 모두 재미있고 즐거웠습니다. 무엇이 재미있었는지 잘 모르면서 말입니다.

로파힌 옛날엔 정말 좋았어. 하인들을 마음대로 때릴 수 있었으니까.

피르스 (잘 알아듣지 못하고) 그렇고말고요. 옛날에는 나리가 계심으로써 농부가 있었고, 농부가 있음으로써 나리가 계셨으니까

360

요. 그런데 지금은 뒤죽박죽이어서 무엇이 무엇인지 알 수가 없습니다요.

가예프 　잠깐 기다려, 피르스. 나는 내일 시내에 가야 해. 어느 장군을 소개받기로 약속이 되어 있거든. 그 장군이 어음으로 돈을 융통해 줄 듯하니까 말이야.

로파힌 　아무 소용도 없을 걸요. 이자도 물지 못하실 테니까, 그저 가만히 계십시오.

라네프스카야 　신경 쓰지 마세요. 오빠는 지금 잠꼬대를 하고 계시는 거예요. 장군은 무슨 장군이에요.

　　트로피모프, 아냐, 바랴 등장.

가예프 　아, 모두들 나오는군.

아　냐 　어머니, 여기 계셨군요.

라네프스카야 　(정답게) 자, 이리 온…… 내 귀염둥이들아……. 내가 얼마나 너희들을 사랑하고 있는지 알아준다면 좋으련만. 나란히 앉아라. 옳지, 그렇게.

　　모두 앉는다.

로파힌 　우리의 만년 대학생 선생은 언제나 아가씨들과 함께 계시는군.

361

트로피모프   당신이 상관할 바 아니지 않습니까!

로파힌   이 사람은 곧 쉰 살이 되는데도 여전히 대학생이시지.

트로피모프   그런 바보 같은 농담은 집어치워요.

로파힌   뭘 그렇게 화를 내지? 참 이상한 양반 다 보겠군.

트로피모프   날 건드리지 말란 말입니다.

로파힌   (웃는다) 그런데 한 가지 묻겠는데, 당신은 나를 어떻게 생각하고 있소?

트로피모프   나는 말이죠, 예르몰라이 알렉세예비치. 당신을 이렇게 생각하고 있습니다. 당신은 부자고 이제 머지않아 백만장자가 될 거요. 생태계엔 포식자가 필요하죠. 무엇이든 닥치는 대로 잡아먹는 맹수 같은 녀석 말입니다. 당신의 존재 이유도 요컨대 그런 겁니다.

모두들 웃는다.

바 랴   페차, 당신은 별에 대한 얘기를 하는 편이 어울려요.

라네프스카야   그게 좋겠네요. 어때요, 어제 얘기를 계속하면?

트로피모프   무슨 얘기였죠?

가예프   사람의 긍지에 대해서였지.

트로피모프   어제는 오랫동안 논쟁했지만, 결국 결론에 도달하지 못했습니다. 당신이 말씀하신 의미는 사람의 긍지라는 것에는 뭔가 신비로운 데가 있다는 거죠. 하기야 그것도 일리가 있을

지도 모릅니다. 그러나 솔직하고 진지하게 생각해 보면, 도대체 그 긍지라는 것이 의심스럽다고 말하지 않을 수가 없습니다. 사실 사람은 생리적으로 빈약하게 만들어져 있으며, 거의가 거칠고, 비참한 환경에 처해 있지요. 그런 상황에서 긍지니 뭐니 해봤자 무슨 의미가 있겠습니까? 자만은 집어치우고, 그저 일을 해야 합니다.

가예프 어차피 죽기는 매일반일세.

트로피모프 그걸 누가 모릅니까? 하지만 생각해 보세요. 죽는다는 것이 도대체 뭡니까? 사람에게 백 개의 감각이 있다고 가정할 때, 만약 죽으면 그 가운데 우리가 알고 있는 다섯 개만이 없어지고, 나머지 아흔다섯 개는 살아남는지도 모릅니다.

라네프스카야 정말 똑똑도 하지. 페차!

로파힌 (비꼬듯이) 굉장하군요!

트로피모프 인류는 차츰 자기의 힘을 기르면서 진보해 갑니다. 지금은 사람의 지혜가 미치지 못하는 것이라도, 언젠가는 가깝고 알기 쉬운 것이 되겠지요. 다만 그러기 위해서는 일하지 않으면 안 됩니다. 진리를 탐구하는 사람들에게 온갖 힘을 다해 원조해야 합니다. 지금 우리 러시아에는 극소수의 사람만이 일하고 있으며, 내가 알고 있는 한, 인텔리겐치아의 대다수는 아무것도 추구하지 않고, 아무 일도 하지 않습니다. 인텔리라고 자칭하면서도 하인들에게는 이놈, 저놈 하고, 농부들은 동물 취급을 하고, 제대로 공부도 하지 않습니다. 책 한 권 진지하게 읽지도 않으면서 입으로만 과학을 운운할 뿐이고, 예술이 무언지도 잘 모르고 있어요. 모두 진지하고 엄숙한 표정으로 심각한 것만을 말하며, 철학을 늘어놓고 있지요. 그러한 반면 노동자들은 지독한 음식을 먹고, 한 방에 서른 명, 또는 마흔 명이 베개도 없이 자고 있습니다. 어느 곳이나 빈대와 코를 찌르는 악취와 지독한 습기와 도덕적인 부패뿐입니다. 뿐만 아니라 우리가 행하는 번지르르한 대화는 모두 자기와 남의 눈을 가리기 위한 것이라는 것은 두말할 나위가 없습니다. 한 가지만 가르쳐 주십시오. 그렇게도 떠들어대고 있는 탁아소는 도대체 어디 있습니까? 도서실은 어디 있습니까? 그것은 소설에만 나올 뿐이지, 실제로는 전혀 존재하지 않습니다. 있는 것은 다만 흙탕과 저속과 아시아적 야만뿐입니다. 나는 진지한 체하는 표정이 몸서리가 쳐질 만큼 싫습니다. 진지한 체하는 대화도 마찬가지입니다. 차라리 가만히 있는 편이 낫습니다.

로파힌 아시다시피 나는 매일 새벽 4시에 일어나서 아침부터 밤까지 줄곧 일하고, 늘 나와 남의 돈을 취급하고 있는데, 보면 볼수록 주위 사람들이 싫어집니다. 뭔가 약간 새로운 일에 손을 대기만 하면, 세상에 정직하고 참된 인간이 얼마나 귀한가를 곧 알 수 있게 되죠. 이따금 잠이 오지 않는 밤이면 나는 이렇게 생각하곤 합니다. '하느님, 당신은 참으로 울창한 숲과, 끝없는 들과, 지평선을 주셨습니다. 그러니 이런 곳에 사는 이상, 우리도 사실은 구름을 찌르는 듯한 거인이어야 할 것입니다…….' 하고 말이죠.

라네프스카야　　어머, 거인이라고요? 옛날 얘기 속에나 있을 법한 일이지, 정말로 나타난다면 무서워요.

무대 안쪽을 에피호도프가 지나가며 기타를 연주한다.

라네프스카야　　(생각에 잠긴 어조로) 에피호도프가 걸어가고 있구나…….

아　냐　(생각에 잠긴 듯이) 에피호도프가 걸어가고 있구나…….

가예프　여러분, 해가 졌소.

트로피모프　그렇군요.

가예프　　(낭독조로 나직이) 오오, 자연이여, 영묘한 그대여, 그대는 불멸의 광명으로 빛나도다. 우리가 어머니로서 우러러보는, 아름답고 싸늘한 그대는 자신 속에 삶과 죽음을 결합시키도다. 그대는 삼라만상을 낳고 삼라만상을 멸망시키도다!

바　랴　(애원하듯이) 아저씨!

아　냐　아저씨, 또 시작하시는군요!

트로피모프　당신은 당구를 치시는 편이 좋아 보입니다.

가예프　그만두마. 그래, 그만두지.

모두 앉아서 생각에 잠긴다. 고요하다. 들리는 것은 피르스가 나직이 중얼거리는 소리뿐. 갑자기 멀리서 마치 하늘에서 울리는 듯한 소리가 난다. 그것은 줄이 끊어지는 듯한 소리로, 차츰 구슬프게 사라져 간다.

365

라네프스카야   저 소리는 무얼까?

로파힌   모르겠는데요. 어딘가 먼 광산에서 도르래의 줄이라도 끊어진 모양입니다. 그렇지만 상당히 먼 곳 같은데요?

가예프   어쩌면 새라도 날아온 것일지도 모르지…… 왜가리 같은 것이…….

트로피모프   아니면 올빼미일까?

라네프스카야   (몸을 떨며) 왠지 기분 나빠. (사이)

피르스   그 불행이 있기 전에도 역시 이런 일이 있었습니다. 부엉이도 울어댔고, 주전자도 줄곧 덜커덩거렸지요.

가예프   불행이 있기 전이라니?

피르스   농노 해방령이 내리기 전 말입니다. (사이)

라네프스카야   여러분, 집 안으로 들어가죠. 날이 저물었어요. (아냐에게) 어머, 눈물마저 글썽이고……. 왜 그러니, 아냐? (껴안는다)

아 냐   아무것도 아니에요. 그저 좀…….

트로피모프   누가 오는군.

부랑자가 나온다. 낡은 모자를 쓰고 외투를 입고 약간 취해 있다.

부랑자   말씀 좀 묻겠습니다만, 여기서 곧장 더 가면 정거장으로 갈 수 있습니까?

가예프   갈 수 있습니다. 이 길을 따라가시오.

부랑자   대단히 감사합니다. (기침을 하고) 날씨가 참 좋군요. (낭독조로) 동포여, 고민하는 동포여……. 나와서 보라, 볼가 강변으로. 들리는 것은 누구의 신음인가……. (바랴에게) 아가씨, 이 굶주린 러시아의 백성에게 30코페이카만 적선해 주십시오…….

바랴, 겁이 나서 소리를 지른다.

로파힌   (화가 나서) 버릇없는 데에도 정도가 있는 법이야.

라네프스카야   (조심스럽게) 가지고 가요. 자, 이것을……. (호주머니를 뒤진다) 은화가 없네, 할 수 없지. 자, 이 금화를 받아요.

부랑자   대단히 감사합니다. (퇴장)

웃음.

바 랴   (어처구니없다는 듯이) 가겠어요. 저는 가겠어요. 어머니는 집안사람들에게 먹일 것이 없는 판에 그런 사람에게 금화를 주시다니…….

라네프스카야   나는 바보여서 할 수 없구나! 집에 돌아가면 내가 가진 것을 죄다 넘겨주겠다. 예르몰라이 알렉세예비치, 돈 좀 더 돌려주시겠어요……!

로파힌   좋습니다.

라네프스카야   자, 여러분, 가십시다. 시간이 되었으니……. 그렇지, 바랴. 아까 여기서 네 혼담을 정했단다. 축하한다.

바 랴 (목이 메어) 그런 농담은 그만두세요, 어머니.

로파힌 오프멜리아(오필리아를 일부러 오스트롭스키의 유명한 연극의 등장 인물 이름을 흉내 내어 부른 것), 자, 어서 수녀원으로 가시죠…….

가예프 아무래도 손이 떨려서 안 되겠어. 오랫동안 당구를 치지 않았더니 말이야.

로파힌 오프멜리아. 오오, 물의 요정이여, 나를 위해 기도해 주구려!

라네프스카야 여러분, 가십시다. 저녁 식사 시간이 다 되었어요.

바 랴 그 사람 때문에 정말 놀랐어요. 가슴이 이렇게 두근거려요.

로파힌 여러분, 다시 한 번 말씀드립니다만, 8월 22일에는 벚꽃 동산이 경매에 붙여집니다. 잘 생각해 주십시오! 잘 생각하셔야 합니다.

트로피모프와 아냐를 남겨 놓고 모두 퇴장.

아 냐 (웃으면서) 그 부랑자한테 감사해야겠군요. 바랴를 놀라게 하는 바람에 겨우 단둘이 되었으니까요.

트로피모프 바랴는 우리가 혹시 사랑하는 사이가 되지나 않을까 해서 경계하며, 매일 아침부터 밤까지 그렇게 붙어 다니는 거죠? 그녀의 좁은 소견으로는 우리가 연애를 초월하여 서로를 대하고 있다는 것을 알 수 없을 겁니다. 우리의 자유와 행복을 방해하고 있는 그런 인색한 망상을 쫓아 버리는 것, 이것이 우리 생활의 목적이며 의의입니다. 자, 전진합시다! 우리는 저 멀리 반짝이고 있는 밝은 별을 향하여 곧장 전진합시다! 벗이여! 낙오 하지 말지어다.

아 냐 (손뼉을 치며) 당신의 얘기, 참 멋있어요! (사이) 오늘 이곳은 정말 좋은 곳이군요!

트로피모프 그럼요, 게다가 아주 멋진 날씨입니다.

아 냐 당신 때문에 내가 이상해졌어요, 페차. 왜 내가 전처럼 벚꽃 동산을 좋아하지 않는지 모르겠어요! 예전엔 그렇게도 넋을 잃을 만큼 좋아했는데 말이에요. 이 세상에 우리 집 정원만큼 아름다운 곳은 없다고 생각했어요. 정말로요.

트로피모프 러시아 전체가 우리의 정원입니다. 대지는 넓고 아름답 습니다. 멋진 장소는 얼마든지 있습니다. (사이) 아냐, 생각해 보십시오. 우리의 할아버지도, 증조할아버지도, 더 앞선 조상 님들도 모두 농노 제도의 찬미자였으며, 살아 있는 넋을 노예 로 삼아 기름을 짜 내고 있었던 것입니다. 그러니 어떻습니까? 이 정원의 벚나무 하나하나에서, 그 잎 하나하나에서, 그 줄기 의 하나하나에까지, 사람들의 눈이 당신을 노려보고 있지 않습 니까? 그 목소리가 당신에게는 들리지 않습니까? 살아 있는 영혼을 마치 자기 것처럼 부려먹고 있는 동안에…… . 그것이 당신네들을 모조리, 이미 죽은 사람도, 현재 살아 있는 사람도 모조리 타락시켜서 당신 어머니도 당신도 외삼촌도 자기의 배 에 고통을 주지 않고 남의 호주머니 덕으로 살고 있다는 것을 깨닫지 못합니다. 당신들이 응접실 안으로 한 번도 초대하지 않는 사람들의 호주머니 말입니다……. 우리는 적어도 2백 년은 뒤떨어져 있습니다. 러시아에는 아직 이렇다 할 만한 것이 아무것도 없습니다. 과거에 대한 단호한 태도도 갖추지 못했지요. 우리는 다만 철학을 늘어놓고 우울함을 감추려 보드카를 마시거나 할 뿐이죠. 그러므로 이것은 이미 분명하지 않습니까? 우리가 지금 새로운 생활을 시작하기 위해서는 먼저 우리의 과거를 속죄하고, 그것과 인연을 끊어야만 합니다. 과거를 속죄하기 위한 방법은 단 하나밖에 없습니다. 그것은 고뇌입니다. 끊임없는 노동입니다. 이것을 알아주십시오, 아냐.

아 냐　지금 우리가 살고 있는 집은 벌써 오래 전부터 우리 집이 아니에요. 그러니까 저는 떠나겠어요. 약속해요.

트로피모프　만약에 당신이 집안 살림의 열쇠를 맡고 있다면, 그 따위 우물 속에 던져 버리고 나오십시오. 그리고 자유로워져야 합니다. 바람처럼 말이죠.

아 냐　(감격하여) 아주 멋진 표현이로군요!

트로피모프　믿어 주십시오, 아냐. 나를 믿어 주십시오! 나는 아직 서른 살도 되지 않았어요. 나는 풋내기이고 아직은 학생이지만, 그래도 많은 고생을 했어요! 겨울이 되면 나는 굶주림과 질병에 시달리고, 거지와 같은 꼴로 하염없이 방황했습니다. 그래도 역시 내 마음은 밤이나 낮이나 늘 언제, 어떤 순간에도 뭐라고 말할 수 없는 어떤 기대에 가득 차 있었습니다. 나는 행복을 예감합니다. 아냐, 나에게는 그것이 벌써 보입니다.

아 냐 (생각에 잠긴 얼굴로) 달이 떴군요.

에피호도프가 여전히 똑같은 쓸쓸한 노래를 기타로 연주하고 있는 소리가 들린다. 달이 떠오른다. 어디선가 미루나무 옆에서 바랴가 아냐를 찾으며 '아냐! 어디 있니?' 하고 부르고 있다.

트로피모프 그렇네요, 달이 떴군요. (사이) 보세요, 저것이 행복입니다. 벌써 왔습니다. 점점 다가옵니다. 나에게는 이미 그 발자국 소리가 들립니다. 설령 우리에게 그것이 보이지 않고, '아아, 이것이로군.' 하고 깨달을 때가 없다 하더라도 어쨌든 어느 누군가가 발견할 겁니다!

바랴의 목소리 아냐! 어디 있니?

트로피모프 또 바랴가 야단이로군! (화난 듯이) 정말 지긋지긋해.

아 냐 상관없어요. 우리 강가로 가요. 거긴 좋을 거예요.

트로피모프 좋아요, 갑시다. (두 사람 걷기 시작한다)

바랴의 목소리 아냐! 아냐!

제3막

홀과 구분된 객실. 샹들리에가 켜져 있다. 다음 방에서 유대인 악단의 연주가 들린다. 제2막에 나왔던 그 곡이다. 초저녁. 홀에서는 무도회가 한창이다. 곧 '두 사람씩 행진'이라는 피시치크의 구령이 들리고 차례차례로 무대에 등장한다. 선두는 피시치크와 샤를로타, 두 번째는 트로피모프와 라네프스카야 부인, 세 번째는 아냐와 우체국원, 네 번째는 바랴와 역장 등. 바랴는 남몰래 울고 있는 듯 춤을 추며 눈물을 닦는다. 마지막으로는 두냐샤.

모두들 객실을 한 바퀴 돌아서 홀로 나온다. 피시치크의 구령이 들린다. '대원무, 각각 좌우로, 기사는 무릎을 꿇고 귀부인에게 사의를 표한다' 피르스가 연미복 차림으로 소다수를 쟁반에 받쳐 들고 나온다. 객실에 피시치크와 트로피모프 등장.

피시치크   난 다혈질이란 말이오. 벌써 두 번이나 졸도한 일이 있어

372

서 도대체 춤을 추는 건 무리지만 속담에도 있듯이, 짐승 무리 속에 섞이면 짖지는 못할망정 꼬리라도 쳐야 한다니까. 건강만 하다면야 문제가 아니겠지만! 돌아가신 우리 아버님은 꽤 재미있는 분이었는데—망자에게 평안을 주소서—우리 가계에 대해 이런 말씀을 하셨지. 이 시메오노프 파시치크라는 오래된 집안은 아무래도 칼리굴라 황제(로마 3대째의 황제. 폭군으로 자기 애마에게 원로원 의원의 자리를 주기도 했다)가 원로원 의원 자리에 앉힌 바로 그 말에서 나온 모양이라고 말이오…… . (걸터앉는다) 하지만 난처하게도 돈이 없단 말이야! 굶주린 개에게는 고기야말로 황금이란 말도 있는데. (코를 골다가 곧 다시 눈을 뜬다) 나도 바로 그거라고…… 머릿속엔 돈 생각밖에 없단 말이야.

트로피모프   그러고 보니 당신 모습에는 실제로 어딘가 말과 비슷한 데가 있군요.

피시치크   괜찮아…… . 말은 좋은 짐승이야. 첫째, 팔 수도 있으니까…… .

옆방에서 당구 치는 소리가 들린다. 홀 아치 아래 바랴가 모습을 나타낸다.

트로피모프   마담 로파힌! 마담 로파힌!

바 랴   (약이 올라서) 대머리 총각!

트로피모프   그래요, 난 틀림없는 대머리 총각이죠. 그게 자랑이기도 하구요.

바 랴 (걱정을 하면서) 악대까지 불러다 놓고 돈은 어쩔 작정인지 모르겠어! (퇴장)

트로피모프 (피시치크에게) 당신이 평생 동안 이자 마련에 허비한 에너지를 만약 무슨 다른 일에 쏟았더라면 아마 당신은 지금쯤 지구를 뒤집어엎을 수도 있었을 겁니다.

피시치크 니체가 말이오. 모르는 사람이 없는 인물 중의 인물……. 철학자에다 굉장한 현자인 그가 자신의 저술 가운데서 위조지폐는 만들어도 괜찮다고 했다던데요.

트로피모프 당신은 니체를 읽었나요?

피시치크 아니 뭐……. 우리 다센카가 말해 준 거요. 그런데 나는 현재, 그 뭔가, 위조지폐라도 만들어야 될 지경이어서 말이지……. 내일 모레 3백 루블을 지불해야 하니……. 130은 가까스로 마련했지만……. (호주머니를 만져 보고 당황해서) 돈이 없어졌어! 돈을 떨어뜨렸어! (울먹이는 소리로) 어딜 갔을까? (기쁜 듯이) 아, 있다, 있어. 옷 안으로 기어 들어갔군. 원 세상에, 식은 땀이 다 났지 뭐야…….

라네프스카야와 샤를로타 등장.

라네프스카야 (코카서스의 무곡을 흥얼거린다) 오빠는 왜 이렇게 늦을까? 읍내에서 도대체 무얼 하고 있길래……. (두냐샤에게) 두냐샤, 악사들에게 차 대접을 해요…….

트로피모프　경매는 유찰(流札)이 된 모양입니다. 분명히 그럴 거예요.

라네프스카야　악대가 온 것도 때가 나빴고, 무도회도 공교로운 때에 열었어……. 하지만, 별수 없지. (앉아서 조용히 노래를 부른다)

샤를로타　(피시치크에게 카드 한 벌을 준다) 자아, 카드를 한 벌 드렸어요. 어느 것이든 한 장만 머릿속에 생각해 두세요.

피시치크　생각했습니다.

샤를로타　그럼 카드를 잘 섞으시죠. 좋습니다, 이리 주세요. 오, 다정한 피시치크, 아인스, 츠바이, 드라이! 자아, 찾아보세요. 그 패는 당신의 옆 호주머니에 있습니다.

피시치크　(옆 호주머니에서 카드를 꺼낸다) 스페이드 8! 바로 맞았습니다! (경탄해서) 이거 놀랐는걸!

샤를로타　(손바닥에 카드를 한 벌 얹고 트로피모프에게) 빨리 말해 주세요. 제일 위의 카드는?

트로피모프　뭐요? 그럼 스페이드 퀸.

샤를로타　그렇습니다. (피시치크에게) 제일 위의 카드는?

피시치크　하트 1.

샤를로타　네! (손뼉을 친다. 카드 한 벌이 사라진다) 오늘은 정말 좋은 날씨로군요! (이상한 여자의 목소리가 마치 마루 밑에서 울리는 것처럼 대답한다. '네, 정말 좋은 날씨로군요. 아주머니') 당신은 정말 나무랄 데 없는 내 이상형의 사람이에요……. (목소리 '아주머니, 저도 당신이 제일 좋아요.')

역 장   (박수를 친다) 야, 복화술의 명수, 브라보!

피시치크   (경탄해서) 이거, 정말! 아니, 당신은 마녀요? 요정이요? 난 그만 당신한테 반해 버렸어…….

샤를로타   제게 반했다고요? (어깨를 으쓱해 보이고) 당신이 사랑을 할 줄 알아요? 사람은 좋지만 서투른 음악가여.

트로피모프   (피시치크의 어깨를 두드리고) 정말 바보 같은 말(馬)이로군요, 당신은…….

샤를로타   그럼 여러분, 한 번 더 요술을 보여 드리겠습니다. (의자에서 격자무늬의 무릎 덮개를 집는다) 이건 최고급 천입니다. 이것을 팔겠습니다. (흔들어 보인다) 사시고 싶은 분 안 계십니까?

피시치크   (놀라서) 이건 또 뭐야!

샤를로타   아인스, 츠바이, 드라이! (늘어뜨렸던 천을 홱 젖힌다. 천 뒤에 아냐가 서 있다. 그녀는 무릎을 살짝 굽혀 절을 하고는 어머니에게로 뛰어가 포옹하고 모든 사람들의 열광 속에 홀로 달려간다)

라네프스카야   (박수를 치며) 브라보! 브라보!

샤를로타   그럼 또 한 번! 아인스, 츠바이, 드라이! (천을 젖히자 뒤에 바랴가 서서 인사를 한다)

피시치크   (놀라서) 잘한다. 잘해!

샤를로타   이젠 그만! (천을 피시치크에게 던져 주고 무릎을 굽혀 인사하고는 홀로 뛰어나간다)

피시치크   (급히 뒤쫓으면서) 이 악당, 원 세상에! 별일이군! (퇴장)

라네프스카야   그런데 오빠는 아직도 오지 않는군요. 읍내에서 뭘 꾸물거리고 있는 걸까? 이상한데? 영지가 팔렸건 경매가 유찰되었건 어차피 결말이 지어졌을 텐데 어째서 아직까지 아무런 소식이 없는 건지…….

바 랴 (위로하려고 애쓰며) 외삼촌이 낙찰시켰을 거예요, 틀림없이.

트로피모프 (냉소하듯) 글쎄요…….

바 랴 할머니께서 빚을 넘겨받는 조건으로 영지를 사겠다는 위임장을 외삼촌에게 보내셨잖아요. 그건 아냐를 위해 주선해 주신 거예요. 분명 하느님도 외삼촌을 도와 낙찰시켰을 것이 분명해요.

라네프스카야 야로슬라블리의 할머니가 자기 이름으로 영지를 사라면서 보내 주신 돈은 1만 5천 루블이야. 결국 우리를 신용하지 않으신 거야. 그까짓 돈으로는 이자도 다 못 내. (두 손으로 얼굴을 가린다) 오늘이야말로 내 운명이 결정되는 날이야. 내 운명이…….

트로피모프 (바랴를 놀리면서) 마담 로파힌!

바 랴 (화가 나서) 만년 대학생! 벌써 두 번이나 대학에서 쫓겨난 주제에.

라네프스카야 왜 화를 내는 거니, 바랴? 이 사람이 로파힌 때문에 너를 놀린다고 해서 그게 어쨌다는 거야? 로파힌의 아내가 되고 싶다면 마음대로 하렴. 그 사람은 장래성이 있는 좋은 사람이니까. 싫으면 그만이고. 아무도 널 속박하지는 않아…….

바 랴 솔직히 말씀드려 저는 이 일을 진지하게 생각하고 있어요.

그분은 좋은 사람이고 저도 좋아하고 있어요.

라네프스카야 그럼 그에게 시집을 가면 되잖니. 무얼 기다리고 있는 거니? 도대체 알 수가 없구나!

바 랴 그렇지만 어머니, 제가 먼저 그분에게 청혼을 할 수는 없잖아요. 사실 2년 동안 모두들 제게 그 사람에 대한 이야기를 해 왔어요, 너나할 것 없이 말이죠. 하지만 그분은 잠자코 있거나 농담을 하며 화제를 돌려 버리곤 했죠. 그것도 이해할 수는 있어요. 그분은 점점 재산이 불어나고, 사업이 바빠지자 저의 문제는 안중에도 없어졌어요. 만약 제게 돈이 있다면 설령 조금이라도, 단돈 백 루블이라도 있다면 난 모든 걸 팽개쳐 버리고 몸을 숨기고 말겠어요. 그냥 수녀원에 들어가 버리겠어요.

트로피모프 그거 재밌겠는데!

바 랴 (트로피모프에게) 대학생은 좀 더 영리한 법이에요! (말투를 부드럽게 하여 우는 목소리로) 왜 그렇게 경솔해졌어요, 페차? 왜 그렇게 늙고 말았어요? (울음을 그치고 라네프스카야 부인에게) 단지 전 이렇게 아무 일도 하고 있지 않는 것이 괴로운 거예요, 어머니. 전 1분 1초도 뭔가 하지 않고는 못 견디겠어요.

야샤 등장.

야 샤 (겨우 웃음을 참으면서) 에피호도프가 당구봉을 부러뜨렸어요! (퇴장)

바 랴   무엇 때문에 에피호도프가 와 있는 거죠? 누가 그에게 당구를 치라고 했나요? 정말 그 사람은 알다가도 모르겠어…….

(퇴장)

라네프스카야   저 애를 놀리지 말아요, 페차. 그러지 않아도 고민이 많은 애니까.

트로피모프   너무 극성스러워요. 그 사람은 남의 일까지 참견하는걸요. 이 여름 내내 나도 아냐도 몹시 시달렸어요. 두 사람 사이에 어떤 로맨스라도 생길까 봐 걱정이 되어서 견디지 못하겠나 봐요. 자기가 간섭할 일도 아닌데 말이에요. 게다가 나는 그런 눈치조차 보이지 않았습니다. 난 그렇게 저속하진 않아요. 우리는 연애를 초월하고 있습니다.

벚꽃 동산

라네프스카야   그럼 아마 난 그 이하인가 보군요. (심한 불안감에 싸여) 오빠는 어쩐 일일까? 영지가 팔렸는지 어떤지 그것만이라도 알 수 있으면 좋겠는데! 난 이번 재난이 마치 거짓말 같아요. 무엇을 생각해야 될지 갈피를 잡을 수가 없어요. 그저 멍해 있을 뿐이죠. 지금이라도 난 큰소리를 지르는 등의 뭔가 바보 같은 짓을 할 것만 같아요. 나를 도와줘요, 페차. 뭐든 이야기를 해 줘요. 자, 뭐든지…….

트로피모프   영지가 오늘 팔리건 팔리지 않건 마찬가지 아닙니까? 그것과는 이미 옛날에 인연이 끊어져서 이젠 다시 본래대로 돌이킬 수가 없어요. 지나간 꿈이지요. 마음을 진정시키세요, 부인. 언제까지나 자신을 속이지 말고 평생에 한 번만이라도 똑바로 진실을 보세요.

라네프스카야 진실을 보란 말이죠? 그야 당신 같으면 어떤 것이 진
실이고 어떤 것이 거짓인지 분명히 보이겠지만, 난 어쩐지 눈
이 흐려져 버린 것 같은 게 아무것도 보이지 않네요. 당신은 아
무리 힘든 문제라도 모두 대담하게 해결하지만, 그것은 아직
당신이 젊어서 지금껏 자기 문제로 괴로워한 적이 없기 때문이
아닐까요? 당신이 용감하게 앞만 바라보는 것도, 따지고 보면
인생의 진정한 무서움이 아직 당신의 젊은 눈엔 보이지 않기에
그런 게 아닐까요? 우리에 비하면 당신은 훨씬 용감하고 정직
하고 진지하지만, 좀 더 잘 생각해 봐요. 손톱만큼이라도 좋으
니 관대한 기분이 되어 나를 너그럽게 봐 줘요. 난 여기서 태어
났고, 아버지도 어머니도 할아버지도 여기서 사셨어요. 난 이
집이 정말로 좋고 무엇보다도 벚꽃 동산이 없는 내 생활이란
상상할 수조차 없어요. 아무래도 팔아야 한다면 차라리 나도
이 정원과 함께 팔아 줘요……. (트로피모프를 끌어안고 이마에 키
스한다) 내 아들도 여기서 빠져 죽었는걸……. (운다) 나를 가련
하게 생각해 줘요, 당신은 친절하고 좋은 사람이니까.

트로피모프 내가 진심으로 부인을 동정하고 있다는 건 이미 알고 계
시지 않습니까?

라네프스카야 그렇다면 그런대로 뭔가 좀 더 다른 표현법이 있을 텐
데……. (손수건을 꺼내는데 전보가 땅바닥에 떨어진다) 난 오늘 마
음이 무거워서 견디지 못하겠어요. 이 기분, 당신은 도저히 모

를 거예요. 이곳은 너무나 소란스러워 온몸이 떨려오고 가슴이 철렁 내려앉을 만큼 깜짝깜짝 놀라지만 그렇다고 해서 거실에 틀어박혀 있으면 왠지 불안해지고, 조용한 곳에 혼자 있는 것은 더욱더 견디지 못하겠어요. 이런 나를 너무 나무라지 말아요, 페차…… . 난 당신이 좋아서 남 같은 생각이 들지 않아요. 당신에게라면 난 기꺼이 아냐를 주겠어요. 정말이에요. 하지만 당신은 공부를 해야 돼요. 졸업을 해야 하니까요. 당신은 아무 일도 하지 않고 그저 운명에 몸을 맡기고 흔들리고 있지만, 정말 이상해요. 그렇죠? 그리고 그 턱수염만 해도 기를 거라면 좀 다듬어야 하지 않겠어요?

벚꽃 동산

트로피모프 (전보를 주우며) 전 미남이 되고 싶지는 않아요.

라네프스카야 이건 파리에서 온 전보예요. 매일같이 오죠. 어제도, 오늘도…… . 그 고집쟁이는 병이 나서 건강이 나쁘대요. '제발 용서해 줘, 제발 돌아와 줘.' 하고 칭얼거리는데, 사실 따지고 보면 난 역시 파리에 가서 그이 곁에 머무는 게 원칙이겠죠. 당신은 언짢은 표정을 짓지만 페차, 나는 어쩔 도리가 없어요. 그인 병이 나서 외롭게 고생을 하고 있다는데 누가 그 사람 시중을 들겠어요? 누가 그 사람의 흥분을 막아 주고, 누가 시간에 맞춰 약을 먹이겠어요? 새삼스럽게 숨긴들 뭘 하겠어요. 난 그이를 사랑하고 있어요. 그건 분명해요. 사랑하고말고요. 그건 마치 내 목에 매어진 바윗덩어리여서 난 그의 길동무가 되어 점점 가라앉아 가지만, 역시 그 바윗덩어리를 단념할 수가 없고 그것 없이는 살아갈 수가 없어요. (트로피모프의 손을 잡는다) 나쁘게 생각하지 말아요, 페차. 내게 아무 말도 말아요, 네? 아무 말도…….

트로피모프 (울먹이면서) 솔직하게 말하겠습니다. 용서하십시오. 그 남자는 당신에게 모든 것을 앗아 가지 않았습니까?

라네프스카야 아니, 제발, 그렇게 말하지 말아요……. (양쪽 귀를 틀어막는다)

트로피모프 그 작자는 쓸모없는 인간입니다. 그것을 모르는 건 당신뿐이에요! 그 작자는 수전노에다 벌레만도 못한…….

라네프스카야 당신은 좀 더 어른이 되어야 해요. 당신 나이가 되면 사랑을 하는 사람의 기분쯤은 알아야죠. 그리고 자신도 사랑해야죠……. (화가 나는 듯) 그럼요, 그렇고말고요! 당신 역시 순결하진 않을 거예요. 단지 그런 체하고 있을 뿐이지. 당신은 그저 우스꽝스러운 괴짜에 바보일 뿐이에요.

트로피모프 (불쾌한 듯) 무슨 말씀을 하시는 겁니까, 부인?

라네프스카야 당신은 사랑을 초월한 게 아니라 우리 피르스의 말처럼 반쪽짜리 인생에 불과해요. 그 나이에 애인 하나 없다니…….

트로피모프 (어처구니없어 하며) 이거 너무하군, 지금 무슨 소리를 하는 거예요? (머리를 감싸 쥐고 홀 쪽으로 간다) 정말 너무하군. 도저히 참지 못하겠어, 가야지……. (퇴장. 그러나 곧 돌아와서) 이제 당신과는 절교입니다! (다른 방으로 퇴장)

라네프스카야 (뒤에서 부른다) 페차, 기다려 줘요! 이상한 사람일세,

382

약간 농담을 했을 뿐인데! 페차!

옆방의 계단을 누군가가 급히 올라가는 발소리가 나고 갑자기 쿵 하고
떨어지는 소리가 난다. 아냐와 바랴의 고함 소리. 그러나 곧 웃음소리로
변한다.

라네프스카야   아니, 어떻게 된 거야!

아냐가 뛰어 들어온다.

아 냐   (웃으면서) 페차가 말이에요, 계단에서 떨어졌어요! (달려간다)
라네프스카야   정말 저 페차라는 사람은…….

역장이 홀 한가운데 멈춰 서서 톨스토이의 《죄악의 여인》을 낭독한다.
모두 조용히 듣고 있는데, 몇 줄 채 읽기도 전에 다음 방에서 왈츠 곡이
흘러나와 낭독은 중단된다. 모두 춤춘다. 옆방에서 트로피모프, 아냐,
바랴, 라네프스카야가 무대로 나온다.

라네프스카야   저, 페차……. 그 순결한 마음으로 나를 용서해 줘
요……. 자, 같이 춥시다! (페차와 같이 춤을 춘다)

아냐도 바랴도 춘다. 피르스가 돌아와서 자기 지팡이를 문 옆에 기대어

383

세운다. 야샤도 객실에 들어와 춤을 구경한다.

야 샤   왜 그래요, 영감님?

피르스   기분이 나빠서 그래. 옛날에는 우리 집 무도회라면 장군님
이랑 남작님이랑 제독 각하 같은 분들이 춤추러 오셨는데 이제
는 우체국 관리나 역장 따위를 초대해도 그것들마저 별로 탐탁
하게 여기지 않는단 말이야. 나도 이젠 무척 쇠약해졌어. 돌아
가신 큰나리님은 무슨 병이든지 병을 언제나 봉랍으로 고치시
곤 했지. 지금도 난 매일 봉랍을 마시고 있지만 이것으로 벌써
26년, 아니 그 이상이 될지도 모르겠군. 내가 이렇게 살아 있는
건 그 덕분인지도 모르지.

야 샤   영감 이야기에는 이제 진력이 났어. (하품) 차라리 빨리 죽어
버렸으면 좋겠어.

피르스   뭐야, 이 못된 녀석 같으니라고! (혼자 웅얼거린다)

트로피모프와 라네프스카야, 홀에서 춤을 추다가 이어서 객실에서 춤
춘다.

라네프스카야   메르시(고마워요), 난 좀 쉬겠어. (앉는다) 아아, 피곤해.

아냐 등장.

아　냐　(흥분해서) 지금 부엌에서 어떤 사람이 벚꽃 동산이 오늘 팔
　　　　려다고 얘기하고 있었어요.

라네프스카야　누가 샀다던?

아　냐　누구라는 말도 하지 않고 그냥 가 버렸어요.

야　샤　그건 말입니다, 어떤 노인이었는데…… 중요한 건 이곳 사
　　　　람이 아니에요.

피르스　나리는 아직도 안 보이시는군. 아직도 돌아오시지 않았나
　　　　봐. 얇은 봄 코트를 입고 가셨는데……. 젊은 분이라 어쩔 수
　　　　없다니까.

라네프스카야　난 당장이라도 죽을 것 같구나. 야샤, 저쪽에 가서 물
　　　　어 보고 와요, 대체 누가 샀는지.

야　샤　그 노인은 벌써 오래 전에 떠났습니다. (웃는다)

라네프스카야　(약간 화가 나서) 아니, 왜 웃지? 뭐가 기뻐서?

야　샤　에피호도프가 너무 우스워서 말입니다. 정말 시시한 놈입
　　　　죠. 스물두 가지 불행 말입니다.

라네프스카야　이 영지가 팔리면 영감은 어디로 가지?

피르스　말씀만 계시면 어디라도 가겠습니다.

라네프스카야　그런데 왜 그런 얼굴을 하고 있지? 어디 몸이라도 불
　　　　편한가? 저쪽에 가서 쉬도록 하지 그래…….

피르스　네! (싱긋 웃고서) 그야 물러가서 쉬는 것도 좋습니다만, 그럼
　　　　뒤에는 누가 시중을 들고, 누가 관리를 합니까요? 온 집안에
　　　　저 혼자뿐인걸요.

야 샤 (라네프스카야 부인에게) 마님! 실은 부탁드릴 말씀이 있습니다만, 꼭 들어 주십시오. 만약에 또 파리에 가시게 되거든 부디 저를 따라가게 해 주십시오. 여기 남아 있는 건 정말 견디지 못할 일입니다. 새삼스레 말씀드릴 것도 없이 마님도 이미 알고 계시겠지만, 어쨌든 이곳은 무지몽매한 나라여서, 민중은 몰상식하고 따분한데다 식사 역시 형편없고, 게다가 저 피르스 영감이 여기저기 돌아다니면서 온갖 되지도 않는 소리를 중얼거린단 말입니다. 저를 데리고 가 주십시오, 소원입니다.

피시치크 등장.

피시치크 부인…… 왈츠를 한번 부탁드립니다. (라네프스카야, 그와 함께 걷기 시작한다) 천사 같은 부인, 어쨌든 180루블만 빌려 주십시오……. 제발 빌려 주십시오. (춤춘다) 180루블만……. (홀로 옮긴다)

야 샤 (조용히 노래한다) 그대는 아는가, 내 가슴의 이 아픔을…….

홀에서 회색 실크 모자에 체크무늬의 바지를 입은 사람이 양손을 흔들기도 하고 뛰어오르기도 한다. '브라보, 샤를로타!' 하고 저마다 외치는 소리.

두냐샤 (멈춰 서서 분을 바른다) 아가씬 글쎄 제게도 추라고 하시더군요. 남자 분들은 많은데 부인이 적다면서 말이죠. 하지만 춤을 좀 췄더니 현기증이 나는군요. 이보세요, 피르스, 방금 우체국 관리가 내게 굉장한 말을 하셨지 뭐예요. 그 순간 숨이 막힐 것 같았어요.

음악이 그친다.

피르스 뭐라고 하시던?

두냐샤 제가 꽃과 같다는 거예요.

야 샤 (하품) 무식한 인간들이군……. (퇴장)

두냐샤 꽃과 같대요. 난 아직 결혼하지 않은 처녀라서 그런지 그런 달콤한 말이 너무 좋아요.

피르스 너도 슬슬 시작하는구나.

에피호도프 등장.

에피호도프 두냐샤, 당신은 나를 보기가 무척 싫은 모양이군요……. 마치 벌레라도 보는 듯 하는군요. (한숨을 쉰다) '가련하다, 인생이여'로군.

두냐샤 제게 무슨 볼일이라도?

에피호도프 (탄식한다) 그야 물론 당신이 옳을는지도 모르죠. (탄식한다) 그러나 물론 그런 관점에서 본다면 당신이라는 분은, 솔직

387

하게 말해서 말입니다. 요컨대 나를 완전히 정신 이상 상태로 빠뜨렸다고 감히 말할 수 있습니다. 난 나의 숙명을 알고 있습니다. 내 주변에선 매일같이 반드시 어떤 불행한 일이 일어나죠. 나는 이미 그런 것에는 익숙해져서 자신의 슬픈 운명을 미소 지으며 바라봅니다. 요컨대 말입니다, 당신은 전에 약속하셨습니다. 그러므로 설령 내가…….

두냐샤   제발 그 이야기는 나중에 하세요. 지금은 저를 조용히 내버려두셨으면 좋겠어요. 전 지금 기분 좋은 상상을 하고 있는걸요. (부채를 만지작거린다)

에피호도프   전 매일 불행한 일에 부딪힙니다. 그러나 감히 말씀드리자면, 그냥 미소 짓고 있습니다. 아니, 큰소리로 웃기까지 합니다.

홀에서 바랴 등장.

바 랴   넌 아직도 여기에 있었니, 에피호도프? 정말 어쩜 이렇게도 한심한 인간이 있담. (두냐샤에게) 너도 저리 가, 두냐샤. (에피호도프에게) 당구봉을 부러뜨리지 않나, 손님처럼 객실을 쏘다니지 않나.

에피호도프   이렇게 말씀드리면 실례가 될지 모르겠습니다만 난 당신에게 잔소리를 들을 까닭이 없습니다.

바 랴   잔소리가 아냐, 그렇다는 거지. 하는 짓이란…… 일은 뒷전

388

이고 빈둥빈둥 쏘다니기만 하니, 모처럼 집사를 고용한 것이 무엇 때문인지 모르겠어.

에피호도프　(울컥하며) 내가 일을 하건, 돌아다니건, 먹건, 당구를 치건 거기에 대해 이러쿵저러쿵할 수 있는 사람은 사리에 밝은 분들이나 손윗사람들뿐입니다.

바 랴　어떻게 내게 그런 말을 할 수 있지? (발끈해서) 말 다했어? 그러니까 나는 아무것도 모른다는 거야? 여기서 당장 나가! 자, 당장 나가!

에피호도프　(겁을 먹고) 왜, 왜 그러십니까? 좀 더 점잖은 말로 하십시오, 제발.

바 랴　(정신없이) 얼른 나가지 못하겠니! 자, 나가! (에피호도프를 문 쪽으로 쫓는다) 스물둘의 불행 같으니라고! 이 근처에서 네 냄새가 조금이라도 나면 그냥 두지 않겠어! 두 번 다시 그 얼굴을 내밀지 마! (에피호도프 퇴장. 문 저쪽에서 '당신 이야기를 고해바치겠어요' 하는 에피호도프의 목소리가 들린다) 아니, 또 돌아오는 거야? (피르스가 문 옆에 세워 놓았던 지팡이를 집어 든다) 자, 오너라, 올 테면 오라고……. 혼을 내줄 테니까. 올 테냐? 응, 오겠어? 그럼 이렇게 해 주지……. (지팡이를 들어 올린다. 바로 그때 로파힌 등장)

로파힌　어이쿠, 이거 매우 황송한데요.

바 랴　(분노와 조소를 섞어서) 실례했어요!

로파힌　천만에, 융숭한 대접을 받게 되어 심심한 감사를 드리나이다.

바 랴　감사까진 하지 않으셔도 됩니다. 다치신 데는 없으세요?

로파힌   아니, 별로. 하긴 커다란 혹 하나쯤은 생길지도 모르겠는데요.

홀에서의 소리   로파힌이 왔어! 로파힌이야!

피시치크   어서 오십시오, 잘 오셨습니다. (로파힌에게 키스한다) 이 귀여운 사나이에게서 코냑 냄새가 약간 나는군. 이봐요, 우리도 보시는 바와 같이 유쾌하게 놀고 있소.

라네프스카야 부인 등장.

라네프스카야   어머, 당신이었군요, 예르몰라이 알렉세예비치! 어째서 이렇게 늦었어요? 제 오라버니는 어떻게 되었나요?

로파힌   오라버님께서도 함께 돌아오셨습니다. 곧 들어오실 겁니다.

라네프스카야   (가슴을 두근거리면서) 그래, 어떻게 되었어요? 경매는 이루어졌나요? 어서 말해 주세요!

로파힌   (기쁨을 나타내지 않으려고 우물쭈물) 경매는 4시경에 끝났습니다. 우린 기차를 놓쳐서 9시 반까지 기다려야 했어요. (괴로운 듯이 숨을 쉬고) 후유! 지금도 머리가 어질어질하군.

가예프 등장. 오른손에 사온 물건을 들고, 왼손으로는 눈물을 닦고 있다.

라네프스카야   로냐, 어떻게 되었어요! 네, 로냐? (안타까운 듯 눈물을 머금고) 빨리 말씀 좀 해보세요, 제발…….

가예프   (한마디도 대답하지 않고 다만 한 손을 흔든다. 울면서 피르스에게)

이걸 받아. 안쵸비와 케르치(크림 반도의 동쪽)의 청어야……. 난 오늘 아무것도 먹지 못했어. 아아, 정말 지독한 꼴을 당했지! (당구장으로 가는 문이 열려 있어서 공 소리와 '7과 8!' 하는 야샤의 목소리가 들린다. 가예프의 표정이 바뀌고 그만 눈물을 거두면서) 이젠 정말 지쳐 버렸어. 이봐요, 피르스, 옷 좀 갈아입혀 줘요. (홀을 지나서 자기 거실로 간다. 피르스 뒤따른다)

피시치크 어떻게 되었나, 경매는? 얘기해 봐요, 자아!

라네프스카야 팔렸어요? 벚꽃 동산이?

로파힌 팔렸습니다.

라네프스카야 누가 샀어요?

로파힌 제가 샀습니다. (사이)

라네프스카야 부인, 맥이 탁 풀린다. 만약에 안락의자와 테이블 옆에 서 있지 않았더라면 쓰러졌을 것이다. 바랴는 허리띠에서 열쇠 뭉치를 끌러 그것을 객실 중앙 바닥에 내동댕이치고 퇴장.

로파힌 제가 샀어요! 잠깐 기다려 주십시오. 여러분, 부탁입니다. 전 머리가 멍해져서 말이 나오지 않습니다. (웃는다) 우리가 경매장에 도착해 보니 데리가노프는 벌써 와 있었습니다. 가예프에게는 겨우 1만 5천밖에 없었는데 저 데리가노프는 대뜸 부채 위에 3만을 불렀습니다. 이건 안 되겠다고 생각하고 그 자식을 상대하기 위해 4만이라고 불렀죠. 그러자 또 저쪽은 4만 5천으로 나오더군요. 그래서 이쪽에서도 5만 5천, 그런 식으로 녀석이 5천씩 올릴 때마다 난 1만씩 올려 갔어요. 드디어 끝장이 났지요. 부채 위에다 난 9만을 더 내고 그 작자를 깨끗이 떨어뜨렸던 겁니다. 벚꽃 동산은 이제 내 것이오! (껄껄대고 웃는다) 내 것이란 말이오! 아아, 이게 웬일일까요. 여러분, 벚꽃 동산이 내 것이라니! 마음대로 지껄이시오. 내가 취했다고 하든, 정신이 이상하다고 하든, 꿈을 꾸고 있다고 하든……. (발을 구른다) 나를 비웃지 말아요! 우리 아버지나 할아버지가 무덤 속에서 이 결과를 보면 어떻게 될까요. 저 예르몰라이가, 늘 얻어맞고만 있던 예르몰라이가, 글씨 하나도 제대로 쓰지 못하는 예르몰라이가……. 겨울에도 맨발로 뛰어다니던 바로 그 예르몰라이가 전 세계에 둘도 없이 아름다운 영지를 산 거예요. 아버지도 할아버지도 노예였던 이곳을……. 부엌에조차 들어갈 수 없었던 그 영지를 내가 산 겁니다. 내가 잠꼬대를 하고 있다고? 꿈이라고? 환상이라고? 천만에! 그것이야말로 당신네들의 터무니없는 무지한 암흑에 싸인 환상인 거요. (열쇠 뭉치를 주워서 황홀하게 웃으면서) 열쇠를 던지고 갔군. 이제 더 이상 이 집의 주인이 아니라는 말인가요? (열쇠 뭉치를 짤랑거린다) 흥, 어쨌든 상관없어. (오케스트라가 음조를 맞추는 소리가 들린다) 어이! 악대, 시작해. 내가 들어 줄 테니까! 모두 와서 구경하시오, 이 예르몰라이 로파힌이 벚꽃 동산에 도끼 맛을 보여 주는 거다! 나무가 차례차례 땅 위로 넘어지는 거야! 여기다 별장을 많이 세워 우리 손자

와 증손자 놈들에게 새로운 생활을 하게 해 줄 테다. 악대, 연주
를 시작해!

연주가 시작된다. 라네프스카야 부인은 의자에 깊숙이 앉아서 격렬하
게 울고 있다.

로파힌 (나무라듯이) 왜, 무엇 때문에 당신은 내 말을 듣지 않았습니
까? 내 소중한 부인, 딱하지만 이제 와선 어찌할 도리가 없습
니다. (눈물을 글썽이며) 아아, 빨리 이런 일은 지나가 버렸으면
좋겠어. 어떻게든 빨리 지금과 같이 금방이라도 무너지려고
하는 재미없고 건조한 생활이 싹 바뀌어 버렸으면 좋겠어.

피시치크 (로파힌의 팔을 붙잡고 낮은 소리로) 부인이 울고 있잖나. 자,
홀로 가세. 혼자 계시도록 하는 편이 좋아, 갑시다! (로파힌을 홀
로 데리고 간다)

로파힌 어떻게 된 거야? 악대, 정신 차려서 해! 무엇이든 내 주문대
로 하는 거야! (비꼬듯이) 새 지주님의 행차시다. 벚꽃 동산의 주
인님께서 말이야! (정신없이 작은 탁자에 부딪혀서 가지 달린 촛대를
넘어뜨릴 뻔한다) 무엇이든 값은 치러 주지! (피시치크와 함께 퇴장)

홀에도 객실에도 라네프스카야 부인 외에는 아무도 없다. 그녀는 의자
에 앉은 채 전신을 움츠리고 서럽게 울고 있다. 은은한 음악 소리. 빠른
걸음으로 아냐와 트로피모프 등장. 아냐는 어머니 옆에 다가서서 그 앞

에 꿇어앉는다. 트로피모프는 홀 입구에 선다.

아 냐   엄마! 울고 계시는군요. 엄마? 내 사랑하는 친절하고 상냥한
엄마! 내 소중한 엄마, 난 엄마를 사랑하고 있어요. 난 축하하고
싶어요. 벚꽃 동산은 팔렸어요. 이제 없어졌어요. 사실이에요.
하지만 울지 마세요, 엄마. 엄마에게는 아직도 남은 미래가 있
어요. 게다가 상냥하고 깨끗한 마음씨도 있어요. 자, 함께 가요.
엄마, 여기서 나가요. 우리 또 새 정원을 만들어요, 이보다 훨씬
좋은 것을 말이에요. 그것을 보시면 '아, 그런가!' 하실 거예요.
그리고 기쁨이…… 조용하고 깊은 기쁨이, 마치 저녁 햇살처럼
엄마의 가슴에 비쳐 들어서 엄만 상냥하게 미소 지을 수 있을 거
예요. 엄마! 가세요. 소중한 나의 엄마! 우리 함께 가요!

제4막

제1막과 같은 무대. 다만 창문의 커튼도, 벽의 그림도 없고 남아 있는 약간의 가구도 구석에 쌓여 있어 마치 팔려고 내놓은 물건처럼 쓸쓸한 느낌을 준다. 출입구 옆과 무대 뒤에 트렁크와 여행용 보따리 같은 것이 쌓여 있다. 왼쪽 문은 열려 있고, 거기서 바랴와 아냐의 목소리가 들린다. 로파힌이 서서 기다리고 있다. 야샤는 샴페인이 담긴 작은 글라스를 얹는 쟁반을 들고 있다. 옆방에서는 에피호도프가 상자를 노끈으로 묶고 있다. 무대 뒤에서 와글와글하는 소리, 농부들이 작별 인사를 하러 와 있는 것이다. 가예프의 목소리가 들린다. '고맙소, 모두들 매우 고맙소.'

야 샤   농부들이 모두 작별하러 왔나 봅니다. 제 생각에는 말이죠, 예르몰라이 알렉세예비치. 민중은 선량하긴 하지만 아무래도 말귀를 잘 못 알아듣는 것 같습니다.

395

소란이 잠잠해진다. 옆방을 거쳐 라네프스카야와 가예프가 등장. 라네프스카야는 비록 울고 있지는 않지만 얼굴이 창백하고 경련을 일으켜 말을 할 수가 없다.

가예프 넌 그 사람들에게 지갑을 주었구나, 류바. 그래선 안 돼! 그래선 안 된다고!

라네프스카야 어쩔 수가 없었어요! 어쩔 수 없었다니까요!

가예프와 라네프스카야 퇴장.

로파힌 (문 앞에선 가예프와 라네프스카야를 향해) 이리 가까이 오십시오! 이별의 뜻으로 딱 한잔만. 깜빡 잊고 시내에서 가져오지 않아 정거장에서 어렵게 한 병을 구했습니다. 자, 드십시오! (사이) 아니, 여러분! 싫으신가요? (문에서 떠난다) 이럴 줄 알았더라면……. 차라리 사지 말 걸 그랬어. 그럼 나도 마시지 말자. (야샤는 조심조심 쟁반을 테이블 위에 놓는다) 야샤, 너라도 마셔 다오.

야 샤 떠나는 분들과 남는 분들, 모두 건강하시기를! (마신다) 이 샴페인은 진짜가 아니군요. 내 장담합니다.

로파힌 한 병에 8루블이나 주었는데. (사이) 여긴 무척 추운걸.

야 샤 오늘은 난롯불을 피우지 않았거든요, 어차피 모두 떠날 텐데요 뭐. (웃는다)

로파힌 뭐가 우스워?

야 샤 기뻐서요.

로파힌 벌써 10월인데도 밖에는 햇볕이 따뜻하고 바람도 없고 마치 여름 같군. 일을 하기에 그만이야. (시계를 꺼내 보고 문 쪽을 향해) 여러분 괜찮습니까? 기차가 출발할 때까진 47분밖에 안 남았어요! 그러니 20분 후에는 정거장으로 떠나셔야 합니다. 약간 서둘러야 할 것 같군요.

벚꽃 동산

트로피모프가 외투 차림으로 밖에서 들어온다.

트로피모프 슬슬 출발할 시간이 되었나 보군. 마차도 와 있고. 그런데 내 덧신은 어디로 갔나! 제기랄, 사라지고 말았어. (문을 향해) 아냐, 내 덧신이 없어요! 보이지가 않아!

로파힌 나도 하리코프로 가야 하오. 아마 당신들과 같은 기차를 타야 할 것 같소. 하리코프에서 이 겨울을 보낼 생각이니까. 나는 무척 오랫동안 당신들과 한데 어울려 노는 바람에 일이 손에 잡히지 않아 애를 먹었소. 난 일하지 않고는 못 배기는 성미여서 말이지. 손 둘 곳을 몰라서 곤란했소. 어쩐지 이상하게 건들건들하는 게 마치 남의 손 같거든.

트로피모프 이제 모두들 가 버릴 거예요. 그럼 또 유익한 사업인가 뭔가 하는 것에 착수하겠군요.

로파힌 어때, 한잔하시지.

트로피모프 아니, 생각 없습니다.

로파힌　그럼 이번에는 모스크바로 가는 건가요?

트로피모프　그래요. 여러분을 시내까지 전송하고, 내일은 모스크바로 갈 생각이죠.

로파힌　그래? 그거 잘 됐군요. 대학 교수님들은 모두 당신이 올 때까지 강의를 하지 않고 기다리고 있을 테니까!

트로피모프　또 쓸데없는 참견이군요.

로파힌　당신은 도대체 대학에 몇 년이나 있을 셈이오?

트로피모프　그렇게 상대를 비아냥거리는 수법은 너무 흔해빠진 것 같지 않나요? (덧신을 찾는다) 이봐요, 이제 우린 아마 다시는 만나지 못할 거요. 그래서 당신에게 한 가지 충고를 하고 싶군요. 항상 너무 성급하게 결론짓지 마세요! 이번에 그 별장을 세우자는 얘기만 해도 그렇지, 곧 그 별장의 주인들이 차차 독립된 농장주가 되어 가리라고 호언장담하는 것이 바로 문제입니다. 그건 그렇다 치고, 난 당신이 좋소. 당신은 배우나 음악가에게나 있을 법한 부드럽고 가냘픈 손가락을 가지고 있기 때문이오. 그리고 당신은…… 사실 가냘픈 마음을 지닌 사람이고.

로파힌　(트로피모프를 안고) 그럼 이것으로 이별이군요, 페차. 여러 모로 고마웠소. 만일 필요하다면 여행비용으로 좀 가져가시오.

트로피모프　무엇 때문에 내게? 그런 돈 필요 없어요.

로파힌　하지만 돈이 없잖소!

트로피모프　없기는. 뜻은 고맙지만 난 번역료를 받았고, 이 호주머니 속에 있죠. (걱정스러운 듯이) 하지만 정작 중요한 덧신이 사라졌어요!

바 랴 (옆방에서) 자, 얼른 가져가요. 이까짓 더러운 것! (고무 덧신을
한 켤레 무대에다 내던진다)

트로피모프 왜 그렇게 화를 내는 거요, 바랴? 흠, 이건 내 덧신이 아
니야!

로파힌 난 지난봄에 양귀비를 천 제샤찌나나 심어서 거기서 순이익
을 4만이나 올렸소. 그 양귀비꽃이 피었을 때는 뭐라고 말할
수 없는 장관이었지! 그렇게 해서 4만이나 벌었으니까, 그것으
로 빌려 주려는 거요. 내게 여유가 있어서 그러는 것이니 그렇
게 점잔을 뺄 필요는 없지 않소? 난 농부요, 솔직하다고.

트로피모프 당신 아버지는 농사꾼이고 우리 아버지는 약제사였다
고 해보았자 별로 신통한 것은 없겠죠. (로파힌, 지갑을 꺼낸다)
그만둬요, 그만둬. 설령 20만이라도 받지 않을 테니까. 난 자유
로운 인간이에요. 당신들 모두가, 부자나 가난뱅이나 할 것 없
이 감지덕지해서 굽신거리는 것, 그 모두가 내게 있어서는 요
만큼의 권위도 없어요. 공중에 날아다니는 솜털이나 마찬가지
죠. 난 당신에게 신세를 지지 않겠어요. 당신들 없이도 훌륭하
게 해 나갈 자신이 있어요. 난 강하고, 긍지가 있죠. 인류는 이
지상에서 도달할 수 있는 최고의 진실, 최고의 행복을 향해서
나아가고 있어요. 그리고 난 그 제일 앞줄에 있습니다.

로파힌 과연 도달할 수 있을까요?

트로피모프 있고말고요. (사이) 스스로 도달하거나 아니면 도달하는

벚꽃 동산

399

길을 남에게 가르쳐 주겠어요.

멀리서 벚꽃나무에 도끼질하는 소리가 들린다.

로파힌   그럼 잘 가시오. 이제 출발할 시간이니. 우린 서로 거만하게
코를 맞대고 있었지만 시간은 지체 없이 흘러갈 뿐……. 오랫
동안 열중하여 일하고 있으면 난 머리의 응어리가 풀려서 자기
가 무엇 때문에 살고 있는지 그걸 알 수 있을 듯한 느낌이 들기
도 한다오. 그렇지만 봐요, 이 러시아에는 무엇 때문인지도 모
르고 사는 인간이 무척 많다오. 아니, 문제의 서큘레이션(순환
이라는 의미)은 거기 있는 게 아니오. 소문에 가예프가 취직을
했다고 하던데……. 하지만 오래 갈 것 같지도 않소. 그렇게
게을러서야 어디…….

아   냐   (문 앞에서) 엄마의 부탁인데 출발할 때까지는 정원의 나무를
베지 말아 달래요.

트로피모프   정말 그만한 눈치도 없나요? (아냐의 뒤를 따라 퇴장)

로파힌   네, 네, 그러죠. (트로피모프의 뒤를 따라 퇴장)

아   냐   피르스를 병원에 보냈어요?

야   샤   오늘 아침에 그렇게 일러두었으니까 틀림없이 보냈을 겁
니다.

아   냐   (홀을 지나가는 에피호도프에게) 에피호도프, 피르스를 병원에
보냈는지 어떤지 좀 알아봐 주세요.

야 샤 (화가 나서) 오늘 아침에 에고르에게 말해 두었다니까요. 무
엇 때문에 같은 말을 계속 물으시는 거예요!

에피호도프 제 의견을 말하자면, 결국 노령이신 피르스의 몸은 정상
적으로 치료할 수 없다는 겁니다. 선조 대대의 곳으로 가는 거
죠. 저로서는 다만 부럽기 짝이 없을 따름입니다. (모자 상자 위
에 트렁크를 올려놓아 상자를 찌그러뜨린다) 이렇다니까, 결국. 어차
피 이렇게 되리라고 생각했어. (퇴장)

야 샤 (비웃듯이) 이 스물두 가지 불행이…….

바 랴 (문 저쪽에서) 피르스를 병원에 보냈니?

아 냐 보냈어.

바 랴 어째서 의사 선생님께 그를 보낸다는 편지는 가져가지 않
았지?

아 냐 그럼 지금이라도 보내야겠네. (퇴장)

바 랴 (옆방에서) 야샤는 어디 갔지? 어머니가 작별하러 오셨다고
알려 줘요.

야 샤 (한 손을 흔든다) 쳇! 귀찮아 죽겠군.

두냐샤는 내내 짐 옆에서 바쁘게 돌아다니다가 야샤가 혼자인 것을 알
자 다가온다.

두냐샤 한번쯤 돌아보기라도 하면 어때요, 야샤. 당신은 결국 가버
리는군요……. 날 버리는군요……. (울면서 야샤의 목에 매달린다)

401

야 샤 울긴 왜 울어? (샴페인을 마신다) 엿새 후면 난 또 파리야. 내
        일이면 특급 열차를 타고 눈 깜짝할 사이에 달리는 거야. 어쩐
        지 믿어지지 않을 정도야. 프랑스 만세! 여긴 아무래도 나와 맞
        지 않아, 도저히 살 수가 없어. 어쨌든 하는 수 없지. 무식한 인
        간들도 실컷 보았고, 이젠 질렸어. (샴페인을 마신다) 무엇 때문
        에 우는 거야? 품행만 얌전하면 울 일도 생기지 않는다고.

두냐샤 (손거울을 보면서 분을 바른다) 파리에서 편지 주세요, 네? 당신
        을 무척 좋아했어요, 야샤. 그렇게도 좋아했는걸요! 저는 약한
        여자예요, 야샤!

야 샤 이봐, 누가 온다고. (트렁크 주위를 무척 바쁜 듯이 돌아다니며 작
        은 소리로 콧노래를 부른다)

라네프스카야, 가예프, 아냐, 샤를로타 등장.

가예프 슬슬 출발해야지. 이제 시간이 얼마 없어. (야샤를 보고) 누구
        냐, 청어 냄새를 풍기는 놈은?

라네프스카야 10분 후에는 모두 마차에 올라타도록 해요. (방을 빙 둘
        러본다) 잘 있거라, 정든 나의 집이여. 겨울이 지나 봄이 되면 넌
        이제 사라지겠구나. 결국 헐리고 마는 거야. 이 벽도 온갖 것을
        보아 왔는데! (아냐에게 키스한다) 내 소중한 아냐, 넌 환히 빛나
        고 있구나. 두 개의 다이아몬드처럼 네 눈은 반짝이고 있어. 기
        쁘니? 그렇게?

아 냐 네, 무척! 새로운 생활이 시작되는걸요, 엄마!

가예프 (유쾌한 듯이) 정말 이제야 겨우 만사가 잘 해결되었어. 벚꽃 동산이 팔리기 전까지는 우리 모두 마음이 심란해 무척 괴로웠지만, 막상 이렇게 결론이 나 버리자 모두 마음이 안정되어 오히려 명랑해졌잖니. 난 은행원이 돼. 이제는 어엿한 금융인이지. 노란 공은 한가운데로……. 노란 공은 한가운데로……. 그리고 류바, 너도 이러쿵저러쿵하지만 어쨌든 혈색이 좋아졌다. 그건 분명해.

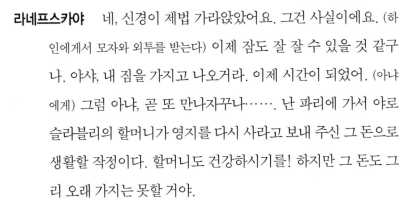

벚꽃 동산

라네프스카야 네, 신경이 제법 가라앉았어요. 그건 사실이에요. (하인에게서 모자와 외투를 받는다) 이제 잠도 잘 잘 수 있을 것 같구나. 야샤, 내 짐을 가지고 나오거라. 이제 시간이 되었어. (아냐에게) 그럼 아냐, 곧 또 만나자꾸나……. 난 파리에 가서 야로슬라블리의 할머니가 영지를 다시 사라고 보내 주신 그 돈으로 생활할 작정이다. 할머니도 건강하시기를! 하지만 그 돈도 그리 오래 가지는 못할 거야.

아 냐 엄마, 곧 돌아오시죠? 곧……. 그렇죠? 나도 공부해서 여학교 검정 시험을 치르고, 직장을 가져서 엄마의 생활을 돕겠어요. 그렇게 되거든 함께 여러 가지 책을 읽어요. 그렇죠? (라네프스카야의 양손에 키스한다) 긴긴 가을밤에 둘이서 읽어요. 오랫동안 읽어요. 그러면 우리 앞에 새롭고 멋진 세계가 열릴 거예요……. (상상한다) 엄마, 꼭 돌아와요. 네…….

라네프스카야 꼭 돌아오마, 귀여운 나의 딸 곁으로. (아냐를 끌어안는다)

로파힌 등장. 샤를로타는 나직이 노래를 부르고 있다.

가예프 　노래를 부르는 행복한 샤를로타!

샤를로타 　(아기를 포대기에 싼 모양의 보따리를 끌어안고) 우리 아기, 자장
　　　　자장……. (응애, 응애! 하는 울음소리가 난다) 오냐, 오냐, 착하지,
　　　　착하지. (응애, 응애) 가엾어라. 누가 그랬니! 누가! (보따리를 본
　　　　래 자리로 집어던진다) 그러니까, 부탁이에요. 일자리를 좀 얻어
　　　　주세요. 이래서야 어쩔 도리가 없군요.

로파힌 　꼭 찾아드리지요. 샤를로타, 그건 문제없습니다.

가예프 　모두 우리를 버리는군, 바랴도 가 버릴 거고……. 갑자기 필
　　　　요 없는 인간이 되어 버린 느낌이야.

샤를로타 　시내에는 살 집도 없고…… 그래서 나가야 해요! (노래를
　　　　흥얼거린다) 어차피 마찬가지야.

피시치크 등장

로파힌 　여어, 천연 기념물!

피시치크 　제발 숨이나 좀 돌립시다……. 정말로 지쳐 버렸어. 여러
　　　　분 안녕……. 물을 좀…….

가예프 　어차피 또 돈 이야기겠지? 하느님 맙소사…….

피시치크 　오랜만입니다, 부인……. (로파힌에게) 자네도 있었나? 이
　　　　거 기쁘군. 여어, 천하에 제일가는 꾀주머니……. 받아 주게.

어쨌든 받게. (로파힌에게 건네준다) 4백 루블이야. 아직도 840루
블이 남아 있지만.

로파힌   (이상한 듯이 어깨를 으쓱거리며) 이거 꿈만 같군 그래. 도대체
어디서 구했나?

피시치크   좀 기다려. 아이구, 더워라. 전대미문의 대사건이야. 영국
인들이 찾아와서, 땅에서 흰 점토인지 뭔지를 발견했다네! (라
네프스카야 부인에게) 당신에게도 4백 루블…… 자, 받으세요. 천
사 같은 부인, (돈을 준다) 나머지는 또 뒤에. (물을 마신다) 방금
어떤 젊은 사람이 기차 속에서 이야기를 하는데, 거 뭐라던가
하는……. 여하튼 어떤 위대한 철학자가 지붕에서 뛰어내리라
고 권하고 있다더군. '뛰어내려라!' 단지 그것뿐이라고 말이
지. (놀란 듯이) 어떻습니까! 물을 좀…….

로파힌   영국인이라니, 도대체 어떤 사람이야?

피시치크   어쨌든 그자들에게 점토가 나오는 땅을 앞으로 14년 동안
빌려 준 거야. 그런데 지금은 미안하지만 시간이 없어요. 바쁜
일이 있어서……. 지금 즈노이코프한테 가야 해요. 그리고 카
르다모노프에게도 가야 하고……. 모두에게 빚이 있어요. (마
신다) 그럼 실례하겠습니다……. 목요일에 또 오죠.

라네프스카야   우린 지금 곧 시내로 이사할 거고 난 내일 외국으로
갑니다.

피시치크   뭐라구요? 또 시내로 간다는 거요? 아니, 그러고 보니 가
구랑…… 트렁크……. 하지만 끄떡없어요. (울먹이며) 문제없

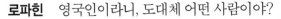

벚꽃 동산

어요. 굉장히 똑똑한 사람들이더군요. 저 영국인들 말입니다. 뭐 끄떡없습니다. 아무쪼록 행복하시기를……. 아무 일도 아 닙니다. 하느님이 도와주실 거예요. 괜찮습니다. (라네프스카야 부인의 손에 키스한다) 만약에 풍문이라도 내게 종말이 왔다는 소문을 들으시거든 아무쪼록 바로 이…… 말을 생각하시고, 옛날에 거 뭐라더라……참, 시메오노프 피시치크라는 사나이 도 있었지. '망자에게 평안을 주소서!'라고 말해 주십시오. 이 거, 좋은 날씨로군요. 정말……. (갈팡질팡하며 퇴장. 그러나 곧 되 돌아와 문 옆에서) 우리 집 다셴카가 안부 전해 달라고 하더군 요! (퇴장)

라네프스카야　자, 이제는 떠날 수 있겠다. 실은 떠나는 데 두 가지 일 이 걸리는군요. 하나는 병든 피르스. (시계를 들여다보고) 아직 5분 쯤 괜찮겠군.

아　냐　엄마, 피르스는 벌써 병원 침실에 누워 있어요. 야샤가 오늘 아침에 보냈거든요.

라네프스카야　또 한 가지 걱정은 바랴예요. 그 앤 아침 일찍 일어나 일하는 버릇이 있는데, 지금은 일이 없어 마치 물고기가 물을 떠난 거나 다름없을 거예요. 삐쩍 마르고, 안색도 좋지 않고, 가엾게도 울고만 있죠. (사이) 당신은 그걸 잘 아시잖아요, 예르 몰라이 알렉세예비치. 난 이렇게 생각하고 있었어요. 그 애를 당신에게 시집보냈으면 하고 말이죠. 게다가 당신 역시 결혼 에 생각이 있는 듯한 눈치더군요. (아냐에게 귀띔을 한다. 아냐는 샤를로타에게 고개를 끄덕여 보이고 두 사람 퇴장) 그 앤 당신을 사랑하고 있고, 당신도 그 애가 싫지는 않는 것 같은데……. 역시 잘 모르겠어요. 아무래도 모르겠어요. 어째서 당신네들 두 사람은 서로 피하려고만 하는지 모르겠단 말이에요!

로파힌 실은 나 자신도 모르겠습니다. 그 뭔가 어쩐지 이상하고 어색한 것 같아서 말이죠……. 아직 여유가 조금 있다면 전 당장에라도 좋습니다. 단숨에 결말을 짓고 마무리를 하겠습니다. 당신이 계시지 않으면 아무래도 전 구혼을 할 수 있을 것 같지가 않군요.

라네프스카야 그럼 다행이군요. 1분이면 충분할 테니. 곧 그 애를 불러올게요.

로파힌 마침 샴페인도 있습니다. (작은 글라스를 들어 보고) 아니, 누가 벌써 다 마셔 버렸어. (야샤, 헛기침을 한다) 퍼 마신다는 건 이런 걸 두고 하는 말이야…….

라네프스카야 (기쁜 듯이) 잘 되었군요. 우린 저쪽으로……. 야샤, 이리 와. (문을 향해) 바랴, 그건 놔두고 이리 와 보거라. 자, 어서.

(야샤와 함께 퇴장)

로파힌 (시계를 들여다보고) 옳지……. (사이)

문 저쪽에서 킥킥거리는 웃음소리. 속삭임. 이윽고 바랴 등장.

바 랴 (오랫동안 이것저것 짐을 살핀다) 이상하군, 아무래도 보이지가 않으니…….

로파힌 뭐가 없어졌습니까?

바 랴 내가 챙겼는데도 생각이 나지 않는군요. (사이)

로파힌 앞으로 어떻게 하시겠습니까, 바랴?

바 랴 저 말인가요? 라글린 댁으로 갈 거예요……. 그 댁의 살림
을 돌보기로 했어요. 가정부라고나 할까요?

로파힌 그럼 야쉬네보 마을이군요? 70킬로미터나 될걸요. (사이)
그럼 이 집에서의 생활도 마지막이 되겠군요.

바 랴 (집을 둘러보면서 혼잣말로) 어딜 갔을까, 그게……. 어쩌면 궤
짝 속에 넣었는지도 몰라……. 네, 이 집에서의 생활도 마지막
이에요……. 다시는 돌아오지 않을 겁니다.

로파힌 난 곧 하리코프로 갑니다. 모두와 같은 기차로 말입니다. 일
이 많아서죠. 이 집은 에피호도프에게 맡겨두기로 했습니다.
그 사람을 고용했어요.

바 랴 아, 그래요!

로파힌 작년 이맘때는 눈이 왔죠. 기억하고 계십니까? 그런데 지금
은 따스하고 해가 빛나고 있습니다. 하지만 춥긴 춥군요. 영하
3도쯤 되겠어요.

바 랴 전 보지 못했어요. (사이) 게다가 우리 집 온도계는 고장이
나서……. (사이)

집 밖의 목소리 (문 옆에서) 예르몰라이 알렉세예비치!

로파힌 (아까부터 이 소리를 기다리고 있었다는 듯이) 그래! 이제 곧 간

다! (서둘러 퇴장)

바랴는 마룻바닥에 앉아 옷 보따리에 머리를 파묻고 조용히 흐느껴 운다. 문이 열리고 라네프스카야 부인이 들어온다.

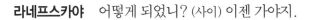

라네프스카야 어떻게 되었니? (사이) 이젠 가야지.

바 랴 (눈물을 그치고 얼굴을 닦는다) 네, 시간이 되었어요, 어머니. 전 오늘 중으로 라글린 댁에 도착할 수 있으리라고 생각해요. 기차만 놓치지 않는다면.

라네프스카야 (문 쪽을 향해) 아냐, 준비는 다 되었니?

아냐와 조금 늦게 가예프, 샤를로타 등장. 가예프는 모자가 달린 따뜻한 외투를 입고 있다. 하인들과 마부들 모인다. 에피호도프는 짐 시중을 든다.

라네프스카야 자, 이젠 떠날 수 있겠구나.

아 냐 (기쁜 듯이) 출발!

가예프 친애하는 여러분! 경애해 마지않는 친구 여러분! 이제 영원히 이 집을 떠남에 즈음하여 어찌 한마디 없을 수 있겠습니까. 어찌 이 가슴속에 끓어 넘쳐 오르는 슬픈 감정을 토로하지 않을 수 있겠습니까!

아 냐 (애원하듯이) 외삼촌!

바 랴　외삼촌, 그만두세요!

가예프　(의기소침하여) 빈 쿠션으로 노란 공을 한가운데로, 그만두
　　　자…….

트로피모프, 이어 로파힌 등장.

트로피모프　여러분, 아직 준비가 덜 되었습니까? 이제 출발할 시간
　　　이에요!

로파힌　에피호도프, 내 외투!

라네프스카야　잠깐만 좀 더 앉아 있어 보자(러시아 인에게는 여행 떠나
　　　기 전에 한동안 앉아 있는 습관이 있다). 난 마치 여태까지 한 번도
　　　이 집의 벽이 어떻게 생겼는지, 천장이 어떤지 본 일이 없는 것
　　　같아. 이제야 겨우 아무리 보아도 싫증이 나지 않을 만큼 이 집
　　　이 정겹게 보이지 뭐야.

가예프　아직도 기억하고 있지만, 내가 여섯 살이었을 때 성령 강림
　　　주일에 이 창문에 걸터앉아 교회에 가시는 아버지를 보던 일이
　　　꼭 어제 일 같구나.

라네프스카야　짐은 모두 가지고 나왔어요?

로파힌　그럭저럭 모두 나온 것 같습니다. (외투를 입으면서 에피호도프
　　　에게) 알았나, 에피호도프. 잘 부탁해.

에피호도프　(쉰 소리로) 염려 마시고 다녀오십시오.

로파힌　도대체 목소리가 왜 그래?

에피호도프　지금 물을 마시다가 뭔가 삼켜 버린 모양입니다.

야 샤　(멸시하는 듯이) 바보 같은 자식!

라네프스카야　우리가 가 버리면 여긴 아무도 남지 않겠군.

로파힌　봄이 올 때까진 말이죠.

바 랴　(보따리에서 파라솔을 꺼낸다. 마치 휘두르는 것 같은 자세가 된다. 로파힌, 깜짝 놀라는 몸짓) 어머, 왜 그러세요? 전 그럴 생각은 없었는데.

트로피모프　여러분, 자, 타십시다. 이제 시간이 다 되었어요! 이제 곧 기차가 옵니다!

바 랴　페차, 자. 여기 있어요, 당신의 덧신. 손가방 옆에. (눈물을 글썽이며) 하지만 어쩌면 이렇게 더럽고 낡았을까!

트로피모프　(덧신을 신으면서) 자, 가십시다, 여러분.

가예프　(눈물을 글썽이며 어쩔 줄 몰라 한다) 기차가 저, 정거장이……. 비틀어서 한가운데로, 흰 공을 빈 쿠션의 구석으로…….

라네프스카야　모두 가시죠!

로파힌　모두 나오신 거죠? 저긴 아무도 없는 거죠? (왼쪽 문에 자물쇠를 채운다) 여긴 물건이 있으니까 잠가 둬야지. 자, 가십시다!

아 냐　잘 있거라, 나의 집! 낡은 생활이여, 안녕!

트로피모프　새 생활 만세! (아냐와 함께 퇴장)

바랴는 방 안을 한 바퀴 둘러보고 천천히 퇴장. 야샤와 개를 데리고 있는 샤를로타도 퇴장.

로파힌   그럼 봄이 올 때까지……. 자, 가십시다. 여러분……. 안녕!

　　　(퇴장)

라네프스카야와 가예프 둘만 남는다. 두 사람은 그것을 기다렸다는 듯
이 서로 목을 얼싸안고 남에게 들리지 않도록 소리를 죽여 조용히 흐느
껴 운다.

가예프   (몸부림치며) 아아, 류바. 내 귀여운 동생 류바…….

라네프스카야   오오, 사랑하는 나의 동산, 정답고 아름다운 나의 동
　　　산……. 나의 생활, 나의 청춘, 나의 행복이여. 모두 다 안녕!
　　　안녕히…….

아냐의 목소리   (즐겁고 감격적인 목소리로 재촉하듯이) 엄마!

트로피모프   (흥분하여 감격적인 목소리로) 여어!

라네프스카야   마지막으로 한 번 더 벽이며 창문을 봅시다. 돌아가신
　　　어머님은 이 방을 거니시기를 좋아하셨어요.

가예프   아아, 류바. 귀여운 류바!

아냐의 목소리   엄마!

라네프스카야   지금 곧 간다! (두 사람 퇴장)

무대 텅 빈다. 문마다 자물쇠를 채우는 소리가 나고, 곧 몇 대의 마차가
나가는 소리가 들린다. 고요해진다. 그 고요 속에 나무를 찍는 도끼의 둔
한 소리가 쓸쓸하게, 구슬프게 울려 퍼진다. 발자국 소리가 들린다. 오

른쪽 문에서 피르스가 나타난다. 여느 때와 다름없이 양복에 흰 조끼를 입고 발에는 덧신을 신고 있다. 그는 앓고 있다.

피르스   (문에 다가서서 손잡이를 만져 본다) 잠겨 있군. 모두 가 버렸어……. (소파에 앉는다) 나를 잊고 갔군 그래……. 그렇지만 괜찮아……. 이렇게 여기 앉아 있지……. 그런데 나리께서는 아마 털외투도 입지 않고 보통 외투를 입고 가셨을 거야! (걱정스러운 한숨) 내가 보살펴 드리지 못했으니……. 정말 젊은 사람들이란! (뭔가를 중얼중얼하지만 들리지 않는다) 한평생이 지나고 말았어. 산 것 같지도 않게……. (눕는다) 어디, 누워 볼까! 에이, 이…… 머저리 같은 놈! (누운 채 꼼짝도 하지 않는다)

벚꽃 동산

저 멀리서, 마치 하늘에서 울리는 듯한 소리가 난다. 마치 줄이 끊어진 듯한 소리로 차츰 슬프게 사라져 간다. 다시 정적, 그리고 멀리 정원 쪽에서 나무를 찍는 도끼 소리만이 들린다.

413

독후감 길라잡이

〈갈매기〉는 연극 무대 위에서의 상연을 전제로 지어진 극작품으로, 4막으로 구성된 희곡입니다.

▮1막▮

극의 시작. 극작가가 되고자 하는 트레플레프가 자신이 쓴 극을 사람들에게 선보입니다. 그는 무대를 호숫가에 설치하여 달이 뜨는 시간에 맞춰 그 자연의 모습 그대로를 극의 배경으로 삼습니다. 기존에 있는 연극이 진부하고 관습적이라고 비판하기 때문에 형식을 깨는 새로운 극을 만들기 위해 시도하는 것이지요. 하지만 어머니 아르카지나는 트레플레프의 그러한 시도가 자신에 대한 반항이라 생각해 비아냥거립니다. 아르카지나는 극장에서 오랫동안 연극을 해 온 여배우로서 그렇게 커다란 틀의 변화를 인정할 수가 없었던 것이지요. 트레플레프는 어머니의 비아냥거림에 화가 나 연극을 중단시킵니다.

▮2막▮

트레플레프가 쓴 극에서 배우 역할을 해 왔던 니나는 그의 글이 재미없다고 생각합니다. 그런데 유명한 여배우인 트레플레프의 어머니와, 유명세 있는 작가인 트리고린을 만나게 되어 설렙니다. 하지만 그런 대단한 여배우가 사소한 일에 눈물을 보이고, 대단한 작가가 온종일 호숫가에서 낚시만 하는 것을 이해할 수가 없습니다. 하지만 그들의 명성과 영광스러운 삶에 환호하고 환상을 갖게 됩니다.

트리고린과 이야기를 나누며 니나는 트리고린에게 배우로서의 삶의 모습과 작가로서의 삶의 모습을 극찬합니다. 니나는 여배우의 꿈 때문에, 트리고린은 자신이 쓰는 소설의 제재 때문에 서로에게 관심을 갖게 된 것입니다.

한편, 트레플레프는 니나가 트리고린을 좋아하게 되었다는 것을 느끼고 자신의 무능에 낙담합니다. 그는 갈매기를 죽여 니나의 앞에 내려놓고 자신도 곧 그 갈매기와 같은 모습으로 죽을 것이라며, 자신의 무능함을 이야기하지만 니나의 마음은 이미 트리고린을 향해 버리고 말았습니다.

▌3막 ▌

절망에 빠진 트레플레프는 자살을 시도합니다. 이로 인해 아르카지나는 트리고린과 함께 다시 모스크바로 돌아가려 합니다. 자신의 연인인 트리고린과 니나의 사이가 심상치 않음을 눈치챘고, 트레플레프의 자살 시도가 트리고린에 대한 질투 때문이라고 여기게 된 것입니다. 아르카지나는 트리고린에게 자신을 버리지 말라며 소리치고, 트리고린은 그녀의 말에 따라 그녀와 함께 모스크바로 돌아가겠다고 합니다.

이때, 소린은 누이 아르카지나에게 경제적인 도움을 요청하지만 거절당합니다. 아르카지나는 금전적으로 여유가 있지만 그 돈은 모두 여배우로서의 자신의 명성과 지위를 위해 사용해야 하므로, 돈이

한 푼도 없는 자신의 오빠에게 빌려 줄 수가 없습니다. 그 사이, 트리고린과 니나는 모스크바에서 아무도 모르게 만날 것을 약속하고 니나 또한 모스크바로 떠납니다.

▌4막▐

니나가 모스크바로 떠난 후 2년 동안 트레플레프는 유망한 작가가 되었습니다. 반면에 트리고린을 따라 모스크바로 갔던 니나는 트리고린의 아이를 갖지만 유산하게 되고 트리고린에게 버림받습니다. 떠돌이 삼류 여배우가 된 니나는 험난한 날들을 보냅니다.

2년 후 아르카지나는 또다시 트리고린과 함께 소린의 집으로 휴가를 오게 됩니다. 트레플레프가 작가가 된 후에도 아르카지나는 그를 인정해 주지 않습니다. 트레플레프는 자신의 작품이 기존의 것들과 다를 바 없는 평가를 받고 있다는 걸 트리고린에게 듣게 됩니다. 그리고 새로운 형식을 추구하던 자기 자신이 진부한 것에서 벗어나지 못했음을 스스로 깨닫게 됩니다.

절망하고 있던 트레플레프에게 누추한 모습의 니나가 찾아와 기대어 웁니다. 2년 동안 힘들었던 일을 참아온 마음이 아직도 자신을 사랑한다고 말하는 트레플레프 앞에서 풀리게 된 것이죠. 하지만 니나는 여전히 트리고린을 사랑한다고 말합니다. 그리고 자신의 허황되었던 꿈을 이야기하며 다시 한 번 여배우의 꿈에 진정으로 임해보겠다고 다짐합니다. 자신이 처음으로 연기했었던 트레플레프가 쓴 극의 대사를 읊조리며 떠납니다.

잠시 후 총소리가 들리고 트레플레프의 자살을 확인한 의사 도른이 트리고린에게만 트레플레프의 죽음을 알리며 극이 막을 내립니다.

❷ 작품 분석하기

독후감 길라잡이

〈갈매기〉는 연극의 대가 안톤 체호프의 〈세 자매〉, 〈바냐 아저씨〉, 〈벚꽃 동산〉과 더불어 4대 작품 중 하나로 꼽히는 작품입니다.

▎작품의 주제▎

〈갈매기〉에는 악인도 선인도 등장하지 않습니다. 등장인물들은 각자의 방식으로 삶을 살아갑니다. 자신만의 꿈을 향해 나아가려 노력하기도 하고, 체념하여 현실에 순응하며 살기도 하고, 현실과 맞서 지켜 내려고 노력하기도 합니다. 주인공들의 일상적인 삶 속에 담겨 있는 슬픔, 사랑, 고통, 희망, 죽음을 서정적이고 객관적인 시선으로 그린 작품입니다.

▎시대적 배경▎

19세기 말의 러시아가 배경입니다.

▎공간적 배경▎

도시에서 떨어진 어느 시골 마을에서 주 이야기가 펼쳐집니다.

▌사상적 배경 ▌

사실주의, 리얼리즘 희곡의 거장이라 불리는 안톤 체호프는 작품을 통해 다양한 인간의 다양한 모습을 있는 그대로 보여 주며, 세기말의 혼란스러운 분위기와 귀족들의 정신적 위기를 드러내었습니다. 그런데 작품 속 등장인물들은 러시아 현실의 암울함을 보여 주면서도 어딘가에 있을, 그들이 꿈꾸는 의미 있는 세계가 있다고 말합니다. 인간의 비극적 현실뿐만 아니라, 인간의 잠재력과 발전을 객관적이고 절제된 표현으로 그려 낸 것입니다.

19세기 러시아의 사실주의 문학과 안톤 체호프의 사실주의는 '시대와 연관 짓기'에서 더 자세히 살펴보겠습니다.

▌작품의 특징 ▌

〈갈매기〉의 등장인물들은 일상적인 삶을 사는 평범한 사람들입니다. 주인공이 따로 정해져 있지 않고, 악하거나 선한 인물이 등장하지 않습니다. 이들은 사랑으로 괴로워하고 미래를 꿈꾸며 환희하고 삶의 고단함과 무료함을 한탄하기도 합니다. 지극히 개인적인 등장인물들이 각자의 사연과 그들의 심정, 그들의 꿈, 삶의 방식을 보여 주고 있는 것입니다.

등장인물들은 모두 사랑, 예술, 이상, 격차, 물질, 정신, 허구 등에 의해 갈등을 겪습니다. 그리고 이들의 갈등은 독백을 통한 내적 갈등을 비롯해 다양한 모습으로 나타나며 다양한 대응방식을 보여 줍니다. 그런데 이 갈등들은 등장인물들의 격한 다툼이나 싸움 등의 분위기 고조 없이 평탄하게 흘러갑니다. 회피해 버리거나 무심하게 극이 흘러가 버리는 것입니다.

❸ 등장인물 알기

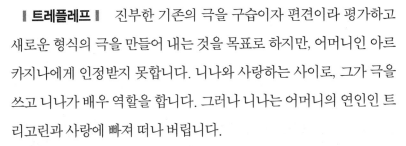

▌아르카지나▌ 신문에 이름이 오르는 여배우로, 자신의 명성과 품위 유지를 중요하게 여기는 사람입니다. 아들 트레플레프가 쓰는 희곡이 퇴폐적이라고 비난하며 그의 행동을 자신에 대한 반항이라 여깁니다. 작가인 트리고린과는 연인관계입니다.

▌트레플레프▌ 진부한 기존의 극을 구습이자 편견이라 평가하고 새로운 형식의 극을 만들어 내는 것을 목표로 하지만, 어머니인 아르카지나에게 인정받지 못합니다. 니나와 사랑하는 사이로, 그가 극을 쓰고 니나가 배우 역할을 합니다. 그러나 니나는 어머니의 연인인 트리고린과 사랑에 빠져 떠나 버립니다.

사랑하는 니나를 체념하듯 떠나보내고 어머니에게 자신의 의사를 분명하게 표현하지 않는 행동 등으로 봤을 때 수동적이고 소극적인 인물이라고 할 수 있습니다. 후에 작가로서 성공의 길에 오르게 되었으나 자신의 작품이 이전의 것들과 다르지 않다는 사실을 깨달음과 더불어 니나와의 사랑의 실패로 절망하고 자살하게 됩니다.

▌소린▌ 아르카지나가 트리고린과 휴가를 오는 영지의 집주인이

자 아르카지나의 오빠로, 트레플레프와 함께 살면서 그의 희곡을 존중해 줍니다. 도시에서 살고 싶지만 동전 하나 가진 것이 없을 정도로 금전적인 여유가 없습니다. 작가가 되는 것과 결혼하는 것이 인생목표였지만, 둘 다 이루지 못했으며 건강의 문제로 시골에서 의사의 진찰을 받으며 노후를 보냅니다.

▮ **니나** ▮ 부유한 지주의 딸로 트레플레프와 사랑하는 사이였습니다. 트레플레프가 쓴 희곡의 주인공 역할을 하며 여배우로서의 꿈을 키웠으나, 그의 극에 회의를 품게 되고 유명한 소설가인 트리고린과 사랑에 빠지게 됩니다. 트리고린을 따라 모스크바로 가서 배우가 되고 트리고린의 아이를 갖게 되지만, 곧 유산하고 얼마 지나지 않아 그에게 버림받아 떠돌이 삼류 배우가 되고 맙니다.

▮ **사므라예프** ▮ 퇴역한 중위이고 소린 집안의 집사입니다. 딸의 남편인 메드베젠코를 인정해 주지 않습니다. 권위적이고 고집이 세서 집주인인 소린의 말도 듣지 않으며 영지 경영에 온 정신을 쏟습니다.

▮ **폴리나** ▮ 사므라예프의 아내이지만 남편의 강압적이고 무례한 모습을 싫어합니다. 소린의 담당 주치의인 도른에게 사랑의 감정을 서슴없이 표현합니다. 도른에게 함께 도망치자고 제안하지만 거절당합니다.

‖ 마샤 ‖ 사므라예프의 딸인 마샤는 끊임없이 트레플레프에게 자신의 사랑을 표현하지만, 트레플레프에게는 진저리나는 대상입니다. 자신이 불행하기 때문에 인생의 상복이라며 항상 검은 옷을 입습니다. 짝사랑을 체념하고 자신을 좋아해 주는 메드베젠코와 결혼하지만 결혼한 후에도 트레플레프를 잊지 못합니다. 물질적인 풍요보다 트레플레프와의 사랑을 통한 정신적 풍요를 원하지만 이루어지지 않습니다.

‖ 트리고린 ‖ 톨스토이에게 견줄 바는 못 되지만 어느 정도 유망한 소설가로, 작품을 써야만 한다는 압박감에 항상 시달리고 있습니다. 자신의 정신적 에너지가 압박감으로 인해 소모되어 버린다고 생각합니다. 아르카지나와 연인관계이지만, 휴가를 보내면서 만나게 된 니나에게 애정을 갖습니다. 하지만 그 애정은 어디까지나 니나가 그에게 소설의 소재로써 영감을 주기 때문임에 불과한 것이었습니다.

‖ 도른 ‖ 소린 집안의 주치의로 일하면서 소린의 집에서 그의 가족들과 많은 시간을 보내는 인물입니다. 집사의 아내인 폴리나에게 사랑한다는 고백과 함께 떠나자는 요청을 받지만 현재의 삶을 유지하고자 거절합니다.

‖ 메드베젠코 ‖ 가난하고 딸린 식구가 많은 교사입니다. 사랑하는 마샤와 결혼하지만 가난한 처지 탓에 장인인 사므라예프에게 인정받

지 못합니다. 항상 자신의 가난에 대해 토로합니다.

❹ 작가 들여다보기

러시아의 작가 안톤 파블로비치 체호프는 1860년 남러시아의 항구 도시 타간로그에서 태어났습니다. 체호프는 성격이 천성적으로 밝아서 장난을 잘 치고 여러 사람의 모습을 우스꽝스럽게 잘 흉내 냈다고 합니다. 그런데 밝은 그의 성격에 비해 그의 아버지는 교양이 부족하고 권위적인 가장이자 폭군으로 매로써 그와 형제들을 다스렸다고 합니다.

체호프가 열여섯 살이 되던 해에 모스크바에서 공부하고 있던 그의 두 형들은 술로 방탕한 생활을 하고 있었는데, 아버지가 파산으로 야반도주하고 식구들이 뿔뿔이 흩어지는 일이 생기게 되었습니다. 그 때문에 그 후 집안의 책임은 셋째 아들인 체호프가 맡았고, 그는 오랫동안 그의 동생과 누이, 부모님을 보살펴야 했습니다. 하지만 이러한 역경 속에서도 그는 따뜻한 마음과 성실성, 희망을 잃지 않고 집안의 기둥 역할을 해냅니다.

1879년, 중학교를 졸업하고 모스크바 대학 의학부에 입학한 체호프는 가족과 자신의 생활비 그리고 학비를 벌기 위해 공부하는 틈을 타서 짧은 유머 소설을 쓰기 시작합니다. 당시 러시아 사회에서는 지식인들에 의한 여러 차례의 브나로드 운동이, 당국의 탄압과 민중인 농민의 보수성 때문에 실패하여 좌절과 위축의 분위기였는데, 그 분위기를 타고 저속한 유머 주간지나 유머 신문이 유행하고 있었던 것입니다. 그렇게 주간지와 신문 투고를 시작으로 체호프의 25년에 걸친 문필 활동이 시작된 것입니다. 생계유지를 위해 많은 단편을 써내는 동안 그의 이름은 점차 높아졌고, 의학부를 졸업한 다음 해에는 러시아 대신문의 사장에게 좋은 대우를 받았으며, 문단 선배인 그리고로비치로부터 격려 편지를 받기도 했습니다.

1888년에는 처음으로 중편 소설 〈광야〉를 집필한 후 또다시 중편 소설 〈등불〉을 썼습니다. 그리고 1890년, 서른 살을 맞은 체호프는 단신으로 마차를 몰아 시베리아 대륙을 횡단하고 사할린 섬으로 여행을 떠났습니다. 죄수 섬이라 일컫던 사할린 섬의 수형 사정을 조사하기 위해서였는데, 그 이유는 알려지지 않았습니다. 아마 작가로서의 압박과 스트레스 때문에 잊어버리고 있던 것을 되찾기 위한 여행이 아니었을까 싶습니다.

1896년, 페테르스부르크의 알렉산드린스키 극장에서 그의 고심작인 〈갈매기〉의 첫 공연이 이루어졌는데 크게 실패하고 말았습니다. 그러나 2년 후인 1898년, 지방에서 〈바냐 아저씨〉의 상연이 성공하고 모스크바 예술극장에서의 〈갈매기〉 상연이 대성공을 이루면서 희곡의 거장에 오르게 됩니다. 1901년, 모스크바 예술극장에서 그의 작품 〈세 자매〉를 상연했고, 1904년에는 〈벚꽃 동산〉을 상연했습니다.

그 사이에 체호프의 건강은 무척 나빠져서 각혈을 하고 늑막염을 앓는 등 고생을 합니다. 그리고 1904년, 장결핵으로 세상을 떠나 모스크바 노보제비치 수도원에 묻혔습니다.

그럼 연대표를 보면서 작가의 생애를 살펴볼까요?

1860년   남러시아 항구 도시 타칸로그에서 출생.

1868년   타칸로그 중학 예비 학급 입학.

1876년   아버지의 파산으로 집안이 모스크바 빈민가로 이주. 체
          호프 혼자만이 남에게 넘겨진 그의 집에 하숙생으로 머
          물며 중학을 졸업할 때까지 가정교사로 스스로 벌어 공
          부함.

1879년   중학을 졸업하고 모스크바 대학 의학부에 입학.
          유머 주간지에 기고하기 시작.

1880년   현존하는 최초의 유머 단편 소설 〈이웃 학자에게 보내
          는 편지〉가 주간지 《잠자리》에 실림.

1882년   주간지 《잠자리》의 편집자에게 혹평을 받고 집필을 중
          단했다가 주간지 《오스콜키》에 기고 시작.

1884년   모스크바 대학 의학부 졸업.
          최초의 유머 단편집 《메리포네메 이야기》를 자비로
          출판.
          단편 〈앨범〉, 〈카멜레온〉, 〈감〉과 장편 〈사냥터의 비극〉
          을 신문에 연재.
          첫 번째 각혈을 함.

1885년   페테르스부르크 신문에 기고하기 시작.

1886년	두 번째 각혈. 단편집 《잡화집》을 출판.
1887년	러시아의 광야 지대를 여행.
	단편집 《황혼》을 《신시대》에서 출판.
	희곡 〈이바노프〉를 집필하여 콜슈 극장에서 공연.
	단편 〈적〉, 〈풀피리〉, 〈키스〉 등 발표.
1888년	중편 〈광야〉, 〈등불〉 집필. 단편 〈발작〉, 단막극 〈곰〉, 〈청혼〉 발표.
1889년	〈이바노프〉가 알렉산드린스키 극장에서 상연. 호평을 받음.
	4막짜리 희곡 〈바냐 아저씨〉를 완성, 상연.
1896년	〈갈매기〉를 처음 공연했으나 실패로 끝남.
1898년	〈바냐 아저씨〉 상연 성공. 〈갈매기〉 상연 대성공.
1901년	〈세 자매〉 상연.
1904년	〈벚꽃 동산〉 상연.
	장결핵으로 호텔 존메르에서 7월 2일 오전 3시경에 사망. 노보제비치 수도원에 안장됨.

❺ 시대와 연관 짓기

러시아 문학은 19세기를 거치며 세계문학사에서 중요한 위치를 차지하게 되었습니다. 푸슈킨, 도스토예프스키, 톨스토이 등의 많은 거장들이 배출된 시기이기 때문입니다. 그만큼 19세기는 러시아 역사에 있어서 격변의 시대였다고 할 수 있습니다. 초반부터 외부적으로는 투르크와 유럽연합군과의 전쟁이 잦았으며, 내부적으로는 귀족들의 사치와 함께 농민들의 고통이 극에 달하게 되어서 내·외적 변화가 많았고, 혁명도 빈번하게 일어났던 것입니다.

이러한 시대에 등장한 사실주의는 작품의 소재를 그 시대의 현실에서 찾고 그것을 작품 속에 제시하여 독자들이 현실을 진지하고 명확하게 인식, 비판할 수 있도록 하는 것을 목적으로 했습니다. 즉 암울한 현실을 올바르게 인식하고 긍정적인 이상으로 나아가도록 한 것입니다.

이러한 시대상황 속에서 체호프는 사실주의 중에서도 독특한 성격의 작품들을 만들어 냈습니다. 소시민들의 일상과 속물근성, 지식인의 고뇌의 한계, 인생무상 등의 문제들을 유머와 풍자, 간결하고 섬세하며 객관적인 문체를 통해 드러낸 것입니다. 특히 그의 희곡은 지루함이 느껴질 정도로 고조가 없는 극히 정적이고 단조로운 특성을 보이는데, 이는 그가 일상적으로 일어나는 사실들을 객관적으로 보여 줘야 한다고 생각했기 때문입니다. 그는 작품 속에서 발생하는 중요한 사건을 모두 보여 주지 않고 무대 뒤에서 이루어지게 함으로써 오히려 긴장감을 높였습니다. 또한 인물들 간에 연결되지 않는 대사로 인물 간의 고립과 소통의 부재를 가중해서 표현했습니다. 따라서 체호프의 작품은 〈갈매기〉 속 트레플레프가 추구했던 새로운 형식의 극을 써낸, 사실주의의 작품 중에서도 그 형식과 사실의 표현에 독특함을 가진 작품세계라고 할 수 있습니다.

❻ 작품 토론하기

1 〈갈매기〉는 갈래가 희곡입니다. 작품을 희곡의 전개 방식에 견주어서 정리해 봅시다. 희곡의 전개 방식은 '발단–전개–절정–반전–대단원'으로 이루어져 있습니다.

참고

① **발단** : 작은 사건이나 설명적인 대화는 피하고, 인상적이며 간결하게 흥미를 유발하는 화제로 시작한다. 앞으로 벌어질 사건 암시, 인물의 성격, 시·공간적 배경 등 기초적 요건을 설정하고 장차 일어날 사태의 추이에 흥미를 갖도록 구성한다.

② **전개** : 관객이 동정과 연민 또는 공포의 전율을 하도록 갈등과 긴장을 유발한다. 갈등과 긴장을 유발하는 유형은 사랑이 가장 큰 요인이 되기 때문에 극적인 상황을 만들어 내는 좋은 소재가 되며, 야망, 복수, 욕망 등도 좋은 유형에 속한다.

③ **절정** : 주인공의 감정이 고조되고, 중심인물의 감정이 하나로 뭉치거나 사건이나 운명이 막다른 골목에 이르는 경우 등이 있다. 인간의 슬픔과 몰락이 극에 달해 관객이 여기서 극도의 흥분이나 공포를 느끼도록 구성해야 한다.

④ **반전** : 관객이 예상하고 있는 사실을 뒤엎고 심리적인 충격이나 관심을 유발시키면 감동이나 감흥을 증대시킬 수 있다. 하강하는 흐름에 돌연 예상하지 않은 흐름을 주어 다시 한 번 긴장을 만드는데, 반전이 간결하지 않으면 극적인 효과가 약해지기 때문에 주의할 필요가 있다.

⑤ **대단원** : 고조되었던 사건이 질서를 회복하고 결론에 이르러 카
타르시스를 느끼게 하거나 웃음, 슬픔, 연민 등의 감정을 유발시
키게 된다. 너무 설명적이거나 길면 극의 효과가 반감된다.

➡️ 〈갈매기〉는 4개의 막으로 이루어져 있는데, 각각의 막은 순서
대로 극의 전개 방식을 따르고 있습니다. 발단인 1막에서는 극에
등장하는 모든 등장인물들이 나와 트레플레프가 올리는 극을 관람
합니다. 극 속에서 또 다른 극을 올린다는 점에서 관객의 흥미를
유발시키며, 아르카지나와 트레플레프의 갈등으로 인해 극이 중단
된다는 점에서 앞으로의 전개에서의 주 갈등이 모습을 나타내게
됩니다.

2막에서는 '사랑'으로 인한 갈등이 주가 되어 전개됩니다. 트레플
레프와 니나, 트리고린의 삼각관계 외에도 마샤와 교사, 마샤의 어머
니와 의사 등의 사랑으로 인한 갈등이 다양하게 등장합니다.

3막에서는 트레플레프가 아르카지나, 트리고린, 니나와의 갈등으
로 인해 자살을 시도하는 극단적인 일이 발생하게 되고 갈등은 최고
조에 도달합니다.

4막에서는 반전과 대단원이 전개됩니다. 3막과 4막 사이의 2년 동
안 트레플레프는 그리도 원하던 작가가 된 것에 반해 니나는 비참을
삶을 살고 있다는 것이 대사를 통해 밝혀집니다. 시간을 뛰어넘어 전
개된 상황에 관객은 놀라게 됩니다. 그리고 트레플레프의 성공이 오

히려 그를 불행하게 하고 자살로 이끌게 된다는 사실에 관객은 또 한 번 놀랍니다. 마지막으로 니나의 삶에 대한 의지를 들으며 극은 대단원을 맺게 되는 것입니다.

즉 〈갈매기〉는 3막 혹은 5막으로 이루어진 보통의 희곡들과 달리 4극이라는 독특한 형식을 갖고 있지만, 희곡의 전개 방식이 요구하는 전개 요소를 모두 갖추고 있는 잘 짜여진 계산되고 정제된 형식의 극이라고 할 수 있습니다.

❷ 작품의 제목인 〈갈매기〉의 의미에 대해 이야기를 나눠 봅시다.

➡ 작품 속에서 '갈매기'는 니나가 '갈매기처럼 내 가슴속은 당신 생각으로 가득해요'라고 말하는 장면에서 처음으로 등장합니다. 그리고 그 후에는 트레플레프가 갈매기를 쏘아 죽여 니나 앞에 놓곤 자신도 곧 갈매기와 같이 죽을 것이라고 말하는 장면과 트리고린이 죽은 갈매기를 보고 소설의 소재를 떠올리게 되는 장면에서 등장합니다. 또한 사므라예프가 박제된 갈매기를 꺼내고, 몰래 트레플레프를 찾아온 니나가 자신의 서명을 '갈매기'라고 하고 자신을 갈매기라고 말할 때도 등장합니다.

작품 속에서 갈매기는 각각의 장면에서는 등장인물들의 모습을 비유적으로 암시하고 있는 객체로서의 역할을 할 뿐만 아니라, 작품 전체적으로 꿈과 희망, 그리고 그것의 죽음, 상실을 의미한다고 할 수 있습니다. 갈매기를 쏘아 죽여서 니나 앞에 가져다 놓으며 트레플레프는 자신이 그 갈매기와 같은 죽음을 맞이하게 될 것이라고 말합니다. 그리고 정말로 화살에 상처를 입은 것이 아니라 세상과 어머니, 사랑과 질투의 대상으로부터 상처를 받은 그는 자살로서 갈매기와 같은 죽음에 이르게 됩니다.

또한 아르카지나와 트리고린, 도른, 소린 등의 인물들이 카드놀이를 하는 도중에 등장하게 된 박제된 갈매기는 현실에 안주하여 살고 있는 그들의 모습과 비교함으로써, 그들이 자신의 진정한 모습을 잃고 물질적인 것이든 정신적인 것이든 둘 중에서 한쪽의 것만 과도하게 추구하는 행위로 인해 박제처럼 굳어 버린 삶을 산다는 것을 암시합니다.

마지막 장면에서 니나는 자신을 갈매기라고 말했다가 격렬하게 부정하면서 자신은 더 이상 갈매기가 아니라 여배우이며 앞을 향해 나아갈 것이라는 희망적인 다짐을 합니다. 이전에 자신이 편지에 서명을 갈매기라고 하고 자신 스스로를 칭할 때에도 갈매기라고 했던 것과는 확연히 대조되는 장면입니다.

전체적으로 갈매기의 의미를 정리해 봤을 때, 갈매기는 정체되고 죽어 버린, 꿈에 대한 희망을 잃은 박제된 생명체로서의 상징으로 작품에서 그 역할을 하고 있습니다.

432

❼ 독후감 예시하기

▷▷독후감 1 : 꿈에 대한 자세

〈갈매기〉에서 '니나'는 아버지와 새어머니의 반대로 집 밖으로 나오는 것조차 힘들었다. 그런데도 여배우가 되겠다는 꿈을 포기하지 않고, 트레플레프의 연극에서 주인공으로 연기했고, 트리고린을 만나 여배우의 꿈에 확신하기에 이르렀다.

물론 그녀가 택한 방법이 전적으로 옳은 방법이었다고는 할 수 없다. 자신을 사랑해 주고 자신이 사랑하던 연인인 트레플레프를 매정하게 버렸고, 그의 사랑을 나중에서야 깨달았을 때 그에게 안겨 눈물을 흘린 점으로 봐서 분명히 미안하고 후회가 가득했을 것이 뻔하기 때문이다. 또 자신의 꿈을 이루는 방식이 유명한 작가인 트리고린에게 의지하는 방법이었고, 그의 아이까지 가졌다가 유산하고 2년 동안 떠돌아다니며 삼류 여배우에 머물렀다는 점에서도 그녀의 삶이 결코 좋게 평가될 수는 없어 보인다.

하지만 〈갈매기〉에서 '니나'는 등장인물 중 유일하게 자신의 꿈을 포기하지 않는 사람이다. 현재의 명성을 유지하기 위해 치장하는 아르카지나, 작품을 써야 한다는 강박 때문에 진저리치는 트리고린, 한탄하지만 그냥저냥 살아가는 소린, 의사로서의 삶에 머물고자 하는 도른, 사랑을 포기한 마샤와 폴리나, 자신의 꿈에 대한 절망으로 결국 자살까지 하게 되는 트레플레프. 다른 등장인물들은 결국 자신에게 주어진 현실, 운명, 결과가 자신이 원하던 삶인지 바라던 미래인

독후감 길라잡이

433

지에 상관없이 체념하여 받아들이거나, 절망하거나, 깨달음 없이 부정적인 모습을 계속해서 행하며 살아가고 있다. 자신의 모습이 자신이 원했던 모습과 어긋나 있다고 해서 자살을 하는 트레플레프는 얼마나 어리석은 사람인가! 또 허영심에 빠져 있는 아르카지나는 얼마나 어리석은 사람인가!

오직 니나만이 다른 사람들과 다른 모습을 하고 있다. 그녀는 자신의 꿈을 쫓지만 그것이 허황된 것이었다는 것을 2년간의 고생을 통해 뼈저리게 느끼고 깨닫는다. 그리고 그 깨달음을 바탕으로 다시 한 번 자신의 길을 가고자 한다.

비록 2년 전보다 누추한 모습이 되었을지라도 나는 '니나'의 깨달음이 삶에 있어서 가장 중요하고 옳다고 생각하며, 그 모습이 부럽다. 나 또한 내 꿈을 향해가는 것에 있어서 잘못된 길에 들지 않고 나만의 진정한 행복을 찾을 수 있을까? 혹은 잘못된 길에 들더라도 니나와 같은 깨달음과 마음가짐을 얻을 수 있을까? 나도 아르카지나처럼 깨닫지도 못한 채 계속해서 똑같은 것만을 반복하며 살게 되거나, 트레플레프처럼 좌절로 내 꿈을 포기하게 되진 않을까 걱정이 된다.

자신의 정신력이 날로 강해져 감을 느끼고, '자신의 사명을 생각하면 남은 인생도 전혀 두렵지 않다'고 말하는 니나의 대사는 내 머릿속에 깊게 남아 있게 되었다. 나도 어려움을 이겨 낼 수 있다는 마음을 갖는 것뿐 아니라, 앞으로 나아가는 것에 있어서 방향을 잃지 않도록 계속해서 자신을 다듬고 뒤돌아보도록 해야겠다고 생각했다.

▷▶독후감 2 : 두 파산

예전에 〈두 파산〉이라는 단편을 읽은 적이 있었다. 거기 나오는 등장인물은 파산의 종류에 따라 두 가지로 나눌 수 있는데, 첫 번째 파산은 경제적, 재정적 즉 물질적 파산을 의미하고, 두 번째 파산은 정신적 파산을 의미한다. 물질적 파산을 당한 인물은 경제적 부족으로 생계의 어려움에 시달리면서 억척같은 모습에 비난을 받으면서 살아간다. 정신적 파산을 당한 인물은 재물에 눈이 어두워져 버린 인물이었다. 그래서 친구 간의 의리와 정도 배신하고 사람을 불신하고 친구와의 관계도 틀어지게 된다.

이 두 파산을 〈갈매기〉를 보면서 떠올렸던 이유는 등장인물 간의 다양한 갈등 중 마샤와 메드베젠코에게서 그리고 아르카지나와 소린 사이에서 물질과 정신의 파산이라는 모습이 갈등의 핵심 원인으로 느껴졌기 때문이다.

1막의 첫 장면에서 마샤는 자신이 정신적으로 불행하기 때문에 상복을 입고 다닌다고 한다. 아무리 부유해 봤자 소용이 없다는 것이다. 물론 마샤가 정신적 불행의 해결책을 트레플레프와의 사랑에서 찾으려고 한다는 점은 조금 특별한 경우이지만, 결국은 현실적이지 못한 곳에서 해결을 찾으려고 자신의 고집을 부린다. 그리고 마샤의 그러한 태도에 대해 메드베젠코는 자신은 가난해서 불행하다고 말한다. 두 사람이 각자가 가진 것에 만족하지 못하면서도 결국 결혼하게 된다는 것은 조금 이해할 수가 없다.

그리고 아르카지나와 소린의 모습에서도 위의 두 사람과 거의 일

독후감 길라잡이

435

치하는 모습이 드러난다. 아르카지나는 모스크바의 은행에 따로 계좌가 있을 정도로 경제적으로 여유로운 사람이다. 매년 휴가를 보내기도 하는 점에서 이는 분명하다. 그런데 그녀는 자신의 오빠에게도 돈을 빌려 주지 않는다. 그 돈은 원피스 등의 물건을 구입해서 여배우로서의 품위를 유지하는 비용으로 써야 한다는 것이다.

반대로 소린이라고 해서 좋은 건 없다. 소린은 물질적 부족으로 마음이 파산 상태이기 때문이다. 소린은 자기 손안에 동전 하나 갖고 있지 못할 만큼 경제적으로 어려운 상태에 처해 있다. 물론 집사를 부리고 하녀를 부릴 정도는 된다. 대신 경제적, 물질적으로 부족하다는 생각이 그를 지배하고 있어서 그는 자신이 돈이 없기 때문에 도시로 나가지 못하고 시골에 살아야 하며, 머리가 아프도록 잠만 자야 하는 나른한 하루하루를 보내고 있다고 말한다. 그리곤 의사 도른에게 풍족해서 부럽다며 계속 내색한다. 실상 못 먹어서 굶거나 죽을 정도의 상황이 아닌데 말이다.

정리하자면, 등장인물들의 결핍과 갈등은 내가 보기엔 물질적인 것과 정신적인 것의 부조화적인 삶에 의해서 발생한 측면도 크다고 느껴진다. 등장인물들에 비하면 나는 정신적으로든 물질적으로든 아직 부모님께서 함께해 주시고 있기 때문에 크게 결핍의 모습을 보이지는 않을 수 있는 것 같다.

436

독후감 제대로 쓰기

❶ 책을 읽기 전에

우리는 책을 통해서 지식을 쌓고 학문을 연마하게 됩니다. 또한 교양을 얻고 수양을 쌓게 되지요. 그리하여 즐겁고 보람 있는 생활을 할 수 있는 것입니다. 이러한 습관이 지속된다면 이것이 곧 나의 생활 자체가 되고, 책을 읽는 시간이 얼마나 가치 있고 즐거운 시간인지 깨닫게 될 것입니다.

독후감을 쓰기 위해서는 책을 읽어야 함은 말할 것도 없습니다. 그러나 아무 책이나 읽는다고 다 좋은 것은 아닙니다. 특히 중학생은 아직 양서를 구별할 만한 충분한 지식을 갖추지 못했기 때문에 선생님 혹은 부모님, 그리고 선배들이 권하는 책이나, 이미 국내적으로나 세계적으로 잘 알려진 명작이나 명저를 찾아 읽는 것이 바른 방법이라고 볼 수 있습니다. 예컨대 사회적으로 존경받을 만한 사람들의 일대기를 그린 위인전이나 자서전 같은 것은 읽을 가치가 있으며, 명시 모음집이나 명작 소설, 특정한 분야의 관찰기, 평론집 같은 것도 좋은 읽을거리가 될 수 있습니다.

그럼 효율적인 독서를 위해서 유의해야 할 점을 알아볼까요?

첫째, 본문을 읽기 전에 책의 앞부분에 있는 머리말이나 해설하는 글을 먼저 정독합니다. 그러면 책을 쓰게 된 동기나 평가 등에 대하여 잘 알 수 있게 되죠.

둘째, 목차를 잘 살펴봅니다. 목차에서 그 책의 내용이 어떻게 전개될 것인가에 대해 미리 파악할 수 있기 때문입니다.

셋째, 본문을 읽기 시작하면, 그 중에 잘 모르는 단어나 문구가 나오기 마련입니다. 그런 것은 곧 사전을 찾아 뜻을 알아두어야 합니다. 그런 것을 무시했다가는 자칫 전체를 이해하지 못하는 오류를 범할 수 있거든요.

넷째, 각 문단별로 소주제가 무엇인지를 파악하고, 그 줄거리를 요약하는 습관을 길러야 합니다. 특히 필자가 표현하려는 것과 그 뒷받침되는 내용이 무엇인지 알아내는 것이 필수겠지요.

다섯째, 글의 배경은 무엇인지, 앞뒤 맥락이 어떻게 이어지고 있는지를 잘 생각하면서 읽어야 합니다. 그리고 소설일 경우에는 주인공과 등장인물들의 성격이나 특성을 파악해야 하지요.

여섯째, 다 읽은 다음에는 줄거리를 만들어 보고, 전체적인 주제가 무엇인지 정리하는 작업도 필요합니다.

❷ 책을 감상하는 방법

책을 읽을 때는 내용을 진지하게 파고들어 가며 읽어야 합니다. 즉 자기의 현재 생활과 비교해 가며 생각의 폭과 사고를 넓히는 것이 중요하답니다. 그리고 작품의 문체·제목·주제·논제 등도 염두에 두고 읽으면 독후감을 쓰기가 좀더 수월해집니다.

그리고 저자가 강조하고 있는 내용과 사건들이 현재 우리 사회에 어떤 의미를 가지고 있으며 어떻게 발전시켜 나가야 할 것인가를 생각하며 읽습니다. 더불어 저자가 작품에서 강조하려고 하는 것이 무엇인가를 파악하며 읽을 필요가 있습니다. 그렇다고 굉장한 부담을 느끼면서 책을 읽을 필요는 없습니다. 책 읽는 것 자체를 즐긴다면 그리 깊게 생각하지 않아도 작가가 말하려는 바를 깨닫게 될 테니까요.

그렇다면 각 문학 장르에 따라 어떤 점에 유념하여 책을 읽어야 하는지 알아볼까요?

┃소설┃ 작품의 주제를 파악하고 작중 인물의 성격과 배경을 생각하며 주인공이 어떻게 변화되어 가고 있는가를 염두에 두고 읽습니다. 자신의 생각이나 현실과 결부시켜 보는 것도 재미를 배가시켜 줄 거예요.

┃시┃ 선입견 없이 그대로 느낌을 받아들이며 읽습니다.

┃희곡┃ 무대 상연을 전제로 하여 쓰여진 것이기 때문에 시간적·공간적 제약을 받는다는 것을 염두에 두어야 합니다.

┃역사 소설┃ 인물·사건 등을 작가가 상상력에 의존하여 구성한 글로서, 항상 계몽사상이나 민족의식 고취 등 어떤 목적이 들어 있는지를 파악하며 읽어야 합니다.

┃역사┃ 역사는 역사 소설과는 구분지어야 합니다. 이것은 정확한 기록으로 글쓴이의 주관적 해석이 들어 있을 수 없으며, 시간의 흐름에 따라 사건을 나열한 것임을 생각해야 합니다.

┃수필┃ 지은이의 인생관이 들어 있습니다. 심리적 부담감이 적으므로 편안한 마음으로 읽을 수 있습니다.

┃전기문┃ 인물의 정신, 자취, 시대적 배경과 사회적 환경을 먼저

파악해야 합니다.

｜과학 도서｜ 미지의 세계에 대한 탐구심, 합리적 사고력 배양, 지식과 정보의 입수, 창의력을 기르는 데 도움이 되므로 평소 이에 대한 흥미를 갖는 것이 중요합니다.

❸ 독후감이란 무엇인가?

독후감은 말 그대로 어떤 글이나 책을 읽고, 그에 대한 느낌이나 생각을 쓰는 것입니다. 좋은 책을 읽고 그것을 정리해 두지 않는다면 곧 그 내용을 잊어버려, 독서를 한 만큼의 가치를 얻지 못할 수도 있으니까요. 그러므로 한 권의 책을 읽으면 곧 그 책의 내용을 정리하고, 느낌이나 생각을 적어 두는 것이 좋습니다.

독후감은 느낌이나 생각을 거짓 없이 써야 하나, 그렇다고 아무렇게나 써도 되는 것은 아닙니다. 즉 독후감도 글이므로 수필의 형식으로 쓰든, 논술의 형식으로 쓰든, 정확하게 읽고 주제와 내용에 맞게 써야 함은 물론이죠. 아무리 좋은 글이나 책이라도, 잘못 읽어 실제와 맞지 않는 생각이나 느낌을 쓰면 좋은 독후감이라고 할 수 없거든요. 그러므로 좋은 독후감을 쓰려면 독서를 잘해야 한다는 것이 전제됩니다. 독서를 잘하는 방법은 따로 있는 게 아니라, 그저 많이 읽다 보면 요령이 생기고, 이해도 쉽게 되며, 능률도 오르게 되는 것입니다.

❹ 독후감은 왜 쓰는가?

독후감을 쓰는 목적은 독후감을 작성함으로써 독서하는 능력이 향상되고 글 쓰는 훈련을 할 수 있기 때문입니다. 그러므로 독후감을 쓰기 위해 책을 읽으면 보다 깊은 생각을 하면서 책을 읽게 됩니다. 또한 책을 통해 생활을 반성하며, 책에서 얻은 지식과 감명을 음미하여 자기 생활에 적용시킬 수 있습니다. 문장력과 논리적 사고가 향상되는 것은 물론이고요! 그럼 독후감을 왜 쓰는지 다음과 같이 정리해 볼까요?

① 읽은 책의 내용을 되살려 다시 음미해 볼 수 있습니다.

② 감동을 간직하고 책 읽는 보람을 얻을 수 있습니다.

③ 책을 통해 지식을 심화시킬 수 있습니다.

④ 책을 통해 자신의 문제를 연관지어 볼 수 있습니다.

⑤ 글을 써 봄으로 해서 생각을 깊이 있게 할 수 있습니다.

⑥ 독서 목표를 확실히 할 수 있습니다.

⑦ 작품에 대한 비판력과 변별력을 기를 수 있습니다.

⑧ 생각을 조리 있게 쓸 수 있는 작문력을 향상시켜 줍니다.

⑨ 사고력과 논리력, 추리력을 기를 수 있습니다.

⑩ 바르게 책을 읽는 습관을 형성할 수 있습니다.

❺ 독후감을 쓰기 전에 생각하기

독후감은 수필의 형식이든 논술의 형식으로든 쓸 수 있다고 했는데, 사실 이 둘의 차이는 모호합니다. 다만, 수필이 자유롭게 붓 가는 대로 쓰는 것이라면 논술은 논리 정연하게 쓴다는 점이 다르다고 할 수 있습니다.

붓 가는 대로 자유롭게 수필의 형식으로 쓰는 독후감이라도 글의 앞뒤가 맞지 않는다든지, 주제가 통일되지 않으면 좋은 평가를 받을 수 없습니다. 논리 정연하게 쓰는 독후감이라면, 서론·본론·결론으로 나누어 서술해야 함은 물론이구요.

서론에 해당되는 부분에서는 그 책에 대한 소개나 쓴 사람의 생애, 또는 특기할 만한 일화 같은 것을 적는 것이 일반적입니다.

본론에 해당하는 부분에서는 그 책을 읽고 특별히 다루려는 내용을 체계적이고 구체적으로 써야 합니다.

결론에서는 본론에서 다룬 내용을 요약하거나, 자신이 읽은 후의 감상, 그 책의 좋은 점, 나쁜 점 등을 들어서 마무리를 해야 합니다.

독후감은 짧게 쓰는 것이 상례이므로, 작품 전체를 거론하기보다는 특정한 주제를 잡아서 쓰는 것이 좋습니다. 보편적으로 다룰 수 있는 몇 가지 주제를 제시해 보면 다음과 같습니다.

첫째, 작가의 의식이나 주인공의 언행, 성격과 연관지어 주제를 구현시키는 방법입니다. 문학 작품이라면 주제가 애정이나 애국, 의리나 배반일 수 있으므로 이러한 점에 초점을 두고 써야겠지요. 또한 과학에 관계된 것이라면, 그 발명의 의의나 연구자의 노력과 관련시켜 서술해야 하겠지요.

둘째, 저자의 이념이나 생애, 업적에 관심을 두고 쓰는 방법입니다.

그 작품을 통하여 알 수 있는 저자의 철학이나 사상 또는 저자가 그 작품을 남기기까지의 역경이나 작품을 쓰게 된 동기, 작품의 가치나 다른 작품에 미친 영향 등 작품과 연관시켜 쓰는 것이지요.

셋째, 작품의 내용을 중심으로 기술합니다

예컨대, 작품 속 주인공의 성격을 분석하거나 다른 사람과 비교해 볼 수도 있고, 그 작품의 사건이나 시대적 배경을 논의하거나, 작품의 구성 같은 것에 초점을 두고 이야기할 수도 있습니다.

이와 같이 작품을 읽기 전에 먼저 어떤 점에 중점을 두고 독후감을 쓸 것인가를 염두에 둔다면, 그렇지 않은 경우보다 훨씬 이해가 쉽고, 나중에 독후감을 쓰는 데도 도움이 될 것입니다.

❻ 독후감의 여러 가지 유형

1. 처음에 결론부터 쓴 다음 왜 그러한 결론이 도출되었는지 감상을 자세하게 쓰거나, 감상을 먼저 쓰고 결론을 씁니다.

2. 책을 읽게 된 동기부터 설명하고 글 중간에 자기의 감상을 씁니다.

3. 저자나 친구에 대한 편지 형식으로 감상을 쓰거나 주인공에게 대화 형식으로 씁니다.

4. 시(詩)의 형태로 감상문을 씁니다.

5. 대화문(對話文) 형식으로 씁니다.

6. 줄거리부터 요약한 다음 자기의 느낌이나 생각을 씁니다.

❼ 독후감을 구체적으로 쓰는 방법

어렵게 쓰겠다는 생각은 하지 말고 쉽게 써야겠다는 마음가짐을 가져야 좋은 글이 나올 수 있습니다. 그리고 무엇보다 감상문을 쓰기 전에 무엇을 어떻게 쓸까 조목별로 골자를 먼저 쓰고, 이 골자에 살을 붙이는 방법으로 쓰려고 노력해야 합니다. 이때 의도적으로 아름답게 잘 쓰려고 하지 않는 것이 좋습니다. 자, 그럼 더 자세하게 알아볼까요?

1. 먼저 제목을 붙입니다.

2. 처음 부분(머리글)을 씁니다.

   ⑩ 책을 읽게 된 이유나 책을 대했을 때의 느낌을 씁니다.

   ⑩ 자신의 생활 경험과 관련지어 써 봅니다.

   ⑩ 제일 감동받은 부분을 씁니다.

   ⑩ 지은이나 주인공을 소개하는 글을 씁니다.

3. 가운데 부분을 씁니다.

   ⑩ 자기의 생활과 견주어 씁니다.

   ⑩ 주인공과 나의 경우를 비교해서 씁니다.

◈ 시시비비를 분명히 가려야 합니다.

◈ 가장 극적이었던 부분을 소개합니다.

4. 끝부분을 씁니다.

◈ 자신의 느낌을 정리합니다.

◈ 자신의 각오를 씁니다.

독후감을 쓴 다음에는 다음과 같은 추고의 과정이 필요합니다.

첫째, 쓴 글을 다시 한 번 읽으면서 맞춤법이나 표준어 규정에 어긋나는 것은 없는지 살펴봐야 합니다.

둘째, 문장이 잘 구성되어 있는지, 또 문단이 잘 짜여져 있는지 알아보아야 합니다. 한 문단에는 소주제문과 보조문들이 있어야 하는데, 그런 점이 잘 지켜져 있는지 유의해야 합니다.

셋째, 글 전체의 구성이 잘 이루어졌는지 살펴봅니다. 예를 들어 서론에 해당하는 부분이 지나치게 길다든지, 결론에 해당하는 부분이 너무 짧다든지, 전체적인 구성이 균형을 잃고 있다면 다시 고쳐 써야 하겠지요.

우리가 시간을 들여 열심히 책을 읽고 난 후 독후감을 잘 쓰기 위해서는 책을 읽고 있는 동안의 느낌을 잊지 않고 글로써 표현할 줄 알아야 하며, 책을 읽고 가장 감명받은 부분을 기억하고 있어야 합니다. 또한 다른 사람들은 어떻게 독후감을 썼는지 남의 것을 읽어 보고, 자신의 것과 비교해 보며 자주 글을 써 보는 것이 중요합니다. 그렇게 하다 보면 자신만의 개성 있는 필치로 독특한 감상문을 쓸 수 있게 되지요. 학교에서 아무리 독후감 숙제를 내주어도 부담없이 즐거운 기분으로 끝낼 수 있을 겁니다!

❽ 그 밖에 알아두면 유익한 것들

▌독후감 쓰기 10대 원칙 ▌

1. 자신의 수준에 맞는 책을 선택합시다.
2. 독후감 쓰는 형식이 있기는 하지만 너무 거기에 구애받을 필요는 없습니다.
3. 자신이 작가라면 어떻게 글을 이끌어갈지를 생각하며 읽어 봅시다.
4. 평소 음악 평론이나 영화 평론을 많이 읽어 봅시다.
5. 읽으면서 마음에 와닿는 것이 있다면 따로 적어 둡시다.
6. 현대 사회의 문제점과 비교하면서 읽어 봅시다.
7. 모르는 것이 있으면 적어 두는 습관을 기릅시다.
8. 신문 사설이나 칼럼을 스크랩해서 필요할 때 사용합시다.
9. 요약하는 데에만 집착하지 말고 제대로 책을 읽읍시다.
10. 읽은 후에는 꼭 독후감을 직접 써 봅시다.

▌책을 읽는 10가지 방법 ▌

1. 아주 어릴 때부터 책과 친하게 지내는 습관을 기릅시다.
2. 너무 속독하려 하지 말고 담겨진 내용을 충실히 읽는 습관을 기

릅시다.

3. 항상 작품이 나와 어떠한 상관 관계가 있는지 체크를 해 가며 읽읍시다.

4. 무조건 책장을 넘길 것이 아니라 시시비비를 가려 가면서 읽읍시다.

5. 매일매일 조금씩이라도 책을 읽는 습관을 들입시다.

6. 책 속에 담긴 뜻을 음미하고 되새기면서 읽읍시다.

7. 너무 자신의 취향에 맞는 책만 읽지 말고 다양한 장르의 책을 골고루 읽도록 합시다.

8. 책 속에 담겨진 교훈을 깊이 생각하고 생활에 적용시킵시다.

9. 책에 따라 읽는 방법을 달리하는 습관을 들입시다. 모든 책이 만화책은 아니기 때문이죠.

10. 바른 자세로 앉아 눈과의 거리를 30cm 두고 밝은 곳에서 읽읍시다.

❾ 원고지 제대로 사용하기

▌제목 및 첫 장 쓰기▐

1. 제목은 석 줄을 잡아 둘째 줄 가운데에 씁니다.

2. 1행 2칸부터 글의 종별을 표시합니다. 가령 수필이면 '수필'이라고 씁니다. 간혹 글의 종별을 비워 두는 경우가 많은데 이는 적는 것을 잊었거나, 원고지 사용법에 무관심하기 때문입니다.

3. 제목을 쓸 때에는 마침표를 찍지 않고, 물음표와 느낌표는 붙이지 않는 것이 좋습니다.

4. 제목에 줄임표는 사용하지 않는 것이 상례입니다.

5. 이름은 넷째 줄 끝에 두 칸 정도를 남기고 씁니다. 특별한 경우에는 서너 칸을 남겨도 됩니다.

6. 성과 이름은 붙여 씁니다. 다만, 성과 이름을 분명히 구별할 필요가 있을 경우에는 띄어 쓸 수 있습니다.

　　예) 임채후 (O), 남궁석 (O), 남궁 석 (O)

7. 본문은 여섯째 줄부터 쓰는 것이 좋습니다. 단, 특수한 작문인 경우는 넷째 줄부터 본문을 시작해도 상관없습니다.

8. 학교 이름이나 주소가 길 경우에는 세 줄로 쓸 수 있습니다.

9. 주소는 보통 표제지에 기재하고 원고지 첫 장에는 제목과 성명만 간단하게 적는 것이 상례입니다.

10. 성명의 각 글자는 시각적 효과를 위해 널찍하게 한두 칸씩 비워 써도 무방합니다.

11. 학교 앞에 지명을 기입할 때는 학교명을 모두 붙여 써서 지명과 학교명의 구분을 명확히 해 주는 것이 좋습니다.

▍첫 칸 비우기 ▍

1. 각 문단이 시작될 때는 첫 칸을 비우고 씁니다.

2. 대화체의 경우는 첫 칸을 비우고 씁니다.

3. 인용문이 길 때는 행을 따로 잡아 쓰되, 인용 부분 전체를 한 칸

들여서 씁니다.

4. 첫째, 둘째, 셋째 등으로 이야기를 전개해야 할 때는 시작할 때마다 첫 칸을 비울 수 있습니다. 단, 그 길이가 길거나 제시된 내용을 선명하게 하고자 할 때 비워 둡니다.

5. 시는 처음 두 칸 정도 줄마다 비우고 씁니다.

▮줄 바꾸기▮

1. 문단이 바뀔 때는 줄을 바꾸어 씁니다.

2. 대화는 줄을 새로 잡아 씁니다.

3. 인용문을 시작할 때는 줄을 바꾸어 씁니다. 단, 그 길이가 길 때 한해서입니다.

4. 대화나 인용문 뒤에 이어지는 지문은 글이 다시 시작되는 것이므로 한 칸을 들여 씁니다. 단, 이어 받는 말로 시작되는 지문은 첫 칸부터 씁니다.

▮문장 부호 및 아라비아 숫자, 영문자▮

1. 문장 부호는 한 칸에 하나씩 넣는 것이 원칙입니다.

2. 아라비아 숫자는 한 칸에 두 자씩 넣습니다.

3. 한자(漢字)로 쓸 때는 띄어 쓰지 않습니다. 그러나 한자와 한글이 함께 쓰이면 띄어 쓰기를 합니다.

4. 마침표(.)와 쉼표(,) 다음에는 통례상 한 칸을 비우지 않으며, 느낌표(!), 물음표(?) 다음에는 통례상 한 칸을 비웁니다.

5. 행의 첫 칸에는 문장 부호를 쓰지 않습니다. 첫 칸에 문장 부호를 써야 할 경우는 그 바로 윗줄의 마지막 칸에 글자와 함께 씁니다.

6. 영문자의 경우, 대문자는 한 칸에 한 글자, 소문자는 한 칸에 두 글자씩 넣습니다.

❿ 문장 부호 바로 알고 쓰기

1. 마침표 : 문장을 끝마치고 찍는 문장 부호로 온점(.), 물음표(?), 느낌표(!)를 이르는 말입니다.

2. 쉼표 : 문장 중간에 찍는 반점(,) 가운뎃점(·) 쌍점(:) 빗금(/)을 이르는 말입니다.

3. 따옴표 : 대화, 인용, 특별어구를 나타낼 때 쓰는 문장 부호로 큰따옴표("")와 작은따옴표('')를 씁니다.

4. 그 밖의 문장 부호 : 물결표(~)는 '내지(얼마에서 얼마까지)'라는 뜻에 씁니다. 줄임표(……)는 할말을 줄였을 때와 말이 없음을 나타낼 때 씁니다.

⓫ 마치며

초등학교나 중학교에서는 독후감이라는 말을 사용하지만 고등학교에 가게 되면 독후감이라는 말보다는 아마 논술이라는 말을 더 많이 쓰고 더 많이 듣게 될 것입니다. 논술이란 말 그대로 어떠한 논제를 가지고 논리적으로 서술하는 것을 말하는데, 이는 하루아침에 이루어지지 않습니다. 다양한 분야의 많은 것을 폭넓고 깊이 있게 알고, 주관을 뚜렷이 할 때만이 논술을 잘 쓰게 되는 것이지요. 그러기 위해서는 중학교 시절부터 많은 책을 읽어 보고 스스로 글을 써 보는 훈련을 하는 것이 중요합니다.

실제로 고등학교에 가면 교과목 공부에도 시간이 모자라 제대로 책을 읽을 시간이 없거든요. 무엇을 알아야 글을 쓸 것이고, 자신의 주장을 피력할 것 아니겠어요? 그러니 중학생 시절부터 좋은 책을 많이 읽어 보고, 생각해 보며, 글을 써 보는 노력을 하는 것이 여러분의 미래를 더욱 밝게 해줄 것입니다. 아마 그렇게 한 사람은 그렇지 않은 사람보다 10리쯤 앞서 나가지 않을까 생각되는데 여러분 생각은 어떠세요?

‖성 낙 수‖
한국교원대학교 교수, 연세대학교 졸업, 동 대학원에서 석사·박사 학위 받음
‖오 은 주‖
서울여고 교사, 현재 한국교원대학교 대학원 재학, 국민대학교 졸업
‖김 선 화‖
홍천여고 교사, 현재 한국교원대학교 대학원 재학, 강원대학교 졸업

판 권
본 사
소 유

중학생이 보는
갈 매 기

초판1쇄 인쇄 2011년 10월 20일
초판1쇄 발행 2011년 10월 30일

엮 은 이 성낙수 · 오은주 · 김선화
지 은 이 안톤 체호프
옮 긴 이 동 완
펴 낸 이 신원영
펴 낸 곳 (주)신원문화사

주   소 서울시 영등포구 당산동 121-245 신원빌딩 3층
전   화 3664—2131~4
팩   스 3664—2130

출판등록 1976년 9월 16일 제5 - 68호

＊잘못된 책은 바꾸어 드립니다.

ISBN 978 - 89 - 359 - 1575 - 0 44890